Sylvia Kolk

Von der Selbsterfahrung über die Selbsterkenntnis zur Einsicht. Ein Befreiungsweg im Kontext feministischer Bildungsarbeit

W0267143

Wissenschaftliche Reihe

Band 61

Sylvia Kolk

Von der Selbsterfahrung über die Selbsterkenntnis zur Einsicht

Ein Befreiungsweg im Kontext feministischer Bildungsarbeit

Kleine Verlag

Die Deutsche Bibliothek - CIP-Einheitsaufnahme

Kolk, Sylvia:
Von der Selbsterfahrung über die Selbsterkenntis zur Einsicht : Ein Befreiungsweg im Kontext feministischer Bildungsarbeit / Sylvia Kolk. - Bielefeld : Kleine, 1994
(Wissenschaftliche Reihe ; 61)
ISBN 3-89370-192-3
NE: GT

Titelbild: ©Erika Renner, Köln

Copyright, Herstellung und Vertrieb:
Kleine Verlag GmbH
Postfach 10 16 68
33516 Bielefeld
Telefon 05 21 / 1 58 11
Telefax 05 21 / 14 00 43

Inhalt

Seite

Seite

Seite

Vorwort

Die Arbeit ist das Ergebnis eines langjährigen Prozesses und es ist unmöglich ihn in seinen Details zu erfassen und all diejenigen zu benennen, die zum Gelingen beigetragen haben. Ich danke all jenen, die hier ungenannt bleiben, von ganzem Herzen. Besonderen Dank möchte ich aussprechen an meine Eltern, die mir mit ihrer großzügigen Liebe Rückhalt und Unterstützung gaben; Prof. Dr. Hedwig Ortmann die die Erstentwürfe kommentierte; Prof. Dr. Dr. Peter Gottwald für seine Präsenz in der Betreuung und seine fachlichen und wohlwollenden Kommentare; Prof. Dr. Wiltrud Gieseke für ihre sorgfältige und konstruktive Kritik; Prof. Dr. Hans-Dietrich Raapke für die Aufgeschlossenheit, mit der er sich meiner Arbeit angenommen hat; Dr. Michaela Schumacher für ihre wundervolle Unterstützung und Ermutigung; Margret Baumann dafür, daß sie mir in manch schwierigen Augenblicken half und für die gemeinsam erlebten philosophischen Ausschweifungen; den Teamfrauen des Frauenbildungshauses Zülpich dafür, daß sie mir einen Freiraum gaben, so daß ich mich auf diese Aufgabe konzentrieren konnte; der Frauenanstiftung für die finanzielle Unterstützung in dieser Zeit; Barbara Linnenbrügger - die zur rechten Zeit kam und blieb - für ihre Begeisterung an meiner Arbeit in jenen Momenten, wo sie mir abhanden gekommen war und dafür, daß sie beim Nachdenken über die Inhalte half; Margitta Staib, die immer darauf bestand, daß ich mich selbst nicht vernachlässige, von Anfang an geduldig und liebevoll den Prozeß begleitete und die die Korrektur las; Gisela Strötges, die mich einfach in die Praxis >berief< und die mir eine unvergleichliche Kollegin und Freundin geworden ist; allen Teilnehmerinnen unserer Seminare für die intensiven und inspirierenden Erfahrungen und Auseinandersetzungen, denen ich manche Impulse und Anregungen verdanke; Margit Seeling für ihre Freundschaft und ihre Ermutigungen; Christel Koper für ihr waches Interesse an meiner Arbeit, ihre Kunst, die Welt in Fragen zu kleiden und die vielen Gespräche auf der Couch; Elke Dicke und all den Freundinnen - hier und am anderen Ende der Erde -, die mir über die Jahre die Treue hielten, auch wenn ich mich rar gemacht habe; Sigrid Titze und Christel Cornelius für das Korrekturlesen; Susanne Scheele für die Herstellung des Typoskriptes; der Ehrwürdigen Ayya Khema für ihre klaren Wegweisungen und dafür, daß sie mich lehrte, >im Vertrauen zu sein<; Christine Möbes, die mit mir geredet und mir unermüdlich zugehört hat, tausend Alltäglichkeiten zu bewältigen half, nie einen Zweifel an der Richtigkeit des Vorhabens aufkommen ließ und mir bei der Arbeit liebevoll von Anfang bis Ende beistand.

0 Einleitung

Hintergrund vorliegender Arbeit ist meine mehr als 15jährige Erfahrung in der feministischen Bildungsarbeit: als Nutznießerin und Dozentin und als Teamfrau des Frauenbildungshauses Zülpich. In diesem Zusammenhang formulierte sich der Wunsch, zu mehr Theoriebewußtheit im Kontext der autonomen feministischen Bildungsarbeit, d. h. der Bildungsarbeit in den Frauenbildungsprojekten, beizutragen.

Die Dissertation ist vorwiegend erkenntnistheoretisch begründet. Ziel ist die Entwicklung eines Konzepts zur feministischen Bildungsarbeit. Zentral ist in diesem Zusammenhang das Motiv, einen Erkenntnisweg zu formulieren, der zur Selbstbefreiung führt. Hauptmerkmal dieses Konzepts ist die Hervorhebung der Kategorie >Bewußtsein< auf der Basis einer Dualismusanalyse und -kritik unter Bezugnahme auf ein sich neu anbahnendes Bewußtsein. Der Dualismus prägt die Lern-/Lehrprozesse auf der Ebene des Bewußtseins, da er die Denkprozesse, die Emotionen, die Sprache und damit auch das Handeln bestimmt. Feministische Lehr-/Lernprozesse sind davon nicht ausgeschlossen, auch wenn der Feminismus das Konzept des Dualismus zu überwinden sucht. Die Verstrickungen mit dieser Struktur zeigen sich auf vielfältigste Weise.

M. E. ist es an der Zeit, Bildungsarbeit erneut als bewußtseinsintensivierende und -verändernde Arbeit zu definieren und zu begründen, um der Falle einer unbewußten Repräsentanz des dualistischen Denkmodells zu entgehen. In vorliegender Arbeit wird das dualistische Denken in den Kontext von sich wandelnden Bewußtseinsstrukturen gestellt, um seinen Stellenwert als einzig möglichen Zugang zur Wirklichkeit infragezustellen. Denn als solches muß es erscheinen, wenn - wie im Rahmen vorliegender Arbeit nachgewiesen wird - ihre immer wiederkehrende Repräsentanz im Kontext eines Befreiungsdiskurses unverkennbar hervortritt.

Des weiteren soll die Arbeit aus pädagogischer Sicht zur Modifikation feministischer Bildungsarbeit beitragen. Diese Motivation ist durch Beobachtungen in der Praxis - vor allem in den Frauenbildungsprojekten - entstanden. Den Beobachtungen folgte die Feststellung, daß der feministischen Bildungsarbeit häufig ein psychologisch orientiertes Selbst- und Weltverständnis zugrundegelegt wird und demzufolge therapeutische Prozesse und Methoden den Vorrang einnehmen. M. E. gilt es in einem ersten Schritt herauszuarbeiten, wo sich Bildungsarbeit auf das Erlernen individualistischer Strategien verkürzt. In einem zweiten Schritt ist auszumachen, wo sie konstruktiv zur Befreiung motiviert und der >vorläufigen Priorität< des >Selbst< nicht verfällt, sondern erkennt, daß eine Selbsterfahrung letztlich dieses >Selbst< zu hinterfragen hat, was immer - in der Konsequenz eines solchen Prozesses - zur Einsicht kommen mag.

Der erste Teil der Arbeit (I) sucht einen Ein- und Überblick über den Prozeß und den Stand feministischer Bildungsarbeit zu gewinnen. Dazu ist es notwendig, einzelne Aspekte der Entwicklung der Neuen Frauenbewegung, ihre Grundlagen und ihre Prinzipien aufzugreifen, da diese die theoretischen Ansätze und Konzeptionen zur feministischen Bildungsarbeit maßgeblich beeinflußt haben.
In diesem ersten Teil werden die Aspekte sichtbar, die nicht nur das weitere erkenntnistheoretische Vorgehen prägen, sondern ebenso die erkenntnisleitenden Fragestellungen und den spezifischen Ansatz der Arbeit hervortreten lassen:

- Bildungsarbeit wird verstanden als bewußtseinsintensivierender und -verändernder Prozeß.
- Kennzeichen dieser Bewußtseinsveränderung ist die Überwindung der Subjekt-Objekt-Spaltung.
- Unterstützend in diesem Prozeß ist der Selbsterfahrungsansatz.
- Selbsterfahrung soll verstanden werden als ein Prozeß, der die Wechselbeziehung zwischen Erfahrung und Erkenntnis hervorzuheben weiß, das Gefühl als eine Erkenntnisquelle betrachtet und Subjektivität als einen Ausgangspunkt zur Wahrheitsfindung definiert.
- Mit dem Bezug auf die Kategorie >Subjektivität< ist nach der zugrundeliegenden Subjekttheorie zu fragen.
- Für das zu entwickelnde Konzept wird ein nicht-essentieller Subjekt-Begriff herausgearbeitet.
- Hauptmerkmal des Konzepts ist die Gänzlichung analytischer und intuitiver Ansätze.

Das befreiende Potential des Selbsterfahrungsansatzes (z. B. Integration von Fühlen und Denken; zentraler Stellenwert der Subjektivität für den Erkenntnisprozeß), unterlag im Verlauf der Entwicklung der Neuen Frauenbewegung den Einflüssen der herrschenden Denkstruktur mit ihren Interpretations- und Bewertungsmustern, so daß die Komplexität des Ansatzes verlorenging:

- die traditionellen Spaltungen zwischen Denken und Fühlen, Theorie und Praxis, Innen und Außen wurden aus einer anderen Perspektive wiederholt, ohne daß dieser Prozeß eingesehen wurde;
- die patriarchalen Werte wurden letztlich nicht transzendiert, sondern sie wurden umgekehrt: eine androzentrische Sichtweise sollte in eine gynozentrische verwandelt werden, die Praxis, das Gefühl und die Erfahrungen wurden hervorgehoben und Theorie, Intellekt und Erkenntnisorientierung gerieten an die Peripherie des Bildungsprozesses bis hin zur Negation.

Mit der feministischen Bildungsarbeit ist die Frage nach der >weiblichen Identität< und damit verbunden die Frage nach der >Weiblichkeit< und dem >Frau-Sein< verknüpft. Kaum ein Begriff ist im Kontext des feministischen Diskurses mehr umstritten und infragestellt worden, wie der Begriff >Weiblichkeit<. Das gilt für die Alte, wie für die Neue Frauenbewegung (siehe II.1.4.1).

Auch in vorliegender Arbeit wird dieser strittigen Kategorie nachgegangen, indem der Diskurs zur These der Geschlechterdifferenz, der den Feminismus der 80er Jahre entscheidend geprägt hat, aufgegriffen und analysiert wird (II.1). Dieser Diskurs wirkte bestimmend in die Theorie und Praxis feministischer Bildungsarbeit hinein.

Eine Frage, die sich in diesem Kontext stellt, lautet: Inwieweit kann sich ein Konzept zur feministischen Bildungsarbeit auf die These zur Geschlechterdifferenz stützen, wenn Bewußtseinswandlung und Frauenbefreiung Ziel dieser Praxis sein soll?

Zunächst einmal zeigen die unterschiedlichen Ansätze zur Geschlechterdifferenz Formen des Widerstands gegen konventionelle Weiblichkeit auf. Dies wird am Beispiel der theoretischen Ansätze von CHRISTA MULACK (1990) und LUCE IRIGARAY (1987 u. a.) deutlich. Es werden jedoch nicht nur die Ansätze zur These der Geschlechterdifferenz im engeren Sinne diskutiert, sondern auch die mit diesem Diskurs verbundenen Ansätze, die sich auf den Begriff >Geschlecht< als soziale Strukturkategorie beziehen (am Beispiel von REGINA BECKER-SCHMIDT/ GUDRUN-AXELI KNAPP 1987). Ebenso werden die Ansätze aufgegriffen, die die Kategorie >Geschlecht< grundsätzlich in Frage stellen (am Beispiel von JUDITH BUTLER 1991). Die Perspektive aus der dieser Diskurs analysiert wird, versucht ein möglichst breites Spektrum im Kontext der theoretischen Auseinandersetzungen zur These der Geschlechterdifferenz zu erfassen. Dabei geht es nicht nur um eine Einsicht in die jeweiligen Argumentationszusammenhänge der einzelnen Ansätze, sondern vor allem um die Frage, inwieweit diese Ansätze die dualistische Erkenntnispraxis repräsentieren. Es wird nachgewiesen, daß auch jene Beiträge, die den Dualismus mit ihrem Ansatz als überwunden betrachten (z. B. MULACK; IRIGARAY) auf diesen zurückverweisen. Welche Konsequenzen hat dies für eine Befreiungstheorie und -praxis? Die Gefahr einer Repräsentation des herrschenden Diskurses macht zumindest eines deutlich: daß dieser Vorgang zu durchschauen ist, indem vor allem das eigene Befreiungskonzept immer wieder aufs neue überprüft wird, inwieweit es auf die patriarchale Ideologie zurückverweist. Nur so kann verhindert werden, ihr unbewußt unterworfen zu sein, und nur so kann immer wieder erneut nach einer Überwindung gefragt werden. Entsprechend radikal wird in der Arbeit nach dieser Repräsentanz gefragt und dezidiert herausgearbeitet, wie sich diese manifestiert.

Mit der Analyse ausgewählter Ansätze zur These der Geschlechterdifferenz (II.1) wird nachgewiesen, wie diese über unterschiedliche Wege an die Grenzen einer Umsetzung ihres Befreiungsanspruchs geraten, indem sie, in unterschiedlicher Art und Weise, das herrschende Denksystem repräsentieren, welches sie als überwunden dachten. Es geht jedoch nicht darum, zu behaupten, daß diese Ansätze falsch sind, sondern daß sie für ein Befreiungskonzept zu kurz greifen. Sie bieten eine Absprungbasis für eine Frauenbefreiung, sind Schritte auf dem Weg zu einer Überwindung der defizient gewordenen Bewußtseinsstruktur, sind jedoch nicht, wie von den jeweiligen Vertreterinnen postuliert, bereits die Befreiung selbst. Das Potential der unterschiedlichen Ansätze zu wahren, d. h. sie zu integrieren, jedoch nicht bei ihnen zu verweilen, sondern immer weiterzufragen, nach der Verwirklichung einer neuen Bewußtseinsstruktur, ist ein Kristallisationspunkt der vorliegenden Arbeit.

Für zu entwickelnde Konzepte gewinnt die Kategorie >Bewußtsein< immer mehr an Bedeutung. Wenn alle Definitionsversuche von >Frau< notwendigerweise einen essentialistischen Charakter annehmen - wie im Verlauf des Teiles II.1 der Dissertation deutlich wird - so ist es m. E. notwendig, diesen Diskurs nicht weiter zu betreiben und die Aufgabe der Frauenbefreiung aus einer anderen Perspektive erneut anzugehen. Was im Kontext eines erkenntnistheoretischen Ansatzes zur feministischen Bildungsarbeit fehlt, ist eine Diskussion darüber, was Bewußtsein überhaupt ist, was unter Bewußtseinsveränderung zu verstehen ist, und welche Methoden einer solchen Veränderung dienen.

Damit sind die Schwerpunkte des Teiles II.2 benannt. Die Kategorie >Bewußtsein< wird zunächst aus zwei Perspektiven beleuchtet:

- aus der feministischen Sicht, unter Zugrundelegung der theoretischen Ausführungen von BARBARA STARRETT (1978). Die Autorin stellt einen weitgedachten Entwurf zur Bewußtseinsveränderung von Frauen im Kontext der Realisierung eines neuen Bewußtseins vor;
- aus der Analyse der unterschiedlichen Bewußtseinsstrukturen im Kontext des Werkes von JEAN GEBSER (1986). Hierdurch wird eine der Kernaussagen der Arbeit möglich und belegbar. Sie lautet: durch eine Perspektive, die die differenten Bewußtseinsstrukturen zu unterscheiden vermag, kann die neue Bewußtseinsstruktur in ihrer Konkretion wahrgenommen werden.

Mit diesen theoretischen Konzepten wird es möglich den Begriff >Bewußtsein< in seiner Bedeutungskomplexität zu erfassen, woraus entsprechende Konsequenzen für einen Ansatz zur feministischen Bildungsarbeit abgeleitet werden können (II.2.3). Für das zu entwickelnde Konzept ergibt sich in diesem Zusammenhang des weiteren eine Umformulierung der Frage >Wie lernen Frauen?< in: >Wie lernen Frauen im Kontext einer Wahrnehmung und Wahrgebung der sie konstituierenden Bewußtseinsstrukturen?<.

Das verändernde Wirken, der Versuch einer Überwindung des Dualismus, findet durch das tätige Prinzip des Gebens/Nehmens eine Realisierung. Dieses Geben/ Nehmen stellt kein Handeln mehr im Sinne einer Machtausübung dar. Es ist vielmehr die Praxis einer Hingabe, deren Dynamik nicht mehr an die Subjekt-Objekt-Spaltung gebunden ist. Um diesen Schnittpunkt, - da, wo die Getrenntheit von Subjekt und Objekt sich in eine Wechselwirkung zwischen Subjekt/Objekt transzendiert - näher bestimmen zu können, wird die Kategorie >Bewußtsein< in Teil II.2.4 auf einer dritten Ebene analysiert. Der Fokus ist nunmehr auf den Ablauf des dynamischen Wahrnehmungsprozesses wie er sich von Augenblick zu Augenblick ereignet gerichtet. Wird dieser dynamische Wahrnehmungsprozess als schöpferisches Prinzip betrachtet, findet sich ein neuer Zugang zu den Begrifflichkeiten >Selbst<, >Ich< und >Erfahrung<, der das dualistische Denkmodell zu überwinden vermag. In diesem Zusammenhang werden Aspekte der buddhistischen Erkenntnislehre herangezogen. Die Bedeutung des Gefühls als Voraussetzung zur Einsicht findet hier - wie auch schon im Konzept des Selbsterfahrungsansatzes und in dem theoretischen Ansatz B. Starretts - eine weitere Erklärung. Im Kontext der

Dissertation wird Einsicht - im Unterschied zur schlußfolgernden Erkenntnis - als empfindungsgeleitete Erkenntnis verstanden.

Zur Übung der Intensivierung des Bewußtseins und zur Konzentration der Wahrnehmung wird die buddhistische Meditations- und Achtsamkeitspraxis herangezogen, zumal sie einen konkreten Zugang zur Erfahrung von Nicht-Dualität bietet (II.2.4.3). Als Erkenntnisquelle dienen hier insbesondere die Veröffentlichungen von AYYA KHEMA (1991 u. a.).

Im Anschluß des gesamten theoretischen Komplexes, wie er einleitend zusammengefaßt wurde, wird ein Konzept zur feministischen Bildungsarbeit formuliert, dessen Hauptmerkmal die Integration analytischer und intuitiver Ansätze ist (II.3). In das Konzept fließen die Reflexionen, das Wissen und die Erkenntnisse über die Entwicklung feministischer Bildungsarbeit - insbesondere den Selbsterfahrungsansatz -, über den feministischen Diskurs zur Geschlechterdifferenz und über die Kategorie >Bewußtsein< mit ein bzw. bilden dessen Grundlage. Das Konzept besteht aus einer Anzahl von Elementen, die im einzelnen beschrieben werden. Die Konzeptstruktur besagt, daß alle Konzeptelemente miteinander verwoben sind, ganz gleich, von welchem Element ausgegangen wird. Es handelt sich um einen dynamischen Ansatz, der mit einem Wachstumspotential ausgestattet ist und sich durch die weitere Erforschung, Erfahrung und Anwendung vieler anderer Frauen gestalten und verwirklichen kann.

Wird die Dissertation in ihrer Gesamtstruktur betrachtet, so wird deutlich, wie der Erkenntnisprozeß die Grundlage für eine Konzeption zur feministischen Bildungsarbeit bildet: im Kontext der theoretischen Ausführungen wird in einem ersten Schritt exemplarisch überprüft, ob und inwieweit der feministische Diskurs das herrschende dualistische Denkmodell repräsentiert. In einem zweiten Schritt wird die Überprüfung selbst zum Thema und zum Ausgangspunkt eines neuen Ansatzes zur feministischen Bildungsarbeit. Kristallisationspunkt dieses Ansatzes ist die Vergegenwärtigung des dynamischen Wahrnehmungsprozesses. Hierdurch wird die Erkenntnis *und* die Überwindung der Strukturen, die der Feminismus zu transzendieren sucht, möglich.

>Wisse die Wege<. Mit diesen drei Worten Hildegard von Bingens (1098-1179) wird der Ausgangspunkt, der Prozeß und die Manifestation der Dissertation gleichermaßen erfaßt und auf den Punkt gebracht, wie es mir nicht besser möglich wäre.

Teil I

Der Feminismus, die neue Frauenbewegung und die feministische Bildungsarbeit

1 Zur wechselseitigen Verschränkung der Begriffe Frauenbewegung - Feminismus - Feministische Bildungsarbeit

Die feministische Bildungsarbeit ist eine Praxis, der keine explizite >Theorie feministischer Bildungsarbeit< zugrundeliegt. Darüber hinaus ist dieses Praxisfeld durch ein umfangreiches Defizit an analytisch-theoretischen Arbeiten - insbesondere hinsichtlich der autonomen feministischen Bildungsarbeit - gekennzeichnet.[1]

Um die Theoriebildungsprozesse bzw. theoriebildenden Elemente dieses Praxisfeldes dennoch aufzeichnen zu können, soll im nachfolgenden Abschnitt eine Reflexion auf zwei Ebenen erfolgen:

- Mit dem Terminus *feministische Bildungsarbeit* verknüpfen sich unmittelbar die Begriffe *Feminismus* und *Neue Frauenbewegung*. Es soll aufgezeigt werden, daß diese drei Begriffe derart miteinander verwoben sind, daß ihnen eine gemeinsame Struktur sowie gemeinsame Prinzipien zugesprochen werden können. Daraus folgt, daß sich eine Klärung des Begriffes Feminismus sowie die Reflexion der Prinzipien der Neuen Frauenbewegung, des Selbsterfahrungsansatzes sowie der Entwicklung feministischer Theorie strukturell auf die feministische Bildungsarbeit übertragen lassen.
- Neben der Darstellung vorhandener theoretischer Ansätze zur feministischen Bildungsarbeit sollen exemplarisch Konzepte der Neuen Frauenbildung hinzugezogen werden. Hierdurch wird die begriffliche Unschärfe, die zwischen diesen beiden Ansätzen existiert, thematisiert und soweit wie möglich geklärt. Erst vor diesem Hintergrund kann eine weitere Differenzierung erfolgen: die Herausbildung der autonomen feministischen Bildungsarbeit.
  Mit anderen Worten: der Vergleich zwischen >feministischer Bildungsarbeit< und >Neuer Frauenbildung<[2] (anhand ausgewählter

---

1 Die Arbeiten des Vereins sozialwissenschaftliche Forschung und Bildung für Frauen (1984;1990) und von Barbara Rendtorff (1985) bilden drei der wenigen Ausnahmen.

2 Die Begriffe >Frauenbildung< und >Neue Frauenbildung< werden im Kontext vorliegender Arbeit synonym verwendet.

Konzepte) soll dazu führen, daß sich die spezifischen Elemente der feministischen und damit auch der autonomen feministischen Bildungsarbeit herauskristallisieren, ohne daß der emanzipatorische Auftrag der >Neuen Frauenbildung< geschmälert werden soll.

1.1 Der Begriff Feminismus

Die >ersten< Anfänge einer Frauenbewegung sind in Frankreich im Umfeld der französischen Revolution von 1789 zu finden.[1] Das herausragendste historische Dokument ist die von OLYMP DE GOUCHES formulierte >Erklärung der Rechte der Frau und Bürgerin<, die sie 2 Jahre nach der Deklaration der Menschen- und Bürgerrechte bei der Nationalversammlung im Jahre 1791 einreichte. Die hier geforderten Frauenrechte enthalten mehr als eine simple Übertragung der Menschenrechte auf Frauen.

Zusätzlich zu der Forderung nach Egalität: >Die Frau ist frei geboren und bleibt dem Manne gleich in allen Rechten< (in: KUHN/SCHNEIDER 1979: 157) finden sich hier Spezifizierungen z. B. in Bezug auf das Eherecht und die Formulierung der Menschenrechte für Kinder. Neben der Formulierung des Gleichheitsgrundsatzes besteht ein Bewußtsein über die Differenz der Geschlechter. So heißt es in der Präambel: "Das an Schönheit wie Mut im Ertragen der Mutterschaft überlegene Geschlecht anerkennt und erklärt (...) die folgenden Rechte der Frau und Bürgerin" (ebd.).[2] [3] Dies zeigt, daß das Begriffspaar >Egalität-Differenz< - welches

---

1 Eine derartige historische Datierung kann nicht ohne Widerspruch erfolgen, denn es hat immer Frauen und auch Gruppierungen von Frauen gegeben, die sich mit der Situation und den gesellschaftlichen Problemen von Frauen auseinandergesetzt haben. Eingebunden in den historischen Kontext haben die Widerstandsformen von Frauen sowie die Realisierung von Frauenwissen und kollektiven Lebensentwürfen (z. B. Beginen) ihren jeweils spezifischen Ausdruck genommen.

2 Olymp de Gouches und ihre Mitkämpferinnen landeten auf dem Schafott. Die Errungenschaft der französischen Revolution, die Menschen- und Bürgerrechte, galten, so stellte sich heraus, nicht für Frauen. Zur Vertiefung: Schmidt-Linsenhoff 1990; Gerhard-Teuscher 1990.

3 In der Bundesrepublik Deutschland fand die Legalisierung der Gleichberechtigung erst 1949 mit dem Grundgesetzartikel 3, Abs. 2 >Männer und Frauen sind gleich-
(Fortsetzung...)

den feministischen Diskurs der 80er und 90er Jahre des 20. Jahrhunderts entscheidend prägt - im Argumentationszusammenhang der Frauenbewegung - wenn auch undifferenziert - bereits 200 Jahre alt ist.

Seinerzeit wurde auch in Deutschland über die Gleichheit von Männern und Frauen und die Freiheit der Frauen öffentlich nachgedacht. So fordert THEODOR VON HIPPEL, ein Königsberger Jurist, 1792 seine Zeitgenossen auf, auch Frauen die Menschen- und Bürgerrechte zu gewähren und ihnen zuzubilligen, >für sich und *durch* sich denken und handeln< zu können (HIPPEL 1977: 120).

Die Frauenbewegung blickt auf fast 200 Jahre Geschichte zurück und wird allgemein in zwei Phasen eingeteilt: In die >Alte< oder >Erste< Frauenbewegung (in Deutschland bezogen auf den Zeitraum 1848-1933) und die >Neue< oder >Zweite< Frauenbewegung, deren Beginn mit dem Ende der 60er Jahre datiert wird.[1]

Erst die Neue Frauenbewegung bezeichnet sich als feministisch. Der Begriff >feministisch< wird dem Frühsozialisten CHARLES FOURIER (1772 - 1837) zugeschrieben, der ihn durch seine Schriften populär gemacht hat. Seine damalige Bedeutung bezog sich darauf, daß dieser Begriff als Gradmesser zur Beurteilung einer Gesellschaft diente, um auszudrücken, welche Stellung die Frau in dieser einnimmt.

Zur Zeit der Alten Frauenbewegung wurden nur die Frauen des radikalen Flügels der bürgerlichen Frauenbewegung >Feministinnen< genannt.

---

[3](...Fortsetzung)
berechtigt< statt, was nicht gleichbedeutend mit einer Verwirklichung dieses Grundrechts im sozialen, ökonomischen und politischen, wie auch im sogenannten privaten Bereich war. Verheiratete Frauen wurden beispielsweise erst 1977 durch eine Abänderung des Familiengesetzes zur Rechtsperson. Vgl. hierzu: Böttger 1990.

[1] In dieser Arbeit wird der Terminus Neue Frauenbewegung benutzt. >Neu< insofern (und nicht Zweite), da sich die Methoden der Erkenntnis, die politischen Strategien und die Inhalte des feministischen Diskurses ausgeweitet und verändert haben (z. B. das Selbsterfahrungskonzept der Neuen Frauenbewegung; die Neue Frauenbewegung als internationales Phänomen; das >Coming out< lesbischer Frauen).

Mit der Gewaltherrschaft des Nationalsozialismus fand die Alte Frauenbewegung - sowohl durch Verfolgung als auch durch Assimilation - ein jähes Ende. Die geschichtspolitische Bedeutung des Begriffes >feministisch< wurde verdrängt. Die Folge war eine Negierung, die bis in die 60er Jahre hinein bestehen blieb. Ein deutlicher Ausdruck hierfür bilden die Begriffsbestimmungen der verschiedenen deutschen Wörterbücher und Lexika. Im DUDEN von 1966 wird Feminismus als >weibische Art< und >körperliche und seelische Verweiblichung bei Männern< definiert (vgl. auch PUSCH 1983: 10).

Erst die Neue Frauenbewegung greift diesen Terminus wieder auf. Die Neue Frauenbewegung bezeichnet sich per definitionem als feministisch, im Sinne einer >Kulturrevolution des Weiblichen< (LINNHOFF 1974: 10). Infolgedessen sieht sich der Duden-Verlag mit der 18. Auflage zu einer Korrektur veranlaßt. Feminismus wird nun definiert als "Richtung der Frauenbewegung, die ein neues Selbstverständnis der Frau und die Aufhebung der traditionellen Rollenverteilung anstrebt" (DUDEN 1980).

Im Zusammenhang mit einer Standortbestimmung der feministischen Frauenbildungsarbeit ist es angemessen, sich um eine Definition zu bemühen, die sich aus der Bewegung selbst ableiten läßt. Dabei gilt es zu berücksichtigen, daß der Feminismus unterschiedlich, teils konträre Positionen vereint.

Die Frauenbewegung verdankt die Vielfältigkeit ihres Ausdrucks zum einen ihrem Charakter als soziales, politisches und kulturrevolutionäres Phänomen. Zum anderen bewirkte die von Frauen formulierte Gesellschafts- und Wissenschaftskritik die Infragestellung des Universalismus und Absolutheitsanspruchs androzentrischer - und darüber hinaus jeglicher - Theoriebildung. Demzufolge und übertragen auf die Bewegung selbst, kann es im Kontext der Neuen Frauenbewegung nicht um die Formulierung *einer* feministischen Theorie bzw. Strategie gehen. Vielfältigkeit ist somit kein Zufallsprodukt, sondern konstituierendes und strukturelles Prinzip feministischer Theorie und Praxis und erfordert eine Begriffsbestimmung, die der Mannigfaltigkeit gerecht wird. Die Vielfältigkeit bezieht sich in ihrer Unterschiedlichkeit sowohl auf den individuellen als auch kollektiven Ausdruck feministischen Selbstverständnisses.

Die Frauen um den Mailändischen Frauenbuchladen betonen demzufolge in ihrem Buch >Wie weibliche Freiheit entsteht< (LIBRERIA 1988), daß die "authentische Politik der Frauen (...) sich nicht auf ein Einheitsziel (stürzt), sondern (...) eine Politik (ist), die die vielen Erfahrungen, Möglichkeiten und Unterschiede der Frauen einbezieht" (ebd.: 97). Diesem Gedanken folgt auch ELISABETH LIST (1989), die sich um eine Feminismusdefinition bemüht, die "den Bezug feministischen Denkens und Handelns auf Frauen als *Gruppe* reflektiert und keine Mehrheit oder Minderheit von Frauen ausschließt" (LIST 1989: 9).

Grundlegende Ziele sind sowohl die *individuelle Befreiung der Frau* als auch die *>Erlangung einer gemeinsamen Macht als Frauen<* (ebd. 10). Beides wird als notwendig und sinnvoll erachtet, um eine Veränderung der Gesellschaftsstruktur zu erwirken. Diese beiden Ziele sind gleichermaßen für die feministische Bildungsarbeit bestimmend. Darüber hinaus soll folgende Feminismusdefinition der vorliegenden Arbeit zugrunde gelegt werden: Feminismus ist

> "eine Weltanschauung, die sich auf alle Probleme bezieht und nicht auf einen Spezialkatalog von >Frauenproblemen< reduziert ist (...). Das heißt nicht, daß jene Problembereiche, auf die Feministinnen in besonderem Maße politisch aufmerksam gemacht haben - gleicher Lohn, reproduktive Rechte, sexuelle Selbstbestimmung -, aufgegeben oder heruntergespielt werden. Vielmehr geht es darum, diese Einsichten, die wir aus unserer Arbeit in diesen Bereichen gewonnen haben, für andere Belange fruchtbar zu machen und die vielfältigen Probleme von Unterdrückung und Herrschaft zu einer umfassenden feministischen Vision von sozialer Veränderung und Gerechtigkeit zusammenzufassen" (ebd.).

1.2 Die Prinzipien Parteilichkeit, angestrebte Hierarchiefreiheit und der Grundsatz der Autonomie

Bevor auf den Feminismus als Theorie näher eingegangen wird, sollen die Prinzipien bzw. Grundsätze, die der Neuen Frauenbewegung zu eigen sind, benannt werden. Drei Begriffe sind in diesem Zusammenhang konstitutiv: Parteilichkeit, Antihierarchie bzw. angestrebte Hierarchiefreiheit und Autonomie (vgl. hierzu: KNÄPPER 1984). Im folgenden werden die beiden ersten kurz dargestellt. Auf den Grundsatz der Autonomie - der in der Frauenbewegung öffentlich heftig und kontrovers diskutiert wurde und immer wieder zu mißverständlichen Interpretationen verleitet - wird ausführlicher eingegangen. Zudem stellt der Autonomiebegriff eine Basis für das Selbstverständnis der autonomen Frauenbildungsarbeit dar.

Parteilichkeit

Auf den Feminismus bezogen ist die Parteilichkeit das Prinzip, daß die subjektive Parteilichkeit für Frauen unhinterfragt voraussetzt. Sie widerspricht damit den Kriterien von Objektivität und Neutralität, die der traditionellen Bildung zugrunde gelegt werden. Darüber hinaus wurden im Kontext der feministischen Kritik die Verstöße der traditionellen Bildung gegen das Gebot der Objektivität und den Anspruch auf Neutralität aufgedeckt und die androzentristische und sexistische Prägung dieser Praxis, wie auch der Theorieproduktion durch die Wissenschaften, offengelegt.
Die Parteilichkeit leitet sich aus den eigenen Erfahrungen der Unterdrükkung ab, die wiederum mit Strategien zur Befreiung verbunden werden. Daraus ergibt sich für die Frauenbildungsarbeit, daß diese nur von Frauen für Frauen geleistet werden kann.
Parteilichkeit ist jedoch m. E. nicht ausschließlich durch die Analyse und die Erfahrung von Frauendiskriminierung und -unterdrückung motiviert. Darüber hinaus bilden für viele Frauen die Achtung und Liebe zu Frauen den Ausgangspunkt zur Parteilichkeit. Mit anderen Worten: die Parteilichkeit, die sich nicht nur stillschweigend vollzieht, sondern sich laut artikuliert, braucht sich nicht nur über die Erfahrung der Diskriminierung und Unterdrückung zu legitimieren, sondern ebenso über die bereits geleisteten, wahrgenommenen und sich ausdrückenden Potentiale von Frauen. Die Parteilichkeit resultiert also nicht ausschließlich aus der Unterdrükkungserfahrung und einem Gerechtigkeitsempfinden, sondern zudem aus einem Beteiligtsein an der Konkretion einer weiblichen Genealogie, d. h. einer bewußten Bezugnahme auf das Wissen, die Erkenntnis und die Erfahrung von Frauen.

Angestrebte Hierarchiefreiheit[1]

Das Prinzip der Hierarchiefreiheit ist ein angestrebtes Ziel. Aufgewachsen in einer Gesellschaft, deren Werte das Leistungs- und Konkurrenzprinzip sind und deren Motor der Wille zur Macht ist, wollen die Frauen in ihren

---

1 Den Begriff der angestrebten Hierarchiefreiheit verdanke ich der unveröffentlichten Diplom-Arbeit von Krause/Röder 1987.>Frei von Hierarchie< sein unterscheidet sich grundsätzlich von >gegen Hierarchie< sein. Der zumeist in der Literatur benutzte Begriff der Antihierarchie ist dualistisch geprägt, während der der Hierarchiefreiheit über die Bindung an ein dualistisches Gegenüber hinausweist. Aufgrund dieses befreienden Charakters wird im Kontext dieser Arbeit der Begriff der angestrebten Hierarchiefreiheit benutzt.

Organisationen und Institutionen den Hierarchisierungsprozessen und damit dem herrschenden Diskurs entgegenwirken. Sie versuchen, die Gruppen- und Organisationsstrukturen von Grund auf hierarchiefrei aufzubauen und sich in entsprechenden Interaktions- und Kommunikationsformen einzuüben. Dies verlangt eine kontinuierliche Sensibilität und Selbstkritik für aufkommende Hierarchiebildung. Angestrebte Hierarchiefreiheit bedeutet keineswegs eine >Gleichmacherei< zwischen Frauen bzw. Negation von Unterschiedlichkeiten. Das Prinzip der angestrebten Hierarchiefreiheit zeichnet sich vielmehr dadurch aus, daß es einer neuen Qualität des Umgangs Ausdruck verleiht.

Der Autonomie-Grundsatz

In den Anfängen der Neuen Frauenbewegung waren die theoretischen Positionen einerseits mit den Anschauungen des Marxismus und der Frankfurter Schule verbunden, andererseits formte sich im Kontext der § 218 Kampagne ein explizit feministischer Standpunkt durch die Forderung nach einem *Selbstbestimmungsrecht* der Frau, das nicht losgelöst, sondern in Zusammenhang mit einer gesamtgesellschaftlichen Veränderung formuliert wurde.[1] Gleichzeitig bildete sich der Wunsch zur Autonomie aus. Formal bezog sich die Autonomie auf die Ablösung von der damaligen Linken und die Abgrenzung von traditionellen Organisationen (Parteien, Gewerkschaften, Verbänden, Konfessionen). Durch die autonome Organisation von Frauen wurde ein erster Schritt in die Selbstbestimmung getan. Inhaltlich bedeutet der Grundsatz der Autonomie eine radikale Ablehnung der Stellvertreterpolitik. D. h. Frauen wollten für die Veränderungen in ihrem Leben selbstverantwortlich eintreten. SIMONE DE BEAUVOIR formulierte 1972 in diesem Sinne: "Die Frauen wollen nicht, daß man ihnen Freiheit und Gleichheit gewährt, sondern sie wollen sie erlangen. Das ist ganz und gar nicht dasselbe" (32).

Frauen wollten sich nicht länger im endlosen Geschlechterkampf verbrauchen. Ihr Engagement galt nunmehr einer feministischen Politik und Strategie, die es konstruktiv und solidarisch (>Frauen gemeinsam sind stark<) zu bestimmen und durchzuführen galt. Diese Begründung eines

---

[1] Die Diskussionen um den § 218 waren mit einer ablehnenden Haltung gegenüber der Gebärfähigkeit der Frauen verbunden, was durch die theoretischen Arbeiten von Simone de Beauvoir (1968) und der us-amerikanischen Feministin Shulamith Firestone (1975) unterstützt wurde. Das könnte u. a. ein Grund für die Ende der 70er Jahre aufflammende Glorifizierung der Mutterschaft sein.

politischen Selbstverständnisses ist fundamental für die feministische Sichtweise und hat nach wie vor Gültigkeit.

Die separate Organisation ermöglichte es den Frauen, sich prozeßhaft von der anerzogenen Fixierung auf den Mann zu lösen, das Konkurrenzverhältnis zwischen Frauen zu hinterfragen und durch eine wechselseitige Identifikation eine positive Einstellung zum weiblichen Geschlecht zu entwickeln.

Im Kontext der Neuen Frauenbewegung definiert sich Autonomie auf dieser Basis als

1. Selbstbestimmung
2. Unabhängigkeit von Parteien, Verbänden, Konfessionen
3. Separate Organisation ausschließlich für und unter Frauen
4. Unabhängigkeit und angestrebte hierarchiefreie Koexistenz von Gruppen und Projekten innerhalb der Frauenbewegung.[1]

Die vierte Definition bezieht sich auf die Bewegung selbst.

Der Autonomiebegriff der Neuen Frauenbewegung wurde häufig in Frage gestellt bzw. fehlinterpretiert. MARIE-THERES KNÄPPER (1984: 120-128) weist in diesem Zusammenhang auf die unbewußte Verwechslung von >autonom< (>nach eigenen Gesetzen lebend<, DUDEN 1966) und >autark< (>sich selbst begnügend, auf niemanden angewiesen sein, wirtschaftlich unabhängig< DUDEN 1966) hin, die einigen Autorinnen bei der Kritik an das Autonomieverständnis unterlaufen ist.

Eine weitere kritische Haltung gegenüber dem Autonomiebegriff nehmen SIGRID METZ-GÖCKEL und THERESIA SAUTER-BAILLIET (1982) ein, indem sie seine historische Verknüpfung mit dem Bürgertum offenlegen:

> "Autonomie ist ein Begriff des bürgerlichen Individuums, das klassisch als bürgerliches sich gegen die proletarische Existenz abgrenzte.

---

[1] Die Neue Frauenbewegung bezeichnete sich infolgedessen - vor allem in den ersten Jahren - als Autonome Frauenbewegung.

Er ist daher ein partikularer, selektiver, auch elitärer und bisher männlicher Begriff" (ebd. 15).

Die Neue Frauenbewegung hält einer idealtypischen Auslegung des Begriffes >Autonomie< nicht stand. Selbstbestimmung, Unabhängigkeit und positive Identifikation finden ihre Begrenzung nicht nur durch die gesellschaftliche Realität, in der die Frauen leben, sondern auch durch die von den Frauen verinnerlichten Normen und Werte. So unterstützt und reproduziert beispielsweise Passivität und Opferhaltung die erfahrene Unterdrückung. Dennoch ist dieser Begriff für die Neue Frauenbewegung als politische-soziale-kulturrevolutionäre Befreiungsbewegung von zentraler Bedeutung, da er richtungsweisend das vermittelt und transportiert, worum es den Frauen geht. Der Begriff zeugt keineswegs von einer naiven politischen Haltung, sondern ist nur im Kontext des feministischen Diskurses zu verstehen, der immer auch gleichzeitig eine Praxis der Selbstreflexion darstellt.

Die bisherigen Ausführungen zur Autonomie weisen auf die grundsätzliche Problematik einer Bewegung hin, die eine Transformation der Gesamtgesellschaft anstrebt, jedoch in ihrer Praxis nicht unverzüglich zu einer neuen Gesellschaft mit entsprechenden eigenen Werten, Konzepten und Theorien überschwenken kann, sondern sich durch die vorgefundene Realität hindurcharbeiten muß, indem sie z. B. bestehende Begriffe aufgreift, sich aneignet - einschließlich des widersprüchlichen Charakters der Begriffe - und eigenständig füllt. Die Frauenbewegung vermittelt sich durch einen *Prozeß*, der das kritische Aufgreifen des Bestehenden und die Konstruktion des >Eigenen< unmittelbar miteinander verbindet. Dieses Zusammenwirken ergibt die schöpferische Kraft, die etwas >Neues< entstehen lassen kann.

Der Grundsatz der Autonomie wurde in den 70er Jahren auf unterschiedlichste Konzepte übertragen. Der lesbische Separatismus z. B. strebte insbesondere eine Unabhängigkeit von heterosexuellen Einflüssen an, indem beispielsweise Lesbenzentren gegründet wurden, um eine lesbische Kultur zur Entfaltung zu bringen.

Feministinnen, die sich mit den Organisationen der Linken solidarisch fühlten und teilweise dort organisiert waren, legten den Autonomiebegriff weit weniger konsequent aus. Für sie war eine punktuelle Zusammenarbeit mit diesen Gruppen durchaus möglich und letztlich sahen sie die

Autonomie der Frauenbewegung als eine Übergangsphase feministischer Strategie an.

Einen Höhepunkt erreichte die Auseinandersetzung um das Autonomieverständnis Ende der 70er Jahre angesichts der sich anbahnenden Veränderung feministischer Praxis. Die Kontroverse: Gründung autonomer Frauenprojekte versus Integration in staatliche bzw. traditionelle Institutionen.[1] Die Projektfeministinnen sahen in der Gründung von Frauenräumen die Entwicklungsmöglichkeit einer Frauenkultur. Voraussetzung für eine Gesellschaftsveränderung war diesen Frauen die (Bewußtseins-)Veränderung des weiblichen Subjekts. Die Projekte sollten >Freiräume< schaffen, die es erlaubten, prozeßhaft die patriarchalen Konditionierungen abzulegen. Es sollten neue Kommunikations- und Interaktionsformen sowie neue Arbeits- und Organisationsstrukturen ausprobiert werden. Zudem erfüllten sie einigen Frauen ihren Wunsch nach einem feministischen Berufsfeld.

Die Kritikerinnen bezeichneten das Vorhaben als einen >Ghettoisierungsprozeß< abseits der gesellschaftlichen Realität, in der ohne jeglichen Einfluß auf diese vor-sich-hin-praktiziert wird. Sie glaubten, eine Veränderung der Gesellschaft nur durch ein Ein- bzw. Mitmischen innerhalb der traditionellen Institutionen erreichen zu können. Dieser Strategie widersprachen die Projektfeministinnen. Sie prognostizierten, daß die notwendigen Kompromisse bei einer solchen Integration zwangsläufig die Prinzipien der Frauenbewegung untergraben würden. Im Verlauf dieser Kontroverse verhärteten sich die Positionen und als Folge entstanden - plakativ betrachtet - zwei feministische Praxisfelder, die sich getrennt voneinander entwickelten: die in autonomen Frauenprojekten und die in den bestehenden Institutionen. Heute blicken beide Positionen auf eine jahrelange praktische Erfahrung zurück, eine entsprechende Reflexion und Analyse dieser Praxis und der zugrundeliegenden theoretischen Positionen. Sie beginnen - wenn auch zaghaft - wieder miteinander ins Gespräch zu kommen.

---

1 Ein Beispiel zu diesem Konflikt: Die Auseinandersetzung zwischen dem Frauenforschungs-, Bildungs- und Informationszentrum Berlin (FFBIZ) und der damaligen Planungsgruppe zur Institutionalisierung von Frauenstudien und -forschung beim Präsidenten der FU-Berlin. Vgl. hierzu: Stoehr 1978. Allgemein hierzu: Mies 1982.

Die sich konträr gegenüberstehenden Praxisfelder sind geblieben, die strittigen inhaltlichen Differenzen haben sich einer anderen Thematik zugewandt. Der aktuelle Diskurs entzündet sich nicht mehr an den Fragen zur Autonomie, sondern an den unterschiedlichen Entwürfen zum Begriff >Weiblichkeit<.

1.3 Die Entwicklung des Feminismus als Theorie

> "Feministische Theorien können den Sinn der von Frauen im Alltag wahrgenommenen Konflikte und Widersprüche aufzeigen, die aus der Perspektive des isolierten Individuums, das die gesellschaftliche Konstruiertheit des Geschlechts nicht bewußt in Betracht zieht, unerklärlich scheinen können. Indem sie Frauen als gesellschaftliche Gruppe begreifen, können feministische Theorien neue Perspektiven eröffnen, die den Konflikten und Widersprüchen einen Sinn geben und die Frauen befähigen, sie in Frage zu stellen und den Weg zur Veränderung frei zu machen" (WEEDON 1990: 16).

LUISE PUSCH (1983) faßt den vielschichtigen Prozeß der feministischen Theorieentwicklung innerhalb der Neuen Frauenbewegung folgendermaßen zusammen:

> "Der Feminismus ist eine Theorie, die alle Bereiche des Menschlichen betrifft und den patriarchalen Gehalt aller kulturellen Hervorbringungen des Mannes (...) bloßlegt und kritisiert... In einem zweiten Schritt sind Gegenentwürfe zum Bestehenden zu entwickeln, in denen der weibliche Standpunkt autonom und gleichberechtigt zum Ausdruck kommt" (ebd. 1983: 14).

Dies weist auf den doppeldeutigen Gehalt des Terminus Feminismus hin, insofern er eine Kritik am Bestehenden als auch eine Konstruktion von Neuem darstellt. Kritisiert werden sowohl die patriarchalen Herrschaftsverhältnisse als auch die dieser Gesellschaft zugrundeliegenden Werte. Demzufolge ist Feminismus im wissenschaftlichen Bereich Gesellschafts- und Wissenschaftskritik.

Zentral für die Theoriediskussion der ersten Jahre war die Frage nach der Loslösung von der marxistischen Theorie bzw. einer Integration der sich entwickelnden feministischen Sichtweise in den Marxismus. Heftige Auseinandersetzungen zwischen den Frauen begleiteten diese Frage. Die

Kritik an der marxistischen Theorie richtete sich vorrangig gegen die Festschreibung der Frauenunterdrückung als Nebenwiderspruch sowie gegen die Wertehierarchie zwischen Produktions- und Reproduktionsbereich (BURGHARD/KARSTEN 1975; LONZI 1975). Die verschiedenen Standpunkte konnten nur durch eine Spaltung der Frauen aufgrund ihrer ideologischen Positionen geklärt werden. Das Muster, Kontroversen durch Spaltungsprozesse zu beenden, zieht sich bemerkenswert konsequent durch die Entwicklung der Neuen Frauenbewegung. Das Ergebnis: die voneinander getrennten Positionen entwickelten sich ansatzimmanent, jedoch ohne direkte Konfrontation oder Bezugnahme auf die >abgespaltene Gegenposition<. Ein Vorgehen, daß einer sich entwickelnden Position den nötigen >inneren< Halt geben kann, andererseits jedoch konstruktive Kritik, die aus einer anderen Perspektive formuliert wird, ausschließt. Darüber hinaus bleibt die eigene Position ideologisch an eine >feindliche Gegenposition< gebunden. Die aufgezeigte >Konfliktlösungsstrategie< ist unmittelbar mit der entweder-oder-Struktur eines dualistischen Erkenntnisprozesses verknüpft. Dies erkennend, wandten sich einige Theoretikerinnen einer Analyse und Kritik des Dualismus zu. Eine der Kernthesen feministischer Theorie lautet: Der Dualismus ist ein bestimmender Faktor des Patriarchats, er muß in und außerhalb der Frauen(bewegung) strukturell durchschaut und überwunden werden.[1] Auf ein Kürzel gebracht: mit der Überwindung des Dualismus kann das Patriarchat überwunden werden. Die Dualismusanalyse und -kritik verhinderte jedoch nicht, daß die kritisierten Strukturen den feministischen Diskurs durchdringen.[2]

BARBARA STARRETT (1978), eine Theoretikerin der us-amerikanischen Frauenbewegung, formulierte in den 70er Jahren eine Dualismuskritik, die im Kontext des feministischen Theoriebildungsprosses exemplarisch ist. Zur Überwindung des Dualismus - so B. Starrett - ist eine

---

[1] Im allgemeinen Sprachgebrauch und im weitesten Sinne bezeichnet Dualismus die Annahme von entgegengesetzten Dingen oder Grundsätzen überhaupt. Im engeren Sinne werden mit dem Begriff Dualismus solche Systeme bezeichnet, die in irgendeiner Beziehung ein doppeltes Prinzip annehmen. Im engsten Sinne bezieht sich dieser Terminus auf die Philosophie und Religionsgeschichte und bezeichnet die Lehren, die zwei entgegengesetzte, nicht auseinander ableitbare, voneinander unabhängige Grund- und Urprinzipien zur Erklärung des Aufbaus der Welt und des Ablaufs des Weltgeschehens annehmen.

[2] Wie die Ansätze, die eine Überwindung des Dualismus intendieren, diese einerseits zu konkretisieren versuchen und andererseits dabei an erkenntnistheoretische Grenzen stoßen, wird in Teil II.1 erarbeitet.

Bewußtseinsveränderung notwendig. Ein Schritt auf diesem Weg zur Bewußtseinsveränderung ist die Umbenennung der Welt aus weiblicher Sicht und die Selbstbenennung der Frau. Grundlegend ist die Selbstverantwortung der Frau, ihre Absage an jegliche Opfer-Rolle. Die >weibliche Sichtweise< ist aus der Perspektive von B. Starrett eine transzendierte, d. h. sie überwindet die Rollenklischees. Zentral ist ihr Hinweis und ihre Begründung auf eine sich anbahnende Bewußtseinsmutation, die sie im besonderen durch Frauen konkretisiert sieht.[1]

In den 70er Jahren mußte eine Theorie, wenn sie eine Wichtigkeit für den feministischen Diskurs haben sollte, ersichtlich in einem Kontext zum weiblichen Lebenszusammenhang stehen. Ein weiterer Aspekt war die einer Theorie zugrundeliegende Handlungskonsequenz. Eine Theorie, aus der keine Strategie ableitbar war, wurde beiseite gelegt. Es wird deutlich, daß der Feminismus - vor allem zu Beginn - pragmatisch war. Die Frauen wollten durch Handeln verändern: in ihren privaten Beziehungen, an der Hochschule, in ihren politischen Wirkungsbereichen, in ihren Berufen. Es ging um das Sichtbarmachen von Frauenunterdrückung und das Sichtbarwerden als frauenbewußte Frauen. Im Kontext der Theoriebildungsprozesse wurde gleichzeitig die Theorieproduktion und -verarbeitung an sich in Frage gestellt. Diese kritische Haltung wandte sich gegen eine Theoriearbeit, wie sie in der >Linken< erfahren und in den traditionellen Institutionen der Theoriebildung und -vermittlung (Schule, Hochschule) erlebt worden war. Die Kritik wandte sich insbesondere gegen das Rationalitätskonzept und den Objektivitätsanspruch und hob die Gefühle und die Subjektivität als Erkenntnisquelle hervor. Als eine Konsequenz kreierten die Frauen bereits in den ersten Jahren der Neuen Frauenbewegung ein eigenes Lehr- und Lernkonzept, das auf der Grundlage der Selbsterfahrung basierte und vor allem eine Integration von Gefühls- und Denkprozessen anstrebte, wobei den Gefühlen ein zentraler Stellenwert zukam.[2]

Hinsichtlich der Entwicklung einer Methodologie feministischer Theorie bemühten sich die Frauen der Neuen Frauenbewegung um eine Lösung der Theorie-Praxis-Problematik, was sich u. a. in den von MARIA MIES (1978) formulierten Postulaten zur Frauenforschung niederschlug. Die Postulate entwickelte M. Mies in Anlehnung an die Aktionsforschung.

---

1 Auf B. Starrett wird unter II.2.1 vertiefend eingegangen.

2 Das Selbsterfahrungskonzept wird im nächsten Abschnitt eingehend behandelt.

Dieses Beispiel weist darauf hin, daß sich die feministische Theorie - wie jede sich neu konstituierende Theorie - mit bestehenden Theoriekonzepten auseinandersetzen muß, um in Anlehnung, Fortführung oder kritischer Distanz zur eigenen Theoriebildung zu finden.

Ein zentrales Thema des Feminismus ist die Auseinandersetzung um den Begriff >Frau<. Die vielzitierte Aussage S. de Beauvoirs (1968): "Man kommt nicht als Frau zur Welt, man wird es" (265), wurde zu einem Kristallisationspunkt feministischer Theorieentwicklung der ersten Jahre. Dieser Ausspruch setzte hypothetisch voraus, daß die traditionellen weiblichen Rollenklischees und die geschlechtsspezifische Arbeitsteilung nicht biologisch determiniert und somit veränderbar sind.

Je nach der Partizipation an eine bestehende Theorie (seinerzeit insbesondere die Kritische Theorie, der Existentialismus und die Psychoanalyse) und im Kontext der zugrundeliegenden Fragestellung kristallisierten sich u. a. folgende Schwerpunkte feministischer Theoriebildung heraus:

- Die Familie wurde als Instanz betrachtet, die das Herrschaftsverhältnis im privaten Bereich reproduziert, insbesondere durch die Vereinnahmung der weiblichen Sexualität.
- Die geschlechtsspezifische Arbeitsteilung wurde eine zentrale Kategorie in der Betrachtung von Frauenunterdrückung. Hieraus entstand die Hervorhebung der Hausarbeit als Arbeit. Gleichzeitig wurde die Diskriminierung der Frau im Produktionsbereich und ihre Rolle als >Reservearmee< reflektiert.
- Der Sozialisationsprozeß wurde unter geschlechtsspezifischen Gesichtspunkten untersucht.
- Das Gebären wurde als >Fähigkeit< in Frage gestellt. S. de Beauvoir (1968) und S. Firestone (1975) sahen darin sogar eine starke Behinderung der Frau.[1]
- Vom Standpunkt lesbischer Frauen aus wurde ein theoretischer Ansatz formuliert, der sich insbesondere um die Aufdeckung und Analyse des Zwangs zur Heterosexualität bemühte (RICH 1983).

---

[1] Die Schlußfolgerung Beauvoirs, in der Gebärfähigkeit der Frau die Ursache für die Entstehung des Patriarchats zu sehen, mußte im Laufe der Jahre revidiert werden; darüber hinaus auch die Auffassung, daß es sich um *eine* Ursache alleine handelt. Die Ursache der Entstehung des Patriarchats ist somit multi- und nicht monokausal begründet.

Wie bereits erwähnt, ist Feminismus im wissenschaftlichen Bereich vor allem Wissenschaftskritik (zur Vertiefung: HARDING 1990; KLINGER 1990), deren Verlauf an dieser Stelle kurz zusammengefaßt werden soll. Als erstes bezog sich die Kritik auf die mangelnde Integration von Frauen in den Wissenschaftsbetrieb. Gleichzeitig wurde die Nicht-Existenz von Frauen, ihrem Denken, ihren Gefühlen und Emotionen, ihrer Sprache und ihrem Handeln im Kontext wissenschaftlicher Diskurse nachgewiesen, so daß eine Reihe von Arbeiten entstanden, die diesem >Hineinschreiben< der Frauen und ihrer Erfahrungen in die Wissenschaft galten.

Im Kontext einer Wissenschaftskritik wurde der Anspruch auf Universalität in der wissenschaftlichen Erfassung von Wirklichkeit in den Widerspruch zur Ausklammerung des weiblichen Geschlechts gesetzt, so daß die wissenschaftliche Erkenntnis als vorrangig androzentrisch geprägt bezeichnet werden konnte. Über den Androzentrismus hinaus fanden sich direkte Belege von Sexismus: da wo Frauen aufgrund ihrer Zugehörigkeit zum weiblichen Geschlecht mit bestimmten festgelegten Eigenschaften belegt wurden, die die bestehenden Machtverteilungen legitimierten. Im Kontext feministischer Kritik wurden nicht nur die Verstöße gegen den Universalitäts- und Objektivitätsanspruch aufgedeckt, sondern die Prinzipien gerieten selber ins Blickfeld der Kritik. In der Folge wurden spezifische Zusammenhänge zwischen Wissen(schaft) und Herrschaftsverhältnis, zwischen Wissen und Macht aufgedeckt. Eine zentrale Frage ist in diesem Zusammenhang die Frage nach dem Stellenwert des Konzepts der Rationalität im Kontext feministischer Wissenschaft (vgl. SEIFERT 1992).

Mit dem Beginn der 90er Jahre blickt die feministische Theorie auf eine Entwicklung zurück, die sich vor allem durch Anknüpfung an vorhandene Theorien entwickelt hat, indem sie diese durch neue Fragestellungen und Kombinationen mit anderen theoretischen Ansätzen weiterentwickelt hat. Mit den 80er Jahren hat vor allem die poststrukturalistische Dekonstruktion, die sich u. a. durch eine Strategie des Auflösens und Neukonstruierens von Wortbedeutungen und Texten kennzeichnen läßt, im feministischen Theoriebildungsprozeß an Einfluß gewonnen, was sich insbesondere in der Auseinandersetzung um die These der Geschlechterdifferenz und die Kategorie >Geschlecht< niederschlägt.

1.4 Die Praxis der Selbsterfahrung

Setzte sich der vorausgegangene Abschnitt mit den Anfängen einer feministischen Theorie auseinander, so ist es an dieser Stelle folgerichtig, sich jener Methode zuzuwenden, die die Praxis des Feminismus, insbesondere der feministischen Bildungsarbeit bis in die 90er Jahre beeinflußt hat: dem Selbsterfahrungsansatz.

Die ersten selbstbestimmten Bildungsprozesse in der Frauenbewegung wurden in Selbsterfahrungsgruppen vollzogen, die nach dem Vorbild der us-amerikanischen Consciousness-Raising-Groups entstanden (LINNHOFF 1974). Unter der Voraussetzung bestimmter Regeln (FRAUENJAHRBUCH 1975; WAGNER 1977) wurden Prozesse der Bewußtseinsveränderung bzw. -erweiterung angestrebt.[1] Ziel war es, die verinnerlichte, androzentrische Weltsicht in eine gynozentrische zu verwandeln. Der Weg dorthin wurde als Perspektivenwechsel, Prozeß der Transformation oder Metamorphose umschrieben.

Hintergrund dieser Praxis war die Kritik an das Ideal der Rationalität und an die mit dem Rationalitätskonzept verbundenen Postulate >Objektivität< und >Universalität<. Demgegenüber erhoben die Frauen die Gefühle und im weiteren Verlauf auch den Körper (insbesondere durch die Auseinandersetzung um eine weibliche Sexualität und Körperwahrnehmung) zum Ausgangspunkt ihres Erkenntnisprozesses. Mit anderen Worten: der Prozeß feministischer Bewußtwerdung wurde nicht auf den Kopf beschränkt, sondern der Bewußtwerdungsprozeß und die Bewußtseinsveränderung bezog gleichermaßen die Gefühle und den Körper mit ein bzw. hob diese hervor. Ebenso prägend für den Selbsterfahrungsansatz war der feministische Ausspruch >das Private ist Politisch< und zwar in dem Sinne, daß sich der Selbsterfahrungsprozeß auf die Erfahrungen der Frauen und den weiblichen Lebenszusammenhang konzentrierte.

In der Bundesrepublik Deutschland entstanden die ersten Selbsterfahrungsgruppen Anfang der 70er Jahre. PAMELA ALLEN (1972) formulierte die erste schriftliche Anleitung zur Durchführung von Selbsterfahrungsgruppen. Der Selbsterfahrungsprozeß wurde - idealtypisch - als vierphasiger Prozeß beschrieben:

---

1 Diese Regeln bilden mittlerweile eine selbstverständliche Grundlage emanzipatorischer Gruppenarbeit.

1. sich selbst darstellen
2. Erfahrungen teilen
3. analysieren
4. abstrahieren.

> "...der Akzent liegt bei >sich selbst darstellen< auf unseren Gefühlen, beim >Erfahrungen teilen< auf unseren Erlebnissen, beim >Analysieren< auf unserem Denken und beim >Abstrahieren< auf unserer sich entwickelnden Theorie" (ALLEN 1972: 64)

Mit diesem Zitat wird deutlich, wie zu Beginn der Selbsterfahrungspraxis den Gefühlen als erkenntnisleitende Quelle im Bewußtwerdungsprozeß ein besonderer Stellenwert eingeräumt wurde. URSULA LINNHOFF (1974) präzisiert diesen Prozeß folgendermaßen:

> "Unsere Gefühle sollen uns zu Ideen hinleiten und von da aus zum Handeln. Unsere Gefühle sollen uns zu unserer Theorie führen, unsere Theorie zu unserem Handeln, unsere Gefühle über unser Handeln zu einer neuen Theorie" (ebd. 1974: 26)

Die Praxis der Selbsterfahrung galt der Herausbildung der Subjektivität als Kategorie zur Wahrheitsfindung.

In zweifacher Hinsicht wurde der Selbsterfahrungsprozeß vom therapeutischen Prozeß unterschieden:

- die persönlichen Probleme wurden in erster Linie nicht auf dem Hintergrund der individuellen Biographie interpretiert, sondern in ihrem Zusammenhang mit der gesellschaftspolitischen Situation der Frau;
- es gab keine Expertinnen (u. a. um Unterordnungsverhalten zu vermeiden; siehe hierzu: FRAUENJAHRBUCH 1975: 193). Jede Frau war gleichberechtigt verantwortlich für den Gruppenprozeß. Themen und Methoden wurden gemeinsam diskutiert und festgelegt. >Frauen lernen gemeinsam< war der Slogan dieses selbstorganisierten Bildungsprozesses.

Eine der wichtigsten Funktionen der Selbsterfahrungspraxis war, daß sie eine neue Art und Kultur der Begegnung und der Beziehung zwischen Frauen ermöglichte. Die Frauen schafften sich einen >Freiraum< (frei von Männern und Männerdominanz), in dem sie sich einander anvertrauten, ernst nahmen, solidarisierten, sich >in der Anderen spiegelten<. Gleichzeitig war den Frauen bewußt, daß dieser >Freiraum< keineswegs frei war von Aggressionen und Konflikten, sondern daß diese ausgelebt, ausgehandelt und integriert unverzichtbare Teile des Bewußtwerdungsprozesses sind (vgl. FRAUENJAHRBUCH 1975: 191). Dennoch zeigte sich, daß die damaligen Selbsterfahrungsgruppen nicht in der Lage waren, den Unterschiedlichkeiten und Differenzen konstruktiv zu begegnen, entscheidend war der Prozeß der eigenen Selbsterkenntnis im Spiegeln in der anderen Frau.

Den Wirkungszusammenhang des >Spiegelns in der anderen Frau< umschreibt das mailändische Autorinnenkollektiv (LIBRERIA 1988) folgendermaßen:

> "Die getreue Widerspiegelung sollte (...) ein Mittel zur Veränderung der widergespiegelten Realität sein. (...) die einzelne Frau, die sich getreu in der anderen spiegelt, entdeckt, daß sie anders ist als sie vorher geglaubt hatte und erkennt in dem neuen Bild diejenige, die sie schon immer war, ohne es gewußt zu haben" (ebd. 42).

Diese Stärke der Selbsterfahrungspraxis war gleichzeitig eine ihrer Schwächen:

> "...sie konnte keine Trennungslinien zwischen den Frauen zulassen, denn >ich bin du, und du bist ich<. Wenn Gegensätze auftauchten, wurden sie als Auslöser für wechselseitige Veränderungen wahrgenommen, so daß die wechselseitige Identifikation sich wieder herstellen konnte und verstärkt daraus hervorging. In jenen Jahren drückte sich die sexuelle Differenz in der Form der generellen Suche nach dem eigenen Selbst in der anderen Frau aus" (ebd.).

Ihre höchste Blüte erreichten die Selbsterfahrungsgruppen in den Jahren 1975-77. Danach veränderte sich die Praxis der Frauenbewegung und damit die Praxis der Selbsterfahrung. Daß die Selbsterfahrungspraxis nur von kurzer Dauer war, wird auf bestimmte Erscheinungsformen dieser Praxis zurückgeführt. Die Kritikpunkte (vgl. SCHENK 1980: 88-94; LIBRERIA 1988: 42-45):

- der Austausch zwischen den Frauen blieb auf die verbale Ebene beschränkt;
- die Regeln und Phasen wurden nicht eingehalten;
- der Gruppenprozeß kam nicht in Gang;

- die Erwartungen der Frauen an die jeweilige Gruppe waren sehr heterogen;
- Frauen benutzten die Selbsterfahrungsgruppen als Therapieersatz;
- Dominanzprobleme zwischen >Vielrednerinnen< und >Schweigerinnen< entstanden;
- die individuellen Probleme konnten nur schwer auf die Gesellschaft übertragen werden;
- die Beschreibung der Unterdrückung konnte nicht unmittelbar in ein Handeln gegen diese Unterdrückung umgesetzt werden, denn die Praxis der Selbsterfahrung "trägt zwar zur Bewußtseinsbildung bei, aber sie gibt uns keine konkreten Mittel in die Hand, sie hilft uns auch nicht, eine Position der Stärke im gesellschaftlichen Transformationsprozeß zu entwickeln. Sie macht uns lediglich unsere Lage bewußt und macht uns wütend darüber" (LIBRERIA 1988: 44).

Für viele Frauen war es auch schlicht und einfach genug: Frauenfreundschaften waren entstanden, die z. T. den Stellenwert der Selbsterfahrungsgruppen übernahmen und zudem hatten sich viele Ideen entwickelt, die die Praxis und die Struktur von Arbeitsgruppen erforderten.

Im Kontext einer kritischen Reflexion der Selbsterfahrungspraxis wurde zudem hinterfragt, ob die Gefühle weiterhin als primäres Erkenntnismittel zu akzeptieren seien. Die Begründung: da die Emotionen im Kontext abendländischer Philosophie und Kulturgeschichte ihr dualistisches Gegenüber in der Rationalität finden, diese Zweigeteiltheit wiederum der Dualität von männlich-weiblich zugrundeliegt, ist die >Organisation der Gefühle< (KRECHEL 1975: 15) letztlich eine Unterstützung der überlieferten patriarchal geprägten weiblichen Identität.

Dennoch ist es erklärlich, daß ein großer Teil der Frauen auf der Suche nach der >weiblichen< Erkenntniskraft in Ablehnung des >männlichen< Konzepts der Rationalität sich vorerst fast ausschließlich auf die Gefühle stützte, zumal eine dezidierte Reflexion zur Genese weiblichen Denkens zum damaligen Zeitpunkt noch ausstand.

Die Auseinandersetzung um den Stellenwert des Selbsterfahrungsansatzes für die Neue Frauenbewegung bzw. den Feminismus konfrontiert mit unterschiedlichen und gegensätzlichen Einschätzungen. Für die einen ist es eine vergangene Phase im Verlaufsprozeß der Frauenbewegung, für die anderen eine gegenwärtige Praxis, die entsprechend modifiziert werden muß. MAC KINNON (1989) bezeichnet sie gar als "die wesentliche Analysetechnik, Organisationsstruktur, praktische Methode und auch Theorie sozialer Veränderung der Frauen" (ebd. 91), quasi als *die* feministische Methode überhaupt.

Konträre Positionen in der Einschätzung der Selbsterfahrungsgruppen finden sich insbesondere hinsichtlich ihres politischen Charakters. Während H. SCHENK (1980: 90) die Praxis der Selbsterfahrung als >Rückzug nach Innen< definiert und bewertet und darin eine Verhinderung des Aufbaus einer formalen Organisationsstruktur sieht, betonen die Frauen um den Mailändischen Frauenbuchladen den politischen Status dieser Praxis:

> "...Denn die Bewußtwerdung ist der politische Akt, in dem die gemeinsame weibliche Identität entdeckt und verstärkt wird. Dank dieser gemeinsamen weiblichen Identität kann ein mindestens so guter, wenn nicht sogar besserer Zusammenschluß als durch jede andere Form der Organisation entstehen" (LIBRERIA 1988: 40).

Das Interesse, sich in Selbsterfahrungsgruppen zusammenzuschließen, um über persönliche Erfahrungen zu reden, ließ - wie erwähnt - Ende der 70er Jahre nach. Die Selbsterfahrungspraxis hatte wesentlich dazu beigetragen, daß Frauen sich ihres Geschlechts und ihrer Geschlechts-Identität (ob als weibliche Identität benannt oder als Rolle in einem patriarchalen System definiert) bewußt wurden und gelernt hatten, von sich und für sich selbst zu sprechen. Gleichzeitig lösten sie sich von ihrer einseitigen Bezogenheit auf das männliche Geschlecht, indem sie sich des weiteren umfassend - u. a. durch Bekenntnis eines Teils der Frauen zur lesbischen Identität - auf Frauen bezogen. In diesem Sinne hatte sich der Selbsterfahrungsansatz im Kontext des Entwicklungsprozesses der Neuen Frauenbewegung erfüllt.

Die Erfahrungen in den Selbsterfahrungsgruppen und der Entwicklungsprozeß der Frauenbewegung forderte weitere Schritte:

> "Ihrer Natur nach war die Selbsterfahrung eine befristete politische Praxis, die über ein bestimmtes Ergebnis nicht verändert werden konnte und dies war erreicht, als sich die Frauen bewußt geworden waren, daß sie ein anderes Geschlecht sind, das dem männlichen weder untergeordnet noch anpaßbar ist. Die Selbsterfahrung hatte die

Frauen davon befreit, daß ihre Differenz von anderen definiert wurde (...). Daraus entstanden Probleme und Widersprüche, die diese Praxis nicht mehr fassen, geschweige denn lösen konnte. Begrenzt waren auch ihre Verfahrensweisen, wie das Sich-Gegenseitig-Zuhören, wenn es um Ereignisse und Gefühle geht, die allen gemeinsam sind" (LIBRERIA 1988: 44 f.).

Die Konsequenz: der Ansatz mußte verändert und in einigen Aspekten überwunden werden, wenn er lebendig bleiben sollte. Dies fand in unterschiedlicher Art und Weise statt. In nachfolgendem Kapitel wird thematisiert, wie sich dies im Bildungsbereich konkretisierte.

1.5 Die Entstehung der feministischen Bildungsarbeit

Um den Stellenwert der Methode der Selbsterfahrung für die feministische Bildungsarbeit kennzeichnen zu können, ist eine Unterscheidung zwischen Selbsterfahrungsgruppen bzw. -praxis und der Methode der Selbsterfahrung notwendig, denn Selbsterfahrungsgruppen werden im Rahmen dieser Arbeit nicht unter dem Begriff >feministische Bildungsarbeit< subsumiert, was nicht bedeutet, daß in ihnen keine Bildungsprozesse stattfinden. Vielmehr soll folgende Differenzierung zur Eingrenzung der nachfolgenden Thematik dienen: während die Selbsterfahrungsgruppen den Grundsätzen des Selbsthilfe-Konzepts unterliegen (Bildungsinhalte und Methoden werden von den betroffenen und beteiligten Frauen selbst entwickelt), bezeichnet feministische Bildungsarbeit im Kontext vorliegender Arbeit organisierte Lernprozesse, d. h. eine von Frauen (in der Rolle der Anbieterin) für Frauen (in der Rolle der Nutznießerin) geplante und durchgeführte Bildungsarbeit. Die Methode der Selbsterfahrung findet sowohl in den Selbsterfahrungsgruppen wie auch in der feministischen Bildungsarbeit Anwendung.

Als Merkmale dieses Ansatzes hinsichtlich seiner Arbeitsweise benennt S. Metz-Göckel (1979) im Rahmen einer Reflexion über Frauenseminare:

- die Verbindung von Gefühlen mit Erkenntnis
- die Ausbildung induktiver Begrifflichkeit
- das Erstreben eines kollektiven Fortschreitens im Denken
- *Prozeßorientierung* (ebd. 69).

Für die sich im Kontext der Neuen Frauenbewegung herausbildende feministische Bildungsarbeit war die Selbsterfahrungspraxis in mehrfacher Hinsicht konstitutiv:

- Die seit Anfang der 70er Jahre stattfindenden Frauengesprächskreise an den Volkshochschulen praktizierten die Selbsterfahrungsorientierung als spezifisch-didaktisch-methodischen Ansatz (LENKE/VOLHARD 1977; SCHMIDT-HARZBACH 1979).
- Themen (z. B. Hausarbeit, weibliche Sexualität, strukturelle Gewalt) und Fragestellungen, die in den Selbsterfahrungsgruppen aufgeworfen worden waren, arbeiteten Wissenschaftlerinnen unterschiedlichster Disziplinen aus feministischer Sicht auf und lehrten dieses Wissen an den Hochschulen.
- Die Frauenprojektebewegung - die ebenfalls Mitte der 70er Jahre ihren Anfang nahm - stellte inhaltlich wie auch methodisch eine Weiterentwicklung der Selbsterfahrungspraxis dar. Die Erkenntnis, die zu Projektgründungen führte, lautete unter anderem:

  "Um neue Perspektiven, Alternativen entwickeln zu können, müssen wir uns unseren eigenen Raum schaffen, der möglichst wenig von patriarchalischen Strukturen durchtränkt ist. Wir haben als Frauen genug patriarchalische Strukturen in uns selbst, die überwunden werden müssen und gegen die wir andenken müssen..." (FRAUENJAHRBUCH 1976: 74 f.).

  Nunmehr bildete ein Arbeitszusammenhang die Grundlage, neue Interaktions- und Kommunikationsformen auszuprobieren sowie neue Beziehungsstrukturen unter Frauen aufzubauen.

Aus Vorgenanntem wurden die drei Strömungen feministischer Bildungspraxis hinsichtlich ihrer institutionellen Verankerung ersichtlich: Institutionen der Erwachsenenbildung, Hochschule, Frauenbildungsprojekte. Wie entstanden diese Strömungen?

1970 gab es die ersten - schon erwähnten - Frauengesprächskreise an den Volkshochschulen (WOLF-GRAAF 1979). Frauen aus der Frauenbewegung wollten ihre Erfahrungen und Erkenntnisse durch Bildungsangebote an andere Frauen - möglichst auch solche aus anderen sozialen Zusammenhängen - weitergeben. Zudem war diese Bemühung für Frauen aus pädagogischen Disziplinen damit verbunden, feministische Berufsperspektiven zu entwickeln. Gleichzeitig forcierten Frauen an der Volkshochschule - die der traditionellen Erwachsenenbildung mit einer kritischemanzipatorischen Haltung gegenübertraten - Bildungsangebote im Interesse von Frauen. Auch andere Träger der Erwachsenenbildung (z. B. die Gewerkschaften und die Kirchen) integrierten nach und nach - wenn auch nicht in dem Maße wie die Volkshochschulen - emanzipatorische sowie feministische Frauenprogramme.

Im Juli 1976 initiierten Berliner Dozentinnen unter dem Thema >Frauen und Wissenschaft< (GRUPPE BERLINER DOZENTINNEN 1977) die erste Sommeruniversität für Frauen, um an den Universitäten "frauenfeindliche Inhalte in Forschung und Lehre an(zu)greifen und einen neuen, feministischen Begriff von Wissenschaft entwickeln und durchsetzen (zu können)" (ebd. 13). Dies war der Auftakt zur Entwicklung einer Frauenwissenschaftsbewegung, die sich in unterschiedlichster Form bis heute an deutschen Hochschulen zu verankern sucht. Auch in diesem Bereich fand die bundesrepublikanische Frauenbewegung ihr Vorbild in den Vereinigten Staaten. Die dortigen Women's Studies bildeten die ideelle Grundlage für die Einrichtung von Frauenstudien an bundesdeutschen Hochschulen (vgl. DUELLI-KLEIN u. a. 1982).

Die Frauenbildung in den herkömmlichen Institutionen der Erwachsenenbildung erwies sich als nur begrenzt tauglich für die Ziele der feministischen Bildung: dies betraf die ganzheitliche Entfaltung des Potentials der einzelnen Frau wie auch das Sichtbarwerden des weiblichen Prinzips. Die Voraussetzung einer möglichst konsequenten Umsetzung dieses Ziels sahen ein Teil der Frauen in der Selbstorganisation von Frauenbildungseinrichtungen. Nur wenn auch die Rahmenbedingungen von Frauen selbstverantwortlich gestaltet werden können, so die These, ist diese konsequente Entfaltung möglich. Mitte der 70er Jahre entstanden die ersten autonomen Frauenbildungsprojekte im Rahmen der Phase der Projektegründungen (vgl. SCHENK 1980).

Die autonomen Frauenbildungsprojekte in der Bundesrepublik Deutschland unterscheiden sich hinsichtlich der inhaltlichen Schwerpunkte, des strukturellen Aufbaus und der finanziellen Ressourcen. Zum einen existieren Frauenbildungs-Projekte in den Städten, die Kurse im Rhythmus ähnlich wie die Volkshochschulen anbieten (z. B. 1 x wöchentlich abends 2 Stunden). Oft findet hier die Integration eines weiteren Bereiches wie Kultur, Therapie, Beratung, Archivarbeit etc. statt (zur Vertiefung: WALKENHORST 1988/89). Zum anderen wird die autonome Frauenbildungsarbeit in den Frauenbildungshäusern, die in ländlichen Gebieten liegen, verwirklicht. Diese Häuser bieten Bildungsprogramme mit unterschiedlichen Schwerpunkten an. Es ist für diese Bildungspraxis kennzeichnend, daß die Frauen (sowohl die Teilnehmerinnen als auch die Referentinnen) für die Dauer des Seminares in den Bildungshäusern bleiben, d. h. sie essen und schlafen dort und verbringen in den Häusern ihre freie Zeit zwischen den Lehr/Lerneinheiten. Der Bildungsprozeß umfaßt auch diese >Zwischenzeiten<, da hier wichtige Kommunikationsprozesse stattfinden und das Projekt als Frauenort umfassend erfahren werden kann. Diese ganzheitliche Konzeption weist auf die anzustrebende Einheit von Leben und Lernen hin (zur Vertiefung: SICHTERMANN/SIEGEL 1987).

Im Kontext der vorliegenden Arbeit kann die Konstituierung der Bildungspraxis in unterschiedlichen Institutionen nur benannt werden, eine inhaltliche Ausdifferenzierung würde das Thema überschreiten. Dennoch war es notwendig, die unterschiedlichen Bildungsbereiche im Feminismus zu kennzeichnen und in das Bewußtsein zu heben, um zu verhindern, daß die Zusammenhänge (z. B. durch die Entwicklungsgeschichte; durch die Theorie-Praxis-Problematik) zwischen diesen Bereichen außer acht gelassen werden und somit die Möglichkeit einer gegenseitigen Inspiration und Modifikation (z. B. von Frauenbildung an der Hochschule und der in autonomen Projekten) ungedacht bleibt.

Bei der Beschreibung der unterschiedlichen Bildungsbereiche wurde deutlich, daß sich zumindest zwei verschiedene Begriffe etabliert haben: >Neue Frauenbildung< und >feministische Bildungsarbeit<. Kennzeichnen diese Begriffe unterschiedliche Konzepte einer Bildungspraxis >von Frauen für Frauen< oder können sie als Synonyme gelten? Dieser Frage soll im nächsten Abschnitt nachgegangen werden, zumal im Kontext vorliegender Arbeit der Begriff >feministische Bildungsarbeit< präferiert wird.

1.6 >Neue Frauenbildung< oder >feministische Bildungsarbeit<?

Im Kontext einer Auseinandersetzung mit der Theorie und Praxis feministischer Bildungsarbeit wird deutlich, wie die Begriffe >Frauenbildung< bzw. >Neue Frauenbildung< und >feministische Bildungsarbeit< einerseits synonym benutzt werden (vgl. u. a. ARBEITSGRUPPE FRAUENBILDUNG UND POLITIK 1992) und andererseits einzelne Autorinnen ausschließlich einen der Begriffe für ihr Konzept benutzen: z. B. formuliert CHRISTIANE SCHIERSMANN (1987) ihren Ansatz im Kontext der Ansätze zur >Frauenbildung<, während die Frankfurter Frauenschule ihre

Bildungsarbeit als explizit >feministische Bildungsarbeit< kennzeichnet (VEREIN SOZIALWISSENSCHAFTLICHE FORSCHUNG UND BILDUNG FÜR FRAUEN 1990).
Die Erwartung, daß im folgenden eine Begriffsklärung vollzogen wird, so daß die Unterschiede zwischen den mit den Begriffen verbundenen Bildungskonzeptionen eindeutig benannt und kategorisiert werden, muß enttäuscht werden. Der Versuch der Differenzierung wäre mit

- einer Entstehungsgeschichte die die Begriffe miteinander verknüpft,
- einer gemeinsam benutzten Terminologie,
- personellen Überschneidungen durch Referentinnen, die in unterschiedlichen Institutionen der Erwachsenenbildung arbeiten und
- Übereinstimmungen in den methodisch-didaktischen Konzepten

konfrontiert.

Für die Zukunft steht die Forderung nach einem bewußten Umgang mit diesen Begriffen. Dies kann m. E. dadurch gelingen, indem die Kontextgebundenheit der Begriffe betont wird. Erst diese Kontexte werden die Differenzierung ermöglichen. Mit diesem Kapitel soll ein Beitrag zur Auseinandersetzung um die Existenz oder Nicht-Existenz der Unterschiede, die mit den Begriffen >Frauenbildung< und >feministische Bildung< einhergehen, geleistet werden. In diesen Prozeß ist auch der Begriff >autonome feministische Bildungsarbeit< mit einzubeziehen.

Einige Ansätze der >Frauenbildung< wurden in den 70er Jahren auch mit Begriffen wie >Frauenbildung im Interesse von Frauen<, >frauenrelevante Bildung< oder >Neue frauenspezifische Bildung< belegt. Die Bezeichnungen weisen auf den Zusammenhang zur emanzipatorischen Erwachsenenbildung hin und darauf, das diese Konzepte nicht primär durch Auseinandersetzung in und mit der Frauenbewegung entstanden. Im Kontext der Neuen Frauenbewegung wurde in den Anfängen mit >Frauenbildung< jene Bildung an den Volkshochschulen gekennzeichnet, die sich an den >anderen Teil der Frauenbewegung< (=Familienfrauen) wandte (vgl. JANSSEN 1979).

Es waren vor allem Frauen aus den Frauenzentren, die mit den sogenannten >Frauengesprächskreisen für Hausfrauen< an den Volkshochschulen, definiert als politische Bildung für Frauen (>das Private ist politisch<), begannen und diese etablierten. Die Dozentinnen der ersten

Frauengesprächskreise waren überwiegend Feministinnen, die Kinder hatten oder über den zweiten Bildungsweg an die Hochschule gekommen waren. Klassenzugehörigkeit bzw. der konkrete Lebenszusammenhang unterschied sie somit von der mittelschichtsgeprägten, kinderlosen Studentin, die die Frauenzentrumsbewegung prägte. Der Begriff >feministische Bildungsarbeit< kristallisierte sich erst in der weiteren Entwicklung der Bildungsarbeit im Kontext der Neuen Frauenbewegung heraus, bei gleichzeitiger Institutionalisierung von >feministischer Bildung< und >Frauenbildung< in den verschiedenen Institutionen.

Ch. Schiersmann, unterschied in ihrer 1984 erschienenen Bibliographie zwischen dem "Engagement von Frauen zugunsten von Frauen (...) entweder im Rahmen einer umfassenden Zielgruppenarbeit, wobei Frauen oder bestimmte Gruppen von Frauen dann eine unter verschiedenen Zielgruppen darstellen" oder einem Konzept, daß "zur Begründung dieses besonderen Interesses für Frauen im Rahmen eines feministischen Ansatzes auf in unserer Gesellschaft vorherrschende patriarchalische Herrschaftsstrukturen" (9) verweist. Die Konzepte zur Frauenbildung haben sich jedoch in den 90er Jahren dahingehend entwickelt, daß sie ihre Frauenbildungsarbeit nicht mehr als >Zielgruppenarbeit< definieren (vgl. auch ARBEITSGRUPPE FRAUENBILDUNG UND POLITIK 1992), so daß dieser Aspekt in seiner Funktion als Unterscheidungskriterium versagt. Für die feministische Bildungsarbeit bleibt jedoch bestehen, daß ihre Konzepte auf der Basis einer Patriarchatsanalyse und -kritik entwickelt werden und sich in den Kontext des feministischen Diskurses einordnen lassen.

Auch wenn in der Praxis nicht von >der< Frauenbildung gesprochen werden kann und ein Differenzierungsversuch sich mit einer unübersichtlichen Ausdifferenzierung von Bildungskonzeptionen >von und für Frauen< konfrontiert sieht, so kann m. E. nicht dazu übergegangen werden, den Begriff >feministische Bildungsarbeit< als Relikt einer überwundenen Phase im Kontext der >Frauendebatte im Bildungsbereich< zu kennzeichnen und abzustreifen. Diesen Standpunkt vermittelt SYLIVA KADE in der Einleitung zu ihrer 1992 erschienenen Bibliographie >Frauenbildung<. >Frauenbildung< erscheint als Sammelbegriff, der in die Bereiche allgemeine Bildung für Frauen, berufliche Weiterbildung und autonome Frauenbildungsarbeit eingeteilt werden kann (vgl. 10). Der Begriff >feministische Bildungsarbeit< scheint überholt. Eine solche Argumentation übersieht, daß sich mit dem Begriff >feministisch< ein politisches Selbstverständnis artikuliert. Daß dieser Begriff sowohl >Kampfbegriff< als auch >Schimpfwort< und in seiner Bedeutung jeweils an den herrschenden Diskurs gebunden ist, wurde in den vorausgegangenen Ausführungen deutlich (z. B. die Entpolitisierung des Begriffes in der Zeit des Nationalsozialismus). Auch in den 90er Jahren unterliegt der Begriff einer vielfältigen Verwendungs- oder Negierungspraxis.

Auf einen Nenner gebracht: während der Begriff >Frauenbildung< sich als ein Teilbereich der Erwachsenenbildung kennzeichnen läßt und unsichtbar bleibt, inwieweit er sich der politischen Praxis der Frauenbefreiung verpflichtet fühlt, wird durch den Begriff >feministische Bildungsarbeit< die Anbindung an den Feminismus und die Idee der Frauenbefreiung explizit benannt. Was offen bleibt ist die zugrundeliegende konkrete feministische Position.

Was läßt sich über den Begriff >autonome feministische Bildungsarbeit< aussagen?

Die *autonome feministische Bildungsarbeit* ist feministische Bildungsarbeit, die in selbstverwalteten Frauenbildungsprojekten durchgeführt wird. Sie unterscheidet sich somit von der feministischen Bildungsarbeit hinsichtlich des Ortes, wo die Bildungsarbeit geschieht. Aber auch dieser Begriff ist nicht von Fehlinterpretationen geschützt, wie am Beispiel von ANGELA JURINEK-STINNER (1982) aufgezeigt werden kann. Die Autorin stellt neue Frauenbildungskonzepte in etablierten Institutionen denen von autonom organisierten Frauengruppen gegenüber. Sie benutzt den Begriff >selbstorganisierte Frauenprojekte<, was zu der Annahme verleitet, es handele sich um Frauenprojekte.[1] Die typisierende Gegen-

---

[1] Welche >Orte< werden unter dem Begriff >Frauenprojekte< gefaßt? Herrad Schenk (1980) hat die Verlaufsdynamik der ersten zehn Jahre der Neuen Frauenbewegung in drei Phasen - in Kenntnis um die pauschalisierenden Tendenzen solcher Phasenmodelle - eingeteilt. Das Phasenmodell von H. Schenk verdeutlicht, welche Projekte im Kontext der Neuen Frauenbewegung mit dem Begriff >Frauenprojekte< erfaßt werden. Frauenprojekte sind in der dritten Phase der Frauenbewegung ab Mitte der 70er Jahre entstanden und stellen die ersten Ansätze einer >feministischen Gegenkultur< dar. Voraus ging die Entstehungsphase als erste Phase (1971 - 1974/5), in der sich Frauen und Frauengruppen zusammengeschlossen haben und ein Bewußtsein der Gemeinsamkeit herausbildeten. Die Kampagne um den § 218 war für diese Phase bestimmend. Die darauffolgende zweite Phase ab 1975 kennzeichnet H. Schenk als >Wende nach innen<. Von vorrangiger Bedeutung in dieser Phase waren die Selbsterfahrungsgruppen (ebd. 82 f.). (Fortsetzung...)

überstellung von A. Jurinek-Stinner macht jedoch deutlich, daß es sich nicht um die Bildungsarbeit in den Frauenprojekten handeln kann. A. Jurinek-Stinner subsumiert unter dem Begriff autonome Frauenprojekte bzw. selbstorganisierte Frauenprojekte sowohl Selbsterfahrungsgruppen als auch Frauenzentren und Frauenstudien-Initiativen (vgl. ebd. 16-20).[1]

>Autonome feministische Bildungsarbeit< ist insbesondere durch folgende Qualitäten gekennzeichnet:

- die *Institution* wird ausschließlich von Frauen verwaltet und definiert sich als *feministischer Ort*;
- *Lesben* sind keine diskriminierte Minderheit, sondern stellen einen selbstbewußten Teil der Teilnehmerinnenstruktur dar, darüber hinaus den überwiegenden Teil der Referentinnen und der Projektfrauen;
- die *Teilnehmerinnen* definieren sich nicht über ihre gesellschaftliche Rolle und nicht im Gegenüber zu Männern, sondern auf der Basis von Frauenachtung im Beziehungsgefüge mit Frauen;
- die *Ganzheitlichkeit* wird nicht nur durch die Vielfalt von Methoden, die Körper, Geist und Seele zu integrieren versuchen, gewahrt, sondern in den Frauenbildungshäusern zudem durch den Tag-und-Nacht-Aufenthalt, der Leben und Lernen exemplarisch verbindet;
- Grundlage der *Inhalte* ist nicht vorrangig die Rolle der Frau als Hausfrau und Mutter bzw. die Doppelbelastung der Frau durch Haus- und Berufstätigkeit, sondern primär wird die >Frau< unter dem Aspekt ihrer Rolle als Opfer, Mit-Täterin, Schöpferin und Bewahrerin betrachtet.

Den Ausführungen zur Begriffsdefinition sei abschließend folgendes angemerkt: wenn ein Begriff einerseits eine Bildungspraxis zu kennzeichnen sucht, aber andererseits festgestellt werden muß, daß er nicht (mehr) aussagekräftig ist, ist es notwendig, daß sich eine Praxis einschließlich

---

[1](...Fortsetzung)
Frauenprojekte und Selbsterfahrungsgruppen sind strukturell verschieden voneinander.

[1] Die Aussagen A. Jurinek-Stinners über den Bereich >selbstorganisierte Frauenprojekte< schließt die Erfahrungen und Erkenntnisse der 1982 bereits bestehenden Frauenbildungsprojekte nicht mit ein.

der ihr zugrundeliegenden Theorie ausführlich in ihren Inhalten und Methoden darstellt, um auf den bildungstheoretischen (bzw. den feministischen) Diskurs konstruktiv einwirken zu können. D. h. die Offenheit dieser Begrifflichkeit führt zur Notwendigkeit einer kontinuierlichen Reflexion und Darstellung von Theorie und Praxis. Sie gibt jeder Einzelnen, die in dieser Praxis wirkt, die Freiheit und die Verantwortung, den >eigenen Ansatz< zu formulieren, so daß die Unterschiedlichkeit zum kreativen Impuls dieser vielfältigen Bildungsarbeit werden kann.[1] Hierzu soll im folgenden durch die Darstellung unterschiedlicher Ansätze zur Frauenbildung sowie zur feministischen Bildungsarbeit und durch die Formulierung eines neuen Konzepts, daß sich selbst der feministischen Bildungsarbeit zuordnet, beitragen werden.

1.7 Der Bildungsbegriff

Der Bildungsbegriff feministischer Bildungsarbeit vermittelt sich sowohl durch Kritik und Anknüpfung an den traditionellen Bildungsbegriff (VEREIN SOZIALWISSENSCHAFTLICHE FORSCHUNG UND BILDUNG FÜR FRAUEN 1990: 25-30) als auch durch Begründung des Bildungsbegriffs aus weiblicher Sicht auf der Grundlage der These der Geschlechterdifferenz (ORTMANN 1990). Feministische Bildungsarbeit betont weniger den Aspekt der Wissensansammlung als vielmehr die Persönlichkeitsbildung im Sinne einer Subjektwerdung der Frau im Zeichen ihres Geschlechts. Dieser Prozeß verlangt einen >ganzheitlichen< Ansatz, indem versucht wird, kognitives, emotionales und soziales Lernen miteinander zu verbinden. Der Begriff der >Ganzheitlichkeit< wird zudem dahingehend interpretiert, daß der Bildungsprozeß Elemente von Beratung, Kommunikation, Information, Kultur und Forschung integrieren soll (vgl. QUINTEN 1987: 237; DERICHS-KUNSTMANN 1984: 168 f.).

Ein weiterer Aspekt im Kontext der Diskussion um den Bildungsbegriff aus feministischer Sicht ist die Zurückweisung der Defizitanalyse wie auch die Infragestellung der Chancengleichheit durch Bildung. B. Rend-

[1] Ein Prozeß, dem sich m. E. insbesondere die autonome feministische Bildungsarbeit in Zukunft artikulierter und expliziter als bisher stellen sollte. D. h. daß sich dieses Praxisfeld - wie bereits erwähnt - bis zum Beginn der 90er Jahre kaum am öffentlichen feministischen Diskurs zur Bildungsarbeit beteiligt hat und demzufolge das innovative Potential, daß dieser Praxis zu eigen ist, nicht sichtbar wird.

torff (1985) bezweifelt, daß eine Chancengleichheit durch Bildung erreicht werden könnte, solange das strukturelle System gesellschaftlicher Machtverteilung nicht verändert wird. Durch die Proklamation der >gleichen Chancen< wird die Aufhebbarkeit der Minderbewertung von Frauen durch objektive Gleichheit des Wissens suggeriert (vgl. ebd. 10).

HEDWIG ORTMANN (1987 u. 1990), auf deren Beitrag zur >Revision eines Bildungsbegriffs aus weiblicher Sicht< im folgenden näher eingegangen werden soll, betont in diesem Zusammenhang, daß durch die Angleichung der Frauen an männliche Privilegien eine immer weiter fortschreitende Invasion des Bewußtseins der Frauen durch vorgefertigte patriarchale Interpretationsmuster vonstatten geht. "Was auf diese Art ausgemerzt wird" - so die Autorin - "ist ein Bewußtsein, daß um Begriffe kreist wie Alltag und Alltäglichkeit, Lebenszeit und -rhythmus, Sexualität und Spiritualität, Körperlichkeit und Anmut, aber auch Erfahrung, Gefühl und Liebe" (ORTMANN 1990: 18). Die Konsequenz ist, Bildung für Frauen als eine Bildung des Weiblichen zu begreifen. Die Bildung des Weiblichen rührt nach H. Ortmann >an eine fast vergessene Tradition des Weiblichen<, die es auf einer neuen Bewußtseinsebene mit anderen Mitteln wiederzuentdecken gilt (vgl. ebd. 12). Die zu bewältigende Aufgabe liegt in der >radikalen Umgestaltung< der Erkenntnisgrundlagen unter der Einbeziehung der weiblichen Denk- und Wahrnehmungsweisen. Element dieser neuen Denkstruktur ist die Differenz, die "Erfassung eines zugleich von sehr komplexen und miteinander verbundenen, aber differenten Strukturen" (ebd. 23).

Die Autorin sucht die weiblichen Denkstrukturen im Kontext einer sprachhistorischen Betrachtung des Begriffs *Einbildung* zu fassen, der sowohl positiv wie negativ belegt wird. Der Begriff >Einbilden< (der eine Sprachschöpfung der Mystiker darstellt), in seiner Bedeutung >hineinprägen in die Seele<, als >Wirkung einer göttlichen Kraft<, ist zur bloßen menschlichen Phantasie degradiert. >Einbildung< wird als Hirngespinst und weibliche Denkschwäche weiterhin ausgemerzt" (ebd. 26).

Die Realität gegenwärtig vorfindlicher Bildung verweist weniger auf Bildung im obigen Sinne als vielmehr im Sinne von >Ausbildung< (Abstimmung und Ausrichtung auf ein Qualifikationsprofil). Ausbildung ist eindimensional auf "die Anlagerung von Wissen und Fertigkeiten, die als notwendige Voraussetzungen für die Ausübung eines Berufes angesehen werden" (ebd. 26) angelegt. Persönlichkeitsbildung ist in diesen Konzepten nicht vorgesehen.

Die Autorin faßt zusammen: "In der Welt des dualistischen Denkens und Wahrnehmens ist Bildung ein Produkt des Machens, der absichtlichen Hervorbringung und planenden Gestaltung eines Bildes. Bildung ist das Produkt eines bewußten Einwirkens, in dem sich die instrumentelle Macht des Männlichen zeigt" (ebd. 29). Für den Entwurf eines Bildungsbegriffs im Kontext feministischer Bildungsarbeit heißt dies, daß dieser nicht "aufs neue und noch tiefer in die Fallstricke eines zu überwindenden Weltbildes führt" (ebd. 32).

Resümierend kann festgehalten werden, das der feministische Bildungsbegriff Persönlichkeits- und Wissensbildung integriert. Er kennzeichnet einen Erinnerungs-, Veränderungs- und Erkenntnisprozeß, in dem Frauen sich - im Kontext der These der Geschlechterdifferenz - ihrer Potentiale bewußt werden mit dem Ziel der Wahrnehmung und Verwirklichung >weiblicher< Erkenntniskraft. Als Voraussetzung zur Realisierung eines solchen Bildungskonzepts wird die Befreiung aus dualistischen Denkmodellen angesehen, die es zu erkennen und zu überwinden gilt. Der Bildungsbegriff verweist somit auf Bildungsarbeit als einen Prozeß der Bewußtseinsveränderung, der gleichzeitig die (Selbst-)Bewußtwerdung der Frau als historisch weibliches Subjekt intendiert.

2 Theorieansätze zur Frauenbildung und zur feministischen Bildungsarbeit

Die zum gegenwärtigen Zeitpunkt zugängliche Literatur zum theoretischen Hintergrund der Frauenbildung bzw. der feministischen Bildungsarbeit weist nur wenige umfassende Arbeiten, wie die von Ch. Schiersmann (1987) (ein Konzept zur Frauenbildung), von B. Rendtorff (1985) (ein Konzept zur feministischen Frauenbildung) und dem KONZEPT DER FRANKFURTER FRAUENSCHULE (VEREIN SOZIALWISSENSCHAFTLICHE FORSCHUNG UND BILDUNG FÜR FRAUEN 1989/90) (ein Ansatz zur autonomen feministischen Bildungsarbeit) auf.[1] Nach wie vor findet sich die Theoriediskussion vorwiegend auf Einzelbeiträge in Sammelbänden beschränkt. Kriterium der Zuordnung der fünf exemplarisch ausgewählten Konzepte zur feministischen Bildungsarbeit bzw. Neuen Frauenbildung ist zudem die Selbstdefinition der Autorinnen.

Für die nachfolgenden Ausführungen wurden unterschiedliche Theorieansätze zur Neuen als auch zur feministischen Frauenbildung unter der Perspektive ausgewählt, die Vielfalt zu verdeutlichen und sowohl konträre als auch gemeinsame Elemente zu kennzeichnen.

Nachfolgende Darstellungen gelten einer Sichtbarwerdung der unterschiedlichen Aspektierungen. Vor diesem Hintergrund wird sich der in dieser Arbeit zu entwickelnde theoretische und konzeptionelle Ansatz bezüglich seines spezifischen Zugangs zur Bildung abheben können. Hauptmerkmal dieses Ansatzes ist die Modifizierung des Selbsterfahrungskonzeptes und die Hervorhebung der Kategorie >Bewußtsein< im Kontext einer Dualismusanalyse und -kritik.

---

1 Im folgenden wird, wenn sich auf die oben genannte Veröffentlichung des >Vereins Sozialwissenschaftliche Forschung und Bildung für Frauen< bezogen wird, der Einfachheit halber von der >Frankfurter Frauenschule< oder den >Frauen der Frankfurter Frauenschule< gesprochen.

2.1 Frauenbildung im Kontext erwachsenenpädagogischer Theorien

Einige der Theorieansätze der Neuen Frauenbildung sind aus der Auseinandersetzung mit den Theorien zur Erwachsenen- bzw. Weiterbildung entstanden. In diesem Zusammenhang waren die Diskussionen um die Weiterbildung in den 70er Jahren mit ihrer emanzipatorisch-kritischen Orientierung sowie die in den 80er Jahren postulierte >Alltagswende< und die Hervorhebung des >subjektiven Faktors< von vorrangiger Bedeutung. Dieser zuletzt genannte Trend resultierte aus dem Scheitern von Reformbemühungen, denen eine politisch-ökonomische Argumentationsweise zugrunde lag. Mit der Alltags- bzw. Lebensweltorientierung wurden die subjektiven Handlungs- und Interpretationsmuster von Individuen und Gruppen als relevante Ausgangspunkte von Bildungsprozessen in den Vordergrund gerückt (vgl. SCHIERSMANN 1987: 227). Frauen, die ihren Emanzipationsprozeß im Berufsfeld der traditionellen Erwachsenenbildung vollzogen, formulierten ihren >frauenrelevanten< Ansatz im Rahmen einer Beteiligung am bildungspolitischen Diskurs.

Am Beispiel der Konzepte von KARIN DERICHS-KUNSTMANN (1984) sowie von Ch. Schiersmann (1987) soll konkretisiert werden, wie emanzipatorische erwachsenenpädagogische Modelle durch eine frauenbezogene Perspektive modifiziert werden. Die Theorieansätze zur feministischen Bildungsarbeit von B. Rendtorff und der Frankfurter Frauenschule sind in unmittelbarem Zusammenhang mit dem feministischen Diskurs entstanden.

Nachfolgende Übersicht benennt die theoretischen Ansätze der Erwachsenenbildung, die die Neue, aber auch die feministische Frauenbildungsarbeit maßgeblich beeinflußt haben (siehe hierzu: DERICHS-KUNSTMANN 1984).

TeilnehmerInnenorientierung (BRELOER u. a. 1980)

Hier werden die TeilnehmerInnen bei der Planung und Durchführung der Bildungsangebote mit einbezogen.

Erfahrungsansatz (NEGT 1968; BROCK u. a. 1978)

Dieser Ansatz wurde vorrangig in der politischen und gewerkschaftlichen Bildungsarbeit verwirklicht und setzt an den alltäglichen Erfahrungen der TeilnehmerInnen und deren Reflexionen an.

Zielgruppenorientierung

Sie sucht eine Gruppenzusammensetzung von TeilnehmerInnen mit ähnlichen Interessen zu erreichen, um wirksamer entsprechende methodisch-didaktische Konzepte erstellen und durchführen zu können.

Handlungsorientierung (HEIMVOLKSHOCHSCHULE HUSTEDT 1980)

Diese sucht eine Wirksamkeit des Bildungsprozesses hinsichtlich einer Umsetzung von Erkenntnissen in Handlungen außerhalb der Bildungsveranstaltung und wurde primär in der politischen Bildungsarbeit mit dem Ziel politisches Handeln zu forcieren umgesetzt.

Alltags- bzw. Lebensweltorientierung (RUNKEL 1976)

Gemäß diesem Ansatz ist die Lebenspraxis der TeilnehmerInnen zu reflektieren und zu verändern. TeilnehmerInneninteressen und pädagogische Intention (Alltagswissen und wissenschaftliche Theorie) können nur miteinander verschränkt werden - so die Begründung dieser Ansätze - wenn die Alltagserfahrungen der TeilnehmerInnen ernst genommen werden.

Integrierte bzw. arbeitsorientierte Ansätze (FAULSTICH 1981)

Beziehen sich auf die Aufhebung der Trennung von allgemeiner und beruflicher sowie politischer Bildung. Hierzu werden zwei unterschiedliche Argumentationsstränge aufgezeigt und verfolgt: zum einen die bildungspolitische Argumentation und zum anderen die gesellschaftstheoretische Begründung (vgl. hierzu SCHIERSMANN 1987: 54-69).

Auf den *Kompetenzansatz* (DERICHS-KUNSTMANN 1984) und die *Theorie eines integrierten Bildungskonzeptes* (SCHIERSMANN 1987) soll im weiteren näher eingegangen werden.

2.1.1 Der Kompetenzansatz

In Anlehnung an den Ansatz der Handlungsorientierung vertritt K. Derichs-Kunstmann (1984) in einem Aufsatz ihren Kompetenzansatz:

> "Frauenbildung sollte - sowohl im Bereich der enger sachorientierten, qualifizierten Bildung als auch im Bereich der personenorientierten Bildung - immer darauf gerichtet sein, die Handlungsfähigkeit (Kom-

petenz) der Teilnehmerinnen in den jeweils themenbestimmenden Handlungsbereichen zu erweitern" (ebd. 164).

Die Bestimmung der Kompetenzen, die auszubilden sind, ist abhängig von den jeweiligen Handlungsfeldern der Teilnehmerinnen. Als Ziel formuliert K. Derichs-Kunstmann, daß an vorhandenen Kompetenzen anzusetzen sei, diese zu wecken und bewußt zu machen sowie neue Kompetenzen zu entwickeln.

Ob nun diese neuen Handlungsmöglichkeiten von den Frauen in ihrem Alltag auch umgesetzt werden, kann - so K. Derichs-Kunstmann - von der jeweiligen Kursleiterin nicht kontrolliert werden. Sie sieht eine kumulative Wirkung von Seminaren in der Erwachsenenbildung "also ein - vielleicht unmerklicher - Faktor unter vielen anderen (..), die sich schließlich zu einer neuen Stufe von Handlungskompetenzen zusammenschließen" (ebd. 165).

Des weiteren integriert sie die *Teilnehmerinnenorientierung* in ihr Konzept zur Frauenbildungsarbeit als didaktisch-methodische Vorgehensweise. Diese wiederum legt eine *Zielgruppenarbeit* nahe, da sich Frauen mit einem ähnlichen Lebenshintergrund leichter gemeinsame Ziele erarbeiten können (z. B. erwerbslose Mädchen, Hausfrauen etc.). In diesem Konzept meint *Zielgruppenorientierung* nicht die Gesamtheit der Frauen als Zielgruppe, sondern einen didaktisch-methodischen Aspekt bei der Planung und Vorbereitung von Bildungsangeboten für Frauen.

> "Soziale oder/und biografische Daten werden dabei zur Zielgruppenbeschreibung herangezogen, die relative Gemeinsamkeit von Lebensentwürfen und Daseinsinterpretationen diente als Ansatzpunkt einer gemeinsamen Bildungsarbeit, aus dem Bestreben heraus, möglichst homogene Teilnehmerinnengruppen zusammenzusetzen und von daher sich leicht auf eine gemeinsame Zielperspektive einigen zu können" (ebd. 169 f.).

Die Autorin vermerkt, daß sich die Frauenbildungsarbeit im Gegensatz zu den Anfangsjahren, in denen prinzipiell von der Betroffenheit der Frau als Frau, d. h. der gemeinsamen Unterdrückung und Abhängigkeit aller Frauen in dieser Gesellschaft ausgegangen wurde, immer mehr hinsichtlich der Teilnehmerinnenstruktur differenziert hat. Einen Nachteil sieht sie darin, daß Angebote, in denen sich Frauen aus unterschiedlichen Lebensbereichen begegnen können, immer seltener werden.

Neben der Teilnehmerinnenorientierung - die nach K. Derichs-Kunstmann die gemeinsame Erarbeitung von Lernzielen und Lösungsmöglichkeiten der bei den Frauen vorhandenen Problemen einschließt (ebd. 174) - sieht sie den *Selbsterfahrungsansatz* und den *Erfahrungsansatz* als grundlegend für das methodische Vorgehen in der Frauenbildung an. Erfahrungsansatz bedeutet für sie das "Einbeziehen der Erfahrungen und Erkenntnisse der Teilnehmerinnen und gemeinsam darauf aufbauend Auseinandersetzung mit dem Lerngegenstand" (ebd.).

In einer weiteren Konsequenz spricht sie von einem *ganzheitlichen Ansatz* der Frauenbildungsarbeit, da "Elemente selbsterfahrungsorientierter Konzepte (Wagner 1979), aber auch von Verhaltenstraining (Adams/Lenz 1981) ebenso wie Elemente der Gruppendynamik und therapeutischer Konzepte" (ebd.) einfließen.

Parteilichkeit und *Betroffenheit* (>Parteilichkeit setzt Betroffenheit voraus< ebd. 168) sind für sie grundlegende Aspekte der Frauenbildungsarbeit.

Resümierend läßt sich folgendes formulieren: K. Derichs-Kunstmann greift unterschiedliche Ansätze emanzipatorischer erwachsenenpädagogischer Theorien auf, faßt sie unter dem Postulat der >Kompetenzerweiterung< zusammen und überträgt sie auf ein Konzept zur Frauenbildungsarbeit. Ihre Kriterien für die Auswahl wer den nicht sichtbar. Zudem lassen ihre Ausführungen eine kritische Auseinandersetzung mit den verschieden Konzepten vermissen.

Ch. Schiersmann begrenzt sich in ihrer Suche nach einem Konzept zur Weiterbildung von Frauen auf die alltags- und lebensweltorientierten Ansätze zur Erwachsenenbildung. Wie sie in einer kritischen Analyse zu einem eigenen Ansatz findet, der sich auf den Situationsbegriff stützt, zeigt nachfolgender Abschnitt.

2.1.2 Theorie eines integrierten Bildungskonzepts

Integration meint hier - wie bereits erwähnt -, daß die Trennung zwischen beruflicher und allgemeiner bzw. politischer Bildung aufgehoben werden soll.[1]
Auf der Suche nach relevanten Aspekten und Dimensionen eines berufsbezogenen Weiterbildungskonzepts im Interesse von Frauen unterzieht Ch. Schiersmann (1987) die Konzepte der Integration, arbeitsorientierte Ansätze sowie Alltags- und Lebensweltorientierung einer kritischen Reflexion.

Die theoretisch-konzeptionellen Begründungen des Integrationspostulats sind recht unterschiedlich. Eine Analyse von Ch. Schiersmann verdeutlicht nicht nur eine >begriffliche Unschärfe< und >ungelöste theoretische Probleme<, sondern vor allem auch die Ausklammerung und Nichtbeachtung der widersprüchlichen Lebensrealität von Frauen aufgrund ihrer Doppelrolle in Beruf und Familie.

Sowohl kritisch als auch antizipativ setzt sich die Autorin mit den >arbeitsorientierten< Ansätzen (DIKAU 1978; FAULSTICH 1981) auseinander, die die Trennung zwischen allgemeiner und beruflicher Bildung gesellschaftstheoretisch - und nicht bildungstheoretisch wie der Integrationsansatz - begründen. >Arbeit< ist eine zentrale Kategorie dieses Ansatzes, da der Erwachsene primär durch seine Arbeitstätigkeit bestimmt ist, durch die wiederum die Persönlichkeit beeinflußt wird (vgl. SCHIERSMANN 1987: 63). Angesichts der Verknappung von Arbeitsplätzen sowie struktureller Veränderungen durch Arbeitszeitverkürzungen etc. wird die >Arbeit< als zentrales Element der Persönlichkeitentwicklung zunehmend widersprüchlich.
Da die >arbeitsorientierten< Ansätze auch die Haus- und Beziehungsarbeit der Frau unbeachtet läßt, plädiert Ch. Schiersmann für den erweiterten Arbeitsbegriff, der Erwerbsarbeit und nicht entlohnte Haus- bzw. Familienarbeit als komplementäre Arbeitsformen definiert.

Die Autorin kritisiert weiterhin die Vernachlässigung der Subjektdimension beider Ansätze, da sie in der Berücksichtigung der individuellen

---

1 Bremen hat - als einziges Bundesland - 1974 das Prinzip der Integration als anzustrebendes Ziel in seinem Erwachsenenbildungsgesetz verankert.

Erfahrungen und Sichtweisen der Teilnehmerinnen die Möglichkeit sieht, Subjektbildung und politisch-gesellschaftliche Lerndimensionen miteinander zu verbinden. In den alltags- und lebensweltorientierten Ansätzen findet sie diese Subjektdimension.

Vorab definiert sie ihr Konzept einer >integrierten berufsbezogenen Weiterbildung<, das strukturell geschlechtsneutral ist:

> "Da für die Zukunft eine begriffliche Abgrenzung von allgemeiner, beruflicher und politischer Bildung in trennscharfer Form nicht mehr möglich und sinnvoll erscheint und da eine grundsätzliche Erweiterung vorliegender Integrationsansätze sowohl um den Bereich der Reproduktion als auch um die subjektive Dimension der Auseinandersetzung mit Wirklichkeit intendiert ist, wird im folgenden auf der begrifflichen Ebene nicht mehr von Integration beruflicher, politischer und allgemeiner Bildung, sondern - bei Aufrechterhaltung der zentralen inhaltlichen Intention der früheren Konzepte - von einem >integrierten Bildungskonzept< bzw. einem >integrierten Konzept berufsbezogener Weiterbildung< gesprochen" (ebd. 189).

Die berufsfachliche Dimension sowie die Reflexion der Arbeits- und Lebenssituation sind zentrale Bestandteile dieses Konzepts (vgl. ebd. 205).

In ihrer Suche nach Ansätzen, die einer Konkretisierung der Alltagsorientierung in der Erwachsenenbildung - und damit der Frauenbildung - gerecht werden könnten, wendet sie sich dem Lebensweltbegriff zu. Konsequent kritisiert sie auch diesen: einerseits hinsichtlich der Verengung zu einem Subjektivismus (durch Negation der konkreten Bedingungen der Arbeit und Formen des politischen und gesellschaftlichen Zusammenlebens), andererseits hinsichtlich seines universalistischen Anscheins. Zudem sieht sie in diesen Ansätzen (Lebenswelt- und Alltagsorientierung) eine Ausblendung der Existenz von Machtstrukturen durch >sozial unspezifische Verwendung< des Lebensweltbegriffs (vgl. ebd. 231). Erst objektive Strukturen in ihrer Wechselwirkung mit subjektiver Wahrnehmung - so Ch. Schiersmann - ermöglichen reflexives Lernen.

Die verschiedenen lebens- und arbeitsweltorientierten Ansätze haben eine Gemeinsamkeit, die Ch. Schiersmann zur Rezeption dieser Ansätze bewog: die Konzepte setzen voraus, daß es in der Erwachsenenbildung nicht nur um die Vermittlung technisch-instrumentellen Wissens geht, sondern gleichzeitig um die Reflexion von Sinnzusammenhängen und Perspektiven von Handlungsmöglichkeiten.

Ch. Schiersmann möchte an der Lebenssituation der Teilnehmerinnen anknüpfen, indem sie die verschiedenen typischen Einzelsituationen, die sich zur Lebenssituation zusammenfassen lassen, analysiert. Ziel ist die Ableitung der jeweilig spezifischen Lernvoraussetzungen und Bildungsinteressen. Die Autorin schlußfolgert, "daß ein facettenreicher Situationsansatz am ehesten in der Lage sein könnte, die mit dem Integrationsanspruch verbundenen Zielsetzungen in der pädagogischen Praxis auch zu realisieren" (ebd. 226).

Die Begründung für den Situationsansatz sieht Ch. Schiersmann darin, daß Teilnehmerinneninteressen und pädagogische Intention oder anders ausgedrückt Alltagswissen und wissenschaftliche Theorie nur miteinander zu verschränken sind, wenn die subjektiven Alltagserfahrungen der Teilnehmerinnen ernst genommen werden. Dabei handelt es sich um die verschiedenartige Struktur von Alltagswissen und Wissenschaftswissen, d. h. Lernprozesse sind in ihrer Struktur (und nicht hinsichtlich ihrer Lernziele und Aufgabenbereiche) zu erfassen.

In einem Überblick stellt die Autorin die Verwendung des Situationsbegriffs in verschiedenen Disziplinen der Sozial- und Erziehungswissenschaften dar. Aus ihrem Resümee wird ihre Entscheidung für den Situationsbegriff nochmals (im Gegensatz zum Lebensweltbegriff) ersichtlich:

> "Der Situationsbegriff verweist auf den elementaren Sachverhalt, daß sich alltäglich menschliches Bewußtsein und Handeln immer in situativen Kontexten äußert. Dies bedeutet auch, daß sich Geschehensverläufe und Bedeutungszusammenhänge nur aus den jeweiligen konkreten Situationen heraus angemessen entschlüsseln und rekonstruieren können. Diese theoretische Verortung stellt einen wesentlichen Fortschritt gegenüber einer personenzentrierten Betrachtungsweise dar" (ebd. 250).

Für Ch. Schiersmann stellt der Begriff >Situation< die geeignete Kategorie dar, um eine Vermittlung zwischen >alltäglichen Wissensbeständen und Wissenschaftswissen< herzustellen, denn die Situation ist sowohl durch die jeweils historischen und sozialen Komponeten als auch durch die individuell-biographischen Begebenheiten gekennzeichnet.

Ihre Abgrenzung zum Lebensweltbegriff präzisiert sie folgendermaßen:

> "Während der Lebensweltbegriff den ganzheitlichen Charakter des Erfahrungsraums bzw. Situativität allgemein betont, ist der Situationsbegriff, der einen Ausschnitt von Wirklichkeit bezeichnet, im Prinzip operationalisierbar und ermöglicht das Generalisieren von kleinsten Einheiten zu Klassen von Situationen. Dies erscheint als entscheidender Vorteil für die Gestaltung von Lernsituationen, weil im Rahmen von Bildungsprozessen nie der gesamte Alltag oder die Lebenswelt der Teilnehmer/innen thematisiert werden kann, sondern nur relevante, z. B. als problematisch und veränderungsbedürftig erlebte Ausschnitte des Alltagsgeschehens, d. h. Alltagssituationen" (ebd. 251).

Daraus folgt, daß die einer Lebenssituation typisch umfassenden Einzelsituationen letztlich wiederum in den Gesamtkontext >Lebenszusammenhang< einzuordnen sind.

Anhand dieser theoretischen Abhandlung gelingt es Ch. Schiersmann, ein >kategoriales Modell von Lebenssituationen< zu entwerfen, das geschlechtsunabhängig umgesetzt werden kann. Exemplarisch konkretisiert sie ihr Modell am Beispiel der >Berufsrückkehrerinnen<, indem sie die subjektive Relevanz der Erwerbsarbeit für die Frau analysiert (ebd. 107-218).

Auf die konkrete pädagogische Praxis bezogen ergibt sich folgende Verlaufsdynamik: vorhandene, alltägliche Wahrnehmungs- und Interpretationsstrukturen sollen bewußt gemacht werden; dabei soll die Integration neuen Wissens von den TeilnehmerInnen selbst vollzogen werden, indem sie diese in ihre jeweiligen Erfahrungs- und Deutungsschemata einordnen. Veränderungen von Einstellungen und Verhalten sind nur dort zu erwarten, wo alte Schemata keine Lösungen mehr erlauben und folglich erweitert werden müssen. Eine besondere Relevanz ihrer Überlegungen sieht Ch. Schiersmann für die >Adressengruppe Frauen<, "deren Lebenszusammenhang durch spezifische Ambivalenzen gekennzeichnet ist und kaum geschlossene Interpretationen angesichts einer widersprüchlichen Realität erlaubt" (ebd. 263).

Die weitgehend >geschlechtsneutrale Perspektive< Ch. Schiersmanns findet sich auch in ihrer Auseinandersetzung hinsichtlich einer Unterscheidung zwischen Alltags- und Wissenschaftswissen. Für Ch. Schiersmann ergänzen sich diese beiden Handlungs- und Erkenntnissysteme.[1] Beide dienen einer Reduktion der Komplexität von Wirklichkeit und zeichnen sich dadurch aus, daß sie auf theoriegeleitete Beobachtung und Klassifikationen von Ereignissen basieren. Die wissenschaftliche Vorgehensweise ist lediglich expliziter. Die Autorin siedelt die beiden Erkenntnisstrukturen auf einer Ebene an, was den Vermittlungsprozess zwischen beiden erleichtert.

Zu den Ausführungen von Ch. Schiersmann ist an dieser Stelle zu vermerken, daß feministische Forschung die normativ-deduktive Theoriebildung (und damit das sogenannte >Wissenschaftswissen<) als solche einer grundsätzlichen Kritik unterzogen hat und konsequenterweise die induktive wissenschaftstheoretische Position vorzieht (vgl. hierzu FOX KELLER 1986). Obwohl die Autorin sich um eine Frauenbildung im Interesse von Frauen bemüht, greift sie die bereits formulierte wissenschafts- und erkenntnistheoretische Kritik der feministischen Wissenschaft nicht auf.

Zur Begründung eines Theorieansatzes zur feministischen Bildungsarbeit würde sich die Diskussion um eine Relativierung der Kategorien >Wissenschaftswissen< und >Alltagswissen< in den Kontext des feministischen Diskurses zum Wissenschaftsbegriff stellen und explizit nach dem weiblichen Zugang zu Alltagswissen und Wissenschaftswissen fragen. An diesem Beispiel wird eine der Differenzen zwischen Neuer Frauenbildung und feministischer Bildungsarbeit deutlich.

Ch. Schiersmann versucht mit ihrem integrierten Bildungskonzept die Dichotomie von deduktiv-normativen und subjektiv- bzw. erfahrungsorientierten pädagogischen Vorgehensweisen zu überwinden. Im Kontext der Begründung ihres Entwurfs grenzt sie sich betont gegenüber anderen >defizienten< Ansätzen, inbesondere der Neuen Frauenbildung ab:

> "Es erscheint (...) nicht hinreichend, pädagogisches Handeln lediglich aus dem Bezug zur Subjektivität der Teilnehmer/innen zu begründen, wie dies in einigen alltagsorientierten Ansätzen geschieht, die gerade in der neuen Frauenbildung stark vertreten sind. (...) Wenn sich Bildung auf das Alltagsbewußtsein und -handeln ihrer Adressaten beziehen will, dann ist das in einer angemessenene Form nur vor dem

---

[1] Kritisch greift Ch. Schiersmann den Situationsansatz von W. Runkel (1976) und L. von Werder (1980) auf, die davon ausgehen, daß Alltagswissen und Wissenschaftswissen strukturell verschiedenartig sind (vgl. Schiersmann 1987: 232 f.).

> Hintergrund einer historisch-gesellschaftlichen Analyse von Alltagstheorien und der detaillierten Kenntnis alltäglicher Wahrnehmungs- und Interpretationsstrukturen der Teilnehmer/innen möglich - einschließlich der Frage, wie die Lernsituation im Alltagsbewußtsein wahrgenommen und interpretiert wird" (ebd. 262).

Den Vorwurf eines einseitigen pädagogischen Zugangs, dem ausschließlich der Faktor der Subjektivität zugrundeliegt, belegt die Autorin nicht näher. Der Hinweis auf >Neue Frauenbildung< scheint zu genügen. Ihr >eigener< Ansatz entsteht und findet somit u. a. seine Begründung in der mangelhaften, reduzierten Praxis der >Neuen Frauenbildung<. Ein durchaus übliches Verfahren einer dualistischen Erkenntnispraxis.

Bezüglich der Konzepte zur feministischen Bildungsarbeit führt Ch. Schiersmann in ihrem Aufsatz >Bilanz und Perspektiven der Bildungsarbeit mit Frauen in der Erwachsenenbildung< (1985) die gleiche Kritik an. M. E. ist es in Frage zu stellen, daß mit der These einer >Priorität zur Subjektivität< das charakteristische Merkmal feministischer Bildungsarbeit erfaßt werden kann.

Im Verlauf dieser Arbeit wird sich ein erkenntnistheoretisches Konzept herausbilden, daß primär aufgrund der Entwicklungen, der Erfahrungen und der Erkenntnisse im Kontext der autonomen feministischen Bildungsarbeit seit Ende der 70er Jahre und des feministischen Diskurses zur >Weiblichkeit< und der Frage: Wie lernen Frauen? möglich sein wird. Die Niederschrift eines solchen Konzepts ist längst überfällig. Der Beitrag der Frankfurter Frauenschule (1990) geht in die gleiche Richtung. Solche theoriebildenden Ansätze sind u. a. notwendig, damit die pauschalisierenden Wertungen, die dieser Bildungsarbeit entgegengebracht werden nicht mehr alleine stehen.

2.2 Frauenbildung im Kontext feministischer Theoriebildungsprozesse

Theorie und Praxis feministischer Bildungsarbeit stehen in einem direkten Zusammenhang mit den feministischen Theoriebildungsprozessen. Erwachsenenpädagogische Grundlagen und Prinzipien wirken demgegenüber sekundär hinein.

Die vielfältigen Positionen zum >Frauenbild<, die unterschiedlich sich entwickelnden Utopien, die Entscheidung hinsichtlich der politischen Verortung, die Einsicht in die Zwangsheterosexualität etc. wirken gestaltend in die Bildungsarbeit hinein, so daß feministische Bildungsarbeit durch eine facettenreiche Vielfalt gekennzeichnet ist. Entscheidend ist zudem, ob den Analysen und Konzepten eine soziologische, philosophische, psychologische oder politische Perspektive zugrundeliegt. Die Darstellungen der beiden nachfolgenden Konzepte haben demzufolge vorrangig exemplarischen Stellenwert.

Das Konzept der Frankfurter Frauenschule verweist über seinen theoretischen Ansatz hinaus auf die charakteristischen Merkmale eines feministischen Bildungsprojektes. Es bietet sich somit die Möglichkeit, auch diesen Aspekt beispielhaft zu beleuchten. Die Bildungsarbeit der Frauenbildungsprojekte steht in einem permanenten Wechselverhältnis zu dem Ort, an dem diese Bildung zur Wirkung kommt. D. h. diese Bildungsarbeit ist nicht zu begreifen ohne eine strukturelle Analyse der Institution, in der sie stattfindet.

2.2.1 Das weibliche Prinzip als Ausgangspunkt und Ziel feministischer Bildungsarbeit

Die Arbeit von B. Rendtorff (1985) stellt den Versuch dar, einen Ansatz zur feministischen Bildungsarbeit theoretisch zu begründen. Hintergrund ihrer Analyse ist die Praxis in einem feministischen Bildungsprojekt (FRANKFURTER FRAUENSCHULE). Ihr Verdienst ist es somit, daß sie einen Beitrag zur Auseinandersetzung um die theoretischen und konzeptionellen Grundlagen der feministischen Bildungsarbeit aus der Perspektive einer Projektepraxis leistet, denn wie bereits erwähnt zeichnet sich diese Praxis durch ein ausgeprägtes Defizit an theoretischen Beiträgen aus.

Die Autorin entwickelt ihren Ansatz aus einer Kritik an der Defizithypothese. Positiv formuliert gilt es, die Qualitäten des >weiblichen Prinzips< sichtbar werden zu lassen. Dies kann jedoch - so die Autorin - nicht im Kontext der traditionellen Bildungspraxis geschehen, da diese ausschließlich den Herrschaftsinteressen unterworfen und somit patriarchal geprägt ist. Sie stellt gleichzeitig die Forderung nach gleichen Bildungschancen für Frauen und die Bedeutung, die diese Forderung für die Verwirklichung einer Emanzipation oder Befreiung der Frauen hat, in Frage.

Die zentrale Fragestellung, die B. Rendtorff ihrer Arbeit zugrundelegt, ist kennzeichnend für die Theoriebildungsprozesse im Kontext der Frauenbildung und der feministischen Bildungsarbeit: Frauen lernen anders, aber wie? Eine Antwort auf diese Frage sucht sie im Wissen um die strukturellen Elemente des weiblichen Lebenszusammenhangs. Wodurch ist dieser Lebenszusammenhang bestimmt? Der Lebenszusammenhang - so die Autorin - ist primär durch die Tätigkeit der Frau als Haus-, Ehefrau und Mutter geprägt.

B. Rendtorff geht den Anforderungen der Hausarbeit in detaillierten Beschreibungen einzelner Situationen nach: sowohl den praktischen Tätigkeiten wie Hausputz, Herstellen von Ordnung, Nahrungszubereitung etc. als auch der emotional-kommunikativen Arbeit in der Familie. Das Resümee der Autorin: "Hausarbeit ist die widersprüchliche Einheit von Unterforderung und Überforderung von banaler, langweiliger und vielfältiger, höchst anspruchsvoller Arbeit: von unwichtigem, geringfügigem und verantwortungsvollem, lebenswichtigem Tun" (ebd. 45). Die Frage ist, was mit einer solchen Feststellung ausgesagt werden soll: die Zurückweisung der Geringschätzung der Hausarbeit? Die Bewußtwerdung dessen, was Hausfrauen leisten? Die Autorin sieht mehr darin: die Sichtbarwerdung der strukturellen Elemente des weiblichen Prinzips.

Die Autorin gelangt durch Ausblendung existentieller Lebensbereiche der Frau (z. B. Möglichkeit ökonomischer Eigenständigkeit von Frauen durch Erwerbsarbeit) und der Hervorhebung der Hausarbeit, die zur Schlüsselkategorie einer Bildungsarbeit erhoben wird (da sich durch diese an den wirklichen! Wünschen der Frauen orientiert werden kann; vgl. ebd. 15), zu den Strukturelementen des weiblichen Prinzips.

Es hat den Anschein, als stellten die Ausführungen B. Rendtorffs einen Reflex auf die Diskriminierung der Frau in ihrer Rolle als Hausfrau und Mutter dar. Einer solchen Minderbewertung kann jedoch nicht mit einer derartigen Aufwertung begegnet werden, so daß ausschließlich dieser Bereich als einzig >wahre< weibliche Praxis postuliert wird, die darüber hinaus für ein >weibliches Prinzip< bürgen soll.

Die Diskussion um den Stellenwert der Hausarbeit prägte den feministischen Diskurs der 70er Jahre, der sich weitaus differenzierter darstellte, als es die Ausführungen von B. Rendtorff nahelegen (vgl. hierzu BRÜCK u. a. 1992). Die Arbeit der Frau im >privaten Bereich der Familie< wurde im Kontext des feministischen Diskurses zum Forschungsgegenstand erhoben und die geschlechtsspezifische Arbeitsteilung - als qua natürliche - wurde in Frage gestellt. Zum anderen wurde deutlich, daß das soziologische weibliche Rollenmodell der Komplexität des weiblichen Lebenszusammenhangs kaum zu entsprechen vermag. Weibliche Erwerbstätigkeit (die keineswegs ein Phänomen des Industriezeitalters ist; vgl. hierzu WOLF-GRAAF 1981) fand in der traditionellen Soziologie nur dann ihre Berücksichtigung, wenn die der Vereinbarkeit/Unvereinbarkeit mit der Rolle der Frau als Ehe-, Hausfrau und Mutter diskutiert wurde. Kennzeichnend für den weiblichen Lebenszusammenhang ist somit die *doppelte* Ausrichtung auf Familie *und* Beruf.

Eine Bildungsarbeit, die sich konzeptionell aus einer Analyse des Lebenszusammenhangs von Frauen entwickelt, kann nicht umhin, diese Doppelausrichtung der Frau zu berücksichtigen. Denn gerade diese doppelte Ausrichtung, verbunden mit einer Vielzahl von Widersprüchlichkeiten ist das Kennzeichen weiblicher Lebensrealität.[1] Eine Analyse des weiblichen Lebenszusammenhangs, die ausschließlich die Tätigkeit der Frau als Hausfrau und Mutter zugrundelegt und die Erwerbstätigkeit als ausschließlich entfremdete negiert, blendet einen zentralen Bereich weiblicher Existenzform aus und wird dieser in seiner Komplexität nicht gerecht. Zudem besteht die Gefahr, daß eine solche Reduktion sich allzu leicht in den traditionellen Bildern von Weiblichkeit verfängt.

Gleichermaßen von zentraler Bedeutung ist für die Autorin der Begriff >Weiblichkeit<. Wie erwähnt, ist das Ziel ihrer Arbeit, aus einer strukturellen Analyse (die Struktur, die Form und die Bewertung betreffend) des weiblichen Lebenszusammenhangs das >weibliche Prinzip< herauszukristallisieren. Ihre zugrundegelegte Fragestellung lautet: "Was von dem, wie wir sind, sind wir, weil wir so sind, und was haben wir uns angelernt, von außen gesetzten Forderungen folgend?" (ebd. 74).

Das weibliche Prinzip formuliert B. Rendtorff in Anlehnung an ULRIKE PROKOP (1976) als >weibliche Produktivkräfte, die nicht entfaltet,

---

1 Die feministische Theorie hat diesen Sachverhalt mit dem Begriff der doppelten Vergesellschaftung der Frau erfaßt. D. h. Frauen verausgaben ihre Arbeitskraft in zwei unterschiedlich strukturierten Bereichen (Produktions- und Reproduktionsbereich). Aus dieser doppelten Vergesellschaftung ergeben sich die Kategorien der Widersprüchlichkeit und der Komplexität als Strukturelemente des weiblichen Lebenszusammenhangs (zur Vertiefung: Becker-Schmidt 1987b; Beer 1990; Knapp 1990).

sondern lediglich strukturell angelegte Tendenzen sind< (ebd. 82). Die Aufdeckung dieser strukturellen Tendenzen läßt jedoch alle Systematik vermissen.

Die Autorin sucht ihren Ansatz soziologisch-sozialisationstheoretisch-psychologisch zu begründen und betont ihre Distanz hinsichtlich philosophischer Begründungen. Nach einem Rekurs auf die Sozialisationsbedingungen von Mädchen und auf die Mutter-Kind-Beziehung aus psychoanalytischer Sicht, gelangt sie zu ihrem Ausgangspunkt zurück: die Strukturmerkmale weiblicher Praxis kennzeichnet sie in der Folge ihrer theoretischen Suchbewegungen mit den Begriffen *Widersprüchlichkeit* und *Uneindeutigkeit*. Im Kontext einer Differenzierung des Machtbegriffs, in der sie die herrschende Macht, die eine Macht *über* Dinge, die Natur und die Menschen darstellt und außerhalb der Natur steht, von der tätigen, lebendigen Macht, die >sich einläßt auf die Erfordernisse der selbständigen Dinge< und innerhalb der lebendigen Dinge sich bewegt (vgl. 79) abgrenzt. Die tätige Macht stellt - so die Autorin - das Grundprinzip weiblicher Praxis im Reproduktionsbereich dar. Die entscheidende Kategorie ist >*Bewegung*<:

> "Sie zeichnet sich nicht nur durch das Hervorbringen großer Einzeltaten aus, sondern durch Dauerhaftigkeit des Engagements, durch Verläßlichkeit und Beständigkeit in der stetigen Handlung, durch Vielfalt der Tätigkeiten, die in Rücksichtnahme auf die Eigenart der bearbeiteten Gegenstände und der Personen gründet, auf die die Tätigkeit zielt. Ihre Bedeutung liegt im Insgesamt der Tätigkeiten, im Tätig-Sein, der Bewegung selbst, nicht im Ergebnis. Weibliche Praxis ist also tatsächlich beständig und unstet, dauerhaft und flüchtig in der Bewegung, das ist ihr Prinzip. Sie ist widersprüchlich nicht im Sinne von sich ausschließenden antagonistischen Anteilen, sondern widersprüchlich verbunden" (ebd. 82).

Antagonistisch wird diese Widersprüchlichkeit weiblicher Lebensrealität und weiblichen Seins erst durch die gesellschaftliche Bewertung.

Zusammengefaßt ergibt sich folgender Ansatz zur feministischen Bildungsarbeit: Grundvoraussetzung ist die strukturelle Analyse des Lebenszusammenhangs von Frauen, insbesondere des Reproduktionsbereichs. Die Elemente einer solchen Bildungsarbeit sind Widersprüchlichkeit, Beziehung und Langfristigkeit. D. h. Widersprüchlichkeit ist als Prinzip und Ausdruck weiblicher Lebens- und Verhaltensmuster anzuerkennen und wertzuschätzen.

> "Ansetzen an der Widersprüchlichkeit meint: die Widersprüche (die, d. V.) bestehen, gelten lassen, dem Bedürfnis nach ihrer eindeutigen Aufhebung widerstehen, sie anerkennen als eine Grundlage unserer Lebenserfahrung - und eben auch unserer Phantasien von Veränderung" (ebd. 88).

Damit hebt sie einen Aspekt hervor, mit dem die meisten Autorinnen der Schriften zur Frauenbildung wie auch zur feministischen Bildungsarbeit übereinstimmen: an den Widersprüchen der Lebensrealität von Frauen ansetzen und diese bewußt machen.

Das zweite Element feministischer Bildungsarbeit im Sinne von B. Rendtorff, das der Beziehung, bedeutet, daß Frauen sich selbst wichtig sind. Der Beziehungsaspekt feministischer Bildungsarbeit konkretisiert dieses Prinzip weiblicher Praxis in Form des Sich-Verhaltens, Sich-in-Beziehung-setzen zu Menschen und Dingen (>Wichtig ist das Verhältnis der Frauen zu Menschen und Dingen und nicht ihr Wissen darüber<) (vgl. 97).

Die Arbeit von B. Rendtorff entspricht thematisch einer breiten Strömung des feministischen Theoriebildungsprozesses zu Beginn der 80er Jahre. Die zentrale Bedeutung des Reproduktionsbereiches ist - spätestens zu Beginn der 90er Jahre - in den Hintergrund gerückt. Die Frage nach dem weiblichen Zugang zu Wissen, danach, ob es weibliche Lern- und Denkstrukturen gibt, drängt sich in den Vordergrund. Wie sind diese Denkstrukturen zu kennzeichnen? Welche Konsequenzen hat das Wissen um Denkstrukturen für die Bildungsarbeit? Wie ist das Bewußtsein strukturiert? Wie kann eine Veränderung auf der Ebene des Bewußtseins vonstatten gehen? Fragen, die dem weiteren Verlauf vorliegender Arbeit zugrundegelegt werden. Sie entstammen u. a. aus der Diskussion um die These der Geschlechterdifferenz und stellen eine Übertragung auf den Bildungsbereich dar. Die 80er Jahre haben ein umfangreiches Forschungsmaterial zu diesen Fragen entstehen lassen (vgl. WISSELINCK 1984, NÖLLEKE 1985, BELENKY u. a. 1989).

Im folgenden wird die Wandlung des Diskurses am Beispiel der 1990 veröffentlichten Reflexion einiger Frauen der Frankfurter Frauenschule (B. Rendtorff ist eine Mitverfasserin dieser Schrift) deutlich. Der theoretische Ansatz der Frankfurter Frauenschule ist - das muß einschränkend gesagt werden - nicht übertragbar auf die gesamten Theoriebildungsprozesse im Kontext der autonomen feministischen Bildungsarbeit. Auch hier gilt, daß die Positionen vielfältig sind und die Tendenzen sich unterschiedlich gestalten.

2.2.2 Das Konzept der Frankfurter Frauenschule

2.2.2.1 Der theoretische Ansatz

Der Materialienband >Über weibliches Begehren und sexuelle Differenz und den Mangel im herrschenden Diskurs< (VEREIN SOZIALWISSENSCHAFTLICHE FORSCHUNG UND BILDUNG FÜR FRAUEN 1989/90) integriert eine Selbstdarstellung und -reflexion des Bildungsprojektes >Frankfurter Frauenschule< (praktisch tätig seit 1982) sowie die Begründung des theoretischen Ansatzes ihrer Bildungspraxis. Die vier Autorinnen (RENDTORFF/NIKULKA/KÖSTER/JUNG) sind Mitarbeiterinnen der Frankfurter Frauenschule. Sie stellen ihr Konzept in den Kontext der Neuen Frauenbewegung und bezeichnen es als "*eine* mögliche Konsequenz, als Entscheidung für einen Entwurf, eine Strategie unter anderen Möglichkeiten" (ebd. 14). Bestimmend für die eingeschlagene Richtung waren u. a. die Positionen der Gründungsfrauen.

Die Texte der Autorinnen spiegeln den feministischen poststrukturalistischen Diskurs der 80er und 90er Jahre wider. Sie beziehen sich unmittelbar auf die theoretischen Ansätze der französischen Poststrukturalistinnen LUCE IRIGARAY, HÉLÉNE CIXOUS und JULIA KRISTEVA und versuchen, diese ihrer Bildungskonzeption zugrundezulegen.

Das theoretische Konzept zur Bildungspraxis der Frankfurter Frauenschule steht - wie im folgenden deutlich werden wird - immer in Wechselwirkung zu dem Ort, an dem diese Bildung wirkt. Die Autorinnen bezeichnen die Frankfurter Frauenschule als einen *Ort*, einen feministischen Ort, der dem Thema >Frau< oder Weiblichkeit symbolisch Ausdruck verleiht und es weiterentwickelt.[1] Was heißt das?

---

1 Die Autorinnen setzen >Frau< in Anführungszeichen, nicht aber den Terminus Weiblichkeit. Entsprechend findet sich dies in der vorliegenden Darstellung ihres Konzepts.

Im Kontext einer Analyse der herrschenden Ordnung stellen die Autorinnen fest, daß das Weibliche in dieser Ordnung ausgeschlossen ist. D. h. die binäre Opposition männlich-weiblich ist letztlich auf der Logik des Männlichen aufgebaut. Es gibt keine wirkliche Zweiheit. Die symbolische Ordnung ist ohne und gegen das Weibliche entwickelt worden, es ist aber in der symbolischen Ordnung enthalten als das, was überwunden und verleugnet werden soll. Demzufolge kann weibliche Existenz nicht im Kontext feministischer Forschung rekonstruiert werden, sondern widerständige Anteile der symbolischen Ordnung sind durch die Dekonstruktion ausfindig zu machen (vgl. ebd. 19). Die Dekonstruktion stellt das Instrumentarium des Poststrukuralismus dar. Der Poststrukturalismus ist weniger eine Theorie als vielmehr eine Praxis der Dekonstruktion. Bezogen auf das Weibliche ergibt sich ein Entwurf, eine Möglichkeit, Weiblichkeit zu denken, die jeglicher Festschreibung widersteht, so daß es sich "vorrangig erstmal um die Vermeidung von Fremdbestimmung, als um die so ersehnte Selbstbestimmung" (ebd. 44) handelt. Folgendes Zitat faßt den analytischen Zugriff der Autorinnen auf die symbolische Ordnung zusammen:

> "1. Wir sind (auch als Frauen) eingebunden in den allgemeinen Diskurs, aus dem wir nicht ohne weiteres herausspringen können oder ihn durch einen anderen ersetzen. 2. Dieser allgemeine Diskurs (und die Vernunft, Logik und Sprache, die ihn transportieren) ist phallisch. Sein oberster Signifikant ist der Phallus. 3. Das Weibliche ist aus diesem Diskurs ausgeschlossen bzw. nur als Zerstörtes (als männlicher Entwurf) in ihm enthalten. 4. Sofern das Weibliche sich im allgemeinen Diskurs bewegt, versucht es dort permanent, sich einzuschreiben und seine eigene Zerstörung zu verhindern. Es ist also im Diskurs enthalten mit der Dynamik (dem Begehren), diesen zu zerrütten und/oder zu banalisieren. Der oberste Signifikant eines Frauenprojektes ist also die Auflösung des Signifikanten Phallus, deren Bewegung innerhalb des dominanten phallischen Diskurses stattfindet" (ebd. 142).

Das symbolisch Weibliche findet sich im ersten Erleben des Kindes im Körper-an-Körper mit der Mutter, denn vor allem der weibliche Körper, insbesondere der der Mutter, ist aus der männlichen Logik ausgeschlossen.[1] Übertragen auf den Frauenort, können Frauen hier dieses Unge-

---

1 Diesem Denken liegt der poetische Aufsatz von L. Irigaray (1979b) >Eine bewegt sich nicht ohne die andere< zugrunde.

schiedensein erleben, das für Schutz, Anerkennung, Liebe, Vertrauen und Unversehrtheit steht und hier können sie lernen, diesen - in einer nicht zerstörerischen Weise - wieder zu verlassen. Die Körper-Metapher wird auf die gesamte Frauenschule projiziert: Die Struktur der Frauenschule - so die Autorinnen - ist ein osmotischer Körper.[1]

Sind die Autorinnen mit ihrer theoretischen Konzeption in die Reihe konservativer Strömungen des Feminismus einzuordnen, die sich an einem Weiblichkeitsmodell orientieren, das letztlich von der patriarchalen Ordnung assimiliert werden kann?

Die Autorinnen sehen das keineswegs so. Den feministischen Diskurs der 80er Jahre bezüglich unterschiedlicher Weiblichkeitsentwürfe aufwerfend bzw. als Kontroverse zwischen dem egalitären und dualistischen Modell bezeichnend, suchen die Frauen der Frauenschule einen Weg, der über diese beiden Konzepte hinaus weist. Denn weder die Position, die sich an die bestehenden Werte durch die Forderung gleicher Rechte - ohne Hinterfragung der Werte an sich - anzugleichen sucht, noch die, die ein natürlich Weibliches postuliert und die Weibliches wieder an ein >Ewig-Weibliches< bindet, bieten einen Weg, der aus der herrschenden Ordnung hinausführt. Sie sind als Grundlage zu einer Bildungskonzeption ungenügend:

> "Vielmehr müßte eine feministische Bildungsarbeit nach Ansätzen suchen, die in der Lage sind, diese beschriebenen Modelle zu verschieben und ebenso die Zentren des Bildungsbegriffs selbst, die da sind: Wahrheit, Bewußtsein, Präsenz, Substanz, Wissen, Vernunft, Identität, Sinn, Zweck" (ebd. 40).

Das Weibliche wird zu einem Dritten, es ist weder dem Männlichen gleich, noch ein ergänzend anderes. Dieses Dritte gilt es in die symbolische Ordnung einzuschreiben, d. h. es gilt, es sprachlich zu fassen. Kennzeichnend für dieses Weibliche ist die Anbindung an die Körperlichkeit der Frau, ihrer Morphologie: das Halboffene, Poröse, Schleimige, Flüssige wie auch Zirkularität, Selbstberührung und Selbstbezug. Diese Metaphern sollen dazu verhelfen, dem Begehren der Frau zur Repräsentanz zu

---

1 Osmose bezeichnet laut Duden (1966) folgendes: Übergang des Lösungsmittels (z. B. von Wasser) einer Lösung in eine stärker konzentrierte Lösung durch eine feinporige (-semipermeable) Scheidewand, die zwar für das Lösungsmittel selbst, nicht aber für den gelösten Stoff durchlässig ist (Chem.).

verhelfen. Diese Begriffe sind jedoch keineswegs, so die Autorinnen, auf die traditionellen Weiblichkeitsmuster rückführbar, denn sie entziehen sich

> "dem Griff der Logik, der Identität, der Präsenz (...). Sie sind logisch nicht realisierbar, markieren die Grenzen des vernünftigen Sprechens und verweisen auf die nicht anerkannten spekulativen, poetischen, unbewußten Komponenten von Sprache, die sich jedoch allen Rationalisierungsbemühungen entziehen und der vollständigen Systembildung trotzen" (ebd. 42 f.).

Ziel ist jedoch nicht die Absage an jegliche Struktur, sondern die >Verflüssigung< der Oppositionen.

Aus diesen theoretischen Überlegungen heraus lassen sich nun keineswegs bequeme Schlußfolgerungen für die Praxis einer feministischen Bildungsarbeit ableiten. Sie sind vielmehr Voraussetzung und Reflexionsbasis, derenzufolge nach etwas >Anderem< gesucht werden muß. Nur eins scheint >gesichert<, daß >es< "sich entzieht, sobald versucht wird, es festzuschreiben, oder es pragmatisch umsetzen zu wollen" (ebd. 50). Das hat auch methodische Konsequenzen, denn Methoden dienen traditionell der Optimierung eines Ziels. Ein solcher Vermittlungszusammenhang besteht nicht für die Bildungsarbeit der Frankfurter Frauenschule.

> "Es ist deshalb nicht sinnvoll, sich in eine Methodendiskussion zu verwickeln, mit der Vorstellung, eine optimale, spezifische >Methode< der Frauenbildung zu entwickeln, die dann für das Projekt verbindlich wird, und die die Kursfrauen sich anzueignen haben, um einen >guten< Kurs abzuhalten" (ebd. 89).

Trotz der Prinzipien von Offenheit und Flexibilität ist die Frankfurter Frauenschule ein Ort, der sich als Tendenzbetrieb kennzeichnet, denn Priorität hat der intellektuelle Zugang zu Wissen, die Arbeit an Texten, an und mit der Sprache. Die Autorinnen grenzen diese Bildungsarbeit gegenüber der Praxis des Körperbewußtseins, der Spiritualität und >des reinen Vergnügens< ab. Damit unterscheiden sie sich von den erwähnten Frauenbildungshäusern auf dem Land, die - unter Zugrundelegung der Bildungsprogramme - insbesondere die Bereiche der Psyche, des Körpers, des sich-gut-gehen-lassens und des Vergnügens ansprechen. Einigen dieser Häuser liegt ein spirituelles Selbstverständnis zugrunde. Damit ist ein Unterschied in der Konkretion autonomer feministischer Bildungsarbeit gekennzeichnet. Eine Vergleichsstudie zwischen diesen Ansätzen der autonomen feministischen Bildungsarbeit ist insofern nicht möglich, da die Frauenbildungshäuser bisher keine analytischen oder selbstreflexiven Schriften - mit Ausnahme einiger weniger Artikel - bezüglich ihrer Bildungsarbeit vorgelegt haben.[1] Die Frankfurter Frauenschule - vermutlich nicht zuletzt dank ihrer intellektuellen Bezüge - könnte als Vorbild dienen, da sie mit ihren Veröffentlichungen einen ersten Weg gebahnt hat. Neben den Unterschieden werden Gemeinsamkeiten, z. B. auf der Ebene der sich manifestierenden Projektstrukturen, sichtbar. Die Projektreflexion der Frankfurter Frauen stellt eine Basis dar, um die Bedeutung eines Frauenprojektes als Institution und die damit verbundene Wirkung auf die Bildungsarbeit kennzeichnen zu können.

2.2.2.2 Die Frankfurter Frauenschule als feministischer Ort

Um die Bildungspraxis der autonomen Frauenbildungsprojekte kennzeichnen zu können, ist zunächst einmal festzustellen, daß sich - ähnlich wie in allen traditionellen Institutionen der Erwachsenenbildung - auch hier das übliche pädagogische Setting finden läßt. Das >Spezifische< besteht in der Gleichgeschlechtlichkeit und dem Ort (als feministischem Ort), an dem die Bildung stattfindet. Ein solcher Ort stellt - so die Autorinnen - in einer Gesellschaft, wo Öffentlichkeit immer männlich definiert wird, eine Herausforderung und einen Beweis von Macht dar.

> "Ein solcher Raum zeugt von der Möglichkeit weiblicher Macht, unabhängig von der Erlaubnis, dem Beifall und der Anerkennung der Männer. Die rein faktische Existenz ist ein Ausdruck von Selbstbewußtsein und verleiht in der Identifikation, die sich erst einmal phy-

---

[1] An dieser Stelle sollen die mir zugänglichen Seminar- und Diplom-Arbeiten gewürdigt werden, die sich um eine Darstellung und Einschätzung der autonomen feministischen Bildungsarbeit in den Frauenbildungshäusern bemüht haben (Engel/Sanders 1985/86; Hargesheimer 1986/87; Hoffmann 1988/89; Löning/Schirmaier 1988/89; Schaal 1991; Sieberg 1992). Dabei ist jedoch zu erwähnen, daß die Verfasserinnen zum Teil über ihre Arbeit den ersten Kontakt zu diesen Projekten aufnahmen, zum Teil die Projekte als Teilnehmerinnen bereits kennengelernt hatten. Was aussteht, ist eine Reflexion von seiten der Frauen, die in den Projekten professionell arbeiten und die Inhalte sowie die Strukturen maßgeblich bestimmen.

sisch durch den Besuch und Gebrauch des Ortes herstellt, ein Stückchen Selbstbewußtsein" (ebd. 65).

Gleichzeitig sind die Projekte nach wie vor auf >öffentliche Anerkennung< (z. B. aufgrund der Zuwendung von öffentlichen Mitteln, Anerkennung im Stadtviertel, Darstellung in den Medien) angewiesen. Zudem stellt m. E. die obige Machtbekundung letztlich nichts anderes dar, als eine Repräsentation des herrschenden Diskurses, der durch Erfolg, Geld und Macht gekennzeichnet ist. Dem aber steht, wie die Frauen der Frankfurter Frauenschule zu Recht schlußfolgern,

"all das entgegen, was als Begehren des Weiblichen beschrieben worden ist: eben diesen herrschenden Diskurs zu erschüttern. Nun ist es aber (...) unmöglich, diesen Diskurs so einfach zu verlassen oder gar etwas anderes an die Stelle zu setzen. Das Weibliche als Eigenständiges gedacht - das kann erst entstehen aus eben dieser Reibung, diesem Widerstreben, indem es versucht, sich zu sprechen, indem es den herrschenden Diskurs verwirrt, mit sich konfrontiert" (ebd. 133).

Ein solcher Ort, der sich im Kontext der Frauenbefreiung einer subversiven Politik verschrieben hat, steht demzufolge in einem Spannungsverhältnis zwischen Struktur und Begehren. Ein Projekt muß sich eine Struktur geben und es ist mit dieser Struktur z. B. der Verwaltung, der Geschäftsführung, der Buchhaltung, der Finanzierung, dem Verhältnis von Angebot und Nachfrage an die herrschende Logik gebunden. Es wäre eine Illusion anzunehmen, Frauenprojekte unterlägen nicht dieser Logik bzw. könnten sie als rein >äußerliche< begreifen und sich unabhängig davon >innerlich< frei entwickeln. Um dieser Logik nicht vollends zu unterliegen, gilt es, permanent dieser Logik aus der Perspektive des Weiblichen ansichtig zu werden. Mit anderen Worten: es gilt, sie nicht unbewußt zu repräsentieren. Die einem solchen Prozeß zugrundeliegende Fragestellung lautet: Wer spricht zu wem, über was, in welchem Namen? (vgl. ebd. 86) Oder: für was ist das gut, für wen, gemessen woran, effizient wofür? etc.

Die Frage, ob es eine Institution geben könnte, die anderen Regeln folgt, sozusagen eine weibliche Institution, kann nur in Aussicht gestellt werden, wenn die Angst (etwas zu verlieren) als bestimmender Faktor überwunden wird:

"Der Mangel an Angst würde den Verlust der zwanghaften Ordnung bewirken (sie obsolet machen in dieser Weise) und eine offene Ökonomie die offen ist >für anderes< und die offen ist auf ihr Ende hin und ihr Ziel (vielleicht hat sie kein Ziel) zulassen, wirksam werden lassen" (ebd. 137).

Ein zentraler Gedanke, jedoch vorerst wirkt diese Angst.

Nichtsdestotrotz bietet sich im Kontext eines selbstverwalteten Frauenprojektes die Möglichkeit, "das Bild von der Verwaltung als potentielle Kriegs- und Kontrollmaschine aufzulösen zugunsten eines Prozesses der Gegenseitigkeit mit all seinen Störungen, Aggressionen und Mißverständnissen - wobei dies als Potentialität verstanden werden muß" (ebd. 65). Um dies aktiv umschreiben zu können, benutzen die Autorinnen ein weiteres Mal die Körper-Metapher: es handelt "sich bei dieser Zersetzung der vorgegebenen Verwaltungsstrukturen noch um einen stummen Körper, der sich nur als real existierend präsentiert, aber noch nicht spricht, über den allerdings auch noch nicht gesprochen wird" (ebd.).

Das Spannungsfeld, die Ambivalenz und Widersprüchlichkeit, spiegelt sich strukturell in der Bildungsarbeit wider. Die weibliche Existenz ist durch Ambivalenz gekennzeichnet, die insbesondere im Kontext einer Freiheitssuche an Brisanz gewinnt. Als Beispiel für den Ambivalenzkonflikt benennen die Autorinnen - auf der Grundlage einer Teilnehmerinnenbefragung in der Frankfurter Frauenschule - den Widerspruch vieler Frauen aufgrund der Verantwortung für die Beziehungsseite (insbesondere als Lebenspartnerin/Ehefrau und/oder Mutter) und die für den öffentlichen Bereich (z. B. durch Erwerbstätigkeit). Es scheint, daß ein großer Teil der Frauen in diesen Konflikt geraten.

Der Hinwendung zu einem der Potentiale folgt eine Beschneidung der anderen. Feministische Bildungsarbeit ist demzufolge ein Ort, wo diese Ambivalenz nicht nur erfahren und analysiert, sondern zudem herausgefunden werden kann, wie die Frau(en) damit umgehen kann/können.

Feministische Bildungsarbeit versucht über die Stärkung des Selbstbewußtseins der Frau der Reduktion weiblicher Potentiale entgegenzuwirken. Z. B. die Fähigkeit der Frau, Kinder zu gebären, erscheint im Kontext der Strukturen des Erwerbslebens als Behinderung. Aus feministischer Sicht ist die Frau doppelt befähigt. Selbstbewußtsein integriert ein Bewußtsein über die Ökonomie des weiblichen Körpers. Damit ist nicht der Überbewertung oder gar Glorifizierung des weiblichen Körpers im Kontext einer biologistischen Argumentation das Wort gesprochen. Einen möglichen Zugang zum weiblichen Körper bietet L. Irigaray (auch wenn sie damit letztlich wieder in die symbolische Ordnung zurückverweist), indem sie eine neue Symbolik, die vom weiblichen Geschlecht auszugehen hat, fordert und entwirft. Ein Bildungskonzept würde in diesem Zusammenhang vom Körper der Frau

- im Sinne einer Sublimierung auf zwei Ebenen - ausgehen:
- auf der individuellen Ebene durch eine Entwicklung des weiblichen Selbstbewußtseins,
- auf einer übergreifenden Ebene im Kontext eines sich Einbringens in die Welt.[1]

Die Konfliktlösung des aufgezeigten Widerspruchs findet sich häufig in einem Kompromiß wieder (den auch die Interviews der Frankfurter Frauenschule widerspiegeln), der zwar an eine Annäherung an die Verwirklichung beider Potentiale rührt, jedoch nicht selten um den Preis der Folgen einer Doppelbelastung, da sich die häuslichen wie auch die erwerbswirtschaftlichen Strukturen nach wie vor als Produkt männlicher Logik behaupten. Bildungsarbeit grenzt hier an die gesellschaftspolitische Wirklichkeit. Diese Strukturen gilt es zu erschüttern (und Bildungsarbeit ist in diesem Zusammenhang eher wie >ein Tropfen auf einem heißen Stein<), wenn es um eine wirkliche Verbesserung der Lebensqualität von Frauen gehen sollte und nicht um eine doppelte Ausbeute.[2]

---

1 Diese Formulierung verdanke ich einem Gespräch mit Wiltrud Gieseke.

2 Auch Christiane Schiersmann (1993) verweist in diesem Zusammenhang auf die zukunftsweisenden Potentiale der Frau: "Trotz der für Frauen gegenwärtig besonders konflikthaften Lebenssituation beinhaltet ihre doppelte Einbindung in die Erwerbs- und die Familienarbeit zukunftsweisende Potentiale, die gegen eine gesellschaftliche Abschottung der beiden Arbeits- und Lebensbereiche gerichtet sind, zumal das Zusammenspiel von Erwerbsarbeit, privater Alltagsarbeit und frei disponibler Zeit gesellschaftlich neu zu gewichten ist. Die Berufs- und Lebensbiographien der Frauen sind folglich länger als defizitär gegenüber den einseitig auf Erwerbsarbeit ausgerichteten männlichen Normalbiographien anzusehen, sondern selbstbewußt als zukunftsweisende Alternative weiterzuentwickeln" (Schiersmann 1993: 29).

Zusammenfassend drücken Teilnehmerinnen in ihren Wertschätzungen gegenüber Frauenseminaren das aus, was u. a. kennzeichnend für eine solche Arbeit ist:

- >bislang stummgebliebene Wünsche und widersprüchliche Ansprüche benennen zu können<,
- >Differenzierungen und Widersprüche in der eigenen Entwicklung, dem eigenen Willen zuzulassen bzw. zu erkennen< (vgl. ebd. 112).

Ein letzter Aspekt in der Selbstreflexion der Autorinnen soll benannt werden: die Auswahl und Fortbildung der >Kursfrauen< wie die Autorinnen die Dozentinnen und Referentinnen der Seminare bezeichnen.

Bei der Auswahl von Referentinnen gibt es keinen Kriterienkatalog, der einer Überprüfung des feministischen Standpunktes und Engagements zugrundegelegt werden könnte. Ein solches Verfahren wird abgelehnt. Dennoch muß die Auswahl verantwortlich getroffen werden. Die Frauen der Frankfurter Frauenschule versuchen es über >nachspüren<: "Nachgespürt wird der Fähigkeit zur Abgrenzung und zur Nähe, das Zulassenkönnen und trotzdem Bestehen auf. Diese Vagheit resultiert aus der Flüchtigkeit des Ziels, der Herstellung individueller Wahrheiten, dem Aufblitzen des eigenen Begehrens" (ebd. 87).

Die Darstellung der Arbeit der Kursfrauen konfrontiert mit einem Mangel an Professionalität. Kursfrauen - so die Autorinnen - verlieren sich als Referentinnen in der Verstrickung eines Mutter-Tochter-Verhältnisses (und den damit verbundenen Idealisierungen und Enttäuschungen). Sie scheinen unmittelbar von der Anerkennung (und Liebe) der Teilnehmerinnen abhängig zu sein und keiner Distanz fähig. Weder die Selbstreflexion scheint unter diesen Referentinnen (z. B. im Kontext einer Supervision) bekannt, noch ein Bewußtsein über die schöpferische Kraft der Unterschiedlichkeit zwischen Frauen. Sie scheinen ausschließlich von dem Wunsch nach >Gemeinsamkeit< geprägt. Allerdings ist anzumerken, daß m. E. die ausschließlich psychoanalytische Sichtweise und Terminologie - die die Darstellung und Analyse der Rolle der Kursfrau begründen - zur Reflexion einer gruppenpädagogischen Bildungspraxis nicht ausreichend sein kann.

Was ersichtlich wird, ist das Spannungsverhältnis zwischen Kursfrauen und den Organisatorinnen der Frankfurter Frauenschule, insbesondere bezogen auf die Bewegungs- und Körperreferentinnen. Die Arbeit in diesen Kursen genügt nicht unmittelbar dem Konzept der Frauenschule. Das Spannungsverhältnis zwischen hauptamtlichen Mitarbeiterinnen und Honorarkräften ist durchaus kennzeichnend für die Realität eines selbstverwalteten Bildungsprojektes, ebenso die ideologische Differenz die zwischen >Berufsfeministinnen< und solchen Frauen entsteht, die ab und an in feministischen Zusammenhängen arbeiten. Die Frankfurter Frauen reagieren zum einen damit, daß sie in der Auswahl der Kursfrauen eine >riesengroße Verantwortung< hineinlegen, was die Spannung sicherlich nicht mindert. Zum anderen werden als Konsequenz >Fort<bildungen (im Sinne von fort/weg von traditioneller Bildung) für Kursfrauen organisiert, um diese >besser< auf die spezifische Dynamik in Frauenseminaren vorzubereiten und den Kontext des Frauenprojekts wirksam werden zu lassen.[1] Ziel der Fortbildung ist u. a., daß die Referentinnen ihren >Stil< festigen:

">Stil< bezeichnet jetzt nicht eine modische Attitüde, sondern in diesem bewußt vagen/atmosphärischen Begriff soll das Individuelle der Persönlichkeit der Kursfrau aufgehoben werden. Soll ihr Begehren nach Mitteilung, und nach Aufhebung ihrer Einsamkeit bezeichnet werden. Es geht nicht darum, wieder etwas überzustülpen, sondern anfänglich Existierendes, (zum Teil im Verborgenen) sprachlich Bestehendes zum Vorschein treten zu lassen und ihm Wert zu verleihen " (ebd. 90).

In diesem Kontext - wie in der feministischen Bildungsarbeit als solches - wird sich auf die Unterschiedlichkeit, die Differenz zwischen Frauen als eine kreative Kraft bezogen. Die Frauen der Frankfurter Frauenschule weisen somit auf den theoretischen Ansatz der Autorinnen des Buches

---

1 Auch vorliegende theoretische Arbeit wurde zur Grundlage für ein Konzept zur Referentinnenfortbildung. Die Erfahrungen in der Bildungspraxis der Frauenbildungshäuser belegen, daß ein großer Teil der Referentinnen ihre Erfahrungen nicht im unmittelbaren Zusammenhang mit der feministischen Bewegung gesammelt haben und am Anfang eines feministischen Selbstverständnisses stehen. Eine Fortbildung zur feministischen Weiterbildungsreferentin bzw. für Referentinnen in der feministischen Bildungsarbeit ist daher längst überfällig.

>Wie weibliche Freiheit entsteht< (1988) und der Praxis des affidamento[1] hin. Ein kurzer Exkurs soll diese Praxis näher erläutern.

Die Ausgangsthese der Autorinnen des vorgenannten Buches findet sich in folgendem Zitat: "Nicht die Härte der Unterdrückung erklärt das Fehlen weiblicher Freiheit, sondern der Mangel an Autorität, an symbolischer Zuweisung von Autorität. Diese kann eine Frau nur von einer Frau bekommen, denn nur eine Frau legitimiert sie in ihrer Differenz" (ebd. 173).

Frauen brauchen, um sich in der Welt zu verorten, Frauen, die zwischen ihnen und der Welt vermitteln. Die Voraussetzung ist, daß Frauen zum Maßstab werden, zur Autorität. Diese Autorität hat das Zeichen des Geschlechts zu tragen. Nur unter dieser Voraussetzung kann die Frau aus ihrer Selbstunsicherheit heraustreten, die viele Frauen schlimmer bewerten als die soziale Ungerechtigkeit, die ihnen widerfährt. Mit anderen Worten: Frauen werden für eine Frau zur Quelle des Wissens und des Wertes: "Um groß zu werden - in jeglichem Sinne - braucht sie eine Frau, die größer ist als sie" (ebd. 140). Der Mangel wird zum Motor der Veränderung, zum Kristallisationspunkt einer sich entwickelnden weiblichen Freiheit. Der

Mangel stellt die Verbindung zu einem Mehr her, jenem Mehr, daß in einem nicht verwirklichten Begehren enthalten ist (vgl. 132).
Eine Praxis, deren Basis die These von der Gleichheit zwischen Frauen darstellt und die insbesondere in den Anfängen der Neuen Frauenbewegung bestimmend war, lehnen die Autorinnen im Kontext einer Verwirklichung der weiblichen Freiheit ab, denn erst "... aus der anerkannten Disparität heraus kann eine höhere weibliche Instanz Gestalt annehmen, die selbst Maßstab ist und nicht fremden Maßstäben unterworfen ist, die urteilt und nicht beurteilt wird, die Prinzip der Welterkenntnis und Legitimation des Begehrens ist" (ebd. 133).

Um die Ungleichheit zwischen Frauen benennen zu können, gilt es, ein Symbol zu setzen, das dem Weiblichen Wert gibt. Die Autorinnen finden in der >symbolischen Mutter< das entsprechende Symbol. Im Zeichen der

---

[1] >Affidamento< kommt aus dem Italienischen und bedeutet soviel wie >sich anvertrauen<. D. h. es geht um das >sich anvertrauen< an eine Frau bzw. an Frauen, wie auch um die Fähigkeit, das >sich anvertrauen< einer anderen an sich selbst zu würdigen und verantworten zu können.

>symbolischen Mutter< wird die Ungleichheit zu einem Mittel der Bereicherung:

> "Die >symbolische Mutter<, die Figur des Ursprungs, die das Zeichen des Geschlechts trägt, bedeutet einfach, daß Wahrheit und Gerechtigkeit nicht indifferent hinsichtlich der sexuellen Differenz sind. Die weiteste Perspektive des Denkens trägt, ebenso wie sein Subjekt, das Zeichen des Geschlechts, und eine Frau kann sich mit ihrem Begehren, ihren Plänen und ihren Ansprüchen über sich selbst hinauswagen, wenn sie die Gewähr hat, daß ihre Erfahrung als Frau auch von dem, was über sie hinausgeht, verstärkt wird. Jede symbolische Vermittlungsstruktur potenziert sich dadurch, daß sie gebraucht wird, und je stärker sie wird, desto weiter und anspruchsvoller wird durch sie der Rahmen des Sagbaren. Und das setzt sich immer fort, in einem Kreislauf unbegrenzter Potenz. Ohne symbolische Mutter, das heißt ohne Vermittlung, die das Zeichen des Geschlechts trägt, zirkulieren die von Frauen produzierten Reichtümer unter neutralem Vorzeichen in der Gesellschaft und bedeuten keinen Gewinn für das weibliche Geschlecht" (ebd. 133).

Die Praxis des affidamento kann von jeder Frau realisiert werden. Sie ist jedoch keine Praxis, die gelehrt werden kann. Der Zugang zu ihr entspricht vielmehr einer Entdeckung, die jeder Frau möglich ist und zu der sie sich bewußt entscheiden kann. Die Konkretion liegt in der Verantwortung der einzelnen Frau. Voraussetzung zur Verwirklichung dieser Praxis ist weiterhin, daß der intakte Anspruch der einen und das Wissen der anderen miteinander kommunizieren, so daß Austausch und Veränderung stattfinden können. Autorität ist zudem etwas, was eine Frau sich nicht selber verleihen kann: "Autorität empfängt man ursprünglich von einer Person, deren Stellung es erlaubt, sie zu geben, die die Autorität besitzt, sie geben zu können. Aber die besitzt sie nicht, wenn die Person, die sie braucht, sie ihr nicht zuerkennt" (ebd. 151).

Die Frauen der Frankfurter Frauenschule beziehen sich auf den obigen Ansatz in zweifacher Hinsicht:

- zum einen, da es in der Seminararbeit um die Auseinandersetzung spezifischer Formen des kulturellen Mangels geht ohne dabei der Versuchung zu erliegen, ein positiv Weibliches konstruieren zu müssen. Zudem geht dem Besuch eines feministischen Projektes - wie das der Frankfurter Frauenschule - bei den Teilnehmerinnen der Wunsch voraus, Wissen und Erfahrung in einem weiblichen Vermittlungszusammenhang realisieren zu können (vgl. ebd. 101-103);

- zum anderen, da es in der Seminararbeit der Frankfurter Frauenschule nicht auf das Gemeinsame zwischen Frauen ankommt, sondern darauf, daß die Unterschiede und Differenzen zwischen Frauen sichtbar werden können.

M. E. ist damit das Potential des Ansatzes der Frauen um den Mailändischen Frauenbuchladen im Kontext einer autonomen feministischen Bildungspraxis nicht erschöpfend diskutiert. Es drängen sich Frage- bzw. Problemstellungen auf, wie z. B. - in bezug auf eine Bildungspraxis - die Konkurrenz zwischen Frauen und die Abgrenzungsversuche untereinander; das Unvermögen in der anderen ein >Mehr< wahrnehmen zu können; die Problematik sich von der eigenen leiblichen Mutter zu lösen, um die >symbolische Mutter< zirkulieren lassen zu können; die Schwierigkeit - insbesondere im Kontext der Neuen Frauenbewegung -, Frauen Autorität zu verleihen (vgl. hierzu MEULENBELDT 1983; CHICAGO 1984). Dennoch wurde aus den Analysen und Reflexionen der >Frankfurter Frauen< deutlich, wie die Unterschiedlichkeit zwischen Frauen zum kreativen Potential werden kann und die Praxis des affidamento in unmittelbarem Zusammenhang mit der Bildungsarbeit in selbstverwalteten Frauenprojekten steht.

3 Zusammenfassende Betrachtungen zur feministischen Bildungsarbeit in ihren Grundlagen und in ihren vielfältigen Ausprägungen

Um zu einem Überblick und einer Analyse der Wirkungsfaktoren, die eine feministische Bildungsarbeit begründen und prägen, zu gelangen, wurde die Entwicklung der feministischen Bildungsarbeit im Kontext der Neuen Frauenbewegung und im Zusammenhang mit der Entwicklung einer feministischen Theorie betrachtet.

Zusammengefaßt ergibt sich folgendes: die Frauenbewegung als soziales und politisches Phänomen vermag vielfältige Positionen zu vereinen. Demzufolge gibt es nicht *die* feministische Bildungsarbeit, sondern es existieren verschiedene Konzepte und Theorieansätze entsprechend der Vielfältigkeit feministischer Positionen. Als grundlegende Ziele einer feministischen Perspektive gelten: die individuelle Befreiung der Frau und die Erlangung einer gemeinsamen Macht, die als Voraussetzung zu einer *kulturrevolutionären* Gesellschaftsveränderung betrachtet werden. Feminismus ist - auf ein Kürzel gebracht - eine umfassende Weltsicht, betrachtet vom Standpunkt der Frau.

Diese Sichtweise wirkt in die feministische Bildungsarbeit bestimmend hinein: Feministische Bildungsarbeit ist mit der Idee der Frauenbefreiung verbunden. Sie folgt den Prinzipien der >Parteilichkeit< und der >angestrebten Hierarchiefreiheit<. Sie sucht weibliche Sichtweisen zu entwikkeln und benutzt als grundlegende Methode die Selbsterfahrung, die bereits in den Frauengruppen der 70er Jahre praktiziert wurde. In feministischen Bildungsprozessen wird die Subjektivität (z. B. durch Prozeßorientierung) zum Ausgangspunkt einer Wahrheitssuche erhoben. Der Bildungsprozeß wird nicht als Kompensationsprozeß verstanden. Die Zugrundelegung einer Defizitanalyse wird abgelehnt. Feministische Bildungsarbeit intendiert, die Beziehungen der Frauen untereinander zu verändern, so daß - abseits des Konkurrenzverhältnisses - unterschiedliche Beziehungsaspekte zwischen Frauen lebbar werden. Basis ist die Achtung vor dem weiblichen Geschlecht. Vor diesem Hintergrund können Frauen sich in der anderen >spiegeln<, sich von der anderen unterscheiden lernen, in der anderen ein >mehr< erkennen etc.. Veränderungen - auf der Ebene der Wahrnehmungs-, Einstellungs- und Handlungsstrukturen - werden in Konzepten feministischer Bildungsarbeit niemals von >außen<

an die Frau herangetragen, sondern setzen immer an etwas bei der Frau Vorhandenem an.

Die Ziele feministischer Bildung sind aus Vorgenanntem ableitbar: Stärkung und Schaffung eines Selbstbewußtseins, die Unterstützung bei der Selbstverwirklichung und - im Umgang miteinander - die Erfahrung von Frauenachtung. Übergeordnetes Ziel ist die Ausbildung einer frauenbewußten Sichtweise und Interpretation der Welt, entsprechend der unterschiedlichen feministischen Positionen. Ziele, die in dieser Weise formuliert werden, sind nicht durch Teilnahme an einem Wochenendseminar zu verwirklichen, sondern sie kennzeichnen einen Prozeß, der über Jahre zur Wirkung kommt und der voraussetzt, daß sich die in den Bildungsprozessen manifestierenden Potentiale in den Alltag integrieren lassen. Dazu sind auch im Alltag Orte und Beziehungen aufzusuchen und zu pflegen, die der Einschreibung des Weiblichen in die symbolische Ordnung den Vorrang geben.

Ein weiteres Merkmal feministischer Bildungsarbeit ist die Prozeßorientierung. Die Betonung des Prozesses anstelle des Produkts von Bildung findet durch die Analyse von Kommunikationsverläufen (und nicht von Inhalten) statt. Im Vordergrund steht der Weg des Problemlösevorgangs, weniger das Ergebnis der Problemlösung.

Das vorausgegangene Resümee läßt einen Widerspruch deutlich werden: wird Macht innerhalb der Organisationen und Institutionen der Frauenbewegung abgelehnt bzw. das Prinzip der angestrebten Hierarchiefreiheit den Machtansprüchen konstruktiv entgegengesetzt, so wird nach >außen< Macht gefordert. Dieser Widerspruch entspringt aus der paradoxen Situation einer Befreiungsbewegung, die zwar einerseits ihre Utopien zu formulieren vermag und sich um deren Verwirklichung bemüht, aber andererseits in ihren Strukturen den herrschenden Praktiken und Diskursen unterworfen ist.

Ebenso widersprüchlich wie der Machtbegriff scheint der Grundsatz der Autonomie zu sein, denn bei einer Überprüfung feministischer Theorie und Praxis erscheinen vielfältige Abhängigkeiten und Verknüpfungen mit der bestehenden Ordnung. Nichtsdestotrotz ist auch hier der innovative Charakter dieses Grundsatzes wertzuschätzen. Für die Bildungsarbeit bedeutet dieser Grundsatz vor allem, daß in einem Lernzusammenhang ausschließlich Frauen beteiligt sind.

Diese Widersprüchlichkeiten betrachtend ergibt sich als Konsequenz:

- zum einen eine Übertragung auf ein theoretisches Modell - wie z. B. das Konzept von B. Rendtorff vorsieht -, indem der weiblichen Existenz und dem weiblichen Lebenszusammenhang per se eine Widersprüchlichkeit zugesprochen wird, so daß diese Struktur nicht überwunden, sondern auf den Zwang zur Eindeutigkeit - z. B. im Bildungsprozeß - verzichtet wird (vgl. hierzu auch: BECKER-SCHMIDT/KNAPP 1987);
- zum anderen die Erkenntnis, daß auf der Ebene von Erkenntnis, Wahrnehmung und Bewußtsein der feministische Diskurs von patriarchalen Strukturen durchdrungen ist.[1]

Die Frage >Wie lernen Frauen?< bestimmte die theoretischen Ansätze feministischer Bildungsarbeit und die Suche nach >eigenen< Lernkonzepten. In diesem Kontext wurden u. a. die Kommunikationsstrukturen in Frauenzusammenhängen analysiert und hinterfragt. Erkenntnisleitend waren sowohl die Wahrnehmung der Bedeutung der Identifikationsmöglichkeiten untereinander als auch die Auseinandersetzung um die Unterschiede zwischen Frauen. Frauen aus der italienischen Frauenbewegung formulierten in diesem Zusammenhang die Praxis des affidamento als eine Politik der Unterschiede, der die Entwicklung eines positiven Autoritätsbegriffs zugrundeliegt. Mit der Praxis des affidamento schaffen Frauen zwischen sich und der Gesellschaft eine Vermittlungsinstanz, die das Zeichen des Geschlechts trägt. Dies wird dadurch möglich, daß sich eine Frau einer anderen anvertraut, die >größer< ist und die ein >Mehr< repräsentiert. Durch diese Beziehung bekommt eine Frau ihre Identität, d. h. ihr Wissen darum, wer sie ist und was für einen Wert sie hat. Den Wert ihres Seins kann eine Frau nur über den Bezug zum weiblichen Geschlecht, in Beziehung zu einer anderen Frau erfahren. Im Kontext dieser Praxis kommt es im Bildungsprozeß darauf an, das Akzeptieren von Frauen als Autoritätsfiguren wahrzunehmen.

Grundsätzlich liegt der feministischen Bildungsarbeit eine Patriarchatsanalyse und -kritik zugrunde, die sich im Kontext feministischer Theoriebildungsprozesse seit Anfang der 70er Jahre formuliert hat. Auch hier gilt: die Analysen setzen sich mit unterschiedlichen Bereichen ausein-

---

1 Auf dieser Ebene wird sich im Kontext vorliegender Arbeit ein theoretisches Modell zur feministischen Bildungsarbeit entwickeln.

ander, kommen zu unterschiedlichen teils gegensätzlichen Ergebnissen, die Positionen verschieben und verändern sich fortlaufend.

Die feministische Theoriebildung vollzieht sich - wie deutlich wurde - auf drei Ebenen:

- Patriarchatsanalyse und -kritik
- Analyse des weiblichen Lebenszusammenhangs und weiblicher Erfahrung
- Konkretion positiver weiblicher Erfahrung und Wahrnehmung des weiblichen Potentials.

Zu Beginn der 70er Jahre stand die Auseinandersetzung mit dem Marxismus im Mittelpunkt der Debatte. Nach und nach gerieten alle zentralen >-ismen< des Patriarchats in die Kritik: Kapitalismus, Materialismus, Dualismus, Rassismus und Sexismus. Für die vorliegende Arbeit ist insbesondere die Kritik am Dualismus von Bedeutung, da er der herrschenden, der mentalen Bewußtseinsstruktur (in ihrem defizienten Ausdruck) zugrundeliegt. Dualismuskritik einerseits und die Praxis einer Intensivierung und Veränderung des Bewußtseins andererseits sind die Ausgangspunkte für eine feministische Bildungskonzeption, die sich aus den nachfolgenden Darstellungen und Analysen herauskristallisieren wird.

Der Befreiung der Frau durch eine Bewußtseinsveränderung Wirkung zu verschaffen, ist ein Grundsatz der Selbsterfahrungspraxis. Aus der Reflexion zur Selbsterfahrungspraxis läßt sich folgendes schlußfolgern: die Integration von Denken und Fühlen ist kennzeichnend für die Methode der Selbsterfahrung. Diese Methode kann demzufolge als eine praktische Konsequenz der feministischen Dualismuskritik gewertet werden. Anders formuliert: sie stellt - unter der Voraussetzung einer Verwirklichung dieser Integration - eine Praxis der Überwindung der dualistischen Bewußtseinsstruktur dar. Im Verlauf der Entwicklung der Neuen Frauenbewegung wurde die Selbsterfahrungspraxis - zugunsten einer Betonung der Emotionen bei gleichzeitiger Ablehnung des Intellekts - in ihrem revolutionären Aspekt geschwächt.

Ebenso kritisch ist das Ziel der Bewußtseinsveränderung - wie es einige Konzepte zur Selbsterfahrungspraxis vorsahen - zu betrachten: die Veränderung des Bewußtseins durch eine Umkehrung der androzentrischen in eine gynozentrische ist zwar *eine* Möglichkeit einer Bewußtseinsveränderung. Die Frage ist aber, inwieweit sie zur wirklichen Befreiung beiträgt? Damit ist eine Frage formuliert, die u. a. in Teil II.1 dieser Arbeit diskutiert wird.

Eine weitere Kritik richtet sich gegen die einseitige Ausrichtung feministischer Bildungsarbeit auf den Faktor >Subjektivität<. Subjektivität war der Ausgangspunkt zur Konzeption einer feministischen Bildungsarbeit. Sie war die notwendige Formel, aufgrund derer Frauen ihre Erfahrungen und ihre Lebenszusammenhänge zu einem gewichtigen Ausgangspunkt ihrer Erkenntnisprozesse machen konnten. Von den ersten Begründungen zu einer solchen Praxis, der der Ausspruch >das Private ist politisch< zugrunde lag, zu der Praxis der Selbsterfahrungsgruppen bis hin zur Gründungs- und Konsolidierungsphase der Frauenbildungsprojekte, die sich heute in der Phase der Professionalisierung befinden, haben sich die theoretischen und konzeptionellen Fundamente dieser Bildungspraxis differenziert, verändert und verschoben (Anerkennung von Autoritäten; Integration von Theorie; Integration von Konzepten zur beruflichen Weiterbildung etc.). Daß die Konzepte feministischer Bildungsarbeit durchaus über den Faktor >Subjektivität< hinauszugehen vermögen, wird u. a. durch die Konzeptionalisierung eines Ansatzes zur feministischen Bildungsarbeit im Kontext vorliegender Arbeit deutlich. Die Entwicklung dieses Ansatzes wäre ohne die langjährigen beruflichen Erfahrungen im Kontext feministischer Bildungspraxis nicht möglich gewesen. Gleichzeitig wirkt dieser Ansatz bereits in die Theorie und Praxis auf diesen Bildungsbereich zurück (z. B. durch Fortbildungsseminare für Kursleiterinnen).

Für die vorliegende Arbeit ist - wie aufgezeigt werden wird - die Wechselwirkung zwischen Erfahrung und Erkenntnis von entscheidender Bedeutung für die Entwicklung eines Konzepts zur feministischen Bildungsarbeit. Die zugrundeliegende Fragestellung hierzu lautet: Wie stehen Erfahrung und Erkenntnis, Subjekt und Objekt, analytische und intuitive Zugänge zu Wissen in Wechselwirkung zueinander? Was geschieht, wenn die Gefühle zur Basis des Erkenntnisprozesses werden und gleichzeitig die analytischen Fähigkeiten ausgebildet und beansprucht werden? Diese erkenntnisleitenden Fragestellungen werden dem Teil II.2 dieser Arbeit zugrundegelegt. Mit einem solchen Konzept ist ein Bildungsbegriff verbunden, der Bildung als eine Integration von Selbsterfahrung (als >Persönlichkeitsbildung<) und Wissensbildung anstrebt.

Die Entwicklung eines neuen Bildungsbegriffs ist vor allem - wie auch H. Ortmann betont - in den Kontext einer Bewußtseinsveränderung zu stellen: durch eine Auseinandersetzung mit den Denk- und Wahrnehmungsweisen in ihrer gegenwärtig defizitären dualistischen Struktur und der durch die Wahrnehmung sich anzeigenden Umgestaltung in eine neue Bewußtseinsstruktur, die mit der Überwindung des dualistischen Denkmodells verbunden ist.

Bezogen auf die Bewußtwerdung der Frau intendiert der Bildungsbegriff zum einen die Selbstbewußtwerdung der Frau als historisch weibliches Subjekt im Kontext der mentalen Bewußtseinsstruktur, zum anderen die Überwindung der Subjekt-Objekt-Spaltung auf der Ebene einer Bewußtseinsstruktur, die zur Ichfreiheit führt. Die Frage, die sich aus dieser Zweigleisigkeit ergibt, wird vor allem in Teil II.2.4 dieser Arbeit herausgearbeitet. Sie lautet: in welcher Beziehung stehen das Konzept der Subjektwerdung der Frau und das der Bewußtseinsveränderung mit dem Ziel einer Überwindung der Subjekt-Objekt-Spaltung? Der Hinweis auf die Subjektwerdung der Frau setzt eine Klärung des Subjektbegriffs voraus. Ebenso ist zu klären, welche Bedeutung mit dem Begriff >Erfahrung< verbunden wird.

In diesen Zusammenhang gestellt, lassen sich weiterhin folgende Fragen formulieren: Was ist das >Selbst< der Frau, dessen sie sich bewußt werden kann? Das >Selbst<, das erfahren werden soll und in Zusammenhang mit Sicherheit, Vertrauen und Befreiung gebracht wird. Wie definiert sich der Begriff des >Selbst< im Kontext einer Geschichte der Bewußtwerdung? Wie im Kontext einer Erforschung des dynamischen Wahrnehmungsprozesses?

Ein aus erkenntnistheoretischer Sicht formulierter Ansatz zur feministischen Bildungsarbeit steht noch aus. M. E. ist es an der Zeit, Bildungsarbeit erneut - im Kontext einer Modifikation des Selbsterfahrungsansatzes - als bewußtseinsintensivierende und - verändernde Arbeit zu definieren. Die theoretischen Ansätze zur Neuen Frauenbildung und zur feministischen Bildungsarbeit sind in erster Linie aus einer soziologischen, sozialisationstheoretischen und psychologischen Sichtweise entwickelt worden, wie stellvertretend durch die Darstellung der Konzepte von Ch. Schiersmann und B. Rendtorff deutlich wurde.

Die Ausführungen in den vorausgegangenen Abschnitten zeigten, daß bei einer Reflexion der feministischen Bildungsarbeit die institutionelle

Verankerung (ob in Hochschule, traditioneller Erwachsenenbildung oder selbstverwalteten Frauenbildungsprojekten) mit zu berücksichtigen ist, wobei die Neue Frauenbildung näher in das Blickfeld rückte und unmittelbar die Schwierigkeit offensichtlich wurde, Kategorien zu benennen, die beide Begriffe zu unterscheiden vermögen. Eine Differenzierung scheint derzeit nur über die Formulierung der Kontexte möglich und sinnvoll, wie auch durch die Darstellung konkreter Theorieansätze zur Frauenbildung und zur feministischen Bildungsarbeit einschließlich der Berücksichtigung der autonomen feministischen Bildungsarbeit deutlich wurde.

Ch. Schiersmann - als eine Vertreterin der Frauenbildung - zeigte, wie sie sich in Abgrenzung und Anlehnung an erwachsenenpädagogische Theorien - hier die lebens- und alltagsorientierten Ansätze - zu einem Konzept entschließt, das sie in das Interesse von Frauen stellt, das aber in seiner Struktur geschlechtsneutral ist. Sie stellt ihren Ansatz nicht explizit in den Kontext feministischer Theoriebildung.

B. Rendtorff - als eine Vertreterin der feministischen Bildungsarbeit - sucht die These des weiblichen Lernens in der weiblichen Praxis zu begründen und bestimmt diese Praxis ausschließlich über eine Analyse der Tätigkeit der Frau als Hausfrau und Mutter. Hieraus leitet sie die Elemente des weiblichen Prinzips ab. Das Ergebnis ihrer Analyse: als Strukturmerkmal des weiblichen Prinzips - abgeleitet aus der Familienarbeit - gelten >Widersprüchlichkeit< und >Beziehung<. Diese sind in einem weiteren Schritt ausschlaggebend für die Begründung eines Konzepts zur feministischen Bildungsarbeit.

Abgesehen von der verkürzenden Betrachtungsweise weiblicher Existenz zeigt der Ansatz B. Rendtorffs auf, wie schnell sich Herangehensweise und Begründungszusammenhang im Kontext der Frage nach einem >Weiblichen< in Klischees verstricken können. Der Umgang mit einer solchen Fragestellung verlangt m. E. nicht nur eine gründliche Auseinandersetzung um den weiblichen Lebenszusammenhang in seiner Vielschichtigkeit und seiner doppelten Ausrichtung, sondern gleichzeitig eine begleitende (Selbst-)Reflexion bezüglich des Erkenntnisprozesses und seiner den status quo erhaltenden Implikationen.

Das Konzept der Frauen der Frankfurter Frauenschule stellt einen abstrakten Theorieentwurf zur >Weiblichkeit< vor, den sie - terminologisch und instrumentiell - in den Kontext des Poststrukturalismus stellen. Die

Selbstreflexion, die sich auf die Institution als auch auf die Bildungsarbeit bezieht, und das Konzept der Frauen der Frankfurter Frauenschule verdeutlichen exemplarisch, wie sich in der autonomen feministischen Bildungsarbeit Ort und Bildungsarbeit auf der Suche nach einer Befreiung in einem Wechselspiel gegenseitig prägen.

Für die Autorinnen ist die Frankfurter Frauenschule der Raum, der das Thema Weiblichkeit symbolisch verortet. Den Diskurs zur These der Geschlechterdifferenz aufgreifend, entwickeln die Frauen der Frankfurter Frauenschule eine Position, derzufolge sie das Weibliche aus der Dichotomie herausheben: entweder ein substantiell, ontologisch begründetes Weibliches postulieren zu müssen oder das Weibliche als ausschließlich gesellschaftlich geprägt zu begreifen und demzufolge die Gleichheit zwischen den Geschlechtern auszurufen. Mit anderen Worten: die Differenz wird dahingehend präzisiert, daß sie als ein heterogenes Modell erscheint, das sich nicht auf Dichotomien reduzieren läßt und somit der Oppositionsstruktur männlich-abendländischem Denken zuwiderläuft.

Die Frage, die sich hieran anschließt, lautet: inwieweit kann sich ein Konzept zur feministischen Bildungsarbeit auf die These zur Geschlechterdifferenz stützen, wenn Bewußtseinswandlung und Frauenbefreiung Ziel dieser Praxis sein soll?

Dieser Frage wird im nachfolgenden Kapitel nachgegangen. Das erkenntnisleitende Ziel ist weniger ein Bekenntnis zu einem der drei Ansätze, noch die Formulierung eines vierten Ansatzes. Intendiert ist eine Perspektive, derzufolge einsehbar wird, wie jedes der Konzepte seine Präsenz im feministischen Diskurs behauptet, zur Befreiungstheorie und -praxis beiträgt und dennoch gleichermaßen auf die symbolische Ordnung zurückweist. Es geht um die Sicht, die es ermöglicht, weder abzulehnen, noch zu identifizieren, noch neu zu konstruieren, noch zu dekonstruieren und sich dennoch im Ablehnen, Identifizieren, Konstruieren, Dekonstruieren zu üben und all dies zu reflektieren. Mit anderen Worten: es geht darum, zu integrieren.

Teil II

Der feministische Diskurs, das neue Bewußtsein und die Befreiung

1 Gleichheit versus Differenz

Auf den ersten Blick stellt sich der feministische Diskurs als eine Kontroverse zwischen dem Gleichheitspostulat auf der einen Seite und der These der Geschlechterdifferenz auf der anderen Seite dar. Seit den 80er Jahren wird der Diskurs zunehmend von der These der Geschlechterdifferenz und der damit verbundenen Frage nach der >weiblichen Identität< bestimmt. Die Auseinandersetzungen zwischen den Vertreterinnen der beiden Positionen werden kontrovers und heftig geführt. Die Emotionen schaukeln sich hoch, Argumente werden gesucht, die die jeweilige Gegenposition ad absurdum führen sollen. Ob Bündnisse zwischen den Vertreterinnen beider Positionen möglich sind, scheint in Frage gestellt.

1.1 Die Kontroverse

In der Literatur werden die im Kontext der Kontroverse aufeinandertreffenden Positionen nicht ausschließlich durch das Begriffspaar Gleichheit - Differenz erfaßt. In den Versuchen, verschiedene Standpunkte innerhalb der Frauenbewegung Strömungen zuzuordnen, finden sich folgende Bezeichnungen: IRIS MARION YOUNG (1989) unterscheidet zwischen humanistischem und gynozentrischem Feminismus; CORNELIA KLINGER (1986a) kennzeichnet die divergierenden Positionen als egalitär und dualistisch; EVELYN FOX KELLER (1986) und CHRIS WEEDON (1990) differenzieren zwischen radikal-liberalem und radikalem Standpunkt.[1]

Mit der Kontroverse Gleichheit versus Differenz wurden das herrschende Frauenbild, wie auch entsprechende Versuche einer Hinterfragung der >natürlichen< Unterschiede zwischen den Geschlechtern und die Neube-

[1] Wenn von Strömungen der Neuen Frauenbewegung gesprochen wird, ist die sozialistische Position, die in den 70er Jahren sehr bestimmend war, nicht zu vergessen. Sie hat entscheidend an Einfluß verloren. Zu Beginn der 90er Jahre wirkt sie nur noch unmaßgeblich auf den feministischen Diskurs ein. Im Kontext vorliegender Arbeit wird diese Position weder dokumentiert noch analysiert. Die Beschränkung resultiert aus der thematischen Begrenzung, die es sich zum Ziel gesetzt hat, einen Beitrag zum Verständnis, zur Kritik und zur Wahrnehmung der Geschlechterdifferenz zu leisten sowie diesen theoretischen Ansatz in Bezug zur Praxis einer autonomen feministischen Bildungsarbeit zu stellen.

wertung von >Weiblichkeit< bzw. der völlig >andere< Zugang zum Frau-Sein unmittelbar zum Thema gemacht.

Die Alte wie die Neue Frauenbewegung ist eng mit diesem Thema und der immer aufs neue verwirrenden Frage verknüpft: Was ist >natürlich weiblich< und was ist gesellschaftlich bedingt? Inwieweit kann der Terminus >Frau< Ausgangspunkt einer Frauenbefreiungsbewegung sein? Oder gilt es, die Kategorien >Frau</>Mann< aufzulösen? Es ist die Suche eines Geschlechts nach einer Rück-Bindung in einer ihm fremden Welt, nach einer Befreiung aus beengenden, den status quo festigenden Kategorien. Begründungen werden aus ontologischer, biologischer, psychologischer, anthropologischer oder soziologischer Perspektive formuliert.

Der Akt, das tradierte Geschlechterverhältnis zu hinterfragen, die Frau gar aus diesem >Verhältnis< herauszuheben und >für sich< zu betrachten, ist konfrontiert mit einer patriarchalen Kultur, die in ihren Anfängen ca. 4000 Jahre zurückreicht und die herrschende Tradition auf ihrer Seite hat, einer Tradition, die auf einem spezifischen Geschlechterverhältnis und einem spezifischen Verhältnis der Frauen untereinander basiert: dem der Unterdrückung des weiblichen durch das männliche Geschlecht und dem der Abspaltung und Trennung der Frauen untereinander und damit der Frau von ihrem eigenen Geschlecht.[1] [2]

Die Frage "Was ist weiblich?" ist nach wie vor Ausgangspunkt einer Vielzahl feministischer Forschungsarbeiten. Sie konfrontieren mit Versuchen einer Benennung des >Weiblichen< (MULACK 1990; WILSON-SCHAEF 1985). Aus dieser Position heraus wird der >Frau< ein >Substantielles< unterstellt. Andere nehmen eine Perspektive ein, aus der heraus die Frau etwas Prozeßhaftes, im ständigen Wandel Begriffenes ist, eine Metamorphose durchlebt und demzufolge sich dieser Vorgang einer begrifflichen Fixierung widersetzt (DALY 1986). Gleichzeitig erregen Theoretikerinnen großes Interesse, die danach fragen, wie die Kategorie >Frau< zur Repräsentation des herrschenden Diskurses wurde. Sie widersprechen grundsätzlich dem subversiven Charakter dieser Kategorie (BUTLER 1991).

---

1 Diese Trennung und Spaltung findet ihren stärksten Ausdruck in der ausschließlichen Repräsentation der männlichen Genealogie und der Überbewertung der Heterosexualität, die als >einzige und natürliche< Praxis des Begehrens erscheint.

2 Damit geht auch ein spezifisches Verhältnis der Männer untereinander einher.

1.2 Die Argumente

Das Frauenbild hat sich in seinen Etikettierungen den jeweiligen historischen Gegebenheiten angepaßt, das Machtverhältnis zwischen den Geschlechtern hat sich strukturell nicht gewandelt.[1] Auf eine Kurzformel gebracht: Der Mensch schlechthin ist das, was der Mann ist. Die Frau ist alles, was übrig bleibt! Infolgedessen ist die Frau dem ersten, dem starken, dem zeugenden, dem formgebenden, dem gottähnlichen Geschlecht unterlegen. Sie ist auf seinen Schutz angewiesen, nur in Anbindung an das männliche Geschlecht existent, diesem zu Diensten verpflichtet und letztlich auch zu nichts anderem fähig. Die dualistische Bewußtseinsstruktur kann nicht anders, als dem Mann, der alles Positive besetzt hält, die Frau gegenüberzustellen, die den negativen Bereich abzudecken hat, den Schattenbereich, als das zweite, das schwache Geschlecht. Die Frau ist, was der Mann - qua seiner Definitionsmacht - bestimmt hat, was sie zu sein hat. Diese Struktur bestimmt die Frau nicht nur von >außen<, sie hat sie auch über eine jahrtausendlange Geschichte verinnerlicht.[2]

Angesichts dieser frauenverachtenden, sie verschweigenden oder fremdbestimmenden patriarchalen Machtpolitik ist es naheliegend, daß Frauen einen Gegendiskurs einleiten. Dessen erste Form behauptet eine Gleichheit zwischen den Geschlechtern. Bei gleicher Verteilung der Rechte und Pflichten können Frauen und Männer in der Familie, im Beruf und in der Politik Gleiches leisten.

Das Gleichheitspostulat wird insbesondere von solchen Frauen hervorgehoben, die Frau-Sein als vorrangig gesellschaftlich-historische bzw. -soziale Kategorie bestimmen. Damit tritt die Bedeutung >innerer We-

---

1 Alle nachfolgenden Ausführungen zur Entwicklung und Konstituierung von Frauenbildern beziehen sich auf den abendländischen Kulturkreis.

2 In der Praxis feministischer Bildungsarbeit stellt sich diese Verinnerlichung des Konzepts einer Minderwertigkeit der Frau als ein >schwankendes< und >verunsichertes< Selbstwertgefühl der Frauen dar, konkret zeigt sich dies u. a. darin: kein inneres Vertrauen zu spüren; nicht um das Maß der eigenen Fähigkeiten zu wissen; die inneren Grenzen, die zutage treten bei dem Versuch sich selbst, das eigene Geschlecht zu achten und zu lieben (Praxis des affidamento). Dies sind Beispiele aus der Gruppenarbeit mit Frauen, die als grundlegende Thematik gegenwärtiger feministischer Bildungsarbeit bezeichnet werden können, ganz gleich, welches spezifische Thema das Seminar hat und welche Methode zugrunde gelegt wird.

sensmerkmale< zurück. D. h. wären die >äußeren< Bedingungen für beide Geschlechter gleich, gäbe es auch keine >inneren< zu unterscheidenden Wesensmerkmale.

Der Begründungszusammenhang wurzelt in einer Kritik an der geschlechtsspezifischen Arbeitsteilung, die als Ursache für die Konzepte von Weiblichkeit und Männlichkeit angesehen werden. Folgen dieser Arbeitsteilung sind der Ausschluß von Frauen aus allen gesellschaftlichen Entscheidungsbereichen sowie die ökonomische Abhängigkeit der Frau vom Mann. Ziel ist eine grundsätzliche Überwindung der Spaltung in einen öffentlich bezahlten männerdominierten und in einen privaten unbezahlten frauendominierten Bereich. Die Strategie zur Verwirklichung dieses Zieles führt über die Erwerbstätigkeit der Frau zu einer Besetzung des >Ortes der Männerhegemonie< (z. B. durch Quotierung der Erwerbsarbeitsplätze). Damit wäre für die Frauen die Möglichkeit gegeben, die gesellschaftlichen Belange mit zu entscheiden und somit eine materielle Grundlage dafür zu schaffen, daß Reproduktionsarbeit für Frauen und Männer gleichermaßen selbstverständlich wird. Eine zentrale Säule der patriarchalen Gesellschaft, die die Macht der Männer strukturell trägt, wäre zum Einsturz gebracht.

Die Geschlechterdifferenz wird von den Vertreterinnen des Gleichheitspostulats als Ergebnis der Männerherrschaft angesehen, die >patriarchale Teilung der Menschheit in zwei Geschlechter mit gegensätzlichen Interessen< (vgl. DIE GRÜNEN 1991). Teilweise mündet diese Argumentationslinie in der Utopie einer androgynen Gesellschaft.

Themenbereiche wie z. B. die >körperliche und sexuelle Gewalt gegen Frauen< und die >Unterdrückung weiblicher Sexualität< zeigten die Grenzen des Gleichheitsansatzes auf. Es wurde deutlich, daß neben der Forderung nach einer Gleichheit zwischen den Geschlechtern die Präsenz der Geschlechterdifferenz diskutiert werden mußte.

Dem Ansatz der Geschlechterdifferenz zufolge gibt es *zwei* zu unterscheidende Geschlechter.[1] Je nach Ansatz werden die Geschlechter als

---

[1] >Geschlecht< meint hier sowohl das anatomische, biologische Geschlecht, als auch das kulturelle, sozial bedingte Geschlecht bzw. die Geschlechtsidentität. Die deutsche Sprache faßt beides in einem Begriff zusammen, anders in der englischen Sprache, die zwischen *sex* (biologischem Geschlecht) und *gender* (Ge-
(Fortsetzung...)

polar aufeinander bezogen definiert oder als dualistisch voneinander getrennte Wesen. Frauen werden als das >andere< Geschlecht, als das vom Mann zu unterscheidende Geschlecht definiert bzw. sind überhaupt nicht >im Vergleich< mit dem Mann zu verstehen. Grundsätzlich gilt, daß Frauen zur Verwirklichung weiblicher Freiheit die ihrem Geschlecht entsprechenden Bedingungen und Rechte fordern.

Die angemessene gesellschaftliche Umsetzung bzw. Realisierung eines selbstbestimmten >Weiblichen< setzt die Schaffung eines politischen weiblichen Subjekts voraus. Die These der Differenz der Geschlechter wird aus einer historischen, biologischen und ontologischen Perspektive formuliert. Im Gegensatz zur sexistischen Interpretation werden die Unterschiede zwischen den Geschlechtern aus einer feministischen Perspektive betrachtet. Ziel ist es, ein weibliches >Maß der Welt< zu finden, eine weibliche symbolische Ordnung in einer Welt zur Existenz zu verhelfen, in der *zwei* Geschlechter sich zu verwirklichen haben. Jedes ist aus der eigenen Parteilichkeit zu entwickeln, keines ist absolut. Die Frauen entdecken >unabhängig von den Werten der patriarchalen symbolischen Ordnung< ihren spezifischen Zugang zur Welt (zur Vertiefung: CARATERO 1990). Die Geschlechterdifferenz stellt für ihre Vertreterinnen eine unleugbare Wirklichkeit dar.

Die Begründungszusammenhänge der beiden Positionen sind häufig an die jeweilige Gegenposition gerichtet.

Eine insbesondere Ende der 80er und Anfang der 90er Jahre in den Vordergrund rückende Position betrachtet den Ansatz des Gleichheitspostulats und den der Geschlechterdifferenz als polare Ergänzung (BÖTTGER 1990; GERHARD-TEUSCHER 1990). ANNEDORE PRENGEL (1990) formuliert in diesem Zusammenhang Thesen zu einem demokra-

---

[1](...Fortsetzung)
schlechtsidentität) unterscheidet. Ausgangspunkt feministischer Theorie ist die Prämisse >Biologie ist kein Schicksal<, und die Geschlechtsidentität ist keineswegs kausales Resultat des biologischen Geschlechts. Die Bedeutung des biologischen Geschlechts für die Geschlechtsidentität ist zu einem vielumstrittenen Thema im Kontext der Kontroverse Gleichheit-Differenz geworden. Im folgenden wird jeweils unterschieden, ob es sich um das biologische oder kulturelle Geschlecht handelt. Darüber hinaus wird infragezustellen sein, inwieweit die dualistische Trennung von *sex* und *gender* einer erkenntnistheoretischen Analyse standhält.

tischen Differenzbegriff. Diesen Thesen zufolge kann weder das Theorem der Gleichheit noch die These der Geschlechterdifferenz für sich alleine stehen, denn eine Differenz ohne Gleichheit bedeutet gesellschaftliche Hierarchie mit ihren Entwertungs- und Unterdrückungsmechanismen und Gleichheit ohne Differenz zieht Anpassung und Assimilation nach sich. Somit gilt es nach wie vor, Gleichheit in den ökonomischen und politischen Machtbereichen zu erlangen. Auch das kulturelle Sichtbar-Werden der sexuellen Differenz wertet A. Prengel als einen Akt der Gleichberechtigung. Im Kontext einer Politik der Gleichheit kann sich die Geschlechterdiffernz im Hinblick auf das Denken, Fühlen und Handeln entfalten. Die Aufgabe einer feministischen Politik ist es, abzuklären, welche Gleichheit und welche Differenzen angestrebt werden.

1.3 Thematische Begrenzung - Methodischer Zugang

Bevor im folgenden unterschiedliche Theorieansätze zur These der Geschlechterdifferenz dargestellt und analysiert werden, soll die Präferenz, die der Geschlechterdifferenz zukommt, begründet werden. Ebenso ist die Perspektive abzuklären, von der aus die Darstellung und die Analyse vollzogen werden sollen.

Das primäre erkenntnisleitende Interesse ist nicht, den bisherigen Theorieansätzen einen weiteren hinzuzufügen oder eine Synthese zwischen zwei gegensätzlichen

Ansätzen zu bilden bzw. durch eine Übertragung eines der Konzepte auf die Bildungsarbeit einen neuen Akzent zu setzen.

Es geht im folgenden darum, nachzuvollziehen, wie mit dem Begriff >Geschlecht< im Kontext der These der Geschlechterdifferenz argumentiert wird. Es soll sowohl deutlich werden, warum dieser Begriff zu einer Hauptkategorie feministischer Theoriebildungsprozesse (Geschlechterzugehörigkeit als oberste Kategorie feministischen Selbst- und Politikverständnisses) wurde, als auch warum dieser Begriff vor allem im Kontext des feministischen Diskurses der 90er Jahre radikal in Frage zu stellen ist. Diese Infragestellung bedarf eines Erkenntnisprozesses, der jeweils bis an die Grenze dessen führt, wo die Kategorie konstruktiv im Kontext einer Frauenbefreiung ist, und wo sie (durch ihre dualistische Prägung) den Befreiungsprozessen nicht mehr genügen kann.

Bestimmend für eine solche Betrachtung, die sich über das bisher Gedachte hinwegwagt, ist folgendes: die These der Geschlechterdifferenz wird dahingehend überprüft, ob sie einer Bildungspraxis, die Bewußtseinsveränderung anstrebt, zugrundegelegt werden kann, oder ob mit dieser Kategorie von vorneherein eine Einschränkung hinsichtlich dessen, was an Veränderung möglich ist, verbunden ist. Es geht weniger darum, die Ansätze der einzelnen Autorinnen zu kritisieren, als vielmehr ihre Argumentationszusammenhänge deutlich werden zu lassen, so daß sowohl das Potential jeden Ansatzes - zur Bewußtwerdung und Befreiung der Frau beizutragen - erkennbar als auch gleichzeitig seine Verstrickung mit dem herrschenden Diskurs (auf der Ebene der Wahrnehmung, des Erkennens und des Denkens) ersichtlich wird.

Der vorliegende Ansatz formuliert und fragt deshalb so radikal, da nur so die immer wiederkehrende Repräsentanz des herrschenden Diskurses bewußt gemacht werden kann und sich gleichzeitig aufs neue die Frage nach einer Überwindung stellt. Daß aufgrund eines solchen Vorgehens Grundannahmen und Prämissen einer Befreiungsbewegung verändern oder relativiert werden müssen, wird im folgenden deutlich. Eine Befreiungsbewegung kann sich, solange sie in Theorie und Praxis das Prinzip von Herrschaft und Unterdrückung nicht grundsätzlich zu überwinden vermag, nicht >ausruhen<, sondern muß immer weiterfragen, auch um den Preis, die >eigenen< Werte, Begriffe und Ideen zu verändern, umzuwandeln oder in Frage zu stellen.

Die Bedeutsamkeit der Geschlechterdifferenz für das vorliegende Thema ist zum einen darin begründet, daß sie unmittelbar mit der autonomen feministischen Bildungsarbeit verbunden ist:

- Der Entstehungsgeschichte und Praxis der autonomen feministischen Bildungsprojekte liegt die These der Geschlechterdifferenz zugrunde. Ihr Ausgangspunkt war: Frauen lernen anders! Da jedoch diese Aussage das männliche Geschlecht als Gegenüber und u. U. als Maßstab impliziert, wurde diese Hypothese vermehrt durch die Frage: Wie lernen Frauen? ersetzt. Die Orte, wo dieses Lernen erforscht und umgesetzt wird, sind die autonomen Frauenbildungsprojekte.
- Ein Hauptmerkmal feministischer Bildungsarbeit ist ihr selbsterfahrungsbezogener Ansatz. Mit dieser Prämisse sind die Begriffe >weibliche Identität< bzw. >weibliches Prinzip< bzw. >weibliches Potential< eng verbunden. Eine inhaltliche Bestimmung dieser Termini gibt der jeweiligen Bildungspraxis Richtung und Ziel. Gleichzeitig wird hier

eine Verknüpfung zwischen der feministischen Bildungspraxis und den theoretischen Erörterungen zur These der Geschlechterdifferenz erkennbar.

- Feministische Bildungsarbeit, die sich der Bewußtseinsintensivierung und -veränderung verpflichtet, hat die Begriffe >Bewußtsein< und >Denken< im Zusammenhang mit der Kategorie >Geschlecht< zu reflektieren. Dies setzt eine Durchquerung des Diskurses zur These der Geschlechterdifferenz voraus.

Zum anderen fordert die Geschlechterdifferenz in ihrer Erscheinungsform als aktueller feministischer Diskurs zu einem erkenntnistheoretischen Zugriff geradezu heraus; ein Zugriff, der es erlaubt, nicht nur abstrakt über Bewußtseinsstrukturen zu theoretisieren, sondern am Beispiel des feministischen Diskurses zur Geschlechterdifferenz die Denksysteme, denen der Feminimus - zumindest in dieser Auseinandersetzung - verhaftet ist, offensichtlich werden zu lassen und zu reflektieren.

Dies zieht eine *doppelte* methodische Vorgehensweise nach sich:

- *Darstellung* der differenten theoretischen Positionen zur Geschlechterdifferenz. Fokus ist das Herausarbeiten der Unterschiede und eine mögliche Verknüpfung untereinander;
- *kritische Analyse* der Verkettung des feministischen Diskurses mit der patriarchalen dualistischen Bewußtseinsstruktur.

An dieser Stelle soll der Begriff >Diskurs< in seiner Verknüpfung mit MICHEL FOUCAULTS DISKURSTHEORIE näher erläutert werden. M. Foucaults Analyse gilt dem Subjekt, das durch die Macht- und Wissensgeschichte bedingt wird. Seine theoretischen Disziplinen: die Genealogie (die Theorie der Machtpraktiken)[1] und die Archäologie (Theorie der Diskurs- und Wissensform). Zu einem besseren Verständnis sei HINRICH FINK-EITEL (1989) zitiert, der das analytische Instrumentarium M. Foucaults folgendermaßen umschreibt:

---

[1] Auf M. Foucaults Machttheorie, die unmittelbar mit seiner Diskurstheorie verknüpft ist, wird im Kontext einer Darstellung der Studie von J. Butler (1991) >Das Arrangement der Geschlechter< näher eingegangen, da seine Machttheorie als Ausgangspunkt des theoretischen Ansatzes von J. Butler diesen entscheidend prägt. Zur Vertiefung vgl. Kapitel II.1.4.3

"Die Genealogie ist eine eher hermeneutisch-interpretative Disziplin, die in Beteiligtenperspektive, ausgehend von bedrängenden Problemen der Gegenwart, zu zeigen versucht, daß und wie gegebene Diskursformationen (z. B. die der modernen Sexualwissenschaften) aus der Geschichte bestimmter Praktiken (etwa derjenigen der christlichen Seelsorge) hervorgehen. Die Genealogie fragt nach der Herkunft des modernen Begehrens- und Geständnissubjektes und der ihm zugeordneten Humanwissenschaften. Die Archäologie hingegen ist eine eher analytische Disziplin, die in >objektivistischer< Beobachterperspektive die unbewußte Ordnung des Diskurses und des Wissens freilegt, deren praktische Herkunft die Genealogie aufgezeigt hat. Sie enthüllt, daß die Grundlage dessen, was einst und heute für wirklich gehalten wurde und wird, in Wahrheit nur historisch kontingente Konstruktion oder Interpretation ist" (ebd. 87).

In >Archäologie des Wissens< (1990) umreißt M. Foucault seine Diskurstheorie.

M. Foucault begreift Kultur als - vorwiegend - bestimmt durch einen dominierenden Diskurs. Durch diesen wird dem Subjekt vorgegeben, wie es zu denken und zu handeln hat. Mehr noch: die Diskurse konstituieren die Subjekte, sowohl in der >Natur< der Körper, des Denkens als auch der Emotionalität. Außerhalb der diskursiven Artikulation haben weder Körper, noch Gedanken noch Gefühle eine Bedeutung. Von daher sind für M. Foucault nicht die Produktionsverhältnisse die Entfremdungsmechanismen, sondern die Sprache mit ihrer klassifizierenden und normierenden Macht. Die Art, wie der Diskurs das Subjekt prägt, hängt unmittelbar mit der Macht zusammen.

M. Foucault fragt in >Der Wille zum Wissen< (1991) nach der Beziehung von >Wissen< und >Macht<. >Wissen< ist für M. Foucault dasjenige, worüber in diskursiven Praktiken gesprochen werden kann. Den Terminus >Diskursive Praxis< präzisiert M. Foucault folgendermaßen:

"Man kann sie nicht mit dem expressiven Tun verwechseln, durch das ein Individuum eine Idee, ein Verlangen, ein Bild formuliert, noch mit der rationalen Aktivität, die in einem System von Schlußfolgerungen verwandt wird; noch mit der >Kompetenz< eines sprechenden Subjekts, wenn es grammatische Sätze bildet. Sie ist eine Gesamtheit von anonymen, historischen, stets im Raum und in der Zeit determinierten Regeln, die in einer gegebenen Epoche und für eine gegebene soziale, ökonomische, geographische oder sprachliche Umgebung die Wirkungsbedingungen der Aussagefunktion definiert haben" (FOUCAULT 1990: 171).

Die Analyse des diskursiven Feldes erfolgt, indem man aufzeigt, warum der Diskurs

> "nicht anders sein konnte als er war, worin er gegenüber jedem anderen exklusiv ist, wie er inmitten der anderen und in Beziehung zu ihnen einen Platz einnimmt, den kein anderer besetzen könnte. Die für eine solche Analyse typische Frage könnte man folgendermaßen formulieren: was ist das also für eine sonderbare Existenz, die in dem ans Licht kommt, was gesagt wird, - und nirgendwo sonst?" (ebd. 43).

Foucaults Diskurstheorie trifft mit der These, die der Ausarbeitung des vorliegenden Kapitels zugrundegelegt wird, zusammen. Die These lautet: Der feministische Diskurs ist Träger und Übermittler des herrschenden Denksystems und repräsentiert somit die patriarchale Ordnung.

Wie zeigt sich die Vermittlung der herrschenden Ordnung im Kontext einer Analyse der Bewußtseinsstruktur? Ist dieses Verknüpftsein mit der herrschenden Ordnung ein totalitärer Prozeß? Durch welche Erkenntnispraxis kann eine Bewußtseinsstruktur als veränderbar erfahren und erkannt werden? Bietet die Einsicht in die bestehenden gegenwärtigen Strukturen, die eine Konstruktion des >Ichs< hervorrufen, die Voraussetzung zur innovativen Praxis eines Selbsterfahrungs- und Selbsterkenntnisprozesses?

Als wichtige Ergänzung sei darauf hingewiesen, daß die Diskurstheorie M. Foucaults nicht intendiert, strukturalistisch unveränderliche Elemente zu beschreiben. M. Foucault ging es nie um zeitlos-invariante, sondern historisch veränderliche Strukturen. Der Diskurs konstituiert sich "aus realen und sukzessiven Ereignissen, (so) daß man ihn nicht außerhalb der Zeit analysieren kann, in der er sich entfaltet hat" (FOUCAULT 1990: 284).

Um den feministischen Diskurs zur Geschlechterdifferenz mit obigen Fragestellungen konfrontieren zu können, sollen unterschiedliche Ansätze zur These der Geschlechterdifferenz dargestellt werden. Daraus ergeben sich weitere Fragestellungen: Was bedeutet es, ein weibliches Potential, ein weibliches Prinzip zu postulieren? Eine weibliche Freiheit? Wie frei ist die >weibliche< Freiheit?

Vorerst wird deutlich, daß das >weibliche Potential< nicht unabhängig und getrennt von der patriarchalen Bewußtseinsstruktur zu denken ist. Im Sinne einer feministischen Bildungspraxis kann mit M. Foucault gesagt werden: Die Frau muß sich von sich selber lösen, um das Andere denken zu können. Dieses >von sich selber lösen< geschieht im Kontext einer Reflexion, die die Verstrickungen mit den verinnerlichten Konzepten von Weiblichkeit offensichtlich werden läßt. Gleichzeitig ist die subversive Strategie einer Verschiebung bzw. die Praxis, die zur Transformation bzw. Mutation führt, mitzubedenken. Im Kontext dieser doppelten Sichtweise ist eine Durchquerung des feministischen Diskurses zugleich eine Analyse des Patriarchats. Von diesem Blickwinkel aus soll die Auseinandersetzung um die These der Geschlechterdifferenz betrachtet und analysiert werden.

Wie wird der Diskurs geführt? Wie repräsentiert dieser Diskurs die herrschende Erkenntnisstruktur? Wie ist eine Befreiung aus diesen Strukturen zu denken?

Weder pessimistisches noch optimistisches Denken ist bestimmend für den Erkenntnisprozess zur angestrebten Bewußtseinsveränderung. Es soll ein Prozeß angesprochen werden, das Gefangensein wahrzunehmen *und* einen Weg hinaus zu finden.

Zusammenfassend ergibt sich für den Teil II.1.4 folgender Aufbau:

1. Darstellung unterschiedlicher Ansätze zur Geschlechterdifferenz, um eine Einsicht in diesen feministischen Diskurs zu bekommen, der - exemplarisch - die Grundlage bietet,
2. das Verhaftetsein des feministischen Diskurses mit der mentalen dualistischen Bewußtseinsstruktur herausarbeiten zu können,
3. mit dem Ziel, eine Konzeption zur feministischen Bildungsarbeit vorstellen zu können, die sich keinem einzelnen Ansatz zur Geschlechterdifferenz verschreibt, sondern diesen Diskurs in seiner Vielschichtigkeit aufzugreifen weiß im Kontext einer Wahrnehmung der sich repräsentierenden Bewußtseinsstrukturen.

Die Gesamtheit dieser erkenntnistheoretischen Schritte bildet die Struktur des Fundaments des zu entwickelnden bildungstheoretischen Konzepts. Der Befreiungsprozeß wird nicht als totalitärer Akt, sondern als >minutiöser Prozeß<, als eine tagtägliche Praxis der Bewußtseinsintensivierung und -veränderung, verstanden.

1.4 Die These der Geschlechterdifferenz

Gemeinsamer Ausgangspunkt der unterschiedlichen Positionen zur Geschlechterdifferenz ist das Vorhaben, das, was als >weiblich< definiert ist, neu oder anders zu konstruieren, zumindest anders zu bewerten. Die Vertreterinnen der These der Geschlechterdifferenz reiben sich an dem, bzw. wenden sich ab von dem was traditionell als >natürlich weiblich< festgeschrieben scheint.

In der Neuen Frauenbewegung postulieren die Vertreterinnen des gynozentrischen Feminismus und der These der Geschlechterdifferenz ein genuin Weibliches. Sie werden scharf kritisiert. Ihnen wird vorgehalten, sie seien verstrickt in eine positive Bewertung von Weiblichkeit, die die tradierten Geschlechterrollen unangetastet ließe. Das zugrundeliegende Frauenbild sei reaktionär (PINL 1993). An dieser Stelle finden sich argumentativ die Hinweise auf den gemäßigten bürgerlichen Flügel der Alten Frauenbewegung und dessen Vereinnahmung durch den Faschismus im Kontext der gemeinsam vertretenen Ideologie, die Weiblichkeit mit Mütterlichkeit gleichsetzt. Kann eine Übertragung historischer Ereignisse so unmittelbar vollzogen werden? Wie argumentierten die Frauen in der Alten Frauenbewegung bezüglich des umstrittenen Begriffs >Weiblichkeit<? Wie begründen sie die Geschlechterdifferenz?

1.4.1 Das Konzept der Geschlechterdifferenz in der Alten Frauenbewegung[1]

EMMA OEKINGHAUS faßt die damalige Kontroverse zusammen:

> "Innerhalb der Frauenbewegung herrscht in ihrer ablehnenden Haltung gegenüber den für die Frau bisher gültigen Normen durchaus Einheitlichkeit. Aber im Laufe der Entwicklung der Frauenbewegung treten bezüglich der psychologischen Begründung dieser Haltung zwei Richtungen deutlich hervor: die eine, von der Voraussetzung einer psychischen Gegensätzlichkeit der Geschlechter ausgehend, stellt die Frage nach dem Wesen der Frau in den Mittelpunkt; nach diesem Wesen bestimmt sie die Aufgaben der Frau und ihre Stellung in der Gesellschaft. Auch die Vertreter der anderen Richtung kämpfen, wie die der ersteren, um einen starken weiblichen Einfluß in der Gesellschaft, ohne jedoch, wie jene Vertreter einer geschlechterpsychologisch orientierten Richtung, sich zunächst mit den Fragen auseinanderzusetzen, was denn die weibliche Eigenart eigentlich sei (...). Die Anhänger dieser zweiten Richtung werden lediglich von dem Bestreben geleitet, die Frauen rein als Menschen zur Geltung gelangen zu lassen" (in: KLINGER 1986a: 208)

Wie argumentierten die Frauen der Alten Frauenbewegung im Kontext ihres Kampfes um das Recht auf Bildung? Welchen Stellenwert hatte jeweils die Kategorie >Weiblichkeit<?

Ende des 19. Jahrhunderts waren die Frauen mit einem Frauenbild konfrontiert, demzufolge Frauen die gefühlsmäßige Ergänzung des rationalen Männlichen zu sein hatten. Die auszubildenen Vorzüge waren all jene, die der Frau es ermöglichten, ihren Platz im privaten Bereich als Haus-, Ehefrau und Mutter widerspruchslos und hingebungsvoll zu erfüllen: "Das Mädchen soll bis zum 16. Jahre >allseitig< harmonisch gebildet werden. Praktisch lief das auf eine Einführung in alle Gebiete allgemeiner Bildung hinaus, die gerade zum Mitreden reichte, damit eben die Frau den deutschen Mann am häuslichen Herde nicht langweilte" (in: DAUZENROTH 1964: 33). Die Frauen der Alten Frauenbewegung erkannten, daß die Bil-

---

[1] Ein Rückbezug auf die Alte Frauenbewegung ist in der Erkenntnis begründet, sich als Frau in einer patriarchalen Gesellschaft permanent der weiblichen Tradition und Geschichte zu versichern und somit an der kontinuierlichen und ununterbrochenen Bewußtwerdung der Frau mitzuwirken.

dungsziele von Männern erdacht worden waren und sahen darin eine fundamentale Benachteiligung der Frau. Sie wollten die Lernziele für Mädchen und Frauen selbst formulieren und entsprechende Methoden entwickeln.

Bereits 1847 hatte LUISE OTTO-PETERS (1819-1895), die als Gründerin der deutschen Frauenbewegung gilt,[1] die Notwendigkeit und den Zusammenhang von Selbständigkeit und Bildung der Frau formuliert:

> "Selbständig müssen die deutschen Frauen werden, nur dann werden sie auch fähig sein, ihrer Pflicht, teilzunehmen an den Interessen des Staates, immer und auf die rechte Weise nachzukommen. Diese Selbständigkeit kann nur durch individuelle Bildung befördert werden; denn nur ein selbständiges Herz führt zu selbständigem Handeln" (in: TWELLMANN 1972: 14).

Insbesondere die Schriften von HEDWIG DOHM (1831-1919) stellten - auch für Vertreterinnen der Frauenbewegung - eine Provokation dar. H. Dohm forderte die gleiche Ausbildung für Mädchen und Knaben von der Elementarschule bis zur Universität, den gleichen Zugang beider Geschlechter zu allen Berufen und die Gleichstellung von Frau und Mann im privaten und öffentlichen Recht. Das Frauenstimmrecht war für sie unabdingbare Voraussetzung zur Verwirklichung dieser Ziele.

Großes Aufsehen erregte 1887 die >Gelbe Broschüre<, verfaßt von HELENE LANGE (1848-1930), eine Vertreterin des gemäßigten Flügels der bürgerlichen Frauenbewegung. Die Broschüre war die Begleitschrift einer Petition an den Preußischen Unterrichtsminister und das Preußische Abgeordnetenhaus. In der Petition wurde die wissenschaftliche Ausbildung der Lehrerinnen an höheren Mädchenschulen und ihre Beteiligung am Unterricht gefordert.[2] Nach H. Lange soll der Unterricht der Mäd-

---

1 Die deutsche Frauenbewegung beginnt 1865 als organisierte Frauenbewegung mit der Gründung des >Allgmeinen Deutschen Frauenvereins< (ADV) und endet 1933 durch die >Gleichschaltung< durch den Nationalsozialismus.

2 Im Abgeordnetenhaus wurde die Petition mit ihren 84 Unterschriftsblättern zweimal auf die Tagesordnung gesetzt und - auf Druck der Regierung - wieder abgesetzt. Die Petition ging mit dem Vermerk, daß sie nicht mehr >zur Bestimmung und Beschlußfassung im pleno< habe kommen können etc. an die Adressatinnen zurück.

chen bei diesen "die großen menschlichen Anlagen und Kräfte entwikkeln, die Kraft des Glaubens und der Menschenliebe ebensowohl wie die intellektuellen Fähigkeiten" (in: DAUZENROTH 1964: 35). Als Mittlerin zwischen diesen in den Mädchen verborgenen Kräften und den Mädchen sieht sie ausschließlich die weibliche Lehrperson berufen: qua ihres Geschlechts, qua ihrer >anderen< Methoden:

> "Diese Forderungen (nach dem Prinzip der Kräfteentwicklung, d. V.) sind nur zu erfüllen, wenn der Frau die Bildung ihres eigenen Geschlechts übertragen wird. Daß sie Mädchen mit ganz anderem Verständnis, mit mehr Liebe und Interesse gegenübersteht als der Mann, daß ihr andere Methoden erziehlicher Einwirkung zu Gebote stehen, ist selbstverständlich. Aber auch in Bezug auf den eigentlichen Unterricht gibt ihr ihre weibliche Art für gewisse Fächer nicht geringe Vorteile über den Mann" (ebd.).

H. Lange nimmt in ihren Schriften eine kritisch-solidarische Haltung gegenüber dem weiblichen Geschlecht ein. Sie möchte den "geistigen Müßiggang der Frau aus der Welt schaffen, die Leere an Gedanken und Interessen, die Richtung auf Äußerlichkeiten, die furchtbare Abhängigkeit der Meinungen" (ebd. 41). Diese geistige Abstinenz sieht H. Lange in der herrschenden Geschlechterideologie begründet, die von den Frauen internalisiert und repräsentiert werden und durch die gemeinsame Energie der Lehrenden und Lernenden durchbrochen werden kann:

> "Die Mär der Unfähigkeit des weiblichen Geschlechts zu geistiger Arbeit ist den Mädchen so beharrlich wiederholt worden, daß sie selbst daran glauben, daß sie wenigstens *die* Fächer, die vorzugsweise logisches Denken erfordern, für die Domäne des Mannes halten. Und da sie von klein auf wenig Gelegenheit gehabt haben, ernstlich ihre Geisteskräfte zu üben, so befinden sie sich tatsächlich in einem Zustande des Schlummerns, der ihnen scheinbar recht gibt. Aber es kommt nur darauf an, sie aus diesem Schlummer zu erwecken. Es gehört nur die rechte Energie von seiten der Lernenden und der Lehrenden dazu" (ebd. 40).

H. Lange sieht den Mangel der Frauen in deren einseitigem Verhaften an die Welt der Erscheinungen begründet. Diese Anbindung verhindert, daß Frauen eine Beziehung zum Wesen der Dinge erringen:

> "Die Bildung der Frau bewegt sich lediglich im Gebiet der Erscheinungen, und zwar auf der äußersten Oberfläche derselben. Der großen Mehrzahl der Frauen würde der Satz, daß Wesen und Erscheinung sich nicht decken, seinem eigentlichen Gehalt nach unverständlich sein. Der Mann aber lernt Wesen und Erscheinung trennen, lernt abstrahieren, und darum eben ist so häufig zwischen seinem Intellekt und dem der Frau eine Kluft, die ohne weiteres Nachdenken auf natürliche Anlage geschoben wird, ihren Grund aber bei weitem mehr in Erziehung und Gewöhnung hat" (ebd. 41).

Die Kritik der bürgerlichen Frauenbewegung an das tradierte Frauenbild, der herrschenden Mädchenbildung und der geschlechtsspezifischen Arbeitsteilung,[1] mündet in einem Theorieansatz der Geschlechterdifferenz, demzufolge die Frau sich *wesensmäßig* vom Mann unterscheidet. Die Frau ist - diesem Ansatz zufolge - nicht ausschließlich von dieser Differenz bestimmt. Die Geschlechter verbindet zudem ein Gleiches. Am Beispiel der Ausführungen von H. Lange wird deutlich, wie sich sowohl die Gleichheit als auch die Differenz bestimmen läßt:

> "Die Arbeit nach wissenschaftlichen Methoden spielt sich bei beiden Geschlechtern gleich ab; man muß sie nur gelernt haben. Beide sind Menschen, beide mit den gleichen Seelenkräften ausgestattet; für beide ist das höchste Vermögen, von dem als Zentrale die übrigen zu regieren sind, die Vernunft. Die zweite Tatsache aber ist: obwohl die Geschlechter körperlich und geistig auf dem gleichen Boden stehen, zeigen sie doch neben der körperlichen auch eine durchgängige geistige Differenz, die nicht auf einer anatomisch nachweisbaren Verschiedenheit der Hirnstruktur beruht, sondern auf der Verschiedenheit der Interessen- und Gefühlsrichtung, die ihre verschiedenen physiologischen Funktionen bedingen. Das Weib ist zur Mutterschaft bestimmt; diese Bestimmung bedingt ihre physische und psychische Eigenart" (ebd. 13).

---

[1] Die Forderung bezüglich der Arbeitsteilung lautete: Die mechanische Arbeitsteilung, die der Frau das Haus, dem Mann die Welt zuteil werden läßt, ist aufzuheben, um der natürlichen, organischen Arbeitsteilung ihren Wirkungsbereich zu übergeben. Die organische Arbeitsteilung sieht vor, daß die Frau z. B. auch die *öffentliche* Erziehung übernimmt und überall dort, wo sie sich wesensgemäß einsetzen kann - also im öffentlichen Bereich überhaupt - ihren von der Natur angewiesen Platz einnimmt (vgl. Dauzenroth 1964: 16 f.).

Mutterschaft ist die zentrale Kategorie, die der Weiblichkeit im Kontext der Positionen der Frauen des gemäßigten Flügels der Alten Frauenbewegung die Richtung zuweist:

> "Sie bringt in die weibliche Eigenart jenen bekannten Zug zum Persönlichen, Konkreten, jene schnellere und tiefere Fühlung mit menschlicher Eigenart; sie ist der Urgrund des psychischen Altruismus, des Mitleids, der Liebe, die auch in ihren geistigen Formen die Züge des Weibes trägt. Sie stellt sie in Gegensatz zu der abstrakteren, spekulativen, auf das Systematische, Unpersönliche gerichteten Veranlagung des Mannes" (ebd.; vgl. auch 19, 85, 51, 74).

Eine Frage drängt sich hier auf: Kann >Weiblichkeit< als Ziel eines Bildungsprozesses formuliert werden? H. Lange widerspricht dem: das Weibliche darf und kann nicht Lernziel sein. Das *weibliche Formprinzip* selbst, das angeboren, unveräußerlich und >blind waltend< ist, wird die weibliche >andere< Bildung ohne äußeren Anstoß schaffen:

> "Es ist das organische Prinzip, das von innen heraus gestaltende: ihm kann man unbekümmert, weil es nach Naturgesetzen bildet, den Aufbau des Spezifischen in der geistigen Welt der Frau überlassen, wie man ihm den Aufbau des Körpers überläßt" (ebd. 59).

Die Frau soll - befreit aus der Enge des Hausfrauen- und Hausmutterdaseins - das Leben, die Welt in sich aufnehmen. Diese wird sie aufgrund ihrer naturgegebenen Bestimmtheit erfassen, wenn man ihr die Möglichkeit dazu gibt. Ein organischer Prozeß! "Wird doch der geistige Stoff, den sie so ergreift, nach dem ihr innewohnenden Formprinzip zu Geist von ihrem Geist verarbeitet" (ebd. 61). Eine spezifische Frauenbildung wird demzufolge abgelehnt. Es gibt kein Sollen, nur ein Werden - vorausgesetzt, der freie Raum ist vorhanden.

Was ist das natürlich Weibliche, was das Kulturbedingte?

H. Lange stellt klar, daß das Erkenntnissubjekt dieser Frage ausschließlich die Frau sein kann. Sie sieht in der Frau eine >etikettierte, eingeschnürte Kunstfigur<, ein Resultat der Mädchen- und Frauenbildung, bestimmt durch das männliche Geschlecht. Erst die Freiheit wird das wesensgemäß Weibliche in seiner Schönheit zur Entfaltung bringen: "welche höhere, *organische* Schönheit sich bei einem neuen Frauengeschlecht entwickeln wird, kann man im Kampf dieser Tage kaum ahnen" (in: DAUZENROTH 1964: 68 f.).

Im Gegensatz dazu versucht G. Bäumer, die natur- und kulturbedingten Anteile von Weiblichkeit begrifflich zu fassen. In einem ersten Erkenntnisschritt hebt die Autorin das Weibliche aus dem Vergleich mit dem Männlichen heraus und betrachtet in einem zweiten Schritt das Weibliche >an sich<. Die >echte Weiblichkeit< ist etwas völlig anderes als jenes, das sich im Unterschied zum Männlichen bestimmen läßt, es ist

> "etwas viel Komplizierteres: die Essenz gewissermaßen der tatsächlichen Kulturleistung der Frau, ihres Wesens, wie es sich ausspricht, in den vielen konkreten Gestalten ihres Daseins, in der Art, wie sie ein Heim gestaltet, ihre Kinder erzieht, Kunst aufnimmt, Liebe und Freundschaft schenkt und empfängt, im Charakter ihres religiösen Lebens, ihres sozialen Empfindens und Tuns, ihrer Weltanschauungsbedürfnisse" (ebd. 72 f.).

Das Wesengemäße bestimmt die Kulturleistung. Sichtbar wird das naturgegebene Weibliche nicht durch das, *was* die Frau tut, sondern dadurch, *wie* sie die Dinge handhabt.

Welche Schlußfolgerungen ziehen die Frauen der bürgerlichen Frauenbewegung aus ihren Argumentationszusammenhängen hinsichtlich einer Reform zur Mädchenbildung?

Vorrangig forderten die Frauen die Beteiligung der Mädchen an der Bildung der Knaben. In der Knabenbildung sahen sie einen Bildungsprozeß verwirklicht, der sich dem humanitären Geist verpflichtet sieht. Das herrschende männliche Geschlecht konnte seine Bildungsideale in der Vergangenheit *frei* wählen. In diesen Kontext gestellt, erschien die Knabenbildung als eine, die sich nicht in der >relativen< Ausbildung des Geschlechts verliert, sondern sich Ziele einer Vervollkommnung setzt und sich einem übergeschlechtlich, absoluten, allgemein Menschlichen verpflichtet sieht.[1] Die Knabenbildung wurde gleichzeitig kritisiert und als

---

1 Erst die Frauen der Neuen Frauenbewegung, >Nutznießerinnen< des koedukativen Bildungssystems, konnten die Koedukation umfassend und differenziert auf ihren Stellenwert im Kontext der Frauenbefreiungsbewegung überprüfen. Ende des 20. Jahrhunderts muß festgestellt werden, daß der gemeinsame Unterricht und die (Fortsetzung...)

reformbedürftig erklärt. Im Vergleich zur Mädchenbildung schien sie allemal besser. Die anstehende Reform der Knabenbildung sollte zum gemeinsamen Ziel erklärt werden.

H. Lange sieht in der Teilhabe der Frauen an der Knabenbildung die Möglichkeit, in der Auseinandersetzung mit dem >Anderen< das >Eigene< bewußt werden zu lassen:

> "Gerade *wenn* und *weil* die Frau einmal eigene Kulturwerte schaffen soll, muß sie auch die männlichen Züge unserer Kultur in sich aufnehmen, um sich mit ihnen auseinanderzusetzen, sich an ihnen erst dessen bewußt zu werden, was sie Eigenes zu bieten hat. Denn zunächst wird *dies* Eigene als *ihr* Anteil an *gemeinsamen* Gebieten in Frage kommen, auf die sie Einfluß gewinnen muß, wenn unsere Kultur nicht einseitig bleiben soll" (ebd. 65).

Die Koedukation war somit eine Leitlinie der von einem überwiegenden Teil der Frauen angestrebten Bildungsreform Ende des 19. Jahrhunderts. Der Zugang von Frauen zur höheren Bildung war ebenso Ziel wie das gleichberechtigte Unterrichten von Frauen und Männern in allen Bildungseinrichtungen. Mit einer Verwirklichung dieser Forderungen stünde der Entfaltung des natürlich Weiblichen nichts mehr im Wege. Der koedukative Unterricht würde das organische Prinzip von Weiblichkeit und Männlichkeit zur Wirkung bringen und demzufolge den geistigen Stoff selbständig differenzieren.

Den >schlagendsten< Beweis der unversiegbaren Wirkungskräfte des organischen Prinzips sieht H. Lange in der Existenz des >Geschlechts der Frauenbewegung<, das sich trotz der umfassenden Herrschaft des mechanischen Prinzips seinen Ausdruck sucht und findet. Die Frauenbewegung ist in diesem Kontext der Befreiungskampf der >wirklich weiblichen Eigenart gegen die Konvention<.

> "...überall wächst in den Frauen der Mut der Selbstbehauptung, der Mut, zu betonen, >Ich bin anders als ihr; eben deswegen gehören wir an eure Seite, nicht nur im Hause, sondern überall da, wo meine

---

[1](...Fortsetzung)
gleiche Schulausbildung von Mädchen und Jungen die Frau weder vor der gesellschaftlichen Diskriminierung noch vor ihrer Unterwerfung unter das Diktat eines Weiblichkeitsklischees schützt.

Eigenart not tut im Leben, überall, wo es gilt, Probleme zu lösen zur geistigen, sittlichen und wirtschaftlichen Förderung eines Geschlechts, das meines so gut ist wie eures, das, was ihr könnt, schätze ich hoch; aber nie und nimmer könnt ihr mich ersetzen> so klingt ihr Ruf, und die Zeit ist nicht ferne, wo er gehört wird" (ebd. 18).

Eine weniger hohe Meinung von den Leistungen der Männer und ihres Staates hatten die Frauen des radikalen Flügels der bürgerlichen Frauenbewegung. Die Politik dieser Frauen richtete sich gegen die unbefriedigenden Zustände in Staat und Gesellschaft. Sie bestritten das Alleinbestimmungrecht der Männer.

> "Den radikalen Frauen waren die Normen und Zwecke der bestehenden, einseitig von Männergeist und für Männerinteressen geregelten Staate kein noli me tangere, dem sie sich ein- und unterzuordnen hätten, sondern im Gegenteil ein vielfach vernunftwidriges, unzulängliches Stück- und Flickwerk..." (HEYMANN 1972: 85).

Den Kampf um die wirtschaftliche, soziale und politische Gleichberechtigung der Frau führten die radikalen Frauen unter Ausschluß der Betonung einer Andersartigkeit der Frau.

Dieser Gleichberechtigungspolitik liegt keineswegs eine Theorie der Geschlechtergleichheit zugrunde. Die Gleichberechtigung wird als unentbehrliche Voraussetzung im Dienste der Frauenbefreiung gesehen und ist nicht ihr Ziel. Erst die Gleichberechtigung ermöglicht es nach Ansicht dieser Frauen, daß Frauen ihre schöpferische Eigenart entwickeln und sich behaupten können. LIDA GUSTAVA HEYMANN (1868-1943) formuliert dies 1941 folgendermaßen:

> "Es kann nicht zu oft und deutlich ausgesprochen werden, daß die völlige Gleichberechtigung der Frau im Staatsleben nur eine Etappe, nur ein Mittel und Weg ist zur Einreihung der schöpferischen Frauenkraft in das formale und unfruchtbare System des Männerstaates, um endlich eine lebenswürdige und glückliche Menschengemeinschaft erstehen zu lassen" (83 f.).

Für L. G. Heymann ist die Frau diejenige, die einen Zugang zur Vernunft hat. Die Erfahrung des zweiten Weltkrieges setzten der alten Frauenfriedenskämpferin zu, was jedoch ihre Haltung, die sie dem weiblichen

Geschlecht gegenüber hegte, in keinster Weise minderte.[1] Sie und ANITA AUGSPURG (1857-1943) - sie befanden sich seit 1933 im Exil - waren

> "zutiefst davon durchdrungen, daß völlige Frauenbefreiung kosmisches Gesetz ist, unabänderlich ihrer Erfüllung entgegengeht, mag kommen was will; Rückschläge bedeuten nichts dagegen, denn Erfahrungen an vielen Beispielen lehrt, daß sie lediglich dazu dienen, daß die kommende Frauengeneration mit erhöhter Vehemenz den Kampf aufnimmt" (ebd. 191).

35 Jahre später nehmen die Frauen der Neuen Frauenbewegung diesen Kampf wieder auf, der mit dem Jahre 1933 in Deutschland zum Erliegen kam. Sie haben es nicht leicht, den mutigen und bedingungslosen Kampf der Frauen der Alten Frauenbewegung fortzusetzen. Auf der Suche nach einer eigenen Geschichte müssen sie die Alte Frauenbewegung erst wieder entdecken.

Die Neue Frauenbewegung schließt an das Ideengut der Alten Frauenbewegung an und stößt sich gleichermaßen von ihm ab. In den Fragestellungen, Argumentationen, der politischen Strategie und Praxis der Neuen Frauenbewegung lassen sich somit Parallelen als auch Unterschiede zur Alten Frauenbewegung finden (zur Vertiefung: KLINGER 1986b).

1.4.2 Unterschiedliche Positionen zur These der Geschlechterdifferenz in den 80er Jahren der Neuen Frauenbewegung

1.4.2.1 CHRISTA MULACK: Zur Konstituierung des Weiblichen

Vertreterinnen der Gleichheit sehen >Weiblichkeit< als die Ursache der Frauenunterdrückung an. Im Gegensatz dazu betrachten Frauen, die die These der Geschlechterdifferenz zugrundelegen die Unterdrückung der Frauen darin begründet, das Weiblichkeit der Männlichkeit untergeordnet

---

1 Bereits im ersten Weltkrieg engagierte sich L. G. Heymann für den Weltfrieden. 1915 war sie Teilnehmerin des internationalen Frauenkongresses, der in den Niederlanden stattfand und einen Protest der Frauen gegen den Krieg darstellen sollte. Der Bund deutscher Frauenvereine lehnte die Teilnahme - aufgrund vaterländischer Gesinnung und nationaler Verpflichtung - an diesem Kongreß ab. L.G. Heymann war von Beginn an in der >Frauenliga für Frieden und Freiheit<.

ist, unter männerdominantem Blick verstellt wahrgenommen und im Vergleich zur Männlichkeit abgewertet und als minderwertig deklariert wird.

Hierbei muß einschränkend berücksichtigt werden, daß dies *eine* der möglichen Perspektiven ist, aus der sich die Geschlechterdifferenz erschließen läßt und nicht die einzige, wie vielfach angenommen wird. Im folgenden soll diese Position am Beispiel von CHRISTA MULACK (1990) in ihren Begründungszusammenhängen nachvollzogen werden.

Worin ist für Ch. Mulack die Frauenunterdrückung begründet, was kennzeichnet das Patriarchat? Wie definiert sie Weiblichkeit? Welche Strategien für eine Frauenbefreiung sind mit ihren Hypothesen verbunden? Wie stellt sie ihren Ansatz im Kontext zu anderen Ansätzen zur Frauenbefreiung dar?

Ch. Mulack sieht in dem Phänomen und den Folgen der Geschlechterdifferenz eine Wahrheit, in der die >Wahrheit der Frauen< aufgespürt werden kann. Ihr Buch >Natürlich weiblich - Die Heimatlosigkeit der Frau im Patriarchat< steht exemplarisch für die Position, die den Begriff >weiblich< aus feministischer Sicht zu definieren vermag und adaptiert.[1] Die weibliche Lebensrealität - unter Beachtung der biologischen Konstitution - wird mit dem Ziel analysiert, eine >neue< Weiblichkeit zu entdecken. Entscheidend ist, daß ein großer Teil der bisher als mangelhaft, minderwertig und negativ bewerteten weiblichen Eigenschaften und Merkmale nunmehr als Stärken und Fähigkeiten hervortreten. Die Autorin formuliert hierzu:

> "Nicht die Vorstellung von Weiblichkeit als eigener Dimension, sondern das Postulat ihrer Subordination, ihrer Minderwertigkeit ist abzulehnen. Das darf uns jedoch nicht daran hindern, einerseits die Wertung als solche zu hinterfragen und andererseits unser Verständnis von Weiblichkeit neu zu formulieren auf der Grundlage weiblicher Realität, wie sie sich als psychosoziale Wirklichkeit präsentiert" (ebd. 116).

---

[1] Im folgenden beziehe ich mich ausschließlich auf die erste Hälfte des Buches, in der die Autorin ihren Ansatzes zur Geschlechterdifferenz darstellt und nicht auf den zweiten Teil des Buches, in der sie die Beziehungen zwischen Frauen analysiert.

Der erkenntnistheoretische Zugang wird durch einen Vergleich zwischen dem männlichen und dem weiblichen Geschlecht vollzogen. Der zentrale Machtfaktor ist die Hierarchie zwischen den Geschlechtern und die Internalisierung dieser Hierarchie auf seiten der Frauen. Weiblichkeit wird benannt und ihr wird Wert zugesprochen.

Die zugrundeliegende These: Frauen und Männer sind sowohl durch die Natur als auch durch die Kultur geprägt. Demzufolge trägt die Autorin Forschungsergebnisse aus unterschiedlichen wissenschaftlichen Disziplinen zusammen: der Soziologie, Sozialisationstheorie, Entwicklungspsychologie und der Biologie. Insbesondere in ihren Ausführungen zu den biologischen Grundlagen zur Geschlechterdifferenz bezieht sie sich überwiegend auf Lehrbücher und wissenschaftliche Zeitschriften männlicher Autoren. Da diese Literatur ihr die Fakten zur Bestätigung ihrer These der weiblichen Priorität liefern, sieht sie darin ein Zeichen der Brüchigkeit des patriarchalen Weltbildes, da es >Erkenntnisse zu liefern vermag, die seine eigene Auflösung vorantreiben< (ebd. 58).

Die geschlechtsspezifische Arbeitsteilung wird von der Autorin nicht in Frage gestellt und demzufolge auch nicht als Ursache der Frauenunterdrückung gewertet. Frau und Natur werden von ihr als Einheit gedacht und diese so gedachte Einheit ist ebensowenig Ausgangspunkt des Herrschaftsverhältnisses. Das Herrschaftsverhältnis konstituiert sich vielmehr durch den Nicht-Zusammenhang von >Mann-Natur<. Für den Mann bildet die >Natur inclusive Frau< eine Ressource, der er sich, da er außerhalb dieser steht, eindimensional zum Zwecke seiner Bedürfnisbefriedigung bedienen kann (ebd. 88).

Die Grundlage des Patriarchats ist ein Bewertungsirrtum. Dieses Fundament macht Ch. Mulack durch einen Vergleich zwischen biologischen und gesellschaftlichen Bestimmungen von Frauen und Männern durchschaubar. Ihr Ziel: die >Absurdität patriarchaler Bewertung der Geschlechterdifferenz< bewußt zu machen, um der Illusion der Geschlechtergleichheit zu entgehen, um die

> "ureigensten Bedürfnisse (der Frauen, d. V.), die uns nicht nur aufgrund ökonomischer und sozialer Bedingungen aufgedrückt wurden, sondern aus tieferen Schichten unseres Körpers, unserer Seele und unseres Geistes, die den Stempel des Weiblichen tragen, gespeist werden" (ebd. 39)

zu verdeutlichen. Wie können diese tieferen Schichten erkannt werden, wie werden sie benannt?

Zwar sieht sich Ch. Mulack mit der Schwierigkeit konfrontiert, daß das patriarchale Weltbild die Frau in ihrem Denken, Fühlen und Handeln, wie auch in ihrer Wahrnehmung und Einschätzung von Wirklichkeit bestimmt, jedoch findet sie die besonderen Fähigkeiten und Stärken widerspruchslos heraus. Sie durchquert wissenschaftliche Forschungsberichte und Alltagserfahrungen, die sich auf das weibliche und männliche Geschlecht beziehen und entdeckt durch eine Gegenüberstellung und einen Vergleich der Geschlechter >den höheren Bedeutungswert< des Weiblichen in folgenden Bereichen:

- auf biologischer Ebene sind die Frauen ausgezeichnet durch: Gebären- und Nährenkönnen, die Überlegenheit weiblicher Sexualität, höhere Lebenserwartung, effektiveres Immunsystem;
- auf seelischer Ebene erleben sich Frauen als sensibler, intuitiver, ganzheitlicher, da weniger verdrängend sowie selbstkritischer, insgesamt dem Leben zugewandter;
- auf ethisch-sozialer Ebene: Frauen erfahren sich als kooperations- und hilfsbereiter, verantwortungsbewußter, rücksichts- und liebevoller, d. h. weniger egoistisch;
- auf geistiger Ebene neigen Frauen "aufgrund ihres weniger spalterischen und zergliederten Denkens und ihrer ganzheitlichen Wahrnehmung und Vorstellung weitaus weniger als Männer zu aggressiven Weltanschauungen" (ebd. 50).

Um die besondere Konstitution der Frau, insbesondere hinsichtlich ihrer *natürlichen* Bevorzugung gegenüber dem Mann nachzuweisen, vertieft Ch. Mulack ihren Geschlechterdifferenzansatz - wie bereits erwähnt - durch eine Analyse von Forschungsbeiträgen aus der Biologie. Schon als Knabe auf die Welt zu kommen bedeutet eine biologische Benachteiligung: eine schwächere Konstitution begleitet den Knaben von der Geburt an. Späterhin wird ihm deutlich, daß er nicht gebären kann. Aus diesem Gebärneid resultiert ein Minderwertigkeitsgefühl. Hieraus entsteht ein Spannungsfeld für den Mann: er steht zwischen der Wahrheit einer biologischen Bevorzugung der Frau und dem patriarchalen Bild von einem dem weiblichen Geschlecht überlegenen männlichen Geschlecht. Durch diese Verdrängung der Wahrheit entsteht eine gestörte Wahrnehmungsfähigkeit beim Mann im Bereich zwischenmenschlicher Kommunikation und der Selbstwahrnehmung. Ebenso verkümmern intuitive Wahrnehmungsfähigkeiten (vgl. ebd. 64-70).

Die Autorin faßt diesen Tatbestand zusammen:

> "Und so tritt der Junge dann hinaus ins Leben: mit einem künstlichen Identitätsgefühl, das ständiger Unterstützung und Bestätigung bedarf; mit einem übersteigerten Selbstwertgefühl, das nicht besonderem Können, sondern lediglich auf seinem Mannsein beruht; mit verdrängten Neidgefühlen, die durch die Ideologie männlicher Höherwertigkeit in Schach gehalten werden sollen; mit Wahrnehmungsstörungen, die jegliche Form von Realitätsverlust fördern, und mit einem Liebesanspruch, der sich zu keinerlei Gegenleistung verpflichtet weiß" (ebd. 70).

Die biologische Betrachtungsweise wird vertieft: Samen und Ei werden verglichen, die Möglichkeit der Partheogenese diskutiert, ebenso werden das X-Chromosom und das Y-Chromosom einem Vergleich unterzogen.[1] Gleichermaßen wird die Hormonforschung herangezogen. Ohne auf die Einzelheiten einzugehen sei gesagt, daß alle Vergleiche eins ergeben: Die Minderwertigkeit der Frau ist sozialen, die des Mannes biologischen Ursprungs. Die natürliche Priorität liegt nicht nur auf seiten der weiblichen Keimzelle und des weiblichen X-Chromosoms. Auch die These des Mannes als Urbild des Menschen wird widerlegt: die Entwicklung zum männlichen Geschlecht vollzieht sich erst in der sechsten Woche der embryonalen Entwicklung, so daß >Weiblichkeit als das Grundgeschlecht des Menschen< angesehen werden kann (vgl. ebd. 90-100).

Ch. Mulack argumentiert im Sinne einer feministischen Politik, die die persönliche Veränderung als Vorbedingung einer gesellschaftspolitischen sieht. Die Veränderung des Selbstbildes der Frau, der Akt der Selbstbenennung und Selbstbewertung ist für sie der zentrale Schritt zur Frauenbefreiung, zur Erschütterung patriarchaler Herrschaft. Die Autorin sieht einen zentralen Unterschied darin, *wer* z. B. die Aufwertung der Mutterrolle fordert: feministische Frauen oder konservative Politiker. Auf eine

---

[1] Mit einem Hinweis auf Rainer Knußmann (1984) entsteht die Hypothese, nach der es keines Geschlechtschromosoms zur Bestimmung des weiblichen Geschlechts bedarf, da "dieses möglicherweise das *Urbild des Menschen* verkörpert und das männliche Geschlecht >als Abwandlung des weiblichen Bauplans< entsteht" (ebd. 97).

Kurzformel gebracht geht es darum, nicht mehr definiert zu werden, sondern sich selbst zu definieren.

Der Befreiungsweg führt durch eine Hinterfragung patriarchaler Vorstellungs- und Wertemuster mit dem Ziel, >hinter< diesen eine andere Wirklichkeitsebene wahrnehmen zu können. Die Erkenntnis: das patriarchale Weltbild ist eine männliche Verkehrung der Wirklichkeit. Die >wahre< Wirklichkeit ist ihr genaues Gegenteil: die Welt ist geprägt durch die weibliche Priorität.

Durch diese Einsicht können die sozial vermittelten weiblichen Minderwertigkeitsgefühle aufgelöst werden. Ist der männliche Größenwahn durchschaut, können die positiven Projektionen, die sich auf das männliche Geschlecht beziehen, zurückgenommen werden. Dies bedeutet für die Frauen, daß sich für sie Energien freisetzen, die sie für sich und ihren weiteren Befreiungskampf zur Verfügung haben.

Der Kampf um die Gleichberechtigung wird von Ch. Mulack ad absurdum geführt. Der Widerlegung des Gleichheitspostulats widmet die Autorin ein gutes Drittel ihrer Ausführungen. Die Begriffe Gleichheit, Gleichberechtigung und Gleichwertigkeit sieht sie als ein >Notstandsvokabular von Geschundenen, mehr nicht<. Es sind strategische Begriffe, die für eine Wirklichkeitsbeschreibung untauglich sind (ebd. 20).

Die Gleichberechtigung und Gleichheit führt - so die Autorin - zur Anpassung und Assimilation an männliche Werte und Normen, so daß diese Politik dem Patriarchat zugute kommt. Letztendlich steckt hinter der Gleichberechtigung männliche Interessenpolitik.

Die Ausführungen von Ch. Mulack lassen keinen Zweifel aufkommen: die feministische Bewegung kann in zwei klar voneinander abzugrenzende Positionen - dort die Gleichheitsfraktion, hier die Geschlechterdifferenz - eingeteilt werden. Der Umgang mit der Gegenposition ist alles andere als wohlwollend. Die Gleichheitsfraktion wird als *Reaktion* auf den frauenfeindlichen Umgang mit der Tatsache der Geschlechterdifferenz gewertet, demzufolge Frauen ausgebeutet und versklavt werden konnten. In ihrem eigenen Ansatz sieht sie eine Loslösung von einem reaktiven Argumentationsmuster. Die radikale Leugnung der Geschlechterdifferenz, die Politik der Gleichheit und die ideologischen Kämpfe zwischen den beiden Positionen haben fatale Folgen für die Frauenbefreiungsbewegung.

Schuld daran sind - Ch. Mulack zufolge - die Frauen, die das Gleichheitspostulat vertreten:

"Sie machen sich zu Verkünderinnen einer monosexuellen Botschaft, die ähnlich intolerant auftritt wie jene des biblischen Monotheismus; denn diffamiert, ausgegrenzt und zur Feindin erklärt werden all jene, die nicht bereit sind, das Faktum der Geschlechterdifferenz auf den patriarchalen Kehrichthaufen zu werfen. Die Folge dieser ideologischen Verbohrtheit ist ein tiefer Graben, der die feministische Bewegung heute durchzieht und der ihr künftig die politische Kraft zu rauben droht, da er einen beträchtlichen Teil feministischen Kampfgeistes verbraucht" (ebd. 13).

Ch. Mulack wirft den Vertreterinnen des Gleichheitsansatzes das Verhaftetsein an der dualistischen Denkstruktur vor, die Kultur und Natur voneinander trennt und Spaltungsprozesse vorantreibt. Die Autorin präzisiert dies folgendermaßen: das dualistische Denken spaltet die Welt in Gegensätze auf. Einer der Gegensätze ist der zwischen männlich - weiblich. Duale stehen sich feindlich gegenüber und bekämpfen einander. Durch männliche Willkür werden Duale geprägt und bewertet. Diese Denkstruktur findet sich im Feminismus wieder und die Spaltung der Bewegung ist somit ein Produkt der dualistischen Bewußtseinsstruktur, hereingetragen durch die Vertreterinnen der Gleichheit:

"Sozialistische Feministinnen haben die patriarchale Spaltung von Verstand und Gefühl, Kopf und Bauch, Politik und Spiritualität kritiklos übernommen und sie mit der entsprechenden patriarchalen Wertigkeit versehen (...). Dieser Dualismus durchzieht unter anderem das Denken Simone de Beauvoirs und Dorothee Sölles" (ebd. 60).

Die Überwindung des dualistischen Weltbildes kann nur durch ein Denken der Differenz - so Ch. Mulack - stattfinden, wobei nicht deutlich wird, wie sich dieses andere Denken realisiert. Dennoch hypothetisiert die Autorin, daß, wenn von Differenzen ausgegangen wird, wie es die Vertreterinnen der These der Geschlechterdifferenz tun, gleichzeitig dogmatisches und dualistisches Denken überwunden wird. Mit anderen Worten: die These der Geschlechterdifferenz wird in den Kontext einer Überwindung dualistischer Denkstrukturen gestellt (vgl. ebd. 63).

Die Autorin führt dies weiter aus: der markante Dualismus ist die Trennung von Kultur und Natur. Frauen sind *sowohl* von der Gesellschaft *als auch* durch die Natur geprägt. Beispielsweise haben geschlechtstypische Lernbereitschaften - im Gegensatz zur Annahme von URSULA SCHEU (1977)[1] - vielfach biologische Ursachen. Indem Natur und Kultur als ein verbundenes Ganzes betrachtet wird, wird ebenfalls dualistisches Denken >hinter sich gelassen<.

Sie sieht sich selber nicht in dieser Bewußtseinsstruktur verfangen, da sie das männliche nicht negativ bewertet, sondern durch den höheren >Bedeutungswert< des Weiblichen werden relative Unterschiede sichtbar. Zudem verbindet sie in ihrem Ansatz Kultur und Natur.

Ob diese Schlußfolgerung im Kontext einer Analyse der Strukturen dualistischer Denkprozesse standhält, wird unter II.1.5 erörtert. Der Teil II.2.2 dieser Arbeit wird sich ausführlich mit den Bewußtseinsstrukturen auseinandersetzen.

1.4.2.2 LUCE IRIGARAY: Zur Einschreibung des Weiblichen in die symbolische Ordnung

Eine weitere Vertreterin der Geschlechterdifferenz ist die französische Theoretikerin LUCE IRIGARAY. Der nachfolgenden Darstellung liegen ihre in deutsch erschienenen Vortragsbände zugrunde (IRIGARAY 1979a; 1987; 1989; 1991a; 1991b).

Die Texte von L. Irigaray galten und gelten - zumindest aus der Perspektive deutscher LeserInnen - als schwer zugänglich. Einer der Gründe ist m. E., daß sich die feministische Theorie in der Bundesrepublik Deutschland vorrangig durch eine kritische Auseinandersetzung mit der Marxistischen und Kritischen Theorie entwickelte und nicht - wie in Frankreich - im Kontext des Poststrukturalismus.[2]

---

1 Ursula Scheu versuchte - insbesondere im Kontext der Sozialisationstheorien - nachzuweisen, daß die >natürlichen< weiblichen Eigenschaften wie z. B. Mütterlichkeit, Emotionalität, soziales Interesse und Passivität kulturell anerzogen sind.

2 Einen guten Einstieg zur Verständlichkeit der feministischen poststrukturalistischen Theorie vermittelt Chris Weedon (1990) in ihrem Buch: >Wissen und Erfahrung - Feministische Praxis und Poststrukturalistische Theorie<. Als weitere Vertreterinnen dieser philosophischen Strömung sind Helene Cixous (1977; 1980), (Fortsetzung...)

L. Irigarays Ansatz einer Theorie der Geschlechterdifferenz basiert insbesondere auf der psychoanalytischen Sprach- und Subjektivitätstheorie JACQUES LACANS (zur Vertiefung vgl. WIDMER 1990).[1] Erst in diesen Zusammenhang gestellt werden die zentralen Begriffe L. Irigarays wie >symbolische Ordnung<, >das Imaginäre<, >das Begehren< in ihrer Bedeutung verständlich, wie auch die Priorität, die die Sexualität in ihren theoretischen Schriften einnimmt. J. Lacan hebt in seiner Freud-Interpretation die sprachliche Struktur und die imaginäre Struktur der Subjektivität hervor.[2] Diese imaginäre Struktur wird, wie das Unbewußte, zu dem Zeitpunkt erworben, an dem das Individuum als sprechendes Subjekt in die *symbolische* Ordnung (der Sprache, des Gesetzes, der gesellschaftlichen Prozesse und Institutionen) eintritt.

---

[2](...Fortsetzung)
Julia Kristeva (1978) und unter den deutschen Philosophinnen Eva Meyer (1980) zu nennen.

1 Jaques Lacan wird zu den Poststrukturalisten gezählt. Der Poststrukturalismus ist eine Strömung der französischen Philosophie und basiert auf der Linguistik Ferdinand de Saussures (1931). Diesem zufolge ist Sprache ein abstraktes System, bestehend aus dem Laut- oder Schriftbild und der Bedeutung. Jedes Zeichen erhält seine Bedeutung aus seiner Verschiedenheit zu allen anderen Zeichen in der Sprachkette. Die Poststrukturalisten gehen einen Schritt weiter, indem sie darüber hinaus Sprache als gesellschaftlichen Faktor postulieren, da die Bedeutung niemals ein für allemal festgelegt ist, sondern ständig verschoben wird. Im Kontext einer Patriarchatskritik bedeutet dies: wer sich der Sprache bedient, bewegt sich zwangsläufig im Kontext der herrschenden symbolischen Ordnung. Wenn z. B. >Weiblichkeit< in eine sprachliche Form gebracht werden soll, ist eine Repräsentation der herrschenden Ordnung unumgänglich.

2 Der These der >imaginären Struktur der Subjektivität< liegt der poststrukturalistische Subjektbegriff zugrunde. Der Poststrukturalismus löst das freie Subjekt des Humanismus auf. Während der Humanismus ein bewußtes, wissendes, einheitliches und rationales Subjekt voraussetzt, entsteht Subjektivität im poststrukturalistischen Sinne durch eine Reihe von Diskurspraktiken. Dies erklärt den zentralen Stellenwert der Sprache im Kontext dieser Theorie. Mit anderen Worten: Subjektivität ist *konstruiert*, die vorgegebenen sprachlichen Strukturen sprechen durch das Individuum, das es als solches nicht gibt. Mit dem Begriff des >diskursiven Subjekts< wird dies sprachlich erfaßt. Die Frage nach der Konstituierung des Subjekts hat u. a. Eingang in die Theoriediskussion zur Erwachsenenbildung gefunden. Vgl. hierzu: Gieseke, u. a. (1990).

Auch in ihren >Stilfiguren<, in denen sie sich der Metonymie (von Wort zu Wort) und der Metapher (ein Wort für ein anderes) bedient, ist sie durch die Lacan'sche Theorie geprägt. Die Anleihe, Durchquerung und Abstoßung unterschiedlicher Theorien wie der marxistischen, der strukturalistischen Anthropologie, der Psychoanalyse werden nur selten direkt vermittelt. Es geschieht alles gleichzeitig, das Sich-Aneignen der Terminologie und das Verschieben und Verrücken der Bedeutungen im Kontext einer Theorie zur Geschlechterdifferenz. Die zentralen Begriffe werden häufig nicht erklärt, sie >sprechen sich durch den Text hindurch<. All das macht die Lektüre im Kontext einer konventionellen Lesart fast unzugänglich, verweist in den Zwischenraum zwischen Poesie und wissenschaftlichem Text. Diese Textsorte ist zudem der Ausdruck einer Relativierung von >Wahrheitsdiskursen< (FOUCAULT), wie er in poststrukturalistischer Theoriebildung nicht unüblich ist. Die Schriften können an eine Emotionalität und an eine Intellektualität rühren - die Bereitschaft der LeserIn vorausgesetzt - die abseits jeglicher Rationalität wirken. Sie können eine innere Euphorie ebenso auslösen, wie Verständnislosigkeit, Widerstand und Desinteresse.[1] Mit der Aktualisierung der These der Geschlechterdifferenz in den 80er Jahren findet eine erneute Diskussion um den Theorieansatz L. Irigarays statt.

Es würde an dieser Stelle das Thema vorliegender Arbeit übersteigen, würde eine umfassende Darstellung, Analyse und Kritik des umfangreichen und sich wandelnden Werkes von L. Irigaray folgen. Ziel ist es, einen Überblick über die unterschiedlichen Zugänge zur Geschlechterdifferenz zu schaffen, um Grenzen und Möglichkeiten einer Zugrundelegung dieses Theorieansatzes für eine feministische Bildungsarbeit diskutieren zu können. Infolgedessen werden den Schriften L. Irigarays folgende Fragestellungen zugrundegelegt: Worin liegt für die Autorin die Frauenunterdrückung begründet? Was ist kennzeichnend für das Patriarchat?

---

1 Rita Bischof (1977) - eine Kritikerin L. Irigarays umschreibt dies folgendermaßen: "Etwas an Irigarays Texten stößt mich ab: die Selbstmystifikation; ihre Schreibweise, die eine gewisse Euphorie inszeniert; die bruchlose, undialektische Übernahme mystischer Modelle der inneren Erfahrungen des Weiblichen. Etwas anderes zieht mich an: das destruktive Moment, das mit der Befreiung des weiblichen Imaginären gesetzt wäre; die Möglichkeiten, die sich damit eröffnen; und die Erkenntnis, von der jedes feministische Sprechen auszugehen hat: die Haut (der Körper) der Frau als der Ort, in den sich der Widerspruch eingeschrieben hat" (ebd. 27).

Wie belegt L. Irigaray den Begriff *Weiblichkeit*? Welche Strategien für eine Frauenbefreiung lassen sich aus ihrer Theorie ableiten?

In der Verteidigung ihrer Habilitation (1974) antwortet L. Irigaray auf die Frage, welches Motiv ihrer Arbeit zugrundeliege: "Ich bin eine Frau. Ich bin ein weibliches geschlechtliches Wesen. Ich bin weiblich geschlechtlich. Der Beweggrund für meine Arbeit liegt in der Unmöglichkeit, eine solche Aussage zu machen" (1979a: 155).

Es ist L. Irigarays Vorhaben, den herrschenden philosophischen Diskurs (der Diskurs der Diskurse!) zu dekonstruieren, da er alle anderen Diskurse bestimmt. Die Dominanz des philosophischen Diskurses macht es möglich, alles in ein Gleiches zurückzuführen. "Das Vorhaben teleologischen Konstruierens, dem er sich widmet, ist immer auch ein Vorhaben der Umlenkung, der Irreleitung, der Zurückführung des Anderen in das Gleiche" (ebd. 76). Die Frau ist das Andere, jedoch nicht ein differentes Anderes, sondern sie ist die andere Hälfte des Einen, des Männlichen, des Herrschenden.

Mit anderen Worten: Das phallokratische System - wie es L. Irigaray benennt - zeichnet sich durch Kohärenz aus. Es läßt nichts anderes bestehen als sich selbst, da das männliche Geschlecht den philosophischen Diskurs in Alleinherrschaft konstruiert und demzufolge das weibliche Geschlecht sich nicht als das Andere manifestieren kann. Es wird umgelenkt und ausgelöscht. Das System repräsentiert sich immer nur selbst. Das >Weibliche< bestimmt sich ausschließlich durch und für das männliche Geschlecht.

Ein Geschlecht und sein Negativ ergibt nicht zwei Geschlechter schlußfolgert L. Irigaray. Die Geschlechterdifferenz, die die Grundlage, die Matrix allen Lebendigen ist, erscheint nicht in der Wirklichkeit.

Es geht mit dem Ziel der Präsenz der Geschlechterdifferenz um die Existenz von *zwei Geschlechtern* und um ihre jeweils verschiedenen Beziehungen zum Leben, zum Sinnlichen, zur Form, zum Göttlichen und zum Denken (vgl. 1989: 191).

> "Es geht für uns darum zu lernen, ein Potential physischer und imaginärer Kräfte zu bewahren, zu erhalten, zu kultivieren, um uns Formen, um uns eine Welt zu erschaffen, die die Achtung vor unserer selbst,

des anderen und die Fruchtbarkeit in der Differenz zulassen" (1987: 132).

Die Konsequenz für das Weibliche würde sein, das es lernt,

> "... sich selbst und für sich selbst in einem eigenen sittlichen Bewußtsein entgegenzusetzen. Das, was ihm auf diese Weise als Fremdes entgegentreten könnte, ist sein Ansich, sein Wesen. Aber es würde diese nicht mehr vom anderen Geschlecht (*sexe* und *genre*) bestimmen lassen" (ebd. 192).

Die traditionelle Rollen- und Aufgabenteilung zwischen den Geschlechtern darf - L. Irigaray zufolge - nicht mit der Theorie der Geschlechterdifferenz verwechselt werden. Die Geschlechter, die die traditionelle Arbeitsteilung hervorbringen, stellen eine >subjektive Pathologie beider Seiten der Geschlechterdifferenz< dar (1989: 268). Die Familie ist ein Ort der Frauenunterdrückung und die sogenannte >Macht der Mütter< findet >innerhalb< eines von Männern konstruierten Systems statt.

Die Alternative ist - und rückt insbesondere in den Vorträgen seit Mitte der 80er Jahre ins engere Blickfeld der Autorin - das heterosexuelle Paar. In der Geschlechterdifferenz stehen sich zwei Begehren (als Ort des Zwischenraums) gegenüber - jedes hat einen Plus- und Minus-Pol in sich.

> "Das Band, das Männliches und Weibliches erstmals oder wieder vereinigt, muß horizontal und vertikal, irdisch und himmlisch sein. (...) (Es muß, d. V.) das Bündnis zwischen Göttern und Sterblichen verwirklichen. Denn die sexuelle Beziehung ist ein Fest, eine Feier und keine maskierte oder politische Herr-Knecht-Beziehung" (1991b: 25 f.).

Die Theorie und Praxis der Geschlechterdifferenz würde eine umfassende Revolutionierung des Bestehenden darstellen. Voraussetzung ist eine Umwälzung des Denkens und der Ethik. Alles muß neu gedeutet werden: in der Beziehung zwischen Subjekt und Diskurs, Subjekt und Welt, Subjekt und Kosmischen, zwischen Mikro- und Makrokosmos (vgl. 1991b: 12). Die Verwirklichung der Geschlechterdifferenz ist für L. Irigaray das Ziel der Frauenbefreiung.

Wie konnte es zu dieser aufgezeigten Auslöschung des Weiblichen kommen?

Die Besitzverhältnisse bilden - so L. Irigaray - einen zentralen Faktor. Die Frau ist als Ehefrau dem Ehemann, als Tochter dem Vater unterstellt. Sie ist sein Hab und Gut. Ihre Arbeit und ihre Sexualität gehören dem Familienoberhaupt. Die Mikrowelt der Familie ist ein Abbild des Staates.

Wie stellt sich diese Auslöschung des Weiblichen aus philosophischer Sicht dar?

Vermittels der Kategorien Idee, Substanz, Subjekt, transzendentale Subjektivität stellt L. Irigaray fest, daß Frauen nicht an der Bestimmung solcher Begriffe teilhaben. Durch jene permanente Umlenkung ihres Ausdrucks in das männliche Bezugssystem bleiben sie in ihrer spezifisch weiblichen Ausgestaltung unsichtbar. Nur das männliche ist sichtbar und bestimmt somit die symbolische Ordnung. Die symbolische Ordnung ist die gesellschaftliche und kulturelle Ordnung. Sie ist strukturiert durch die Gesetze, die Institutionen und die Sprache. Wobei die Sprache - wie erwähnt - einen zentralen Stellenwert einnimmt, da sie für die Gesetze und die Institutionen bürgt. Frauen haben keinen eigenen Zugang zur symbolischen Ordnung: weder zur Sprache, noch zu den Gesetzen, noch zu den Institutionen. Sie ist immer auf das männliche Repräsentationssystem angewiesen. Sie kommen nicht vor, sind >noch nicht *geborene Frauen*< (vgl. 1989: 110).

Das Patriarchat hat der Frau nicht nur die Sprache, die Einschreibung in die symbolische Ordnung genommen, sondern auch das Göttliche. Frauen können sich - wie L. Irigaray auszuführen versucht - ohne einen eigenen Zugang zum Göttlichen, zum Absoluten, nicht selbstbejahen und vollenden (vgl. ebd. 133). Wenn *Werden* - was für die Frauen noch aussteht - bedeutet, die Vielfalt des Möglichen zu verwirklichen, dann geht dies nur unter Einbeziehung des Religiösen. Auch das Religiöse, auch Gott muß der Frau entsprechen, muß sie in ihrer Vollkommenheit spiegeln. Auch der Weg zum Göttlichen, auch Gott selbst, auch das Absolute kann - so die Autorin - nur vermittels der Geschlechterdifferenz begangen werden und erscheinen. D. h.

> "ohne Göttliches, das ihr entspricht, kann die Frau ihre Subjektivität in keinem ihr angemessenen Ziel erfüllen. Ihr fehlt ein >Ideal<, das ihr Ziel und Weg wäre, um zu werden. Sie verliert (verlieren) sich und wird (werden) Agentin(nen) von Zerstörung und Vernichtung mangels eines (einer) anderen von sich, das (die) sie werden könnte(n)" (1989: 106).

Ein Hauptaspekt der theoretischen Schriften der französischen Philosophin - vor allem hinsichtlich ihrer Befreiungsstrategie - bildet die Mutterfigur. L. Irigaray geht es u. a. darum, daß die Frauen die Mutter >in sich und unter sich< erleben und dem Mutterbegriff neue Bedeutungen geben. Sie reflektiert die patriarchale Mutter-Tochter-Konstellation und fordert die Frauen auf, ihre Beziehung zur eigenen leiblichen Mutter zu klären. Die Autorin drückt dies mit folgenden Worten aus: >Wir, die Töchter, müßten unsere Mütter wieder als Frauen erstehen lassen<. Eine Mutter ist immer auch eine Frau (kein Mann wird zum ausschließlichen Vater durch die Vaterschaft). L. Irigaray lehnt jegliche Verkürzung des Frau-Seins auf Mutter-Sein ab.

Sie fordert die Frauen weiterhin dazu auf, sich *mit* den Müttern zu befreien und nicht gegen sie. Wenn die Frau ihre Mutter auf ein Objekt reduziert, reduziert sie sich unwillkürlich selbst auf ein solches. Die Frau kann sich nur zum Subjekt befreien, wenn sie ihre Mutter zum Subjekt werden läßt, lautet die Begründung L. Irigarays. Die Frau ist mit ihrer Mutter unwiderruflich verbunden, was nicht bedeutet, sich von dieser nicht unterscheiden oder entfernen zu können. Was die Tochter der Mutter antut, tut sie sich selber an. Die Konsequenz ist somit, sich *mit* den Müttern zu befreien (1991a: 40). Dies setzt m. E. einen Prozeß voraus, in dem die Mütter ihre Identifikation auf ein Frau-Werden zulassen und darüber hinaus in der Tochter die Frau zu erkennen vermögen. Jedenfalls ein Konzept, das sowohl über das Postulat von Frau=Mutter hinausweist, als auch den Befreiungsakt in einen anderen Raum verweist, als jenen, den die zum Teil einseitige Dekonstruktion der Mutter - wie sie seit den 60er Jahren insbesondere im therapeutischen Setting betrieben wird - eröffnet. Bei all diesen Ausführungen ist neben der leiblichen Mutter immer auch die symbolische Mutter zu denken. Der Begriff der >symbolischen Mutter< steht im Kontext einer Einschreibung des Weiblichen in die symbolische Ordnung. Die >symbolische Mutter< ist die Mittlerin zwischen allen Frauen, von Frau zu Frau. Sie ist die Ahnin, die Figur des Ursprungs. Dieser Ursprung wird weiblich gedacht. Damit ist eine Gewähr für die Autonomie des Weiblichen gegeben. Die >symbolische Mutter< stellt die erste Instanz einer weiblichen Genealogie dar. Die >symbolische Mutter< wird zum Maßstab, *ist* Maßstab und kann nicht bemessen werden.

In der phallokratischen Gesellschaft, in der die Frauen in die männliche Genealogie (zwangs-)eingebunden sind, stellen sich die Töchter gegen die Mütter, werden die Töchter kulturell und physisch von ihren Müttern getrennt. Das Band der Achtung und des Respekts zwischen Mutter und Tochter, die weibliche Genealogie, ist >verlorengegangen<.[1]

Die Dekonstruktion philosophischer Diskurse sowie das >Hervorbringen< des verschleierten Weiblichen ist nach L. Irigaray immer auch psychoanalytisch zu vollziehen, um die Funktionsweise des Unbewußten, die jeder Philosophie immanent ist, nachvollziehen zu können. *"Das Unbewußte ist teilweise die vom Mann vollzogene Einkerkerung des anderen Geschlechts und des Schaffens des eigenen Geschlechts in sich selbst"* (1989: 182). Wenn das Unbewußte als Ort des anderen Geschlechts bezeichnet wird, dann legt das die Schlußfolgerung nahe, daß es die Spur eines Weiblichen gibt, der zu folgen wäre. Diese Ambivalenz zur These der Auslöschung des Weiblichen soll in einem späteren Zusammenhang aufgegriffen werden. Vorerst soll folgender Frage nachgegangen werden: Wie kann das >Weibliche< aus dieser Vereinnahmung des phallokratischen Systems >neu< hervorgehen?

Das männlich Imaginäre hat das Weibliche auf Schweigen, Stummheit oder Mimesis zurückgeworfen. Es gilt - so die Autorin -, das männlich Imaginäre neu zu durchqueren, um "von da aus, gleichzeitig, für das weiblich Imaginäre einen möglichen Raum (wieder)zufinden" (1979a: 170). Frauen müssen des weiteren das Verhältnis, die Dialektik von Subjektivität-Objektivität erst noch lernen. Bisher waren sie mit dem Objekt des Begehrens identifiziert. Es gilt, daß Frauen zu sprachfähigen Subjekten werden.

Das Vorhaben der Philosophin ist komplex, sie spannt den Bogen bis zu einer Ethik der Geschlechterdifferenz (vgl. 1991b). Eine Veränderung ist - wie deutlich wurde - hinsichtlich einer Einschreibung des Weiblichen in die Sprache, das Recht und die Religion notwendig. L. Irigaray fordert die Frauen dazu auf (vgl. hierzu 1987: 109-115):

- sich nicht auf die Mutterrolle zu reduzieren und reduzieren zu lassen, sondern sich ihre allseitig schöpferischen Kräfte neu anzueignen und zu entfalten. Dazu ist es dienlich,

---

1 L. Irigaray verweist in ihren theoretischen Ausführungen zu einer weiblichen Genealogie immer wieder auf die antiken Mythologien - insbesondere jener, die dem Mutter-Tochter-Paar Demeter-Persephone geweiht ist - und durchquert diese auf der Suche nach der Ablösung dieser weiblichen Genealogie durch die männliche (vgl. 1991a: 119-142).

- als Frau imaginäre und symbolische Welten zu erschließen und
- die Mutter in uns und unter uns zum Leben zu erwecken und damit den Mutterbegriff neu zu belegen.
- Ziel ist es, die weibliche Genealogie zu begründen, zu entdecken, zu praktizieren. In der weiblichen Genealogie kann die Frau ihre Identität finden und bewahren.
- Dieses wiederum schließt ein, daß das Besondere in der Liebe zu Frauen zu leben ist, um nicht weiter ausbeutbar für das männliche Geschlecht zu bleiben - denn ohne die Liebe zum eigenen Geschlecht kann es keine zum anderen geben (1987: 21).[1]
- Zudem gilt es, die sexuelle Identität zu entdecken, zum einen auf der Grundlage ihrer Auto-Erotik, zum anderen durch die Erotik die in der ersten Beziehung der Frau - als Tochter ihrer Mutter - stattfinden kann.
- Die Spezifität des Lusterlebens von Frauen ist zu entdecken (vgl. 1987: 109-115).[2]
- Nicht zuletzt hat die Frau das Sprechen zu erlernen: in allem, bei allem (vor allem auch bei der Liebkosung). Infolgedessen wird ein Schweigen möglich sein, das nicht Stummheit ist.

Damit hat L. Irigaray nicht nur ihre Aufforderung zur Selbstreflexion und -befreiung der Frauen thematisch abgesteckt, es sind ihre Themen, die ihre Schriften durchziehen. Grundlegend ist für sie, daß die subjektive Erfahrung als Element eines wissenschaftlichen Diskurses niemals aufgegeben wird. Die transzendentale Theorie bleibt davon nicht ausgeschlossen. "Die Wahrheit wird immer von irgend jemand produziert. Das bedeutet nicht, daß sie keine Objektivität enthält" (1989: 52).

Da die Frau >außerhalb< der symbolischen Ordnung ihren Ort hat, gilt es von dort aus zu stören und zu untergraben, zu analysieren und zu entdec-

---

1 L. Irigaray ist keine Vertreterin lesbischer Liebe und Kultur. Sie meint nicht jene Frauen, die lesbisch *sind* und nicht als >Vorsorge< oder Verhinderungsgrund zur Ausbeutung durch das männliche Geschlecht die Liebe zu Frauen leben. Es ist die >sekundäre Homosexualität< (>mit allen Vorbehalten zu dieser Begrifflichkeit< wie es L. Irigaray ausdrückt), auf die sie sich bezieht.

2 L. Irigaray vollzieht dies in ihren Schriften im Kontext einer Morphologie (Lehre von der Gestalt- und Formenbildung) des weiblichen Körpers.

ken.[1] Durch ihre Objektbezogenheit haben Frauen eine Fähigkeit, die sie nun für sich einsetzen können, denn sie können zuhören, die andere Welt entdecken etc., vorausgesetzt sie gewinnen ihr *ich*.

Die Frau hat - so folgert die Autorin - Reserven über ihre Funktion hinaus, über ihr Spiel, sich weiblich zu gebärden (zu mimen). D. h. die Frau mimt das, was Frau-Sein im patriarchalen System ist, sie repräsentiert diese Funktionen. Wenn Frauen die Mimesis *spielen* können, bedeutet das, daß dies nicht das alleinige ist, was sie sind, argumentiert L. Irigaray.

Und dieses >drüber hinaus< ist für die Autorin der Wegweiser zu einem weiblichen >Selbst<. Aber der Zugang gestaltet sich überaus schwierig aufgrund der erwähnten Kohärenz des phallokratischen Systems. Um zu diesem weiblichen >Selbst< vorzudringen, ist der Weg über die Mimesis zu wählen. Die freiwillig Wiederholung verkehrt die Subordination (Unterordnung) in eine Affirmation (Zustimmung). "Ein spielerisches und verwirrendes Wiederdurchqueren, das der Frau erlaubte, den Ort ihrer >Selbstaffektion< wiederzufinden" (1979a: 79 f.).

Die Frage "Was ist die Frau?" ist L. Irigaray zufolge falsch gestellt bzw. bleibt dem phallokratischen Diskurs unterworfen. Mit dem Versuch einer Konstruktion einer Logik des Weiblichen erliegt die Frau ein weiteres Mal der männlichen - das Weibliche auslöschende - Logosstruktur.

Es ist schwierig, den Gesetzen des Diskurses zu entgehen. Die Philosophin empfiehlt, sich auf dessen Grenzlinien zu stellen und eine ununterbrochene Bewegung von innen nach außen zu vollziehen. Die Frauen bleiben anderswo. Sie dürfen auf ihren >Stil< nicht verzichten.

Die Umschreibung der sexuellen Ökonomie der Frauen, die eine andere ist, als die der Männer, konstatiert sie folgendermaßen: die andere Ökonomie der Frauen zeigt sich in ihren

> "Beziehungen zum Fließenden und zum Festen, zur Materie und zur Form, zum Berühren - durch Haut und Schleimhäute -, zur Symme-

---

1 >Außerhalb< des Ortes kennzeichnet den Platz, den der männliche Diskurs der Frau zuweist. Der Ort >innerhalb< ist der, in dem die Männer als Subjekte erscheinen, d. h. >innerhalb< des Diskurses, mit dessen Hilfe sie herrschen und den sie zu beherrschen scheinen.

trie, zu Wiederholungen etc. (...)". Vor allem haben Frauen "nicht denselben Bezug zur Entropie, zum Gleichgewicht, zur Entladung (...). Sie haben eine viel stärkere innere Regulierung, die sie in einem konstanten und irreversiblen Wachstumsprozeß hält" (1989: 46).

Vereinfachend gesagt: das Patriarchat ist die Herrschaft des Festen über das Fließende.

Dieses Andere der Frauen wird vor allem an den Orten, wo Frauen unter sich sind, sichtbar, hörbar. Kann die andere Art der Frauen zu sprechen, zu kommunizieren diskursiv erfaßt werden? Nein! sagt L. Irigaray, das >Frau-Sprechen< kann nicht beschrieben werden, >es spricht sich, es läßt sich nicht meta-sprechen< (vgl. 1979: 150).

Immer wieder bedient sich die Autorin einer Metaphorik und einer assoziativen Schreibweise, um einer Repräsentation des herrschenden Diskurses zu entgehen. Die Frage ist, ob es ihr dadurch gelingen kann. Sie bezieht sich wiederholt und ausführlich auf die weiblichen Genitalien. Die Anatomie wird zum sichtbaren Ort des Anderen der Frau: z. B. die (Scham-)lippen der Frau, die assoziativ die Auto-Erotik der Frau offenbaren (die sich-selbst-Berührende, die Frau, die immer schon *zwei* ist - da zwei (Scham-)lippen -) (vgl. 1979a: 22-32). Die Lust der Frau findet sich in den Bewegungen von Quellbächen und Flüssen, dem Meer wieder. Sie gewinnt aus allem und nichts Lust, sie wird berührt durch das Bewegliche, Wechselnde, Fließende und im Einklang mit sich selbst genießt sie immer (vgl. 1987: 17-42).

L. Irigaray zeichnet die Identität der Frauen in der *"Systematischen Nicht-Entzweiung von Natur und Geist, in der Wiederberührung dieser beiden Allgemeinen.* Die Frau ist (in sich) vollständig und allgemein, so allgemein wie vollständig" (1989: 180).

Diese Spaltung von Natur und Geist, der die Frau im phallokratischen System unterworfen ist, ist der Grund, daß die Frauen *vor* die Begründung und Festlegung der herrschenden Logik, der herrschenden Vernunft, zurückgehen müssen. Es ist notwendig, daß sie die Beziehung zu den Elementen (Luft, Wasser, Erde, Feuer) wiederfinden, da diese ihr Lusterleben bergen.

Doch nicht alles, was das Frau-Sein in seiner derzeitigen Ausformung bestimmt, ist abzulehnen. In ihrem Vortrag >Wie werden Frauen Bürgerinnen?< bezieht sich die französische Philosophin auf ihre empirische Studie zu den Auswirkungen der grammatischen Regeln auf Frauen und Männer (SchülerInnen, StudentInnen). Ihre Analyse ergeben Werte, die die Frauen vertreten und die es zu erhalten gilt: Frauen setzen sich mehr in Beziehung zum anderen Geschlecht und interessieren sich grundsätzlich in stärkerem Maße für die *anderen*. Frauen sind den Dingen, den anderen nahe. Sie interessieren sich mehr für die Gegenwart und die Zukunft (die Männer vergleichsweise stärker für die Vergangenheit) und die Frauen sind mehr als Männer darauf bedacht, eine Botschaft zu übermitteln (1991a: 73 f.).

Die Ergebnisse der Studie rufen unmittelbar eine Erinnerung an das Verhalten von Frauen, das ihnen aufgrund der Geschlechtsrollenklischees nachgesagt wird, ins Gedächtnis. Das >ganz Andere<, die Verflüssigung, die ständige Beweglichkeit, die Offenheit entschwindet angesichts einer solchen Konkretion weiblicher Tugenden.

Wie sich aus den bisherigen Darstellungen ableiten läßt, durchzieht eine weitere Ambivalenz die Schriften L. Irigarays: Ist die Frau einerseits nicht existent, da sie ausschließlich Spiegel für das Männliche ist und sich nur durch ihn und für ihn manifestiert, gibt es andererseits jene >Reserve<, jenen Rest, der nicht gesellschaftlich konstruiert, sondern natürlich, essentiell, substantiell ist. Dieses Substantielle sieht L. Irigaray in der Körperlichkeit, der Genitalität der Frau gewahrt und kann somit aus dieser abgeleitet werden. Die Konsequenzen dessen, was es bedeutet ein substantiell >Weibliches< in der Körperlichkeit verankert zu sehen, werden an anderer Stelle herausgearbeitet. Ebenso die Fragestellung, ob L. Irigaray mit ihrem Ansatz das Denken in Dichotomien überwindet, wie sie es selbst postuliert und wie es EVA MEYER (1980) vermittelt.

Alles in allem bietet L. Irigaray einen vielschichtigen Ansatz zur Frauenbefreiung vermittels der These der Geschlechterdifferenz, der jedoch nicht ohne Widersprüche ist, wie in Abschnitt II.1.5 herausgearbeitet werden soll.

1.4.2.3 REGINA BECKER-SCHMIDT/GUDRUN-AXELI KNAPP: Das Nicht-Identische als Befreiungspotential

Die Autorinnen REGINA BECKER-SCHMIDT und GUDRUN-AXELI KNAPP (1987) interpretieren das >Geschlecht< als soziale Strukturkategorie eines polarisierten Gattungsverhältnisses. Dem folgt jedoch nicht, daß die Unterschiedlichkeit der Geschlechter durch das Theorem der Gleichheit aufgehoben werden soll. Die Perspektive der beiden Wissenschaftlerinnen ist eine andere: sie beziehen sich auf die Wirklichkeit und die Wahrnehmung der Unterschiede zwischen den Geschlechtern und fragen nach den Bedingungen von Lernprozessen, die sich aufgrund der tradierten Geschlechterhierarchie für Frauen und Männer unterschiedlich gestalten. Somit leisten sie einen weiteren Beitrag zur Auseinandersetzung um die These der Geschlechterdifferenz aus soziologischer, sozialisationstheoretischer und psychologischer Sicht.

Die übergreifende Fragestellung ihrer Arbeit lautet: was heißt es, in unserer Gesellschaft Frau bzw. Nicht-Mann zu sein? Die beiden Geschlechter sind sowohl in ihrer Ähnlichkeit als auch in ihrer Differenz zu realisieren. Verbindende Kraft ist die Gleichwirklichkeit und Gleichwertigkeit. Durch die Hinzunahme der Ähnlichkeit wird die Differenz weniger total, wie Differenzen unter der Bedingung der abgespaltenen Andersheit, der Ungleichheit (vgl. ebd. 103).

R. Becker-Schmidt/G.-A. Knapp setzen sich im besonderen mit den Lernbedingungen von Frauen auseinander und betrachten diese unter dem Blickwinkel des Konzepts des >sozialen Lernens<: Die soziale Wirklichkeit ist durch die Geschlechterhierarchie gekennzeichnet. Frauen werden als weibliche Subjekte gesellschaftlich diskriminiert und deklassiert. In den Konzepten zur Theorie des >sozialen Lernens< wird die Tatsache, daß die Realität von Frauen entscheidend anders strukturiert ist und dementsprechend von diesen anders angeeignet wird, nicht genügend berücksichtigt.

Der Terminus >soziales Lernen< stammt aus der Diskussion um die >kompensatorische Erziehung< und meint dort

> "eine Alternative zu einseitigem und isoliertem kognitivem Funktionstraining, nämlich die Förderung von *Handlungskompetenz* und *Sozialem Problembewußtsein*. Ein bloß individualisierendes und für gesellschaftliche Rahmenbedingungen blindes Erziehungsverständnis sollte

durch ein pädagogisches Konzept abgelöst werden, das vor allem benachteiligten und unterdrückten Schichten und Randgruppen zur Selbstdurchsetzung verhelfen und gesellschaftliche Veränderungen vorantreiben will" (WULF 1989: 539).

Soziales Lernen geht vom Bewußtsein konfliktträchtiger Machtstrukturen aus. Als pädagogischer Ansatz enthält das Konzept folgende Inhalte:

- Selbsterfahrung (das Kennenlernen der eigenen Fähigkeiten, Wünsche, Einschätzung der eigenen sozialen Position);
- Bewußtwerdung der eigenen Lebenssituation (Analysieren und Erkennen der Umwelt);
- Förderung bzw. Entwicklung der Kommunikationsfähigkeit (Verbalisieren von Gefühlen, Interessen, Erlernen der Meta-Kommunikation etc.);
- Steigerung der Interaktionsfähigkeit und Handlungskompetenz (Enwicklung von Ich-Stärke, Widerstandsfähigkeit, Abbau von Vorurteilen, Rollenflexibilität, Kreativität, Kooperation, Erlernen von Interaktionsmustern und Handlungsstrategien etc.).

In diesem Kontext erschließt sich der theoretische Zugriff der Autorinnen: es wird ein Zusammenhang hergestellt zwischen Selbsterfahrung und Selbstwahrnehmung einerseits und dem sozialen Konzept weiblicher Identität andererseits. Der Blickwinkel ist auf die Kluft und den Widerspruch zwischen den stereotypyen Definitionen von >Weiblichkeit< und dem, >was Frauen außerhalb dieser Bestimmung ausmacht und was sie ausmachen könnte<, gerichtet (vgl. ebd. 143).

Die Gesellschaft, in der wir leben, ist nicht ohne Widersprüche zu denken, da sie durch soziale Schichtung, Hierarchisierung und Entfremdungsphänomene gekennzeichnet ist. Frauen sind in der sozialen Wirklichkeit in einem besonderen Maße Widersprüchlichkeiten ausgesetzt (z. B. durch ihre gesellschaftliche Funktion in der Berufs- *und* Familienarbeit). Das erfordert von den Frauen in adäquater Weise Ambivalenztoleranz, d. h. sie müssen über ein Wahrnehmungsvermögen verfügen, das es ihnen erlaubt, das Spannungsfeld positiver-negativer Erfahrungen als Zusammengehöriges wirken zu lassen.

Der Begriff der Ambivalenz wird zu einer zentralen Kategorie ihres theoretischen Ansatzes, da sie eine fundamentale Rolle im Gefühlsleben der Frau spielt.

Wie sich >Ambivalenz< entwicklungspsychologisch vollzieht, wird unter Zugrundelegung der psychoanalytischen Ausführungen von S. FERENCZI (1972) dargestellt (vgl. BECKER-SCHMIDT/KNAPP 1987: 33-48). Die Autorinnen verwenden somit den Ambivalenzbegriff, wie er in der Psychoanalyse gebräuchlich ist. Dort verweist er auf intrapsychische Konflikte des Individuums. R. Becker-Schmidt/G.-A. Knapp sehen in der Ambivalenz eine Art Schutzvorrichtung, u. U. als >einzig adäquate Reaktionsweise< auf die widersprüchliche Realität. Im Erleben von Ambivalenz ist im Prinzip die Befähigung zum Widerstand angelegt.

Die beiden Begriffe >Ambivalenz< und >Widersprüche< können nach den Autorinnen unterschieden werden: >Widersprüche< sind ein Strukturelement in der Gesellschaft und >Ambivalenz< kennzeichnet die Einwirkung dieser objektiven gesellschaftlichen Widersprüche, die sich im Subjekt widerspiegeln.

Eine ebenfalls zentrale Kategorie ihrer Arbeit bildet der Begriff >weibliche Identität<. Er wird sowohl begriffslogisch als auch hinsichtlich seiner Implikationen hinterfragt, sie kennzeichnen ihn als Garanten der gesellschaftlichen Konstruktion von >Weiblichkeit<. Zur Entschlüsselung der Bedeutung des Terminus >Identität< schreiben die Autorinnen folgendes:

> "Dem Wortsinne nach heißt >Identität<: Einerleiheit, ein-und-dasselbe-Sein. In Verbindung mit dem Wort >Individuum<, als dem Unteilbaren, Abgesonderten, spitzen sich beide Bedeutungen noch einmal zu: das unteilbare selbe wird zum Endpunkt und Angelpunkt, es ist mit sich eins und von ihm geht alles aus. Von diesem logischen Ort her gesehen wird alles, was nicht zum selben gehört, nur noch als das andere erscheinen, das Nicht-Ich. Das soziosymbolische System der Zweigeschlechtlichkeit ist nach diesem Muster strukturiert" (ebd. 141 f.)

Durch die Psychoanalyse und das >Ins-Spiel-bringen< der verdrängten Triebstrukturen wurden die Beständigkeit, Abgeschlossenheit und Selbstgewißheit des bürgerlichen männlichen Subjekts in Frage gestellt. Identität ist demzufolge für die Autorinnen nur als Konfliktkategorie zu verstehen: "als von innen und außen gefährdete Einheit von Identischem und

Nicht-Identischem, die immer wieder aufs neue ausbalanciert werden muß" (ebd).

Übertragen auf den Begriff >weibliche Identität< hat das folgende Konsequenzen: Die Selbstgewißheit der Frau als Frau gerät ins Schwanken, wenn sie die Manifestationen dieser Selbstgewißheit mit der sozialen Realität als androzentrische verknüpft. Sie *ist* in Beziehung zu Mann oder Kind und nicht zu sich selbst. Sie ist nicht das selbstbewußte Subjekt, sie ist vor allem Nicht-Mann: im bipolaren Verständnis des Geschlechterverhältnisses bedeutet demzufolge alles was >weiblich< ist das, was nicht >männlich< ist. Die Konsequenz: weibliche Identität schließt alle als >männlich< definierten Eigenschaften und Verhaltenspotentiale aus. Das geschlechterhierarchische Denken interpretiert das >Weibliche< als Mangel, da es kaum über Eigenschaften verfügt, die mit gesellschaftlichem Prestige und Macht verbunden sind.

R. Becker-Schmidt und G.-A. Knapp geht es nicht darum, nachzuvollziehen, wie >kleine Mädchen zu Frauen gemacht werden<, wie dies üblicherweise im Kontext der Sozialisationsforschung geschieht. Für die beiden Autorinnen gibt es - im Kontext ihrer Begriffsanalyse, derzufolge die >Weibliche Identität< mit >Nicht-Mann< übersetzt werden könnte - einen >Ort der Nichtübereinstimmung< mit dem, was Frauen aufgrund ihres Sozialisationsprozesses sind.

> "Wenn >Weiblichkeit< und damit >weibliche Identität< im Rahmen eines Herrschaftszusammenhangs und aus der bloßen Entgegensetzung zum anderen Geschlecht bestimmt sind, so müssen wir uns um alle schwachdefinierten Felder und Potentiale kümmern, in denen Frauen sich selbst - und wir sie - als authentische Subjekte begreifen können. Als weibliche Menschen, was immer das heißen und umfassen wird, aber nicht als bloße Verkörperungen dessen, was im Interesse patriarchaler Strukturen das Weibliche sein soll. Unsere Perspektive ist deshalb eine der Fluchten aus dem Identitätszwang, der mit der gesellschaftlichen *Normalkonstitution* des Weiblichen gesetzt ist. Sie versucht, den Zwang zu fassen und ist doch noch ganz offen" (ebd. 144).

Demzufolge kann >weibliche Identität< nicht konfliktfrei gedacht werden. >Ich< hingegen ist ein >Ausdruck der Sedimente eines Berges angehäufter Erfahrungen< und erst wenn >Ich< mit >Frau< verknüpft wird, treten jene Aspekte der Selbstwahrnehmung hervor, die als >typisch weiblich< gelten. Weiblichkeit entsteht ausschließlich >...in Beziehung zu...< und ist somit ein relationaler Begriff. Weibliche Identität ist nicht unmittelbar als Bewußtsein unseres weiblichen Selbst gegeben.

> "Weibliche Identität hätte danach ihre Kristallisationspunkte nur in jenen Erfahrungsdimensionen, die für das, was gesellschaftlich als >weiblich< gilt und verinnerlicht wurde, von Bedeutung sind. Dies aber ist ein reduziertes und vereinseitigtes Vor-Bild. Sein Maßstab ist nicht der Entwurf eines authentischen und autonomen weiblichen Subjekts, sondern der eines untergeordneten Komplementären" (ebd. 147).

Frauen sind jedoch >mehr< als ihnen über die Kategorie >weiblich< zugeschrieben wird. Sie verfügen über ein mehr an Erfahrungen und Eigenheiten, die nicht mit >Ich als Frau...< erfaßt werden können. Was ist dieses Mehr? Die Autorinnen formulieren hierzu folgendes: "Die Lust an Nußkraut und Feldsalat zum Beispiel, die mich wieder zum Kind machen kann, die gehört zu mir als Frau, die ich bin, als Mensch, der ich bin - aber sie ist nicht weiblich nach den Kriterien der Rasterung im gesellschaftlichen Sinne" (ebd. 148). Das ist der Bereich des >Nicht-Identischen<. Wie ist nun Identisches und Nicht-Identisches zu unterscheiden?

Das Nicht-Identische kann aus drei Perspektiven betrachtet werden: Im Geschlechterarrangement ist die Frau das Nicht-Identische des Mannes. Für sich selbst ist ihr Nicht-Identisches jenes, das sie als ein >mehr< ausweist hinsichtlich der Eingrenzungen und Reduktionen der Kategorie >weiblich<. Vom Standpunkt der Kritik des status quo aus gesehen und im Sinne des Emanzipationsinteresses ist das Nicht-Identische Teil der subversiven Potentiale eines Subjekts. Nur aus der Position heraus, die *mehr* ist als die Repräsentation einer gesellschaftlichen Funktion, einer sozialen Rolle können soziale Zwänge als solche erkannt werden. Aus dieser Perspektive können Motivationen und Fähigkeiten zum Widerstand entwickelt und entdeckt werden.

Das Nicht-Identische wird zum Befreiungspotential: es hat keine Geschichte, existiert untergründig und parzelliert. Es muß sich erst noch mit sich selbst in Beziehung setzen, manifestieren. Sich auf das Nicht-Identische zu beziehen hat Konsequenzen, verlangt von der einzelnen Frau Wider- und Eigenständigkeit, auch gegen >sich selbst<, gegen jene Illusion, die sie als ein authentisches Subjekt vorgaukelt.

Wie findet die Frau Zugang zu diesem Befreiungspotential?

In der positiven Antizipation von Ambivalenz und eines diesbezüglichen Lernens und Ausübens von Konfliktfähigkeit und der Hinwendung zum Positiven. Ambivalenztoleranz erlaubt es, sich das Gewollte zu vergegenwärtigen.

Die Befreiung muß von der Frau aktiv errungen werden, einschließlich der Tatsache, daß die meisten Phänomene der Innen- und Außenwelt zwiegespalten sind und Widersprüchliches provozieren.

Voraussetzung zur Umorientierung von der Reduktion einer >weiblichen Identität< zu einem Authentischen des Weiblichen ist somit Konfliktfähigkeit, die Wahrnehmung psychischer und gesellschaftlicher Widersprüche und des Identitätszwangs sowie das Vermögen, sich mit der Zweigeteiltheit der Innen- und Außenwelt auseinandersetzen zu können. "Selbst wenn ich die Augen fest schließe, herrscht keine Einhelligkeit - im Gegenteil: ich tappe im Dunklen" (ebd. 25).

Die Identitätszwänge - die in subtile psychische Strukturen vordringen - sind durch Selbstreflexion aufzudecken. Das verlangt nicht nur Mut, sondern auch Beharrlichkeit, denn immer wieder wird die Gefahr gegeben sein, in alte Muster zurückzufallen.

> "Wir müßten unsere eigenen Horizonte überschreiten, um sie kritisieren zu können, ohne uns dabei gleichsam aus dieser Differenz zum Kritisierten - als das Differente - selbst wieder festzulegen. Verflüssigung der Kritik, Aushalten des Ungewissen, Bewegung in der Nicht-Identität" (ebd. 166).

Die Autorinnen fordern die Frauen dazu auf, sich als Frau in der Wirklichkeit zu verorten, indem sie >Schichten einander überdeckender Erfahrungen< abtragen und selbstkritisch untersuchen, wo sie tradierten Werten und Normen unterliegen. Vor allem sind die widersprüchlichen Eindrücke aufzusuchen, um sie an den gesellschaftlichen Bedingungen, die sie hervorgebracht haben, zu messen und zu erkennen, daß die individuellen Erfahrungen in verallgemeinerbaren Zusammenhängen stehen.

Die Autorinnen verstehen sich als Pragmatikerinnen, die einen Weg aus dem sozialen Identitätszwang suchen, der einer Frau die individuelle Entwicklung jenseits der stereotypen Weiblichkeit ermöglicht. Der Weg selbst kann individuell unterschiedlich beschritten werden. Daraus ergibt sich eine Vielfalt an Möglichkeiten für die einzelne Frau.

Bevor diese Ausführungen mit der Ausgangsthese und der erkenntnisleitenden Fragestellung vorliegender Arbeit konfrontiert werden, soll der erkenntnistheoretische Beitrag J. Butlers hinzugezogen werden, da sich mit ihm die Position, die die Kategorie >Geschlecht< hinterfragt, radikalisiert.

1.4.3 JUDITH BUTLER: Ein Beitrag zur Geschlechterverwirrung

Die vorausgegangen Abschnitte zeigten unterschiedliche Ansätze zur These der Geschlechterdifferenz, insbesondere zu Begriffen wie >Identität<, >Selbst< und >Ich<. Es wurde deutlich, wie relativ diese Begriffe sind, wie fragwürdig eine eindeutige Bestimmung von >Weiblich< wäre. Zusammenfassend ergibt sich folgendes: Ch. Mulack sieht das Problem bei der Bestimmung von weiblicher Identität primär in einem Bewertungsirrtum. Für L. Irigaray ist die Frau auf ein >philosophisches Kürzel< gebracht: >nichts plus ein Rest< und die Autorinnen R. Becker-Schmidt und G.-A. Knapp stellen zwar die Kategorie >weiblich< in Frage, konstatieren jedoch ein >Ich<, das aus Identischem und Nicht-Identischem besteht, wobei das Nicht-Identische zum Authentischen avanciert.

Die Position von JUDITH BUTLER (1991) stellt eine folgerichtige Konsequenz im Kontext dieses feministischen Diskurses dar. Sie knüpft unmittelbar an die Irritation an, die im Rahmen einer Klärung, was >weibliche Identität< ist, entstanden ist. Sie vollzieht eine radikale Kritik und Dekonstruktion der Identitätskategorien.

Die Autorin ist ebensowenig eine Vertreterin der Geschlechterdifferenz wie eine der Gleichheit mit der Utopie der Androgynität. J. Butler sieht die Chance für eine subversive Politik darin, die Geschlechtsidentitäten zu verwirren, zu verschieben und zu vervielfältigen, so daß die Relativierung der Kategorie >Geschlecht< keinen universalistischen Ansatz zur Geschlechtsidentität mehr möglich macht.

Der Poststrukturalismus, dem sich L. Irigaray und J. Butler mit unterschiedlichen Konzequenzen bezüglich ihres Theoriefindungsprozesses verbunden fühlen, ist kritisch in den Kontext einer feministischen Analyse der abendländischen Philosophie zu stellen, zumal die abendländische Philosophie seit ihren Anfängen eine Männerdomäne darstellt. Auch der Poststrukturalismus ist im wesentlichen eine Fortführung des männerdominanten Diskurses. Der >neue< Philosoph bezieht sich auf die >alten<

Philosophen, so daß die männliche Genealogie ununterbrochen sichtbar und wirksam bleibt (z. B. von F. Nietzsche über M. Heidegger, F. de Saussure und C. Levi-Strauss zu M. Foucault, J. Derrida, J. Lacan). Dies heißt es im Kontext einer Durchquerung und Aneignung von Theorien, die von Männern entwickelt wurden, zu reflektieren, ohne auf eine solche zu verzichten. Die Durchquerung selbst ist m. E. eine Voraussetzung zur Überwindung dieser Theorien.

Mit nachfolgenden Ausführungen soll deutlich werden, daß ein dekonstruktivistischer Ansatz einen wichtigen Beitrag zur Frauenbefreiung leisten kann, was zudem die feministische Bildungsarbeit konstruktiv beeinflussen könnte. Andererseits sind die Grenzen dieses Ansatzes aufzuzeigen. Vielleicht gelingt es - wie es bereits in den vorausgegangenen Ausführungen zum Poststrukturalismus versucht wurde - dazu beizutragen, diesen Ansatz, soweit wie möglich, >auf den Boden zu holen<.

Das Ziel J. Butlers ist, einen Beitrag zur feministischen Politik zu leisten. Ihren Ansatz formuliert sie vor dem Hintergrund einer Rezeption der Diskurs- und Machttheorie M. Foucaults.[1] Seine Diskurstheorie wurde bereits in Kapitel II.1.3 erläutert. Die nachfolgenden Ausführungen dienen einem Verständnis seiner Machttheorie.

In >Der Wille zum Wissen< (1991) präzisiert M. Foucault seinen Machtbegriff. Unter Macht versteht er

> "die Vielfältigkeit von Kraftverhältnissen, die ein Gebiet bevölkern und organisieren; das Spiel, das in unaufhörlichen Kämpfen und Auseinandersetzungen diese Kraftverhältnisse verwandelt, verstärkt, verkehrt; die Stützen, die diese Kraftverhältnisse aneinander finden, indem sie sich zu Systemen verketten - oder die Verschiebungen und Widersprüche, die sie gegeneinander isolieren; und schließlich die Strategien, in denen sie zur Wirkung gelangen und deren große Linien und institutionelle Kristallisierungen sich in den Staatsapparaten, in der Gesetzgebung und in den gesellschaftlichen Hegemonien verkörpern" (ebd. 113 f.).

---

1 Insbesondere bezieht sich die Autorin auf M. Foucaults Behandlung der Macht in >Sexualität und Wahrheit< (Bd. 1-3) und seinen Kommentar >Brauchen wir ein wahres Geschlecht< zu >Herculine Barbin. Being the recently discovered Memoirs of a nineteeth-century Hermaphodite< (1980).

Die Macht ist nichts greifbares, sie ist unsichtbar. Gleichzeitig ist sie überall: in der Struktur der Gesellschaft, ihren Institutionen, in der Sprache, im Körper jeder/jedes Einzelnen. Diese Allgegenwart der Macht umschreibt M. Foucault folgendermaßen:

> "nicht weil sie das Privileg hat, unter ihrer unerschütterlichen Einheit alles zu versammeln, sondern weil sie sich in jedem Augenblick und an jedem Punkt - oder vielmehr in jeder Beziehung zwischen Punkt und Punkt - erzeugt. Nicht weil sie alles umfaßt, sondern weil sie von überall kommt, ist die Macht überall.(...) die Macht ist nicht eine Institution, ist nicht eine Struktur, ist nicht eine Mächtigkeit einiger Mächtiger. Die Macht ist der Name, den man einer komplexen strategischen Situation in einer Gesellschaft gibt" (ebd. 114).

Die Diskurse *und* das Schweigen sind der Macht unterworfen. Es gibt kein >außerhalb< der Macht. Somit gibt es auch keine Zweiteilung in den Diskurs der Macht und den Diskurs, der sich ihr entgegensetzt. Es geht u. a. darum, "das Privileg der Souveränität durch die Analyse eines vielfältigen und beweglichen Feldes von Kräfteverhältnissen, in den sich globale aber niemals völlig stabile Herrschaftswirkungen durchsetzen" (ebd. 124), zu ersetzen.

Die Macht ist nicht immer destruktiv, sie ist auch schöpferisch, denn sie ist mit dem >Wissen< (= worüber in diskursiven Praktiken gesprochen werden kann) verbunden. Wissen ist demzufolge niemals neutral. Somit ist für M. Foucault die jeweils herrschende dominante Denk- und Wissensform - die es zu erkennen gilt - als Schauplatz der Macht zu untersuchen, mit dem Ziel, sie zu verschieben, denn es

> "handelt sich um ein komplexes und wechselhaftes Spiel, in dem der Diskurs gleichzeitig Machtinstrument und -effekt sein kann, aber auch Hindernis, Gegenlager, Widerstandspunkt und Ausgangspunkt für eine entgegengesetzte Strategie. Der Diskurs befördert und produziert Macht; er verstärkt sie, aber er unterminiert sie auch, er setzt sie aufs Spiel, macht sie zerbrechlich und aufhaltsam" (ebd. 122).

M. Foucault geht es um das in der Gesellschaft gültige Wertesystem, um die geltende Moral. Solange der geltende Diskurs mit seinen festgeschriebenen Gegensätzen zwischen Gut und Böse, Normal und Pathologisch, Wahnsinn und Vernunft nicht erschüttert wird, gibt es keinen Befreiungsprozeß.

Seine Hypothese, "daß sich Macht immer an Wissen und Wissen an Macht anschließt" wird nunmehr verständlich.

> "Es genügt nicht, zu sagen, daß die Macht dieser oder jener Entdekkung, dieser oder jener Wissensform bedarf. Vielmehr bringt die Ausübung von Macht Wissensgegenstände hervor; sie sammelt und verwertet Informationen" (FOUCAULT 1976: 38).

Gegenstand der Kritik in >Der Wille zum Wissen< ist die Repressionshypothese.[1] Macht ist nicht primär Repression, Zensur, Verneinung, kurz: ein Negatives, das (dualistisch) ein Positives als das voraussetzt, was unterdrückt wird. M. Foucault vollzieht dies am Beispiel der Sexualität. Der Repressionshypothese zufolge wurde die als >natürlich< postulierte Sexualität jahrhundertelang unterdrückt und soll nunmehr befreit werden. Im Kontext Foucaults Machttheorie ist Macht umgekehrt ein Positives, Produktives, das die soziale Wirklichkeit überhaupt erst schafft. An die Stelle eines revolutionären Subjekts, das seine unterdrückte Sexualität im Kampf gegen die Repression zu befreien versucht, tritt die alles umfassende und durchwirkende Macht. Ein >außerhalb< der Macht Befindliches existiert nicht. Bei der Verknüpfung von Sexualität und Freiheit bleibt unbemerkt, daß das, wovon die Befreiung erhofft wurde, nichts weiter ist, als ein Produkt jener Macht, die bekämpft werden soll.[2]

Der französische Philosoph behauptet nicht, die Repressionshypothese sei falsch, sie ist nur viel zu einfach, da sie als Freiheitspotential feiert, was in Wahrheit Produkt der Macht ist, von der sie uns befreien will. Die Sexualität und das Subjekt sind keine Gegenmächte der Befreiung von der Macht, sondern ihr Bestandteil. Es drängt sich unmittelbar eine Übertragung Foucaults Machttheorie auf die feministische Theorie und die Strategie einer Frauenbefreiung auf. Die Frage ist, welches Freiheitspotential feiert der Feminismus und ist dieses Potential nicht letztlich ein Produkt der Macht?

---

1 M. Foucault vertrat diese Hypothese in seinen früheren Werken (bis zur >Die Ordnung der Dinge< 1971), so daß die Kritik an der Repressionshypothese u. a. als eine Selbstkritik des Autors gelesen werden kann.

2 M. Foucault versucht unter Beweis zu stellen, daß die modernen Gesellschaften den Sex keineswegs ins Dunkel verbannt haben, sondern vielmehr unablässig von ihm sprechen und ihn durch eine vielschichtige Geständnispolitik (von der mittelalterlichen Beichte bis hin zum psychoanalytischen Gespräch) ans Licht zieht.

In diesen theoretischen Zusammenhang gestellt, fragt J. Butler, welche Konfigurationen der Macht das feministische Subjekt konstruiert. In diesem Sinne formuliert sie die These ihrer Arbeit, derzufolge "...die unterstellte Universalität und Integrität des feministischen Subjekts gerade von den Einschränkungen des Repräsentationsdiskurses unterminiert wird, in dem dieses Subjekt funktioniert" (BUTLER 1991: 20). J. Butler bestreitet die Möglichkeit - auch hier schließt sie sich M. Foucault an -, die Repräsentationspolitik abzulehnen. Es gibt keine Position >außerhalb< dieses Gebietes. Die Autorin sieht in den gegenwärtigen Diskussionszusammenhängen des >Postfeminismus< die Möglichkeit, den Zwang, ein Subjekt des Feminismus zu konstruieren, zu hinterfragen. Darüber hinaus stellt sie die binäre Beziehung zwischen >Männern< und >Frauen< und die innere Stabilität dieser Termini in Frage.

Die Frage, wie das biologische Geschlecht und die Geschlechtsidentität aufeinander bezogen sind, diskutiert die Autorin anhand der Konzeptionen zur Geschlechtsidentität von Monique Wittig, Simone de Beauvoir und Luce Irigaray und gelangt zu weitergehenden Fragestellungen: welche Bedeutung hat das anatomische Geschlecht? Gibt es eine Geschichte, derzufolge diese Dualität der Geschlechter (sex) errichtet wurde? Kann diese binäre Opposition als veränderlich erkannt werden?

Zusammengefaßt ist J. Butlers Beitrag im Kontext des feministischen Diskurses zur Geschlechtsidentität darauf angelegt, die natürlichen Sachverhalte des Geschlechts als diskursiv produziert nachzuweisen und die Unterscheidung zwischen Geschlecht und Geschlechtsidentität aufzuheben. Auf einen Nenner gebracht: zur Geschlechterverwirrung beizutragen, mit dem Ziel, vielfältige Geschlechtsidentitäten wirksam werden zu lassen.

Um die Kategorie >Geschlecht< in ihrer Substanz zu sichern, wird vielen, vor allem auch feministischen Diskursen, die Hypothese der >Metaphysik der Substanz< zugrundegelegt. Dieser Grundannahme zufolge erschließt sich die Bedeutung des Subjektbegriffs, der in der humanistischen Tradition steht. Dem humanistischen Menschenbild nach sind Subjekte durch einen substantiellen >Kern< und eine Reihe von wesentlichen und unwesentlichen Attributen gekennzeichnet. Im Kontext der vorausgegangenen Ausführungen wird deutlich, daß die Konzepte der Frauen der Alten Frauenbewegung und der Vertreterinnen der Neuen Frauenbewegung - wie z. B. Ch. Mulack oder L. Irigaray - von dieser Auslegung des Subjektbegriffs geprägt sind. Für J. Butler existiert dieser >Kern< nicht, *das*

Subjekt ist diskursiv konstruiert und damit ebenso das Geschlecht (sex) und die Kategorien >Frau< und >Mann<.

Eine >Öffnung< der Bedeutungen von Geschlechtsidentitäten würde es ermöglichen, sie zu einem offenen Schauplatz umkämpfter Bedeutungen werden zu lassen. "Die definitiorische Unvollständigkeit der Kategorie könnte dann als normatives Ideal dienen, das von jeder zwanghaften Einschränkung befreit ist" (ebd. 35).

Die >Metaphysik der Substanz<, die substantivierende Betrachtung der Geschlechtsidentität hat nach J. Butler politische Gründe. Ausgangspunkt bildet die Heterosexualität, die als natürliche Institution die binäre Beziehung der Geschlechtsidentität hervorbringt. Durch das heterosexuelle Begehren wird diese Binarität gefestigt. Weitergehend führt der Akt, >Frau< und >Mann< zu differenzieren, dazu, daß eine jeweils innere Kohärenz von anatomischem Geschlecht, Geschlechtsidentität und Begehren stattfindet und damit der Prozeß der Stabilisierung der Kategorie >Geschlecht< unterstützt wird.

Die Autorin strebt eine Kritik an der Metaphysik der Substanz an, um nachzuvollziehen, wie diese die Identitätskategorie des anatomischen Geschlechts prägt. Ihre These:

> "Hinter den Äußerungen der Geschlechtsidentität (gender) liegt keine geschlechtlich bestimmte Identität (gender Identity). Vielmehr wird diese Identität gerade performativ durch die >Äußerungen< konstituiert, die angeblich ihr Resultat sind" (ebd. 49).

Kurz gesagt: es gibt für die Autorin keinen >Täter< hinter der Tat. Der >Täter< ist eine bloße Fiktion, die Tat ist alles.

Die Identität ist somit eine Bezeichnungspraxis. Diese Bezeichnungspraxis ist kein fundierender Akt, sondern ein regulierter Wiederholungprozeß. D. h. Identität, die als Produkt dieses Effekts verstanden wird, ist weder schicksalhaft determiniert, noch ist sie völlig künstlich und aribitär (vgl. ebd. 215).

Wie begründet J. Butler ihre Hypothesen? Die >Wahrheit< des Sexus stellt sie in den Kontext M. Foucaults Kritik an der Repressionshypothese. D. h. diese >Wahrheit< wird durch die Regulierungsverfahren erzeugt. Das heterosexuelle Begehren nimmt an dieser Stelle eine Schlüsselposition ein:

> "Die heterosexuelle Fixierung des Begehrens erfordert und instituiert die Produktion von diskreten, asymmetrischen Gegensätzen zwischen >Weiblich< und >Männlich<, die als expressive Attribute des biologischen >Männchen< (male) und >Weibchen< (female) verstanden werden. Die kulturelle Matrix, durch die die geschlechtlich bestimmte Identität (gender Identity) intelligibel wird, schließt die >Existenz< bestimmter >Identitäten< aus, nämlich genau jene, in denen sich die Geschlechtsidentität (gender) nicht vom anatomischen Geschlecht (sex) herleitet und in denen die Praktiken des Begehrens weder aus dem Geschlecht noch aus der Geschlechtsidentität >folgen<" (ebd. 39).

Diese >anderen Identitäten< sind vom gegenwärtigen Standort betrachtet vor allem die Lesben und Homosexuellen.

Im Kontext Foucaults Machttheorie sind Sexualität und Macht stets deckungsgleich. Das Postulat eines subversiven >vor<, >außerhalb< oder >jenseits< der Macht wird somit kulturell unmöglich und illusionär. Die einzige Möglichkeit: Sexualität und Identität im Kontext der Macht neu zu überdenken. Es besteht also ein Unterschied zwischen einem bewußten Handeln innerhalb der Matrix der Macht und einer unkritischen Reproduktion der Herrschaftsverhältnisse. Konkret bedeutet das, daß das Gesetz zu wiederholen ist, ohne es dabei zu festigen, sondern zu verschieben (vgl. ebd. 57). Bezüglich der Sexualität stellt sich die Frage, wie es eine Wiederholung geben kann, die keine einfache Imitation darstellt und somit nicht zur Verfestigung des Gesetzes beiträgt.

J. Butler findet einen Ausweg und diskutiert diesen am Beispiel einer lesbischen und homosexuellen Strategie: sie stellt eine neue Beziehung her zwischen dem heterosexuellen >Original< und der lesbischen bzw. homosexuellen Variante einer >Kopie< und kommt zu der Aussage, daß auch die Heterosexualität letztlich kein Original ist, sondern eine Kopie. D. h. die Kopie verhält sich nicht wie eine Kopie zum Original, sondern wie eine Kopie zur Kopie. "Die parodistische Wiederholung des >Originals<, (...) offenbart, daß das Original nichts anderes als eine Parodie der Idee des Natürlichen und Ursprünglichen ist" (ebd. 58). Es ist eine Strategie der Wieder-Einsetzung der Macht, da die Macht - wie mehrfach erläutert - weder widerrufen noch abgelehnt werden kann.

Hierin zeigt sich nochmals die Bedeutung der Studie J. Butlers, die die Theorie der Machtpraktiken (Genealogie) auf das Theorem der Geschlechter-Ontologie anwendet, um darzulegen,

> "wie die Plausibilität dieser binären Beziehung diskursiv hervorgebracht wird. Ferner legt sie (die Studie, d. V.) dar, daß bestimmte kulturelle Konfigurationen der Geschlechtsidentität die Stelle des >Wirklichen< eingenommen haben und durch diese geglückte Selbst-Naturalisierung ihre Hegemonie festigen und ausdehnen" (ebd. 60).

In einer kritischen Darstellung der Werke J. Lacans, J. Riveres und S. Freuds >Das Ich und das Es< analysiert sie, wie die geschlechtlich bestimmten Identifizierungen funktionieren. Ihre Schlußfolgerungen seien hier in aller Kürze dargestellt: die Differenzierung der Geschlechtsidentitäten beruhen sowohl auf dem Inzesttabu als auch auf dem vorgängigen Tabu der Homosexualität. Mit M. Foucaults analytischem Instrumentarium kehrt sie S. Freud um und zeigt auf, wie das Tabu gegen die Homosexualität jene >Anlagen< schafft und bereitstellt, die den Ödipuskomplex ermöglichen:

> "Das kleine Mädchen oder der kleine Junge, die beide mit inzestuösen Absichten in das Ödipusdrama eintreten, sind immer schon Verboten unterworfen, die sie in verschiedene sexuelle Richtungen >ausrichten< (dispose). Demnach sind die Anlagen (dispositions), die Freud als primäre oder konstitutive Faktoren des Sexuallebens ansetzt, vielmehr Effekte eines Gesetzes, das als internalisiertes die diskrete geschlechtlichbestimmte Identität und die Heterosexualität hervorbringt und reguliert" (ebd. 102).

J. Butler greift im Verlauf ihrer Studie eine weitere zentrale Manifestation feministischer Theorie auf und dekonstruktiert sie: den mütterlichen Körper. In einer Kritik an JULIA KRISTEVA (1978) wendet sich die Autorin gegen naturalistische Beschreibungen des mütterlichen Körpers, da eine solche Naturalisierung die These der kulturellen Konstruktion und der Veränderbarkeit ausschließt. Auch die Hypothese eines vordiskursiven Körpers, des Körpers der Mutter, ist *umzukehren*: er ist Produkt eines dominanten Diskurses, Effekt und nicht Geheimnis der Kultur. Das Mütterliche ist in seiner >ursprünglichen Bedeutung< zu hinterfragen, als Wesensbestimmung seiner selbst und als Gesetz seines Begehrens. In diesen Kontext gestellt, wird das >Mütterliche< ebenfalls offen für kulturelle Veränderlichkeit.

J. Butler spricht sich des weiteren gegen die These der Verdrängung eines weiblichen Prinzips aus. Die Instanz der Repression und deren Objekt sind ontologisch nicht verschieden. Bezogen auf das Weibliche, das Mütterliche, heißt das, daß dieses Weibliche, das verneint wird, zugleich durch diesen Akt hervorgebracht wird (vgl. BUTLER 1991: 141).

Die subversive Strategie, die sich im Kontext dieser Einsicht herausbildet, geht von den Bedingungen des Gesetzes aus: nur von einer selbstbewußten, entnaturalisierten Position aus wird es möglich, zu erkennen, wie sich der Anschein der Natürlichkeit konstituiert.

Jene Beispiele, die nicht den Kategorien >Frau</>Mann< entsprechen (wie z. B. die Homosexuellen) eröffnen als das Fremde, Inkohärente den Weg, die als selbstverständlich und >natürlich< angenomme sexuelle Kategorisierung als eine Konstruktion zu erkennen. Konstruiertes kann jedoch so oder auch anders konstruiert sein.

J. Butler radikalisiert S. de Beauvoirs Absicht, die Geschlechtsidentität als stets erworben nachzuweisen. Allerdings stellte für S. de Beauvoir das anatomische Geschlecht ein notwendiges Attribut des Menschen dar. Wenn somit anatomisches Geschlecht und Geschlechtsidentität radikal verschieden sind - so schlußfolgert J. Butler - interpretiert die Kategorie >Frau</>Mann< nicht zwangsweise den weiblichen/männlichen Körper. D. h. es wird vorstellbar, daß der anatomisch bestimmte Körper eine Reihe von unterschiedlichen Geschlechtsidentitäten hervorrufen könnte und letztlich auch nicht auf die bekannte Zweiheit eingeschränkt bleiben müßte.

J. Butler intendiert weder die Androgynität noch die Transzendierung der Binarität. Statt dessen empfiehlt sie eine interne Subversion, die die Binarität voraussetzt und bis zu jenem Punkt vervielfältigt, an dem sie sinnlos wird. Es gilt nicht die Frage zu stellen, *ob* die Geschlechtsidentitäten zu wiederholen seien sondern *wie*. Die Strategie besteht für sie

> "in einer tiefergehenden Aneignung und Wieder-Einsetzung der Identitätskategorien selbst, indem man nicht nur die Kategorie >Geschlecht< anficht, sondern die Überschneidung vielfältiger Diskurse am Schauplatz der >Identität< artikuliert, um diese Kategorie, gleichgültig in welcher Form sie auftreten mag, dauerhaft problematisch zu machen" (ebd. 189).

Die Konsequenz ist, daß diese

> "fortwährende Verschiebung ...eine fließende Ungewißheit der Identität hervor(ruft), die ein Gefühl der Offenheit für deren Re-Signifizierung und Re-Kontextualisierung vermittelt. Die parodistische Vervielfältigung der Identitäten nimmt der hegemonialen Kultur und ihren Kritiken den Anspruch auf naturalisierte oder wesenhafte geschlechtlich bestimmte Identitäten" (ebd. 203).

1.5 Der feministische Diskurs als Repräsentant der herrschenden dualistischen Bewußtseinsstruktur

1.5.1 Überprüfung der These

Nicht selten wird die These der Geschlechterdifferenz mit der Annahme gleichgesetzt, es handele sich um *den einen* Ansatz, demzufolge eine Umkehrung der Werte angestrebt wird. Weibliche Eigenschaften werden nicht hinterfragt und dekonstruiert, sondern positiv bewertet. Die Gleichsetzung von der These der Geschlechterdifferenz mit diesem Ansatz wird dadurch verstärkt, daß Vertreterinnen dieser Position ebenfalls mutmaßen lassen, daß dieser Ansatz für sich alleine - als *der* Ansatz der Geschlechterdifferenz - steht (vgl. hierzu MULACK 1990, ERLER 1985). Die Ausführungen zur These der Geschlechterdifferenz sollten u. a. dazu dienen, dieser verkürzenden Sichtweise entgegenzuwirken und die Unterschiede zwischen den verschiedenen theoretischen Ansätzen zur Geschlechterdifferenz deutlich werden zu lassen.

Primäres Ziel des vorliegenden Kapitels ist es, die verschiedenen Ansätze zur Geschlechterdifferenz mit der These, die diesen Ausführungen vorangestellt wurde, zu konfrontieren. Es ist der Versuch eines Nachweises, wie sich diese Konzepte - in unterschiedlicher Art und Weise - in der dualistischen Bewußtseinsstruktur verfangen (können) und somit die der patriarchalen Ordnung zugrundeliegende Struktur repräsentieren. Die Konsequenz einer solchen Einsicht - hinsichtlich eines Konzeptes zur feministischen Bildungsarbeit - wird im nachfolgenden Abschnitt erörtert.

Die Ausführungen zur Alten Frauenbewegung zeigten, daß nicht nur - wie häufig postuliert - die Frauen des gemäßigten bürgerlichen Flügels der These der Geschlechterdifferenz zugewandt waren, sondern auch die des radikalen. Der Gegensatz zwischen diesen beiden Strömungen der bürgerlichen Frauenbewegung entstand dadurch, daß sie sich darin unterschieden:

- *wie* diese Geschlechterdifferenz begründet wurde, mit welchen Attributen das weibliche Geschlecht belegt wurde und
- ob und wie die Geschlechterdifferenz die Politik und das Wirken dieser Frauen beeindruckte und bestimmte.

Die radikalen Frauen widmeten sich weit mehr als ihre gemäßigten Mitstreiterinnen dem politischen Auftrag der Frauenbewegung, wie z. B. dem Frauenstimmrecht und (durch den ersten Weltkrieg veranlaßt) der Beteiligung an der Frauenfriedensbewegung. Ihre Politik wirkte als eine, die sich dem Postulat der Gleichheit verpflichtet fühlt. Frau-Sein und Mutter-Sein gleichzusetzen, lag ihnen ebenso fern, wie die geschlechtsspezifische Arbeitsteilung unangetastet zu lassen. Ihr Kampf um die Gleichberechtigung und die Gleichheit war ein strategischer. Er wurde als Voraussetzung und Fundament für die freie schöpferische Entfaltung des Potentials der Frauen determiniert.

Es muß bedacht werden, in welcher politischen und gesellschaftlichen Situation die Frauen ihre Ziele formulierten, ihre Strategien zu einer Frauenbefreiung entwickelten und welchen Erfahrungen von Diskriminierung, Ausschluß und Reduktion sie ausgesetzt waren. Die Frauen mußten erst einmal dafür kämpfen, studieren zu dürfen, Berufe zu ergreifen, die bis dahin Männern vorbehalten waren. Mit der Verbesserung der Bildungsmöglichkeiten war die Perspektive verbunden, daß Frauen ihre Lage reflektieren können und die Unterdrückung und Diskriminierung nicht hinnehmen brauchen, sondern sich für ihre Rechte einsetzen würden.[1]

Die Forderung nach der Teilhabe an dem Bildungsgut, das bis dahin den Knaben vorbehalten war, nach der Erweiterung der Berufstätigkeit der Frau, nach eigenem Gelderwerb und nach erlaubtem Engagement außerhalb der Familie, stellten für die Frauen die Basis dar, auf der sie sich als Persönlichkeiten und als Frauen entfalten konnten.

---

[1] Anita Augspurg beispielsweise hatte erkannt, wie bedeutsam gesetzliche Veränderungen sein können, wie zentral es ist, die gegebene Gesetzgebung vom Frauenstandpunkt aus zu interpretieren. Eigens um die Kämpfe der Frauen auf die rechtlichen Hintergründe zu überprüfen und zu stärken, nahm sie in der Schweiz das Jurastudium auf und promovierte 1897 (vgl. Heymann 1972: 17).

Die Frauen des gemäßigten Flügels der bürgerlichen Frauenbewegung, der vor allem durch G. Bäumer und H. Lange repräsentiert wurde, neigten dazu, aus den biologischen Geschlechtsunterschieden die besondere Eigenart der Frauen für die erzieherischen und sozialen Berufe und vor allem für den Mutterberuf abzuleiten. Die Frauen des radikalen Flügels versuchten hingegen aus den stereotypen Kategorien von Weiblichkeit auszubrechen, indem sie sich - wie die proletarische Frauenbewegung - für die wirtschaftliche Unabhängigkeit von Frauen einsetzten.

Die Standpunkte der verschiedenen Richtungen standen sich in der Alten Frauenbewegung unversöhnt gegenüber, so daß sich Spaltungen quer durch die Bewegung zogen. Es verwundert demzufolge nicht, daß sich diese Struktur in der Neuen Frauenbewegung wiederfinden läßt und daß die Neue Frauenbewegung in ihren Anfängen mit der gleichen Dreiteilung in Erscheinung tritt. Trotz des Kampfes für die Gleichberechtigung, des Zugangs der Frauen zu Ausbildungsgängen und Beruf, hat sich an der Grundstruktur der Gesellschaft, die sie als patriarchale kennzeichnet, nicht viel geändert.

Vor allem die >radikalen< (auch gynozentrisch genannten) Feministinnen der Neuen Frauenbewegung folgten in ihrer Theorie und Praxis der Maxime, daß Frauen sich ihrer Eigenart bewußt werden sollten. Diese Forderung rief innerhalb der Neuen Frauenbewegung Ablehnung und Kritik hervor. Mit dem Hinweis auf den Konservatismus, der diesem Ansinnen zugrundeliege, stellen die Kritikerinnen eine Verbindung zur Alten Frauenbewegung her, in welcher die gemäßigten bürgerlichen Frauen ähnlich argumentierten: sie reduzierten Frau-Sein auf Mutter-Sein und stellten sich nicht zuletzt den Frauen, die um politische und berufliche Gleichberechtigung kämpften, entgegen.

Im Kontext der Neuen Frauenbewegung sind die Argumentationszusammenhänge zur These der Geschlechterdifferenz differenzierter geworden. Welches sind die charakteristischen Theorieelemente? Wie überwinden bzw. repräsentieren sie das herrschende Denksystem? Wie lassen sie sich in ein Konzept zur Frauenbefreiung, das zur Bewußtseinsveränderung beitragen möchte, integrieren?

Für Ch. Mulack gilt es, die weiblichen Eigenschaften von ihren negativen Bewertungen zu befreien. Durch einen Bewertungsirrtum, der dem Patriarchat zugrundeliegt, manifestiert sich das falsche Bild vom überlegenen Männlichen. Von der Natur jedoch ist die Frau in vieler Hinsicht bevorzugt. Sie ist das überlegene Geschlecht qua Natur. Diese alte Ordnung gilt es zurückzuerobern. Das Politikum: korrigiert die Frau diesen Bewertungsirrtum >in sich<, so werden sich gleichzeitig >im Außen< die gesellschaftlichen Verhältnisse mitverändern.

Die Umwertung der Werte geschieht durch die Selbstbewußtwerdung der Frau, eine Veränderung des Selbstbildes und der Selbstbewertung. An dieser Stelle treffen die Konzeption Ch. Mulacks und die Praxis feministischer Bildungsarbeit zusammen. Die Befreiung von der verinnerlichten Minderwertigkeit der Frau begleitet - mehr oder weniger - die feministischen Bildungsprozesse. Die Frage ist, ob das theoretische Konstrukt, welches Ch. Mulack zugrundelegt, zu einer wirklichen Befreiung verhilft, wo seine Möglichkeiten und Grenzen liegen?

Bei einer ersten kritischen Überprüfung dieser Fragestellung werden die Grenzen in zumindest zweifacher Hinsicht deutlich:

- zum einen zeigt sich anhand der Studie von J. Butler, wie fragwürdig es ist, ein substantiell Weibliches zu determinieren, und im Kontext Foucaults Diskurstheorie wurde deutlich, daß auch die Biologie als wissenschaftliche Disziplin der Repräsentation des herrschenden Diskurses nicht entweichen kann. Auch die >Wahrheiten< der Biologie sind relative Wahrheiten. Daß das Patriarchat durch die Erkenntnisse der Biologie den eigenen Untergang heraufbeschwöre - wie Ch. Mulack es mutmaßt - erscheint somit >naiv<.
- zum anderen bleibt Ch. Mulack der binären Struktur verhaftet, indem sie das >Weibliche< immerzu in den Vergleich mit dem >Männlichen< stellt und es aus diesem Vergleich heraus konstruiert.

M. E. ist ihr Ansatz ein weiterer Versuch, sich sowohl der patriarchalen Minderbewertung zu widersetzen als auch den Opfer-Theorien zu entgehen, die in einem Entlarvungsprozeß des Patriarchats - hinsichtlich seines Machtmißbrauchs gegenüber ohnmächtigen Frauen - steckenbleiben.

Ähnlich argumentiert Ch. Mulack in ihrer Kritik an dem Gleichheitspostulat: das Theorem der Gleichheit ist lediglich eine Reaktion auf den frauenfeindlichen Umgang mit der Geschlechterdifferenz.

Der Stil Ch. Mulacks Kritik verleitet dazu, ihren unachtsamen und unsachgemäßen Umgang mit den Positionen der andersdenkenden Mitstreiterinnen an sie zurückzugeben. Das Denken der Umkehrung setzt sich somit fort, indem dem Ansatz Ch. Mulacks eine Umkehrung widerfährt, indem sie der Gefahr unterliegt, selbst Objekt einer >entwertenden< Kritik zu werden.

Kann diese Praxis der Umkehrung nicht als eine Reaktion gewertet werden, die strukturell im herrschenden dualistischen Denksystem verankert ist? Aus dieser Perspektive betrachtet wäre dieser Ansatz ein >Umweg<, der letztlich zum gleichen Resultat führt wie der Gleichheitsansatz: die Struktur des zu überwindenden Systems bleibt unangetastet, so daß die Kritikerinnen, die in diesem theoretischen Zugang zur >Weiblichkeit< eine Verhaftung an das dualistische System und damit an die patriarchale Ordnung zu erkennen vermögen, kaum zu widerlegen sind. Diese Kritik kann nicht durch das Argument zurückgewiesen werden, daß Frauen friedvoller sind und eine friedvolle Welt begründen werden. Es ist weder auszumachen, welches Licht, noch welchen Schatten Frauen verbreiten werden, sind sie eines Tages nicht mehr den patriarchalen Zwängen unterworfen bzw. besetzen sie innerhalb dieses Systems die Machtpositionen. Das bedeutet keineswegs, daß Frauen nicht die Chance erhalten bzw. erkämpfen sollten, sich allumfassend verwirklichen zu können. Eine Verklärung ihres möglichen >So-Seins< wie auch die Idealisierung von Frauen, die es bereits geschafft haben sollen, bindet einen Vollkommenheitsanspruch an das weibliche Geschlecht. Eine solche Sichtweise neigt zur Selbstüberhöhung und zu Ehrgeiz in Verbindung mit Leistungsdruck und zielfixiertem Denken. Die Rückbindung an die herrschenden Werte ist kaum zu übersehen. Auf einen Nenner gebracht: durch eine Verkehrung der Bewertung bleibt die Struktur der patriarchalen Ordnung unangetastet.

Wird dem theoretischen Ansatzes Ch. Mulacks die These, daß der feministische Diskurs die dualistische Erkenntnisstruktur repräsentiert, zugrundegelegt, so wird offenbar, daß diese Position in mannigfacher Weise dem dualistischen System unterworfen ist.

Grundsätzlich ist der Ansatz der Geschlechterdifferenz per definitionem dualistisch, d. h. auf einem binären System aufgebaut. In einem dualistischen Konzept bleibt das eine ideell an das andere gebunden, auch wenn es sich noch so sehr abgrenzt. Das Gegenüber als feindlich zu betrachten, ist kennzeichnend für diese Struktur. Daraus resultiert, daß sich ein Befreiungsversuch u. a. an Feindbildern verbraucht. Ch. Mulack geht in großen Teilen ihrer Ausführungen diesen Weg: die anders denkenden Feministinnen, die die Gleichwertigkeit und Gleichheit zwischen den

Geschlechtern anstreben, werden in ihren Anschauungen entwertet, und der eigene Weg wird als der einzig Mögliche zur Befreiung dargestellt. Auch das >Männliche< wird in seiner Kraft nichtig gemacht, indem es als das dem Weiblichen unterlegene beschrieben wird.

Sie glaubt der Minderbewertung entgangen zu sein, denn sie beschreibt, >was Realität ist<.[1] Aber indem sie es ständig in den Vergleich zum Männlichen stellt, manifestiert sich das messende, richtende Denken, ein Denken, dem ein Maßstab zugrundeliegt, auf dem durch plus und minus die Plätze verteilt werden. Auch das ist wiederum eine Repräsentation der rationalen-dualistischen Bewußtseinsstruktur.

Am Beispiel von Ch. Mulack zeigt sich deutlich, daß der Dualismus in seiner inneren Struktur im Kontext einer feministischen Kritik und Selbstreflexion erfaßt werden muß. Erst hierdurch ergibt sich eine Möglichkeit der Transformation, der strukturellen Verwandlung eines Systems, das sich immer deutlicher in seiner defizitären Gestalt zeigt. Erst wenn die Möglichkeiten innerhalb einer Struktur ausgeschöpft und die Grenzen erkannt sind, kann eine Transformation der gesamten Struktur erfolgen.

Ch. Mulacks Position kann sich im Rahmen einer feministischen Bildungsarbeit, die sich als eine Praxis der Bewußtseinsintensivierung und -veränderung versteht, nur als vorübergehendes Stadium manifestieren, und zwar im Kontext einer Reflexionsphase, die den Versuch der Umkehrung der Werte und der Verankerung des Weiblichen im Biologischen als Repräsentation abendländischer patriarchaler Bewußtseinsstruktur erkennt und überwindet.

Im Kontext feministischer Theoriebildungen kann der Ansatz, für den Ch. Mulack exemplarisch steht, diskursiv in seinem Emanzipationsanspruch widerlegt werden. Im Bildungsprozeß ist der Zugang vielschichtiger. Im Verbund eines Selbsterfahrungs- und Selbsterkenntnisprozesses kann erlebt und erkannt werden, inwieweit diese Position konstruktiv ist bzw. Abwehr erzeugt und wie er überwunden werden kann.

---

1 Einmal davon abgesehen, daß z. B. mit der Quantenphysik und der Komplementaritätstheorie die Beziehung zwischen Subjekt und Objekt grundsätzlich in Frage gestellt wurde, so daß die Begriffe >Realität< und >Wirklichkeit< und eine Berufung auf diese als Bürginnen für den Wahrheitscharakter einer Aussage kaum noch - ohne Abklärung dessen, was Wirklichkeit denn sei - möglich ist.

Bei der Begrenztheit dieses Ansatzes stellt sich die Frage: wie können Frauen aus ihren Selbstkonzepten der Minderwertigkeit heraustreten, ihr Potential entfalten, sich ihrer selbst bewußt werden, bei gleichzeitiger Infragestellung einer Weiblichkeitskonzeption, die ihre >Schwäche< zur >Stärke< werden läßt?

L. Irigarays Analyse des Phallozentrismus - demzufolge die Frau als Frau nicht geboren ist - bietet einen Erklärungszusammenhang, der zur Alternative wird, wenn die Umkehrung der Werte fragwürdig geworden ist bzw. als subversives Konzept versagt. Die emotionale Abwehr, sich als Frau mit einem Frau-Sein zu identifizieren, das umfassend in das herrschende System verstrickt zu sein scheint, bekommt durch L. Irigarays Patriarchatsanalyse und -kritik eine analytische Basis.

Das weibliche Geschlecht ist für L. Irigaray weder ein Mangel noch das >andere Geschlecht<: es ist in der männlichen Bedeutungs-Ökonomie das Abwesende. Das Konstruktive in dieser Dekonstruktion: als das in diesem System Verleugnete bietet das Weibliche die Möglichkeit zur Kritik und zum Bruch mit dem hegemonialen Begriffsschema.

Die Darstellung der monologischen Repräsentanz der männlichen Bedeutungs-Ökonomie bzw. Sprache bietet für Frauen einen analytischen Rahmen:

- die >Maskerade< des Weiblichen,
- den Verlust der eigenen Wurzeln durch die männliche Genealogie,
- die These der ausgelöschten weiblichen Religiosität (als Rückbindungskraft),
- wie auch die Erfahrung der Irritation ihrer Wahrnehmungsfähigkeit

zur Diskussion zu stellen und dann auf ihre Weise zu behandeln.

Frauen sind, was sie zu sein haben, was alle Welt in ihnen sieht. Es ist eine Schein-Identität, eine zugewiesene Identität. Die Frauen lassen sich von dieser Erscheinungsform der >Weiblichkeit< täuschen, re-präsentieren sie, verwechseln diesen Schein mit der Wirklichkeit.

Die Analyse wird gleichermaßen zur Strategie, da L. Irigaray zufolge eine mögliche andere Sprache oder Bedeutungs-Ökonomie die einzige Möglichkeit bietet, der Markierung der Geschlechtsidentität, die für das Weibliche die phallozentrische Auslöschung des weiblichen Geschlechts bedeutet, zu entkommen.

Vermag L. Irigaray mit ihrem theoretischen Ansatz das dualistische Modell zu verlassen?

Bei dieser Frage gerät unverzüglich die Verhaftung L. Irigarays an die Heterosexualität ins Blickfeld der Betrachtungen. L. Irigaray repräsentiert, indem sie das heterosexuelle Begehren (als primäres sexuelles Begehren) unhinterfragt bestehen läßt - zumindest in dieser Hinsicht - das dualistische Konzept. Die Geschlechterdifferenz liegt - so die Philosophin - als Essentielles allem Natürlichen zugrunde. Ziel ist es, daß sich diese *zwei Geschlechter* konstituieren. Demzufolge bleibt L. Irigarays Dekonstruktion vor der Institution der Heterosexualität stehen und grenzt andere Geschlechtsidentitäten (wie z. B. die Lesben und die Homosexuellen) aus. Das weibliche Begehren, das sich zu entdecken hat, ist heterosexuell strukturiert und damit keineswegs so offen, wie es die theoretischen Prämissen auszuweisen suchen.

Das Weibliche nicht als die Kehrseite des Männlichen, nicht als seine Ergänzung zu definieren, aber das Binäre als Kosmisches zu determinieren, bringt u. U. eine qualitative Veränderung des Geschlechterverhältnisses mit sich, ändert jedoch nichts an der Struktur.

Einerseits gibt L. Irigarays Ansatz zur Geschlechterdifferenz entscheidende Denkanstöße für eine Dekonstruktion von >Weiblichkeit< und einer Neu-Konstruktion des Weiblichen, die Grenzen der naiven Umkehrung der Werte können im Kontext ihres theoretischen Ansatzes durchschaut werden. Andererseits weist ihr Konzept in zweifacher Hinsicht auf die symbolische Ordnung zurück:

- das Weibliche, das nicht-eins ist, sondern viele, bleibt durch das hetero-sexuelle Begehren an das Männliche gebunden, auch wenn es nun selbst begehrt.
- das Weibliche wird in der Morphologie des weiblichen Körpers begründet.

Allerdings kann an dieser Stelle eingewendet werden, daß L. Irigaray darüber hinaus eine spezifisch weibliche Lust[1], die sie aus der weiblichen Anatomie abzuleiten versucht, postuliert: die Auto-Erotik der beiden sich küssenden (Scham-)lippen, die darüber hinaus eine Metapher bildet, die den Bezug der Frau zu sich selber darstellt. Kritisch fragend formuliert ANNETTE RUNTE (1985/6) hierzu: "Erlaubt das >Geheimnis< der Frauen, zwei Paare halboffener >Lippen< zu besitzen, die zudem zueinander im rechten Winkel stehen, die Annahme, daß Frauen sich selbst gegenüber in einem Verhältnis der >Sammlung< und >Andacht< stünden?" (ebd. 14). J. Butler (1991) weist in diesem Zusammenhang auf die Fragwürdigkeit hin, den Körper in Einzelteile zu zerlegen und das Weibliche bzw. die weibliche Sexualität mit *einigen* oder bestimmten Teilen zu verbinden.

Ebenfalls fragwürdig ist die Kohärenz, die L. Irigaray dem phallokratischen System zuschreibt, ihre Ausarbeitung der monologischen Struktur der maskulinen Bedeutungs-Ökonomie. Ihre Sichtweise ist in diesem Zusammenhang absolutistisch. Die französische Philosophin verfängt sich im Gestus patriarchaler Erkenntnispraxis hinsichtlich seiner Präferenz, totalisierende Konzepte zu erarbeiten. Es gilt, absolutistischen Theoriegebäuden kritisch zu begegnen, auch im Kontext feministischer Theorien.

> "Der Versuch, den Feind in einer einzigen Gestalt zu identifizieren, ist nur ein Umkehr-Diskurs, der unkritisch die Strategie des Unterdrükkers nachahmt, statt eine andere Begrifflichkeit bereitzustellen" (BUTLER 1991: 33).

---

1 Interessant ist in diesem Zusammenhang, daß M. Foucault ebenfalls in den Lüsten etwas >Spezifisches< zu erkennen vermag. Er geriet - aus welchem Erkenntnisprozess heraus ist nicht ersichtlich - in einen Widerspruch hinsichtlich seiner Machttheorie, die er letztlich in ihrer Radikalität nicht bestehen läßt. Seiner Strategie zufolge sieht er als >Stützpunkt des Gegenangriffs< nicht das sexuelle Begehren, sondern die >Körper und die Lüste<. Die >Körper und die Lüste< werden von M. Foucault nicht näher erklärt, sie sind jedenfalls weder Begehren, noch Sexualität oder Sex, sie sind vordiskursiv, wie J. Fink feststellt. "Das *ganz* Andere gibt es also doch (...). Die diskursive Ordnung der Macht unterdrückt die prä-diskursiv-anarchische Welt >der Körper und der Lüste< (Fink-Eitel 1989: 94). Die Repressionstheorie verschafft sich doch noch ihren Raum. J. Butler nimmt diese Wandlung in der Philosophie des französischen Philosophen nicht auf. Ein Vor-diskursives existiert für sie nicht.

Dennoch bleibt es der Verdienst L. Irigarays - über die oben genannten und zu beachtenden Widersprüche ihres theoretischen Ansatzes hinaus - eine Analyse vollzogen zu haben, die zur Praxis einer Einschreibung des *imaginär Weiblichen* in die symbolische Ordnung führt. Die Autorin erkennt die Falle, die darin besteht, sich in einem Frauenbefreiungsprozeß unbewußt der patriarchalen Sprache bzw. symbolischen Ordnung zu bedienen, ohne ihr vollkommen entgehen zu können.

M. E. kann es nicht darum gehen, einen theoretischen Ansatz zur Frauenbefreiung mit dem Anspruch zu belasten, es müsse ihm gelingen, sich frei und unabhängig von der herrschenden Erkenntnisstruktur zu formulieren. Sich aus diesem Blickwinkel kritisch den unterschiedlichen Ansätzen zu nähern wäre ein weiterer Akt einer unreflektierten Repräsentanz herrschender Erkenntnispraxis. Es hieße, sich der Illusion des Konstruierens vollkommener Systeme zu verschreiben. Entscheidend ist, *wie* sich eine Autorin in diesem Machtbereich bewegt und *daß* sie sich darin *bewegt*. Gleichzeitig ist zu untersuchen, *wie* die jeweilige Gefahr zu erkennen ist, die den Befreiungsprozeß in eine Repräsentation des Status-quo verwandelt. Eine solche kritische Erkenntnispraxis muß immer weiterfragen und selbstreflexiv das eigene Denken dekonstruieren.

Auf dem Wege zu einer Frauenbefreiung wirkt - nach der Überwindung einer naiven Umkehrung der Werte - der theoretische Ansatz L. Irigarays aufgrund seiner Aspektverschiebungen heuristisch und weitertreibend. Bezüglich der autonomen Frauenbildungsprojekte ist schlußzufolgern, daß sie Orte sind, an denen jenes >Frau-Sprechen<, auf das L. Irigaray verweist, erfahren werden kann, ohne daß es sich meta-sprechen ließe. Ihre Theorie ist eine weitere Phase im Bewußtwerdungsprozeß der Frauen, ohne die Gewißheit zu geben, in ihr verweilen zu können.

In den vorausgegangenen Ausführungen wurde deutlich, daß die Motivation zur Auseinandersetzung mit der These der Geschlechterdifferenz von einigen Vertreterinnen der Alten sowie der Neuen Frauenbewegung u. a. daraus entstanden ist, dieser These ein biologisches bzw. ontologisches Fundament geben zu wollen. Die Geschlechterdifferenz wird - in diesen theoretischen Ansätzen - zu einem universellen, natürlichen, genuinen Prinzip der Gattung Mensch. Unter der Prämisse >Biologie ist kein Schicksal< werden diese Theorien im Kontext der Neuen Frauenbewegung heftig kritisiert (vgl. GROßMAß/SCHMERL 1989).

Die Autorinnen R. Becker-Schmidt/G.-A. Knapp sind in ihrer Auseinandersetzung mit der >Wirklichkeit< der Geschlechterdifferenz vor einer diesbezüglichen Kritik bewahrt. Ihr Ansatz verweist auf die Möglichkeit, sich die wahrnehmbare Geschlechterdifferenz aus weiblicher Sicht anzueignen, ohne sie substantiell verankern zu wollen. Sie verstehen sich als Pragmatikerinnen, die sich mit der Faktizität der Geschlechterdifferenz im Kontext einer Konzeption sozialen Lernens auseinandersetzen. Der Ausgangspunkt ihrer theoretischen Erörterungen läßt sich folgendermaßen umschreiben: die Geschlechterdifferenz (als soziale Strukturkategorie) ist Ausdruck der Realität, die das Resultat historisch-gesellschaftlicher Prozesse ist.

Da die Autorinnen die Geschlechterdifferenz nicht naturalisieren, entwickeln sie keinen Ansatz zur These der Geschlechterdifferenz im engeren Sinne. Ihre Ausführungen gelten dem *Umgang* mit der Realität der Geschlechterdifferenz als Geschlechterhierarchie. Innerhalb dieser Wirklichkeit suchen sie nach einem Befreiungspotential, das den Frauen die Möglichkeit zu einer Flucht aus dem Identitätszwang gibt. G.-A. Knapp (1987)[1] präzisiert den Begriff Identitätszwang, den sie als Herrschaftskategorie begreift. Identitätszwang heißt, das Subjekt, das über vielfältige Potentiale verfügt, wird in seiner >Identität< auf die soziale >Rolle< reduziert (vgl. ebd. 269).

Im Kontext einer Kritik an der abendländischen Identitätslogik gelangen R. Becker-Schmidt/G.-A. Knapp zu einem Identitätskonzept, demzufolge das Ich einer Frau das Identische plus das Nicht-Identische ist.[2]

---

1 Der >Lesebuchcharakter< ihres Buches >Geschlechterdifferenz-Geschlechtertrennung< und der breit angelegten Begründung ihres Ansatzes geht m. E. auf Kosten der Klarheit der Begrifflichkeit und des theoretischen Standortes. Zur Vertiefung sei daher auf zwei Aufsätze der Autorinnen verwiesen: Becker-Schmidt 1987a; Knapp 1987.

2 Die europäische Philosophie ist seit Platon überwiegend auf das Eine, Identische gerichtet und das Viele, Verschiedene wird versucht, von diesem aus zu erfassen: vgl. hierzu die Ausführungen Martin Heideggers (1963) >Identität und Differenz<. Das begriffliche Denken zieht Verallgemeinerungen nach sich, es hebt das Gemeinsame heraus. Das Besondere, Nicht-Identische muß deshalb durch die Raster dieses Denkens fallen. In diesen Kontext gestellt, versuchen die Autorinnen, das Nicht-Identische zum Befreiungspotential werden zu lassen.

Die Frau ist das, was die soziale >Rolle< von ihr verlangt, in sie hineininterpretiert wird (das >Identische<), sie ist darüber hinaus ein Authentisches (das Nicht-Identische). Das Nicht-Identische ist latent, es existiert untergründig und parzelliert.

Einerseits ist die Identität als Gesamtes - aufgrund ihrer Zwiegespaltenheit in Identisches und Nicht-Identisches - als Konfliktkategorie anzusehen, andererseits wird das Nicht-Identische zum Befreiungspotential, da es zum Symbol des Authentischen wird. G.-A. Knapp (1987) schreibt in diesem Zusammenhang:

> "Frauen >wissen< (implizit), daß sie mehr/anders sind, mehr/anderes machen, mehr/anderes können als das, was ihnen gesellschaftlich als ihr >Sein<, ihr >Tun<, ihr >Vermögen< gespiegelt wird. Dieses >Wissen< von sich selbst kann einer der inneren Kristallisationskerne von Autonomie sein, es ist bezogen auf die Selbsterfahrung von >Nicht-Identität<" (ebd. 301 f.).

An keiner Stelle der Ausführungen der beiden Wissenschaftlerinnen findet sich ein Hinweis auf die mögliche Veränderbarkeit der Strukturen des Bewußtseins. Sie nehmen die Manifestation des Denksystems, das sich als dualistisches, abspaltendes Denken seinen Ausdruck verschafft, als dem Menschen gegebenes - als Chance und Bürde - hin, das allenfalls durch polares, ergänzendes Denken befreienden Charakter erhält. Der Befreiungsakt vollzieht sich durch Integration und Identifikation mit dem abgespaltenen Nicht-Identischen. Damit scheint der mögliche Rahmen einer Verwirklichung befreiender Wahrnehmungsstrukturen erschöpft.

Daß es sich hierbei wiederum strukturell um den Gestus der Umkehrung handelt, zwar in einer anderen Gestalt und einem anderen Kontext, wird bei näheren Betrachtung erkennbar. Es ist keine Umkehrung der Macht innerhalb des tradierten Geschlechterverhältnisses, sondern eine intrapsychische: das Nicht-Identische wird zum Ausdruck des >wahren< Ichs, das Identische zum >falschen<, reduzierten, konstruierten Ich. Eine Umkehrung führt indessen - wie mehrfach dargelegt - nicht über den Horizont der kritisierten Tradition hinaus. Sie läßt die Grundstruktur unverändert.

Die Autorinnen begründen ihren Ansatz damit, daß Frauen der Ambivalenz im besonderen unterworfen sind. Sowohl das Leben der Frauen als auch ihre geistig-psychische Konstitution ist in hohem Maße von Ambivalenz, Widersprüchen und Gegensätzen gekennzeichnet. Ziel ist es, dieser Konfliktstruktur durch Ambivalenztoleranz zu begegnen.

Der (Selbst-)Befreiungsprozeß geschieht - so R. Becker-Schmidt/G.-A. Knapp - im Kontext einer Konzeption sozialen Lernens durch die An-Erkennung dieser Gespaltenheit, die quer durch das Subjekt verläuft und der Wahrnehmung des Nicht-Identischen: indem die Frau sich der Ambivalenz bewußt wird, sich von dieser nicht beherrschen läßt, sondern sich im besonderen auf das Nicht-Identische im Prozeß ihrer Subjektwerdung bezieht. Der Konflikt wird zum Ausweg.

Strukturell deckt sich dieses Vorgehen mit dem Konzept zur feministischen Bildungsarbeit, das im Kontext dieser Arbeit formuliert werden wird: >Das Bestehende< - hier die auf Widersprüche und Gegensätze konstituierte Wahrnehmung - ist in seiner Wirkung zu erfahren und reflexiv zu erkennen (vgl. II.3). Das anvisierte Konzept impliziert einen weiteren Schritt: eine Praxis die zur Einsicht in die Möglichkeit der Überwindung dieser Struktur führt. Aus der Perspektive einer möglichen, im Gegenwärtigen bereits begründeten Veränderung der Bewußtseinsstruktur muß - bezüglich der befreienden Kategorie der beiden Autorinnen - eingewendet werden, daß es sich nicht um eine Befreiung aus der Struktur, sondern um eine Befriedung innerhalb dieser Struktur handelt. Oder anders formuliert: Ohne die Wahrnehmung einer latent wirkenden Veränderung der Bewußtseinsstrukturen ist die >Befreiung< strukturell eine Fortsetzung des Gleichen.

Eine weitere Frage ist, inwieweit der gesellschaftliche Prozeß der Konstituierung des Subjekts das Nicht-Identische wahrhaft ausschließt und unbesetzt läßt, d. h. sich der symbolischen Ordnung entzieht und zum >neutralen Gebiet< erklärt werden kann.

Die Autorinnen legen der Geschlechterdifferenz die Gleichwirklichkeit und Gleichwertigkeit zugrunde. Diese Hinzunahme der Ähnlichkeit soll die Differenz - so argumentieren sie - weniger total erscheinen lassen. Ähnlichkeit *und* Differenz werden gleichzeitig gedacht. In diesem Zusammenhang stellt sich die Frage, welcher Denktradition die Autorinnen in ihren Ausführungen folgen? Die Frage läßt sich nicht eindeutig beantworten, denn einerseits formulieren sie im Stil des >Differenzdenkens<, andererseits sind sie dem dialektischen Denken verbunden. Zur besseren Verständlichkeit soll dies näher ausgeführt werden.

Das Denken der Differenz gelangt nicht zu einer Verschmelzung der Horizonte, sondern zur Herausarbeitung der Unterschiede, die nicht erneut in eine Einheit zusammengenommen werden. Die Differenz wird als offene Möglichkeit gedacht, die unter keinem bestimmenden Prinzip steht und in ihrer Erscheinungsform verschiedenste Gestaltungen zuläßt, die offen sind. An Stelle von Oppositionen, die immer auf einen Herrschaftsbezug verweisen, wird die Differenz im (sich) verändernden Anderssein begriffen. D. h. die Differenz denken beschreibt einen Prozeß, nicht zu identifizieren (gegen Identitätslogik) und das Andere und das Verschiedene nicht auf dasselbe und das Gleichartige zurückzuführen. Hieraus leitet sich auch der Versuch ab, eine andere Sprache zu entwickeln (vgl. CIXOUS: 1990); eine, die benennt und doch offen läßt, die Verschiebungen im Denken Ausdruck verleiht und zuläßt. Das Denken der Differenz verschreibt sich nicht mehr der Methode des Vergleichs oder der Analogie. Das Denken der Differenz leitet sich aus der Kritik an dem identifizierenden Denken her.

Dieser Erklärungszusammenhang läßt das Potential des >Denkens der Differenz< deutlich werden. Es rüttelt nicht nur an den Strukturen der dualistischen Denksysteme, es bietet auch einen neuen analytischen Zugang zur Erkenntnis an.

In den Kontext obiger Denkpraxis gestellt, werden die Ausführungen der beiden Autorinnen zum Identitätsbegriff und der Kategorie des Nicht-Identischen verständlich. Ebenso ihre Umschreibung der Aneignung des Nicht-Identischen, die durch eine >Verflüssigung der Kritik< und des >Aushaltens des Ungewissen< zu erringen sei.

Sie praktizieren dieses Denken jedoch nicht in der Radikalität wie z. B. L. Irigaray. Ihr Postulat von Gleichwertigkeit und Gleichwirklichkeit fügt der Verschiedenheit die Ähnlichkeit hinzu, ein Akt, dem sich das Denken der Differenz widersetzt.

Die dialektische Erkenntnispraxis - als eine Erscheinungsform abendländischer Denksysteme -, die auf ihrer Suche nach einer Vermittlung zwischen den Gegensätzen dazu übergegangen ist, im Denken die Dimension des >Anderen<, des >Gegensatzes< und des >Widerspruches< in sich einzuschließen, findet sich m. E. bei den beiden Autorinnen in ihrer zentralen Kategorie der >Ambivalenz< wieder. Mehr noch: Das Ambivalente wird quasi zu einer Gesetzmäßigkeit erklärt. Die Polarisierung, die Zweigeteiltheit in ihrer mannigfaltigen Erscheinungsform ist ein Prinzip, dem die Menschheit unterworfen ist. Erst die Abwehr gegen diese Tatsache macht das Unterworfensein unter dieses Gesetz zum Konflikt. In der Einsicht, daß Zwiespältigkeit ein Phänomen menschlichen Seins darstellt, kann diese zum Befreiungsfaktor werden. R. Becker-Schmidt verdeutlicht dies folgendermaßen:

> "Die Konfrontation der Menschen mit der Einheit von Identischem und Nicht-Identischem, von Ähnlichkeit und Verschiedenheit, ist überhaupt nichts, was für den sexuellen Dimorphismus *spezifisch* oder *exklusiv* wäre. Sie trifft ebenso zu für den Vergleich Natur-Mensch, Götter-Menschen, Tier-Menschen, sowie auf späterer Entwicklungsstufe für den Vergleich Gemeinwesen-Individuum. Das legt nahe, >Zweigeschlechtlichkeit< nicht als isolierbares, sondern als mit anderen Zwiespältigkeiten verworbenes Phänomen zu behandeln. Wir können annehmen, daß die sexuelle Differenz als Problem Glied in einer Kette von Konflikten ist, die insgesamt mit der menschlichen Chance und Bürde zu tun haben, unterscheiden zu können und unterschieden/geschieden zu sein" (BECKER-SCHMIDT 1987: 260).

Die Grundprämissen der Autorinnen lassen sich zusammenfassen:

- die Welt ist durch Widersprüche gekennzeichnet, es gibt keinen anderen Zugang zu ihr, auch - wie sie betonen - bei geschlossenen Augen nicht;
- durch Ambivalenztoleranz kann diesen Widersprüche subversiv begegnet werden.

Mit den Kategorien >Polarität< und >Ambivalenz< suchen die beiden Wissenschaftlerinnen einen Ausweg, um nicht einseitig den Kategorien >Dualismus< und >Widerspruch< verschrieben zu sein.

Ihr Zugang zur Ambivalenz findet - wie bereits dargestellt wurde - seine Erklärung, wenn er in den Kontext der Strukturen dialektischer Denkprozesse gestellt wird. Gleichzeitig geschieht eine Vermischung mit dem Denken der Differenz. Die beiden Autorinnen erkennen jedoch nicht, daß die widersprüchliche Welt und die polar strukturierte Psyche das Produkt der mental-dualistischen und der magisch-mythischen Bewußtseinsstruktur sind. Das Ziel der Autorinnen ist es, daß Frauen sich in dieser Welt der äußeren Widersprüche verorten, um sich den eigenen Zwiespältigkeiten nähern zu können. Der Subjekt-Objekt-Dualismus wird in seiner Tiefe weder erkannt noch grundsätzlich hinterfragt.

R. Becker-Schmidt und G.-A. Knapp entgehen einerseits der Kritik (z. B. sie seien biologistisch), der Ch. Mulack und L. Irigaray als eindeutige Vertreterinnen der These der Geschlechterdifferenz unterworfen sind. Indem die beiden Autorinnen sich mit der gesellschaftlichen Realität der Geschlechterdifferenz auseinandersetzen, umgehen sie andererseits auch jene Kritik, die den Frauen des Gleichheitspostulats entgegengebracht wird (z. B. sie nähmen die sichtbaren Unterschiede zwischen den Geschlechtern nicht wahr). Sie stehen irgendwie >dazwischen<, fast ist man geneigt zu sagen, ihr Ansatz sei >ambivalent<. Im Kontext der Kontroverse Gleichheit-Differenz sind die beiden Autorinnen - bei aller Vorsicht einer Einordnung - zu jenen Frauen zu zählen, die >Gleichheit< und >Differenz< zusammendenken wollen. Sie scheinen nur ein Stück des subversiven Weges - der auch das Unbekannte, Fremde wahr-nimmt - verwirklichen zu wollen, um sich dann letzten Ende doch in bekannten und gewohnten Strukturen einzurichten.

M. E. geht es um mehr, als um die >Durchsetzung einer weiblichen Sicht der Psychologie der Geschlechterdifferenz<. Jedoch, um was geht es und wie kann es erreicht werden? Es geht - zumindest im Kontext vorliegender Arbeit - um eine mögliche (Bewußtseins-)Befreiung, die aus dem herrschenden Subjekt-Objekt-Dualismus hinausführt, ohne daß sich regressiv in vorgängige (wie der magischen und mythischen) Bewußtseinstrukturen versenkt wird. In diesem Sinne könnten sowohl die Beschränkungen des Ansatzes von R. Becker-Schmidt und G.-A. Knapp als auch der von Ch. Mulack und L. Irigaray überwunden werden.

Zusammenfassend und überleitend zeigt sich folgendes: Für Ch. Mulack ist die Frau das von der Natur bevorzugte Geschlecht unter der Prämisse, ihre >Schwächen< zu >Stärken< werden zu lassen. In L. Irigarays Konzept kann sich die Frau an jenen von ihr postulierten >Rest< binden, um nicht im >nichts< verlorenzugehen. R. Becker-Schmidt/G.-A. Knapp verweisen die Frau auf ein >Authentisches<, das in ihrem Nicht-Identischen verborgen liegt. J. Butler überschreitet all diese Ansätze hinsichtlich einer möglichen Subjektwerdung der Frau und führt die Kateogorie >Frau< im Kontext Foucault'scher Machttheorie einer umfassenden Auflösung entgegen.

Die vorliegende Dissertation hat mit J. Butler gemeinsam - und das unterscheidet beide von den drei zuvor analysierten Ansätzen -, daß der feministische Diskurs selbst, unter Zugrundelegung spezifischer Fragestellungen, durchquert wird. Es geht weniger um ein >wahr oder falsch<

dieser Ansätze, sondern vielmehr um die >blinden Flecke<, die sichtbar gemacht und benannt werden sollen, um zu verhindern, daß unbewußt auf den Status quo zurückverwiesen wird. Darüber hinaus zeichnet die Dissertation die zugrundeliegende Hypothese aus, derzufolge die jeweiligen Ansätze sowohl in ihrer effizienten als auch defizienten Struktur die Basis und Voraussetzung zu weiterführenden Konzepten bilden. Ohne die Wahr-nehmung und Wahr-gebung dieser vorausgegangenen Ansätze ist keine Transformation möglich.

Während die vorliegende Arbeit eine dezidierte Auseinandersetzung mit der Kategorie >Bewußtsein< intendiert, wendet sich J. Butler der Kategorie >Geschlecht< zu und dekonstruiert in diesem Kontext das binäre System, das sich in Gestalt eines naturalisierten heterosexuellen Begehrens manifestiert hat. Indem sie sich auf das sexuelle Begehren der Lesben und Homosexuellen bezieht, verweist sie auf >andere Identitäten<, die durch ihre Existenz eine Möglichkeit dokumentieren, die Kategorie >Geschlechtsidentität< aus ihrer Binärität durch eine Vervielfältigung zu befreien. Die Einbeziehung des lesbischen bzw. homosexuellen Standpunktes läßt die Studie J. Butlers in dieser Hinsicht zu einer Alternative der im heterosexuellen Begehren verhafteten Philosophie L. Irigarays werden.

Die Strategie der >Parodie< (J. Butler) erinnert an jene der >Mimetik< (L. Irigaray). Beide Autorinnen fordern die Geste der bewußten Repräsentation des herrschenden Diskurses, der im Kontext dieser >Wiederholung< verschoben werden kann. Allerdings erscheint im Prozeß des Mimens jenes, was lange verborgen war: "die Verschüttung einer möglichen Operation des Weiblichen in der Sprache" (IRIGARAY 1979a: 78), während für J. Butler die Parodie den Hinweis auf die Illusion der Geschlechtsidentitäten bildet.

Ihre Frage nach der analytischen und politischen Reichweite der Kategorie >Geschlecht< führt über einen radikalen Schrumpfungsprozeß, der diesen Terminus von allem Substantiellen befreit, bis er als ausschließlich konstruiert erscheint. Die Autorin weist nach, wie feministische Theorien, die mit der Unterscheidung von biologischem (sex) und sozialem (gender) Geschlecht operieren, in eine Sackgasse geraten können. Anhand des Phänomens der Transsexualität stellt sie darüber hinaus dar, daß auch die vermeintlich >natürlichen< Körper als sozial konstituiert angesehen werden können.

Mit dem poststrukturalistischen Instrumentarium bringt sie das zustande, was sie als allgemeines Ziel ihrer Studie formuliert: sie verwirrt und zwar gründlich. Ihr Motiv ist politisch: sie möchte zur Bündnispolitik zwischen Frauen beitragen.

Ein zentraler Verdienst der Studie von J. Butler ist, daß sie eindringlich dazu beiträgt, der Frau die Macht und Tragik des herrschenden Diskurses deutlich werden zu lassen. Alles ist von der Macht durchdrungen und als Leitsatz ihrer Studie könnten folgende Worte M. Foucaults vorangestellt werden:

> "Je schwerer ihre zugleich subjektivierenden und objektivierenden, individualisierenden und totalisierenden Auswirkungen zu durchschauen sind, desto gefährlicher sind sie. Ihre Körper disziplinierenden und das Bewußtsein diskursivierenden Machtpraktiken universeller Normierung prägen noch das, was wir für das Innerste unserer Persönlichkeit halten" (in: FINK-EITEL 1989: 124).

Als die zu dekonstruierende >Persönlichkeit< gilt das feministische Subjekt, das einer Reihe von feministischen Theorien zugrundeliegt. Für J. Butler gibt es keinen >Rest<, kein >Authentisches<, keine >weiblichen< Stärken, auf die die Frau sich beziehen könnte. Eine >weibliche Freiheit< gibt es nicht. Das feministische Subjekt ist Produkt der Macht, von der die Frau sich zu befreien sucht. Die einzige Möglichkeit in dieser Sackgasse ist - so die Autorin -, sich >innerhalb< der Macht bewußt der Bezeichnungspraxis zu verweigern und Bedeutungen zu verschieben ohne Substantielles, ohne Sicherheit, immer beweglich, immer offen. Dies gelingt, durch die Methode der Vervielfältigung, durch die die naturalistische Binarität als veränderbar gekennzeichnet wird.

Die Frage ist, inwieweit J. Butlers Hypothesen einem feministischen Bildungsprozeß zugrundegelegt werden könnten, d. h. wo liegen die Möglichkeiten und Grenzen der Dekonstruktion und der Praxis der Verschiebung und Vervielfältigung im Kontext feministischer Bildungsarbeit?

M. E. ist J. Butlers These, derzufolge das Subjekt konstruiert ist, d. h. jegliche Benennung eines Attributs von >weiblich< bleibt vorläufig, prozeßhaft und nichtwahr, von zentraler Bedeutung für die feministische Bildungsarbeit. Allerdings ist dieser These nur unter der Voraussetzung einer gleichzeitigen Wahrnehmung unterschiedlicher Zugänge zur Identitätskategorie, wie es in vorausgegangene Abschnitten zum Ausdruck kam, zu folgen.[1]

Die Einsicht in die Konstruktion >weiblicher Subjektivitäten< kann in einem auf Selbsterfahrung beruhenden feministischen Bildungsprozeß nicht ausschließlich in Gestalt der diskursiven Dekonstruktion stattgegeben werden. Es besteht die Schwierigkeit der Transformation des Kritikmodus in einen Praxismodus. Es gilt einen erkenntnistheoretischen und -praktischen Ansatz zu formulieren, der der intellektuellen Erkenntnis die Erfahrung hinzufügt bzw. in dem sich Erkenntnis und Erfahrung gegenseitig bedingen.

Die ersten poststrukturalistischen Texte der 60er Jahre können als eine (Selbst)-Kritik männlicher Theoretiker an die patriarchale subjekt-egozentrierte Bewußtseinsstruktur interpretiert werden. Eine Kritik dieses Aspekts der Realität muß aus feministischer Sicht - unter Zugrundelegung weiblicher Lebensrealität - anders formuliert werden. In den weiblichen Lebenszusammenhang gestellt und auf die Kategorie >weibliche Identität< bezogen, scheint eine unverzügliche Auflösung der Geschlechtsidentität nicht adäquat. Insbesondere, wenn dieser Prozeß im Kontext pädagogischer Arbeit erfahren und reflektiert werden soll.

Frauen haben häufig keinen bzw. einen >vagen< Zugang zu ihrer Subjekthaftigkeit. Dies kann u. a. auf ihren primären Objektstatus zurückgeführt werden. Wie ist aus feministischer Sicht die >sekundäre Subjektprägung< der Frau zu dekonstruieren? Eine (analytische) Auflösung der Kategorie des >freien Subjekts< aus der Perspektive eines unfreien Objekts *muß* andere Akzente setzen. Der Subjekt-Objekt-Dualismus prägt die Frauen - wie die feministische Theorie in unterschiedlichen Disziplinen nachgewiesen hat - auf eine >eigene Weise<, so daß eine Befreiung aus dieser Struktur eine >eigene< Praxis erfordert.

Der diskursive Erkenntnisprozeß - wie ihn J. Butler vollzieht - wird in einem ganzheitlichen Bildungsgeschehen in seine Grenzen verwiesen. Die Autorinnen R. Becker-Schmidt/G.-A. Knapp nehmen diese Grenze wahr

---

1 Diese unterschiedlichen Zugänge zur Identitätskategorie sind Beispiele. An anderen Orten, zu anderen Zeiten können andere Zugänge wichtig werden. Zentral ist die >Haltung<, daß gleichermaßen unterschiedliche Ansätze zu einer Theorie wahrgenommen werden. Durch Wahrung dieser besteht die Möglichkeit einer gleichzeitigen Überwindung.

und versuchen, durch das Aufgreifen der Zweiteilung in Identisches und Nicht-Identisches und der Verknüpfung mit Nicht-Identischem und Authentischem der Subjektwerdung der Frau eine Alternative zu bieten. Ihrem Konzept sozialen Lernens ist Ziel und Richtung gegeben. Sie versuchen, die in der derzeitigen Bewußtseinsstruktur verankerte polare und dualistische Wahrnehmung konstruktiv für Frauen zu nutzen. Sie weisen jedoch nicht - wie nachgewiesen wurde - über deren Grenzen hinaus.

Es wurde im Kontext des vorliegenden Abschnitts wiederholt deutlich, daß die Bewußtseinsstruktur selbst zum (Forschungs-)Objekt werden muß. Sie ist es, die als veränderbar zu kennzeichnen ist. Weiterhin ist der Fokus auf die mögliche neue Bewußtseinsstruktur zu richten, so daß sich eine Konzeption einer feministischen Bildungsarbeit zeichnen läßt, die die aufgezeigten Grenzen wahrnimmt und dennoch in der Lage ist, sie aufzulösen.

Gleichzeitig soll ein Weg gefunden werden, der die >Auflösung des einheitlichen Subjekts< aus feministischer Sicht ermöglicht, ohne ausschließlich auf den totalitären Prozeß der Dekonstruktion, wie er im poststrukturalistischen Kontext Gestalt gewinnt, verwiesen zu sein. Ebensowenig soll essentialistisch zur >Metaphysik der Substanz< des >Geschlechts< zurückgekehrt werden. Es bedarf einer differenzierten (Selbst-)Erfahrungs- und (Selbst-)Erkenntnispraxis auf der Basis einer Analyse der Bewußtseinsstrukturen und der Erforschung von Wahrnehmungs- und Erkenntnisprozessen, die die Infragestellung der Beständigkeit der Subjektivität ermöglichen.

J. Butlers subversive Politik verbleibt trotz ihrer weitreichenden radikalen Analyse mit ihrer Strategie der Vervielfältigung der mentalen Bewußtseinstruktur verhaftet. Die Binarität - in Gestalt von Dualität oder Polarität - kann nur scheinbar durch eine Vervielfältigung überwunden werden. Wie sind die Grenzen der Methode der Vervielfältigung zu kennzeichnen?

J. Butlers Strategie, das zwanghafte dualistische Entweder-Oder der Kategorie >Geschlecht< durch die Vervielfältigung zu durchbrechen, kann nur von vorübergehender Wirkung sein. Das fortschreitende Mehr an Geschlechtern wird in letzter Konsequenz zur Atomisierung führen, zur sinnlosen Zerteilung, Zergliederung, Vereinzelung. Das Prinzip der Vervielfältigung ist nicht Ausdruck eines >neuen< integrierenden Erkenntnisprozesses, sondern letztendliche Konsequenz der defizienten mentalen (rational-dualistischen) Bewußtseinsstruktur. Den Konflikt, den die mentale Bewußtseinsstruktur in unserer heutigen Zeit prägt, bezeichnet J. Gebser als das Maß-Masse-Problem. Vervielfältigung ist ein Prozeß der Masse entstehen läßt, somit ein quantitativer und kein qualitativer Prozeß. Das Maßfinden und Maßhalten ist ein effizienter und das masse-produzierende ein defizienter Vorgang. Gleichzeitig kann dieser Vorgang der Vervielfältigung (eine >Erschöpfung des Quantitativen<) zur notwendigen Absprungbasis eines qualitativen Sprunges führen (vgl. hierzu J. GEBSER 1986, GA II: 193-213).

Zusammenfassend ist festzustellen, daß der feministische Diskurs zur These der Geschlechterdifferenz die herrschende Bewußtseinsstruktur repräsentiert, obwohl die jeweiligen Autorinnen eine Befreiung aus dieser Struktur anstreben bzw. postulieren. Das >Bestehende< - so lautet die These - kann nur durch einen Sprung überwunden werden, durch eine Mutation. Diese Mutation beruht jedoch nicht auf einer Ablehnung des Bestehenden, sondern einer Integration derselben. Die Ausführungen zu BARBARA STARRETT und JEAN GEBSER werden dies konkretisieren.

1.5.2 Überprüfung der Fragestellung

Im folgenden soll ein kurzes Fazit vor dem Hintergrund der erkenntnisleitenden Fragestellung gezogen werden: inwieweit kann die These der Geschlechterdifferenz einem Konzept zur feministischen Bildungsarbeit zugrundegelegt werden?

Es wurde deutlich, daß alle Zugänge zur Geschlechterdifferenz Teilgültigkeit haben. Sie sind - in unterschiedlicher Art und Weise - durch die mentale dualistische Bewußtseinsstruktur, die es wahrzunehmen und zu überwinden gilt, bedingt und geprägt. Die Geschlechterdifferenz hat keinen ontologischen, sondern allenfalls ontischen (im Seienden empirisch vorkommenden) Charakter. Sie ist relativ und kann von unterschiedlichen Perspektiven erschlossen werden. Sie ist in sich widersprüchlich und begrenzt.[1] Dies ist jedoch nicht der Grund, warum die Ansätze bzw.

1 Damit entsprechen die Ansätze zur These der Geschlechterdifferenz durchaus den Kriterien eines feministischen Theoriebildungsprozesses, der sich dadurch auszeichnet, daß er sich von den Absolutheits- und Objektivitätsansprüchen patriarchaler Theoriebildung abgrenzt und als Konsequenz die Widersprüche, die Be-

(Fortsetzung...)

einer der Ansätze zur These der Geschlechterdifferenz dem im Kontext vorliegender Arbeit sich entwickelnden Konzept zur feministischen Bildungsarbeit nicht zugrundegelegt wird. Die kritische Haltung gegenüber den Ansätzen zur These der Geschlechterdifferenz im vorgenannten Kontext ist darin begründet, daß eine Befreiungstheorie und -praxis, die sich primär um eine Verwirklichung der Geschlechterdifferenz bemüht, mittelbar oder unmittelbar zur Repräsentantin der herrschenden Bewußtseinsstruktur wird.

Die Ausführungen zur Foucault'schen Diskurstheorie machten deutlich, daß die Identitätstheorien die ein in sich geschlossenes Subjekt zu konstituieren suchen, und die z. T. den Positionen zur These der Geschlechterdifferenz zugrundeliegen, in Frage zu stellen sind. Es scheint daher angebracht, daß eine feministische Bildungsarbeit die Möglichkeiten einer Verfestigung dieser Theorien im Kontext des Lern-/Lehrprozesses überprüft und konzeptionell eine Reflexion über die Repräsentationsvielfalt und -praxis dieser Theorien integriert. Einen theoretischen Beitrag hierzu leistet insbesondere L. Irigaray, die ihren Ansatz in kritischer Distanz zu den Identitätstheorien formuliert. Dennoch verweist auch sie in letzter Konsequenz - indem sie die binäre Struktur als kosmische Matrix postuliert - auf die dualistische Bewußtseinsstruktur zurück.

Die vorausgegangenen Schlußfolgerungen zeigten, daß es nicht darum gehen kann, die These der Geschlechterdifferenz und die in diesem Zusammenhang entstandenen Theorieansätze aus dem Kontext feministischer Bildungsarbeit zu verbannen. Die These der Geschlechterdifferenz hat die Frauen der Alten und der Neuen Frauenbewegung entscheidend geprägt und prägt sie noch. Es gilt, ein Konzept zu formulieren, das eine Integration der These der Geschlechterdifferenz anstrebt, ohne sie zur Grundlage ihrer Theorie und zum Ziel ihrer Praxis werden zu lassen.

Im vorherigen Abschnitt wurde bereits dargelegt, in welchem Maße und unter welchen erkenntnisleitenden Fragestellungen sich feministische Bildungsarbeit auf die unterschiedlichen Positionen zur These der Geschlechterdifferenz beziehen kann. Letztlich gilt es zu erkennen, daß auch die These der Geschlechterdifferenz zu überwinden ist. Mit anderen Worten, die These der Geschlechterdifferenz kann - unter Zugrundele-

---

[1](...Fortsetzung)
grenzungen und die Relativitäten von theoretischen Konstrukten benennt und integriert.

gung der Diskurstheorie - als Ausdruck des feministischen Diskurses aufgegriffen, durchquert und auf seine Wirkungen hin untersucht werden.

Einen Ansatzpunkt, die These der Geschlechterdifferenz im Kontext eines feministischen Bildungsprozesses aufzugreifen, läßt sich in der Teilnehmerinnenstruktur selber finden. U. a. bedingt durch die Aktualität dieses Diskurses spiegelt sich dieser in der Zusammensetzung der Teilnehmerinnen und der von diesen und den Referentinnen vertretenen Positionen zu dieser Thematik wider.[1] Voraussetzung zur Sichtbarwerdung der damit verbundenen Unterschiedlichkeit ist ein Bildungskonzept, das die Unterschiedlichkeit zwischen den Frauen zum kreativen Potential erklärt und wirksam werden läßt. Das Ziel eines solchen Bildungsprozesses wäre es, daß die Teilnehmerinnen - unter Einbeziehung ihrer eigenen und im Zusammenwirken mit den vertretenen Positionen der anderen - zu erkennen vermögen, wie die unterschiedlichen Ansätze der These der Geschlechterdifferenz in Bezug aufeinander oder in Abstoßung voneinander entstanden sind und sich entfaltet haben. Die Wahrnehmung der Unterschiedlichkeit führt darüber hinaus zu der Erkenntnis, daß es jene klar voneinander geschiedenen Positionen in der Praxis nicht gibt, die Unterschiedlichkeit findet sich nicht nur zwischen den Frauen, sondern ebenso - im Kontext einer Selbstreflexion - >in der Frau selbst<.

Auf einen Nenner gebracht: im Verlauf eines Bildungsprozesses kann am Beispiel der These der Geschlechterdifferenz erfahren und erkannt werden, wie sich ein Diskurs manifestiert. Darüber hinaus ist eine erkenntnistheoretische Perspektive und Praxis zu integrieren, die die mit dieser These verbundene Tatsache einer Repräsentation der dualistischen Bewußtseinsstruktur zu transformieren weiß. D. h., Ziel ist die Vermeidung der unbewußten Repräsentation dieser Bewußtseinsstruktur und die Vorbereitung auf eine Überwindung dieser Struktur.

Wie können die aufgezeigten Begrenzungen des Diskurses um die These der Geschlechterdifferenz aufgelöst werden? Eine Möglichkeit kann darin gesehen werden, die dualistische Bewußtseinsstruktur als solche kritisch

---

1 Auch der feministische Diskurs ist ein Diskurs und er bürgt keineswegs - wie aufgezeigt wurde - für eine Erkenntnistheorie und -praxis, die von den patriarchalen Strukturen bereits befreit wäre. D. h. wenn Frauen zusammenkommen, die vom feministischen Diskurs geprägt sind, bietet das den Vorteil, daß sie im Kontext eines Bildungsprozesses gleichzeitig Erkenntnissubjekt und -objekt sein können.

zu hinterfragen. Somit entsteht die Prämisse, weniger die Kategorie >Geschlecht< als vielmehr die Kategorie >Bewußtsein< für ein Konzept zur feministischen Bildungsarbeit bestimmend werden zu lassen.

2 Das >Bewußtsein< als zentrale Kategorie feministischer Bildungsarbeit

Der Diskurs zur feministischen Bildungsarbeit ist durch die Begriffe >Subjektivität<, die These der Geschlechterdifferenz und der Suche nach dem >weiblichen Prinzip< geprägt.

Im vorausgegangenen Abschnitt wurde deutlich, daß alle Definitionsversuche von >Frau< und >Weiblichkeit< notwendigerweise einen essentialistischen Charakter annehmen. Schlußfolgernd ergab sich für die Auslegung des Subjektbegriffs die Konsequenz, daß für das zu erstellende Konzept die Annahme des Ideals einer konstanten Ich-Substanz nicht taugt. Demzufolge ist nach der veränderten Praxis zu fragen, die das >Selbst< in seinem dynamischen Aspekt erfahrbar werden läßt und >Erfahrung< nicht als Bürgschaft für die Existenz des autonomen Subjekts definiert. Wie kann sich dieser Praxis theoretisch angenähert werden?

M. E. ist es an dieser Stelle angebracht, aus einer anderen Perspektive, die die Kategorie >Bewußtsein< zum Mittelpunkt werden läßt, der Frage nach einer Frauenbefreiung im Kontext eines Konzepts zur feministischen Bildungsarbeit erneut nachzugehen.

Dem Identitätskonzept liegt das fragmentierte Subjekt zugrunde. Dieses auf den Begriff >Bewußtsein< zu übertragen bedeutet die Annahme, daß das Bewußtsein mehrfach strukturiert ist und keine Kontinuität aufweist.

Was im Kontext eines erkenntnistheoretischen Ansatzes zur feministischen Bildungsarbeit fehlt, ist eine Diskussion darüber, was Bewußtsein überhaupt ist, ob und inwieweit es unterschiedlich strukturiert ist, was unter Bewußtseinsveränderung zu verstehen ist und welche Methoden und Konzepte bei einer solchen Veränderung unterstützend wirken können. Unter Zugrundelegung dieser Fragestellung wird im folgenden die Kategorie >Bewußtsein< aus verschiedenen Perspektiven beleuchtet:

- aus der feministischen Sicht, derzufolge es um eine Bewußtseinsveränderung im Sinne der Realisierung eines neuen Bewußtseins - unter Berücksichtigung des Zugangs von Frauen geht;
- aus einer Analyse der unterschiedlichen Bewußtseinsstrukturen im Kontext eines philosophisch-kulturanthropologischen Ansatzes, da als

Voraussetzung zur Realisierung der neuen Bewußtseinsstruktur eine Analyse der abendländischen mentalen Bewußtseinsstruktur notwendig ist;

- aus der Analyse des dynamischen Wahrnehmungsprozesses, wie er sich von Augenblick zu Augenblick ereignet, um vor allem die Bedeutung des Gefühls im Kontext für den Erkenntnisprozeß begründet hervorheben zu können.

Darüber hinaus wird nach einer Praxis zu fragen sein, die die Verwirklichung anderer Bewußtseinsebenen als die mental-rationale ermöglicht. In diesem Kontext werden Elemente der buddhistischen Meditations- und Achtsamkeitspraxis als Erkenntnisquelle herangezogen.

Im Anschluß sollen einige der im ersten Teil dieser Arbeit aufgeworfenen Fragestellungen, die nur zum Teil beantwortet sind, aufgegriffen werden: Was ist das >Selbst<, welches erfahren werden soll? Was ist >Erfahrung<? In welchem Zusammenhang stehen die Kategorien >Selbst< und >Erfahrung< mit der Kategorie >Bewußtsein<?

Zusammenfassend betrachtet gilt es, jene befreienden Kräfte auszumachen, die aus der derzeitigen defizienten Bewußtseinsstruktur herausführen. Damit verbunden wäre eine Veränderung der Erkenntnispraxis im allgemeinen und demzufolge eine Umgestaltung feministischer Bildungsprozesse im besonderen.

2.1 Ein feministisches Konzept zur Bewußtseinsveränderung am Beispiel von Barbara Starrett

Anhand des Essay- und Gedichtsbandes von BARBARA STARRETT (1978) soll exemplarisch aufgezeigt werden, wie Feministinnen - ausgehend von einer Dualismusanalyse und -kritik - zur Überwindung dualistischer Strukturen eine Bewußtseinsveränderung intendieren und gewahren, als deren Voraussetzung eine Bewußtseinsmutation angesehen wird. Zentrale Begriffe sind hier Bewußtsein, Macht, Verantwortung, Mutation und Intensität.

B. Starretts Dualismusanalyse und -kritik bildet ein Fundament zur Bewußtwerdung und zur Bewußtseinsveränderung von Frauen, zur Überwindung ihrer Opfer-Rolle, zur Ausbildung von Selbstverantwortung, zur Wahrnehmung der Mutation, zur Methode der Selbsterfahrung und -erforschung, zur Strategie der Umbenennung der Welt und Selbstbenennung der Frau und zur theoretischen Begründung der Subjektwerdung der Frau.

Der Ausgangspunkt ihres Erkenntnisprozesses: das Bestehende ist defizient geworden und ein neues Bewußtsein bahnt sich an, daß sich nicht, so B. Starrett, "in den gegenwärtig existierenden Symbolen, Formen, Denksystemen, Sprachen, Künsten und Kulturen ausdrücken läßt" (ebd. 10). Das neue Bewußtsein ist ein qualitativer Sprung und er ist, so fügt sie hinzu, lebens-bejahend.

Die us-amerikanische Feministin stellt einen weitgedachten Entwurf einer Theorie und Praxis zur Bewußtseins-Befreiung aus der Sicht von Frauen vor. Die zentrale Bedeutung des Bewußtwerdungsprozesses von Frauen hinsichtlich ihrer Fähigkeiten, ihres Willens und ihrer Macht präzisiert sie folgendermaßen:

> "Wir werden uns (...) darüber klar, daß wir uns *bewußt* entwickeln können; (...) unsere zukünftige Entwicklung durch unseren *Willen* zu bestimmen. Je bewußter wir uns über unseren Entwicklungsprozeß werden, desto größer ist unsere Macht, diesen Vorgang durch unseren Willen zu fördern und zu lenken. Ein unglaublicher, evolutionärer Sprung, eine Makro-Mutation, an Bedeutung der Entwicklung der Sprache gleichzusetzen" (ebd. 11).

Es sind - wie sie hervorhebt - Frauen, die sich durch eine besondere Nähe zum neuen Bewußtsein auszeichnen, was nicht ausschließt, daß auch Männer an diesem evolutionären Sprung teilhaben.

Wie begründet die Autorin die besondere Nähe von Frauen zur sich anbahnenden Bewußtseinsmutation? Ihren besonderen Zugang zu Denkweisen, die über das dualistische Gegensatzdenken hinausweisen?

Ausgehend von der dualistischen Struktur, die einem Todesmuster folgt, da die Betonung des Einen unter Ausschluß eines Anderen unweigerlich zur Defizienz führt, ist feststellbar, daß Intellekt und Gefühl im Erkenntnisprozeß voneinander getrennt sind. Das Patriarchat präferiert den rationalen Geist. Als vorrangiges Mittel zur Erkenntnis dient der Intellekt. Frauen haben sich dennoch den Zugang zur Empfindung bewahrt: "Es sind die Frauen, die den empfindenen Aspekt des Geistes bewahrt und erweitert haben, in unserer eigenen halbbewußt gewollten Evolution" (ebd. 49). Empfindungen und Gefühle werden zum Potential, Dualitäten nichtig zu machen, denn im Kontext der sich anbahnenden Bewußtseinsstruktur - so die Autorin - kommt es auf den empfindenden Aspekt des Geistes, die emotionale Intensität an:

"Der schöpferische Prozeß, die so mächtige visionäre Erfahrung enthält ein Element, daß den ganzen Unterschied ausmacht: emotionale Intensität. Und innerhalb dieses Prozesses ist sie nicht vom Intellekt zu trennen. Beide arbeiten zusammen, werden als dieselbe Sache erfahren. Manchmal wird Schöpfung als das gleichzeitige Halten extremer Objektivität und extremer Leidenschaft beschrieben. Dies sind Beschreibungen danach; die Erfahrung ist die eines vereinten Zustandes, indem das Geschehen nicht analysiert werden kann..." (ebd. 47).

Ihre zentrale Aussage hinsichtlich einer Überwindung dualistischer Denkstrukturen bezieht sich demzufolge auf die Forderung nach einer gleichzeitigen Ausbildung von Denken und Fühlen. Diese Gleichzeitigkeit ist jedoch weder Synthese noch Polarität. Sie intendiert vielmehr eine >Balance, eine Spannung, die weder Auflösung noch Gegensatz einbezieht< (vgl. ebd. 74).

B. Starrett veranschaulicht das Zusammenspiel von Gefühl und Intellekt an einem Beispiel:

"Ich habe festgestellt, daß wir der Joplin zuhören, wenn sie >Little Girl Blues< singt, dabei intellektuell um den sexistischen und masochistischen Inhalt des Textes wissen und dennoch auf die Musik reagieren, auf etwas in der Stimme der Joplin, ihre Fähigkeit, Gefühle zu vermitteln, auf den starken Ausdruck von Schmerz, den wir hören. Für mich drückt sie Schmerz aus, die Trauer um alle Frauen, die jemals gelebt haben, um unsere ganze ungenützte, mißbrauchte Schönheit und Macht, um die Jahrhunderte, die wir Opfer waren, um unsere Trennung von uns selbst und voneinander. Nimmt man den Text des Lieds wörtlich, ist meine Reaktion politisch gesehen falsch und ich weiß das (konsequent/inkonsequent). Aber es wäre für mich eine große und zweifelhafte Anstrengung, meine Reaktion zurückzuweisen" (ebd. 24).

Angesichts der unterschiedlichen Bewußtseinsstrukturen, die den Menschen konstituieren, kann das im Zitat Ausgesagte als eine gleichzeitige Wahrung der magisch-mythischen (das Hören der Musik, das Spüren des

Rhythmus) und der mentalen Bewußtseinsstruktur (die Analyse des Textes) interpretiert werden. B. Starrett spricht sich somit für die Würdigung jeder dieser Strukturen in ihrer effizienten Ausdrucksform aus. Sie legt zwar keine differenzierte Analyse der einzelnen Strukturen vor, fordert aber die Frauen in ihren Essays wiederholt dazu auf, *alle* Funktionen und Fähigkeiten des Geistes in seinem vollen evolutionären Potential zu entwickeln: "Es geht nicht darum, einen Teil unseres Geistes zurückzulassen, sondern die gesamten Geisteskräfte in den Dienst unserer eigenen Evolution zu stellen, und die volle Verantwortung dafür zu übernehmen" (ebd. 73). Vor allem spricht sie sich gegen eine radikale Ablehnung der herrschenden Denkmodelle aus. Auch die linear-analytische Methode ist - so die Autorin - zu entfalten.

B. Starrett ist eine Pragmatikerin. Angesichts der Diskriminierung und Unterdrückung von Frauen im Patriarchat begründet sie eine Strategie, derzufolge sich Frauen aus dieser Situation befreien können. Auf eine Formel gebracht läßt sich dies m. E. folgendermaßen formulieren:

- Erkennen der Unterdrückung als Frau
- Prozeß der Selbstbenennung
- radikale Absage an jegliche Opfer-Haltung und das Übernehmen der vollen Verantwortung
- Handeln, indem die Welt benannt wird und die Frau eigene Symbole und Mythen schafft.[1] [2]

---

1 Eine Formel, die sich auch bei Ayya Khema (1991) im Kontext einer Meditations- und Achtsamkeitspraxis wiederfinden läßt. Das Kürzel formuliert sich in diesem Zusammenhang folgendermaßen: erkennen - benennen - nicht tadeln - ändern. Ayya Khema (geb. 1923) emigrierte 1939 als Tochter jüdischer Eltern nach Schottland; 1949 bekam sie die us-amerikanische Staatsangehörigkeit; 1978 wurde sie zur buddhistischen Nonne ordiniert. Seitdem hat sie mehrere Frauenklöster und Zentren für das Studium und die Meditationspraxis des Buddhismus gegründet. Ihre besondere Art der Vermittlung der buddhistischen Lehre und Praxis beeinflußte maßgeblich den Teil II.2.4 dieser Arbeit.

2 Zentral für das Aufgreifen von >eigenen< Symbolen und Mythen ist für B. Starrett das Muttersymbol im philosophischen Sinn und als politischer Akt. Der möglichen Regression eines solchen Prozesses in die Konstruktion eines Matriarchats widerspricht die Autorin: "Wenn diese Verschiebung innerhalb eines Patriarchats stattfindet, dann ist das Resultat nicht ein Matriarchat, sondern eine Ver-

(Fortsetzung...)

Die Autorin führt hierzu folgendes aus:

> "Grundlegende Bewußtseins-Erweiterung ist das Erste: Das fortschreitende Erkennen unserer Unterdrückung durch das Patriarchat und seiner Wirklichkeitsvision, durch seine Symbole und Mythen, in denen sich seine Ansichten ausdrücken. Wir müssen lernen, unseren eigenen Wahrnehmungen und Fähigkeiten zu vertrauen, sie und uns selbst zu definieren und dann eine neue Wirklichkeit zu schaffen" (ebd. 62).

Die Praxis der Selbstdefinition steht im Mittelpunkt der Strategie B. Starretts:

> "Jede Frau muß zuerst erinnern/entdecken, wer sie ist, ihren wirklichen Namen, ihre wahre Natur und Fähigkeiten und ihr Vorhaben auf diesem Planeten. Sie muß wählen, sie selbst zu sein, sich in die Frau zu verwandeln, die sie entdeckt hat. (...) Sie muß sich bewußt entwickeln, schaffen, benennen, gemäß ihrer eigenen Wahl. Und sie muß totale, direkte Verantwortung übernehmen für die, die sie jetzt ist" (ebd. 61).

In der Folge kann die Frau beginnen, die Welt mit >eigenen Augen< wahrzunehmen und zu bezeichnen und Kraft ihres Geistes Wirklichkeit zu prägen, so daß sich letztlich ihre innere Wirklichkeiten in der äußeren widerzuspiegeln vermag. Frauen haben sich aus einem halbbewußten Zustand herauszulösen und willentlich selbst zu bestimmen, indem sie sich dem neuen Bewußtsein öffnen, was Selbst-Disziplin und das Aufgeben von Schuldzuweisungen an andere voraussetzt.

Dieser Prozeß setzt eine beständige Selbsterfahrung und -erforschung voraus. Der Benennungsprozeß integriert - wie bereits deutlich wurde - intellektuelle und emotionale Erkenntnisprozesse. Ziel ist - so B. Starrett - die umfassende Persönlichkeitsausbildung, das Satori, die Mutation, das

---

[2](...Fortsetzung)
lagerung des Denkens und der Gefühle und eine Neuausrichtung unserer gegenwärtigen Werte" (Starrett 1978: 28).

ich bin.[1] B. Starrett sieht die Macht der herrschenden symbolischen Ordnung ein und fordert eine Umbenennung der bestehenden Begriffe, bevor neue Worte kreiert werden können. Exemplarisch verdeutlicht sie dies an den Begriffen *Macht* und *ich bin.*

Wie verschiebt B. Starrett die Bedeutung des Begriffes >Macht<?

Die Autorin formuliert in diesem Zusammenhang folgendes: "Denken wir an Energie/Macht als eine Suche nach Allwissenheit, dann können wir uns auf Macht als eine aktive/ekstatische Qualität beziehen, einen Geistesvorgang" (ebd. 58). B. Starrett versucht den Begriff kontextgebunden zu definieren, nachdem sie ihn zuvor neutralisiert hat:

> "Der Begriff der Macht, für sich genommen, ist neutral, aber tatsächliche Macht steht hier für sich allein. Sie wird benützt; sie ist immer dynamisch; und ist ebenso wie Energie, nicht zu vernichten. In gewissem Sinn *ist* Macht Handeln. Sie muß in Zusammenhang mit ihrem Gebrauch, ihren Beziehungen und Bemühungen gesehen werden" (ebd. 40).

Für B. Starrett ist die Aneignung des Begriffes >Macht< als tätiges Prinzip von entscheidender Bedeutung, da er als Garant dafür steht, daß Frauen - sich zur Macht in diesem Sinne bekennend - die Opfer-Haltung überwinden können. Die Absage an das Opfer-Bewußtsein von Frauen und die Stärkung von Selbstverantwortung sind kennzeichnend für die theoretischen Ausführungen der Autorin.

> "Es ist an der Zeit, voll erwachsene Frauen zu sein, uns selbst so viel abzuverlangen, wie es die Frauen unseres gemeinsamen Erbes taten, die volle Verantwortung für die Qualität und den Wert unseres Lebens und unserer Arbeit zu übernehmen" (ebd. 72 f.).

---

1 Satori ist ein Begriff aus dem Japanischen. Es ist der Terminus für die Erfahrung des Erwachens (der Erleuchtung) im Kontext des Zen-Buddhismus. "Das Wort ist abgeleitet von dem Verb *satoru*: >erkennen>; es bezeichnet jedoch keine >Erkenntnis< im gewöhnlichen oder philosophischen Sinn, da es in der Erleuchtungserfahrung keine Unterscheidung von Erkennendem und Erkanntem gibt" (Das Lexikon des Zen, 1992).

Das tätige Prinzip ist ein Geben/Nehmen, und kein Geben und/oder Nehmen, wie B. Starrett am Beispiel des >Beziehungsdenkens von Frauen< ausführt:

> "Gleich ob eine Frau einen Menschen, eine Pflanze, eine Gottheit liebt - sie stellt eine direkte persönliche Beziehung mit dem Gegenstand ihrer Liebe her. Sie will Austausch, einen teilnehmenden Prozeß des Gebens, Nehmens, Liebens - Geliebtwerdens. Subjekt/Objekt Zweiheiten verschwinden in der unmittelbaren Dynamik der Intersubjektivität: beides kann nicht mehr voneinander unterschieden werden" (ebd. 25).

Wie transformiert B. Starrett das *ich bin*, jenen Ausgangpunkt der abendländisch-dualistischen Denktradition?

Die Autorin benutzt den Begriff als eine Metapher für Schöpfung und Evolution. Dieses *ich bin* ist frei von >ich möchte< oder >ich habe<, bzw. es bedarf der Legitimation jedes einzelnen Tuns, ob das >ich möchte< oder >ich habe< nicht in unmittelbarem Konflikt mit dem grundlegenden *ich bin* gerät. Dennoch gelingt es B. Starrett m. E. nicht, über diesen Begriff zur Ichfreiheit zu gelangen, sondern der Prozeß der Selbstbenennung ist in den Kontext einer bewußten Subjektwerdung der Frau im Zusammenhang mit einer Ethik des *ich bin* zu stellen. Es geht darum, das Ego vor defizienten Strukturen zu beschützen und die mentale Bewußtseinsstruktur in ihren Realisations- und Ausdruckformen bewußt zu integrieren. Diesbezüglich stellt B. Starrett einen weiblichen Zugang zu dieser Struktur her. Gleichzeitig versucht sie diese Struktur zu transformieren durch Bezugnahme auf jene Qualität und Intensität, die es zu erreichen gilt: den satorischen Zustand.

Ziel ihrer Praxis der Verschiebung von Wortbedeutungen ist - wie bereits deutlich wurde - die Selbstbenennung von Frauen, denn wir "... brauchen eine starke Vorstellung von uns selbst, wenn wir uns auf sinnvolle Weise auf andere Menschen beziehen wollen" (ebd. 26). B. Starrett sieht die Begrenzungen der Realisation des >Vorstellens< ein. Sie führt hierzu folgendes aus: "Aber >Vorstellung von uns selbst< ist ein eher statischer Begriff und die direkte Intersubjektivität, die einen aktiven Prozeß, Entwicklung und Erneuerung beinhalten, geht über diesen Begriff hinaus" (ebd.).

Wie auch andere Feministinnen, weiß B. Starrett um die Gefahren, die im Kontext begrifflicher Festlegungen entstehen und warnt demzufolge davor, Bezeichnungen zu Absoluta verhärten zu lassen, zu systematisieren oder zu institutionalisieren. Es gilt vielmehr, die Einsicht zu wahren, daß es sich um einen *Prozeß* im Sinne einer Konkretion des neuen Bewußtseins handelt. In diesem Zusammenhang schreibt die Autorin:

> "So wie wir auf unserem evolutionären Weg weitergehen, wachsen in Weisheit und Anmut, der Einsatz höher wird, ändern sich unsere Werte mit unserem Verstehen. Wir befassen uns mit einem fortwährenden Neudefinieren des Guten. Die Weisen, in denen wir das Gute achten und umsetzen, d.h. unsere ethische Wahl, muß jetzt ernsthaft untersucht werden. Und morgen muß sie aufs Neue untersucht werden" (ebd. 91).

Fragen und Antworten unterliegen dem Wandel, und es gilt, diese Veränderung als Zeichen des Wachstums zu begrüßen.

B. Starrett ist sowohl dem Gynozentrismus als auch der Wahrung des neuen Bewußtseins verpflichtet. Diese doppelte Ausrichtung ist das Resultat einer Erkenntnispraxis, die die Geschlechtszugehörigkeit zum Ausgangspunkt ihres Erkenntnisprozesses macht und gegenwärtig aus einer feministischen Sichtweise den Prozeß der Integration der mentalen Bewußtseinsstruktur und der Ich-Werdung bzw. Subjektwerdung der Frau als >Frau< hervorheben muß. Diese Doppelwertigkeit ist m. E. mit der Aufgabe der Integration verbunden, d. h. dem Dasein von Frauen Würde zu verleihen, ohne jedoch unbewußt auf den herrschenden Diskurs zurückzuverweisen, sondern durch Integration - von z. B. Fühlen und Denken, wie B. Starrett betont - das dualistische Modell in seiner Struktur zu überwinden bzw. die Absprungbasis für eine potentielle Überwindung (indem durch die Subjektwerdung der Frau die Möglichkeit zur Ichfreiheit gegeben ist) zu schaffen. Der Gynozentrismus bietet eine Voraussetzung zu einer solchen Befreiung durch die Absage an die Opfer-Haltung und die Praxis der Selbstverantwortung als Grundlage zum *Handeln.* Die Integration ist - wie im Verlauf dieser Arbeit immer deutlicher hervortritt - für eine feministische Theorie und eine Konzeption zur feministischen Bildungsarbeit - die Bewußtseinsintensivierung und -veränderung intendiert - bestimmend.

Die herrschende (dualistische) Bewußtseinsstruktur soll im folgenden in den Kontext einer kulturanthropologischen Reflexion der menschlichen

Bewußtseinsstrukturen, der das Werk von JEAN GEBSER (1986) zugrundegelegt wird, gestellt werden. Vor diesem Hintergrund wird ihr relativer Charakter sowie ihr Veränderungspotential deutlich werden. Die mögliche und sich bereits anbahnende Veränderung der Bewußtseinsstruktur gilt es auch hier wahrzunehmen und wirken zu lassen.

2.2 Ein philosophisch-kulturanthropologischer Ansatz nach Jean Gebser

In welchem Kontext ist aus feministischer Perspektive eine Rezeption des Werkes von J. Gebser sinnvoll? Die Prämisse, das >Bestehende< zur Absprungbasis für eine Befreiung werden zu lassen, verweist in diesem Zusammenhang darauf, daß nicht nur das geistige Erbe der >Mütter< anzutreten, sondern daß ebenso das der >Väter< zu durchqueren und zu transzendieren ist.[1] Feministische Theoriebildung heißt m. E. nicht, einen gänzlich anderen Ort in der Wissenschaft einzunehmen, sondern am selben Ort anders mit der eigenen sowie anderer Kreativität und Produktivität umzugehen.

J. Gebser zeichnet einen Weg, der aus der herrschenden defizienten (mental-rationalen) Bewußtseinsstruktur hinausführt, indem er vor dem Hintergrund der >geleisteten< Bewußtseinsstrukturen die sich anbahnende, integrale, deutlich hervorhebt.

Im folgenden sollen die unterschiedlichen Bewußtseinsstrukturen erarbeitet werden. Da, wo in seinen Beschreibungen unverkennbare Widersprü-

---

[1] Ein Gedicht von Barbara Starrett (1978) verweist auf den paradoxen Umgang, die der feministischen Rezeption der Werke von Männern zugrundeliegt:

Animus für C.G. Jung

Meine Augen sehen hinaus auf eine Welt;
Hinter meinen Augen stehst du,
Meine Liebe
Mein Bruder
Mein anderes Selbst.

Dennoch,
Hast du meine Bestimmung unterschätzt:
Auch du mußt sterben. (103)

che zur weiblichen Lebensrealität hervortreten, werden diese herausgearbeitet und benannt.

Unter >Bewußtsein< bezeichnet J. Gebser allgemein

> "die Fähigkeit, jene Zusammenhänge zu übersehen, die uns konstituieren: es ist ein stets statthabender Akt des Integrierens und Richtens. Bewußtsein erschöpft sich nicht in formalem Wissen, ja selbst nicht in verarbeitetem Wissen. Es ist weder mit dem Denkprozeß identisch, noch beschränkt es sich auf das bloße Ich-Bewußtsein. Seine erhellende Funktion besteht durchaus nicht in bloßer Räumlichung und Zeitlichung. Es ist kein bloßes Gegenüber zu den Dingen und Erscheinungen, sondern beobachtender Zuschauer, aber auch handelnde Instanz und hat regulative Funktionen" (GEBSER 1986, GA II: 291).

Von der Art des Bewußtseins hängt es ab, wie das wahrgenommen wird, was Wirklichkeit genannt wird.

Es war die Absicht J. Gebsers, eine Geschichte der Bewußtwerdung zu schreiben, und es gilt hinzuzufügen: eine des abendländischen Menschen, denn J. Gebser formuliert ganz aus der Tradition der abendländischen Kultur heraus. J. Gebser zufolge ist der Mensch in seinem Bewußtsein aufgrund der verschiedenen Bewußtseinsstrukturen, die sich im Verlauf der Geschichte der Bewußtwerdung ereignet haben, mehrfach strukturiert. Er nennt fünf Bewußtseinsstrukturen (die archaische, magische, mythische, mentale und die integrale), auf die im Verlauf dieses Kapitels vertiefend eingegangen werden soll.

Ausgangspunkt seines Werkes ist die gegenwärtige Epoche, die in die Krise geraten und vom Untergang gekennzeichnet ist. J. Gebser zeigt auf, daß diese Krise gemeistert werden kann, wenn erkannt wird, daß es sich um eine Epoche des Übergangs handelt. Er versucht aufzuzeigen, wie sich dieser Übergang auf der Ebene der Bewußtseinsstruktur(en) erkennen und kennzeichnen läßt.

Ein Charakteristikum dieses Übergangs ist dessen >janusköpfige< Erscheinungsform: Die derzeitge Bewußtseinsstruktur ist der herrschenden Bewußtseinsstruktur (der defizient mentalen) verhaftet und gleichzeitig gelangt die neu sich bildende Bewußtsseinsstruktur (die integrale) zum Durchbruch. Denn nirgends "liegt das >Neue< so sichtbar da, wie dort, wo etwas >zugrunde< geht - zu jenem >Grunde<, der von sich aus immer auch das >Neue< enthält" (ebd. 263).

Durch welche Aspekte bietet die Geschichte der Bewußtwerdung die Chance, dem >Chaos<, das mit einer Umbruchssituation einhergeht, nicht zu erliegen?

Da sich solche Übergangszeiten bereits mehrfach in der Bewußtwerdungsgeschichte des Menschen ereignet haben, kann aus dem >Wissen< dieser Geschichte das Vertrauen entstehen, die Krisen, die u. a. Weltuntergangscharakter tragen, zu überwinden. Es sei denn, die Erstarrung wird nicht aufgelöst, d. h. es wird im defizienten >Alten< verharrt, so daß die Zerstörung unumgänglich wird. Denn, >wer verharrt, verfällt< (ebd. 408).

Zudem setzt J. Gebser voraus, daß bei einer Kenntnis der drei Bewußtseinsstrukturen, die sich - zurückblickend - aus dem Ursprung[1], der archaischen Grundstruktur entwickelt haben, die Fähigkeit einhergeht, unterscheiden zu können, in welchem Maße die eine oder andere Struktur das jeweilige Individuum (vorwiegend) bestimmt, d. h., die Strukturen sind in jeder Frau und in jedem Mann latent und/oder akut vorhanden. Aus diesen Erkenntnissen heraus, d. h. den das Bewußtsein konstituierenden unterschiedlichen Strukturen, die J. Gebser die magische, mythische und mentale nennt, kann die neue Struktur, die integrale Bewußtseinstruktur wahrgenommen werden, ohne daß Altes mit Neuem vermischt oder verwechselt werden kann (vgl. ebd. 71).

Um zu einem Verständnis von J. Gebsers Geschichte der Bewußtwerdung zu gelangen, ist die Aufschlüsselung des Terminus >Mutation< von Bedeutung.

Um den Begriff der Bewußtseins-Mutation von dem einer biologischen Mutation abzugrenzen, präzisiert J. Gebser seinen Mutationsbegriff. Der Begriff >Mutation< unterstreicht

> "im Sinne eines sprunghaften, ruckhaften Geschehens, den vom *Ur-Sprung* her im Bewußtsein veranlagten *geistigen Gehalt* und die

---

[1] Seinen Begriff von >Ursprung< präzisiert J. Gebser in einer Vorlesung: "Und zum Wesen des Ursprungs gehört es, daß er immer das Ganze meint: den ganzen Menschen, die ganze Menschheit, die ganze Welt und die ganze Zeit, also das Insgesamt von Vergangenheit, Gegenwart und Zukunft" (Gebser 1986, GA V/I: 102).

Umlagerung ursprunghafter Gegebenheiten in das Bewußtsein. Jede Bewußtseins-Mutation ist die anscheinend plötzliche Akut-Werdung latenter, seit dem Ursprung vorhandener Möglichkeiten. Keine dieser Mutationen bedingt - ganz im Gegensatz zu gewissen biologischen - den Verlust vorheriger Möglichkeiten und Eigenschaften, sondern deren plötzliches Einbezogenwerden in eine neue Struktur, wodurch die vorherigen Möglichkeiten und Eigenschaften überdeterminiert werden. Als plötzliches erscheint uns dieses Geschehen nur deshalb (...), weil sich gewisse >Prozesse< - (...) anscheinend >außerhalb< der raumzeitlichen Erfaßbarkeit und >Begreiflichkeit< abspielen (...)" (ebd. GEBSER 1986, GA II: 74 f.).

Der vor Raum und Zeit >liegende< Ursprung gegenwärtigt sich in den Bewußtseins-Mutationen jeweils bewußtseinsintensivierend und -integrierend. Die Bewußtseinsmutation gleicht einem Umlagerungsprozeß. Mit jeder Mutation findet eine Erstarkung des Bewußtseins sowie eine Dimensionszunahme statt. Diese Dimensionierungen sind das allmähliche Inerscheinungtreten von Raum und Zeit. Das Bewußtsein ist eine Intensität, die Raum-Zeit-Welt seine Extensität. Das zunehmende Bewußtsein ruft - wie aufgezeigt werden soll - eine zunehmende >Materialisierung< (die in dem Ich-Bewußtsein mündet) hervor. Der Ur-Sprung kommt sprunghaft zum Bewußtsein. Auf ein Kürzel gebracht: Bewußtseins-Mutationen sind Integrations-Vollzüge.

J. Gebser zufolge haben wir diesen Sprung, der sich in uns vorbereitet, zu realisieren. Voraussetzung ist eine fundierte Absprungbasis. Sein Beitrag zur Fundierung dieser Absprungbasis ist die Geschichte der Bewußtwerdung.

2.2.1 Die Bewußtseinsstrukturen

Aus welcher Perspektive zeichnet J. Gebser die Bewußtseinsstrukturen auf?

Da mit dem >Nachvollzug< der Bewußtseinsstrukturen aus dem Blickwinkel der mentalen Struktur ein Verlust des Deutlichwerdens der effizienten und defizienten Ebenen der unterschiedlichen Strukturen einhergehen würde, entschied sich J. Gebser dafür, die Strukturen *nicht* von der mentalen Bewußtseinstruktur aus >zurückzuverfolgen< bzw. die neue zu >visionieren<, sondern sie aus ihren >gültigen Zeugnissen< und spezifischen Ausdrucksformen heraus zu betrachten, darzustellen und zu vollziehen.

> "Die heutige Denkweise würde nun erfordern, alles von den jetzigen Gegebenheiten zu betrachten, also den umgekehrten >Weg< zu gehen, den die Geschehnisse nahmen. Das jedoch würde bedeuten, daß wir von den aufgesplitterten Manifestationen aus immer nur Rückschlüsse und Folgerungen zögen, die aber nicht mehr zu dem kaum auffindbaren Ursprung zurückfinden, weil sie dort in die Brüche gehen müssen, wo die Abfolge der Geschehnisse durch eine Mutation unterbrochen ist" (ebd. 86).

Dieses methodische Vorgehen ist für den Stil J. Gebsers kennzeichnend. Im folgenden soll bei der Beschreibung der archischen, magischen, mythischen und mentalen Bewußtseinsstruktur dieser Zugang gewahrt werden.

2.2.1.1 Die archaische, magische und mythische Struktur

Über die archaische Struktur kann am wenigsten >ausgesagt< werden, sie ist dem Ursprung am nächsten. Sie zeichnet sich durch die Null-Dimensionalität aus. Es ist die traumlose Zeit. Diese Traumlosigkeit bedeutet das Ungeschiedensein von Innen und Außen, von Subjekt und Objekt, von der/dem Erlebenden und dem Erlebten.

Dennoch liegt dieser Ursprung nicht in weiter Ferne, vergangen in zeitloser Zeit, sondern er ist immer gegenwärtig. Wie seiner ansichtig werden? Nach J. Gebser durch ein Nachsinnen und eine Gegenwärtigung von Worten oder Sätzen wie der vorgenannten. Wem dies gelingt, "der wird das uns noch gerade zuträgliche Maß vom Glanz des Ursprungs wahrzunehmen vermögen, jenen ersten Schimmer der Welt- und Menschwerdung, der durch diese Sätze aus urvergangenen und doch in uns gegenwärtigen Zeiten hindurchscheint" (ebd. 87). Doch, so J. Gebser, >wer das tut, der wird schweigen<.

Da der Akt des Schweigens für die weibliche Lebensrealität und Sichtweise in mehrfacher Hinsicht von spezifischer Bedeutung ist, soll im folgenden ein kurzer Exkurs zu diesem Begriff eingeschoben werden.

Wenn - wie J. Gebser formuliert - die Gegenwärtigung des >Ursprungs< einerseits befreienden Charakter hat, andererseits in Schweigen gehüllt werden muß, wie können dann die Mitmenschen ermutigt werden, diesen Befreiungsprozeß zu vollziehen? Wieviele Fehlinterpretationen für das Ansichtigwerden des >Ursprungs< läßt dies offen? Die Geschichte ist voll davon. >Schweigen< ist eine Metapher, die die weibliche Lebensrealität mit der Geschichte des Patriarchats eng verknüpft, so daß sich aus weiblicher Sicht diesem Begriff nicht so >heiligend< angenähert werden kann, wie es J. Gebser möglich ist.

Die biblische Aufforderung >Das Weib schweige in der Gemeinde< bestimmt nach wie vor die Bezeichnungspraxis von Frauen. Während das >Wissen< der Frauen u.a. durch die Hexenverfolgung zum >Schweigen< verurteilt wurde, konservierten die Männer >ihr Wissen< in Geheimbünden und verpflichteten sich dem Schwur, das >Schweigen< zu wahren. Es soll an dieser Stelle deutlich werden, daß eine geschlechtsdifferente Sichtweise des Zugangs zur Kategorie >Schweigen< notwendig ist. Einerseits steht eine >Geschichte des Schweigens< aus weiblicher Sicht noch aus, andererseits konfrontiert die feministische Literatur mit einer Fülle von Einzelbeiträgen aus verschiedenen Disziplinen, die an dieses Thema angrenzen (vgl. zur Vertiefung: GILLIGAN 1988, BELENKY 1989).

Im Kontext des Werkes von J. Gebser handelt es sich um die Entwicklung einer *Kraft*, die sich zur rechten Zeit ausspricht, was >weder Schweigen noch Reden< bedeuten würde.[1] [2]

Das >Nachsinnen<, wie es J. Gebser nannte, kann als einen Hinweis auf einen intuitiven bzw. kontemplativen Erkenntnisweg betrachtet werden. Zu einem solchen Zugang zur Erkenntnis muß keineswegs geschwiegen

---

[1] J. Gebser betont den Unterschied zwischen Macht und Kraft, was deutlich wird im Kontext seiner Darstellungen zur magischen Bewußtseinsstruktur, die immer mit Machtstreben verbunden ist und die es gilt, konstruktiv zu transformieren. J. Gebser schreibt in diesem Zusammenhang: "Aber nur das hat Macht über uns, dem wir diese Macht einräumen. Sie wandelt sich dort in dienende und erhaltende Kraft, wo es uns gelingt, ihr wieder und ausschließlich jenen Bereich zuzuweisen, der ihr gehört, anstatt daß wir ihr hörig werden" (Gebser 1986, GA II: 105).

[2] Es muß J. Gebser zugute gehalten werden, daß er an anderer Stelle (Gebser 1986, GA VI: 156) auf diesen Zusammenhang und der Möglichkeit von Ungenauigkeit und Geheimniskrämereien hingewiesen hat. Das Problem ist die empirische Nicht--Beweisbarkeit eines solchen Ursprungerlebnisses und damit die Unmöglichkeit, es in begrifflicher und verstandesmäßiger Klarheit zu formulieren.

werden. Während das Erlebnis selbst präsprachlicher Art ist und bleibt, kann auf die Erkenntnis, die sich mit diesem Erlebnis verbindet, mit Worten verwiesen werden. Die >Beweisführung< kann, da es sich um ein Erlebnis der Ichfreiheit handelt, nicht auf etwas bezogen werden, das nicht vorhanden ist. Der umgekehrte Weg ist zu gehen. Es ist nachzuweisen, daß alle Annahmen, die das >Ich< konstituieren, illusionär sind. JEREMY HAYWARD (1991) verweist in diesem Zusammenhang auf ein eindruckvolles Beispiel: Ein Kind, das erschreckt aufwacht, da es ein Ungeheuer in seinem Zimmer zu vernehmen glaubt, kann nicht dadurch beruhigt werden, indem ihm das nicht-existierende Ungeheuer vor Augen geführt wird. Vielmehr ist dieses Kind aufzufordern, das Ungeheuer zu zeigen, so daß ihm gezeigt werden kann, daß es etwas anderes ist (vgl. ebd. 93).

Der intuitive Erkenntnisweg findet sich bei J. Gebser nur andeutungsweise. Wichtig ist in diesem Zusammenhang, daß das >Nachsinnen< nicht mit dem intellektuellen Vorstellen verwechselt wird.

Für eine feministische Bildungsarbeit ist kritisch zu fragen, ob ein Hinweis auf ein >Nachsinnen von Sätzen und Worten< (die Frage wäre zudem, welche Worte und Sätze?) und das Eintauchen ins Schweigen als Zugang zum Ursprung ausreichend ist und sein muß. Der Ursprung ist, wenn auch heilig, so doch allen Menschen potentiell zugänglich. Wie den Zugang finden? Es zeichnet sich ab, wie notwendig eine explizite Integration analytischer *und* kontemplativer Zugänge zur Wahrnehmung, Erkenntnis und zum Bewußtsein im Kontext einer feministischen Bildungsarbeit ist.

Bevor auf diese Aspekte vertiefend eingegangen wird, ist in der Darstellung der Geschichte der Bewußtwerdung fortzufahren.

Was sagt J. Gebser über die Mutationen aus? Die erste Mutation vollzieht sich von der archaischen zur magischen Bewußtseinsstruktur. Der Mensch tritt von der Nulldimensionalität in die eindimensionale Unität, deren ideelles Symbol der Punkt ist. Diese Eindimensionalität ist gleichermaßen eine Raum- und Zeitlosigkeit. Der Schauplatz dieser magischen Unität ist die Höhle. Mit der magischen Struktur setzt ein erstes Bewußtwerden ein, "der Mensch *ist* zum ersten Male nicht mehr nur in der Welt, sondern es beginnt ein erstes, noch schemenhaftes Gegenübersein" (GEBSER 1986, GA II: 88). Der Wandel vom Sein zum Haben - wenn auch zunächst schwach ausgebildet - hat seinen Anfang genommen. Die Erkenntnisfähigkeit ist noch punkthaft. Das analoge Denken bildet sich aus: alles steht mit allem in Bezug, im einzelnen erscheint das Ganze. In gewissem Sinne, so J. Gebser, ruht in dieser Struktur das Bewußtsein in der Welt und nicht im Menschen.

Jedes sich bildende Gegenüber trägt in sich etwas Feindliches, so auch in der magischen Bewußtseinsstruktur. Der Mensch antwortet auf die auf ihn einströmenden Kräfte: "er stellt sich gegen die Natur, er versucht sie zu bannen, zu lenken, er versucht, unabhängig von ihr zu werden, *er beginnt zu wollen*" (ebd.). Der Mensch besteht diese Herausforderung durch seinen Rückhalt in der Sippe, dem Clan oder dem Stamm, denn er ist noch ichlos. Der Mensch wird zum Macher, wenn auch noch schemenhaft und vor dem Hintergrund seines Eingeflochtenseins in die Natur. Dennoch hat z. B. die Machtpolitik des 20. Jahrhunderts in der magischen Bewußtseinsstruktur ihre Wurzeln. Die symbolische Handlung ist ein erstes Handeln. J. Gebser sieht in ihr jene Konsequenz zur Abhängigkeit zwischen >Kämpfendem und Bekämpften< verborgen und in Erscheinung treten:

> "um das Tier zu bannen, das ihn bedroht (...), macht er sich in der Verkleidung zu diesem Tier; oder er macht das Tier, indem er es zeichnet, und erhält dergestalt Macht darüber. So entstehen die ersten Entäußerungen innerer Kräfte, die ihren Niederschlag in den vorgeschichtlichen Feld- und Höhlenzeichnungen finden" (ebd. 89).

Zusammenfassend ergeben sich folgende Charakteristika der magischen Bewußtseinsstruktur: ihre Ichlosigkeit - die punkthaft-unitäre Welt - ihre Raum- und Zeitlosigkeit - das Eingeflochtensein in die Natur - die magische Reaktion auf dieses Eingeflochtensein.

Die Naturverflochtenheit verdeutlicht J. Gebser exemplarisch an einigen Darstellungen aus archäologischen Funden (z. B. Vasen- und Höhlenzeichnungen). Bei den - fast ausschließlich weiblichen - Idolen der Altsteinzeit (z. B. Venus von Willendorf) fällt zudem die Mundlosigkeit auf, was J. Gebser als einen Hinweis auf die magische Bewußtseinsstruktur deutet. Der Mund ist Kennzeichen der mythischen Struktur, das labyrinthische Ohr das der magischen. So ist die magische Bewußtseinsstruktur mit dem Akustischen verbunden. Dies wird nachvollziehbar in der Vergegenwärtigung des Schlages einer Trommel. Das Eingeflochtensein des magischen Menschen bewirkte die Fähigkeit zum Hellsehen und zur Telepathie. Diese Wahrnehmungsstruktur erkärt sich "durch die Bewußtseinsausschaltung (von der heutigen Struktur aus gesehen, d. V.), die das Ich auslöscht oder verdunkelt und es in die raum-zeitlose >participation inconsciente< mit der Gruppenseele zurückversetzt... " (ebd. 101).

Es soll an einigen Beispielen - bezogen auf die magische Bewußtseinsstruktur - verdeutlicht werden, was J. Gebser aussagen will, wenn er immer wieder betont, daß *alle* Bewußtseinsstrukturen in uns wirken. Das Vergegenwärtigen des Schlages einer Trommel, das Erlebnis des gemeinsamen Tönens in einer Gruppe, die rituellen Handlungen im Alltag oder die Bannversuche des Kindes, das sich auf eine Sache konzentriert, die, wenn sie gelänge, das Gewünschte zur Folge haben wird, können als Ausdruck der magischen Bewußtseinsstruktur gedeutet werden. Aus der gesellschaftlichen Perspektive betrachtet sind Beispiele bekannt, wo Massen sich von einer Idee, einem Menschen, magisch gebannt, ohne Wach-Bewußtsein leiten lassen.

Die Tragik von Macht wird deutlich. Denn befähigt sie den Menschen einerseits, sich gegen das Eingeflochtensein zu stellen, so birgt sie andererseits die Gefahr des Abgleitens in das Maßlose. Mit dem Machen ist die Bewußtwerdung verknüpft. Die Konsequenz:

"die Natur, die Umwelt und die Anderen müssen beherrscht werden, damit der Mensch nicht von ihnen beherrscht werde; diese Furcht, daß man gezwungen sei, das Außen zu beherrschen (...), ist symptomatisch gerade auch für unsere Epoche. Diesem Zwang verfällt jeder, der nicht realisiert, daß er sich selbst zu beherrschen habe. Die notwendige Leistung, die im Meistern und Richten unseres eigenen Wesens läge, über das wir nicht Macht, wohl aber, eingedenk der vergessenen Herkunft, richtendes Recht erhalten sollten, wird noch immer ins Außen projiziert. Das magische Erbe, der Machtanspruch, ist, eben auch in dieser aufgespaltenen Form, noch immer nicht überwunden" (ebd. 96 f.).

J. Gebser weist immer wieder auf die Gefahr der Regression hin, die sich ereignet, wenn die Strukturen und ihre jeweiligen Ausdrucksformen nicht bewußt integriert und wahrgenommen werden.

Am Beispiel der magischen Struktur, so wie sie sich den heutigen Menschen destruktiv >hörig< machen kann, präzisiert der Autor das defiziente

>Zurückfallen<. Ausgangspunkt ist, daß Magie ein Tun ohne Wach-Bewußtsein ist:

"Insofern ist alles, was heute beispielsweise als Massenmanifestation aus dieser Struktur erwächst, gleichzeitig auch verantwortungslos, weil das Zurücksinken ins Kollektiv den Verlust des Wach-Bewußtseins und damit zugleich die Ausschaltung des verantwortlichen Ich einschließt (...). Nur wo die magische Struktur im einzelnen noch trieb- und instinktgesichert sich auswirkt, erfüllt sie ihren eminenten und lebensspendenen Wert. Solange hinter dem magischen Menschen, zu *seiner* Zeit, noch die unbewußte Weisheit des archaischen Erbes stand, drohte ihm keine Gefahr aus seinem gewissermaßen schlafhaften Tun, zumal sich das erwachende Trieb- und Instinktbewußtsein vom Intellekt unkorrigiert auswirken konnte" (ebd. 105).

Wenn sich Menschen des magischen Symbols bedienen, ist es notwendig, daß dies - soweit es möglich ist - >eingesehen< wird. Ansonsten besteht die Gefahr, daß das Individuum zum Opfer des Symbols wird.

Dem Charakteristikum der magischen Struktur, die Bewußtwerdung der Natur, folgt im mythischen Bewußtsein die Bewußtwerdung der Seele, d. h. der Innenwelt des Menschen. Diese Bewußtwerdung geht einher mit dem Mythos, der durch den aussagenden Mund spricht. Etymologisch ist das Wort >Mythos< von einer Ambivalenz bzw. einem Polaritäts-Charakter gekennzeichnet: das Wort läßt sich in seiner Wurzel sowohl auf >laut werden, tönen<, als auch auf >sich schließen, stumm< zurückführen. Beide Bedeutungen zusammengenommen, erschließen den Grundcharakter der mythischen Struktur. J. Gebser führt dies folgendermaßen aus:

"Mythos, das ist ein Schließen von Mund und Augen; und da es damit ein schweigendes Nach-Innen-Sehen (und ein Nach-Innen-Hören) ist, ist es ein Ansichtigwerden der Seele, die gesehen, dargestellt, die gehört, hörbar gemacht werden kann. Und Mythos: das ist dies Darstellen, dies Hörbar-Machen; es ist: die Aussage, der *Bericht* und - wieder stoßen wir hier auf das bewußtseinandeutende >Richten< - über das Erblickte und Gehörte. Was das eine Mal stummes Bild war, ist das andere Mal tönendes Wort; das Innen-Erschaute und gleichsam Erträumte findet seine polare Entsprechung und Bewußtwerdung in der dichterisch gestalteten Aussage. So ist das Wort stets Spiegel des Schweigens; so ist der Mythos Spiegel der Seele. Erst die blinde Seite ermöglicht die sehende" (ebd. 114 f.).

Das mythische Element ist noch heute wirksam bei der Betrachtung von bildender Kunst ebenso wie in der Konfrontation mit Bildern in der Dichtung und in der Wahrnehmung von Phantasiebildern und Träumen.

War die eindimensionale Unität der Ausdruck der magischen Struktur, ist die zweidimensionale Polarität die der mythischen Struktur. Ihr Symbol ist der Kreis, der alles ausgleichend ineinander verbindet. War die magische Struktur durch die Emotion geprägt, so ist die mythische durch die Imagination geprägt, die zudem den Mythos gestaltet. Der Mythos trägt zur Lebenserhellung bei, die jedoch aus der heutigen Perspektive und ihrer mentalen Ausrichtung nicht selten aufgrund rationaler Mythen-Interpretationen zu einer Verwirrung führt.

Was sind Mythen? J. Gebser definiert sie als >wortgewordene Kollektivträume der Völker<, die, solange sie in Form von Dichtung in Erscheinung treten, unbewußte Vorgänge sind:

> "ihre bloße Aussage ist noch kein Indiz für ihre Bewußtwerdung, sondern lediglich für ihre Bewußtwerdungs-Möglichkeit. Jeder Bewußtwerdung geht die sie erst ermöglichende Entäußerung dessen voraus, was bewußt werden soll oder will. Das Bewußtwerden hat stets nachholenden und zurücknehmenden Charakter... " (ebd. 116).

Eine geglückte, d. h. zur Lebens-Erhellung führende Mythen-Interpretation ist mit einer geglückten Traumdeutung der heutigen Tiefenpsychologie verwandt (vgl. ebd. 117).

Vom feministischen Standpunkt aus betrachtet, erscheinen insbesondere die Mythen der Antike als eine >Bewältigung< der Ablösung vom Matriarchat zum Patriarchat: überliefert und interpretiert aus männlicher Sichtweise (zur Vertiefung vgl.: GÖTTNER-ABENDROTH: 1980). Die Lebens-Erhellung ist somit in der Konkretion nicht selten eine Erhellung des Mannes, der sich der >alten< Erkenntnispraxis bedient, um die neuen (patriarchalen) Werte zu transportieren und zu sichern.

J. Gebser wählt aus der Fülle der Bewußtwerdungs-Mythologeme fünf aus: die Meerfahrt-, Narziß-, Sonnen- und Hadesfahrtmythologeme sowie das Mythologem von Athenes Geburt. Sie alle verkörpern jeweils einen bestimmten Aspekt der Auseinandersetzung des Menschen mit seinem Inneren (vgl. GEBSER 1986, GA II: 118 f.). Der Mythos war zu seiner Zeit die polare Entsprechung des Lebens. D. h. er war von solcher Intensität, daß er das verkörperte, was für das mentale Bewußtsein mit dem Begriff >Wirklichkeit< erfaßt wird.

Den Prozeß der Durchmessung der eigenen Seele, die sich im Mythos spiegelt, deutet J. Gebser folgendermaßen:

> "Nach Durchmessung der eigenen Seele, nach dieser Meerfahrt, die wir als Symbol für eine Bewußtwerdung auffassen, findet der mythische Mensch den anderen Menschen, findet er den Partner, vielmehr die ihm persönlich Bestimmte. Auf dem Umweg über das Erwachen zu sich selber erwacht das Du, erwacht im Du die ganze Welt, in die er zuvor ichlos magisch eingeflochten war. Erst wer es erlernte, zu sich selber >Ich< zu sagen, und sich damit nicht mehr an alle Welt austeilt oder sich aller Welt entzieht, erst der ist fähig, sich auch ganz zu verlieren - und sich damit, um das Du bereichert, wiederzugewinnen. Doch das Geheimnis dieses >Gewinnes<, der zugleich ein Verlust ist, ist vielleicht das tiefste Lebensgeheimnis und so tief und unauslotbar wie das Meer" (ebd. 118).

Hier ist zu fragen, wer denn *sein* >Ich< hier fand? Es waren Odysseus, Narziß und Hades. Die mythische Bewußtseinsstruktur stellt sich in diesem Zusammenhang als eine Geschichte der Entwicklung der männlichen Ego-Struktur dar. Die Ego-Struktur der Frau hat eine andere Geschichte. Das >Ich< aus weiblicher Sicht betrachtet, führt unmittelbar zu Themen wie: die Unbestimmtheit des >weiblichen Ich<; die Affinität zur Verschmelzung mit dem Du und dem Wir; die Schuldgefühle einer Frau, wenn sie selbstbewußt >Ich< zu sagen versucht; die Fähigkeit, sich selbst zu verlieren bevor >frau< sich gefunden hat. Diese Beispiele verweisen auf das Gebiet der Differenz zwischen der männlichen und weiblichen Ego-Struktur.

Es wäre z. B. unterscheidend zu klären, inwieweit eine Frau der Ichlosigkeit anhaftet, die der magischen Bewußtseinsstruktur eignet und zu ihrer effizienten Verankerung einen entsprechenden gesellschaftlich-historischen Hintergrund voraussetzt, oder einer Ich-Schwäche unterliegt, die als eine Folge des Patriarchats eingesehen werden kann. Eine solche Selbsterkenntnis steht keineswegs im Kontext einer Defizitanalyse, der eine kompensatorische Praxis zu folgen hätte, sondern in der Zusammenwirkung mit einer Praxis der Selbstbefreiung, die als Voraussetzung das analysiert, was unfrei macht, was zur Fessel geworden ist (vgl. hierzu WEISSHAUPT 1990). Zudem ist gleichermaßen einzusehen, daß die Ausbildung einer Ich-Stärke keineswegs zur Freiheit führt. Vielmehr entsteht hier die Gefahr eines Egozentrismus wie auch die eines defizienten Kollektivismus (vgl. ebd. 27).[1]

J. Gebsers geistesgeschichtliche Analyse der verschiedenen Bewußtseinsstrukturen wird immer deutlicher zu einer, die unverkennbare Züge einer Geschichte der männlichen Bewußtwerdung trägt. Es geht jedoch nicht - wie bereits ausgeführt - um die Zurückweisung und Kritik der Strukturen als solche, sondern um den Nachweis, daß das Zu-Bewußtsein-Kommende aus männlicher Sicht beschrieben und bewiesen wird.

Mit anderen Worten: nur ein Bewußtsein, daß sich zur >Schärfe< entwickelt hat, erlaubt Subjektwerdung, also auch die Unterscheidungsfähigkeit, die zwischen Subjekt und Objekt zu differenzieren vermag. Beides stellt die Absprungbasis dazu dar, daß jenes zu Bewußtsein kommen ~~kann,~~ was Freiheit ist, d. h. das im rechten Moment zum Erlebnis der Nicht-Dualität führen kann. Diese >Schärfe< gilt es im feministischen Lernprozeß auszubilden. D. h. im Kontext eines feministischen Bildungsprozesses, eines Prozesses von Frauen unter Frauen, kann eine Praxis der Selbstfindung vollzogen werden, die über den Prozeß der Individuation hinauszuführen vermag, mit dem Ziel einer Befreiung aus jeglicher Ich-Verhaftung, die eine Wahrnehmung ausbildet, die weder ausbeutbar ist noch ausbeutet (zur Vertiefung vgl. Kapitel II.2.4).

Eine Essenz, die J. Gebser aus Homers >Odysseus< bildet, lautet: >Andere retten kann jedoch nur, wer sich selber gerettet hat<. In diesem Sinne ist das Thema dieses Mythos für die Frauen, denen jahrtausendelang durch einen Beschützer der Zugang zur Welt möglich war, von einer anderen Brisanz als für den >Beschützer<. Gemeinsam ist das Primat der Selbstbefreiung.

2.2.1.2 Die mentale Struktur

Die mentale Bewußtseinsstruktur bestimmt den abendländischen Menschen seit ca. 2.500 Jahren. Mit dem Ende des 19. Jahrhunderts begann

---

1 Ein weiteres Beispiel für die Notwendigkeit des Unterscheidens wäre das Erkennen des bloßen Schweigens, das aus einer magischen Gebundenheit resultiert und nicht aus dem inneren Wissen heraus, von dem J. Gebser im Zusammenhang mit dem Ursprungserlebnis spricht.

eine zunehmende grundsätzliche Infragestellung dieser Struktur in der Kunst und in der Wissenschaft (insbesondere in den Naturwissenschaften durch die Quantenphysik). Immer noch ist sie die herrschende Bewußtseinsstruktur.

Wie kennzeichnet J. Gebser die mentale Bewußtseinstruktur? Der Autor beschreibt zunächst die Unterschiede zwischen der mythischen und mentalen Bewußtseinsstruktur am Beispiel ihrer Denkbewegungen und -systeme:

> "War das mythische Denken, soweit man es als ein >Denken< bezeichnen darf, ein imaginierendes Bilder-Entwerfen, das sich in der Eingeschlossenheit des die Polarität umfassenden Kreises abspielte, so handelt es sich bei dem gerichteten Denken um ein grundsätzlich andersgeartetes: es ist nicht mehr polarbezogen, in die Polarität, diese spiegelnd, eingeschlossen und gewinnt aus ihre seine Kraft, sondern es ist objektbezogen und damit auf die Dualität, diese herstellend, gerichtet, und erhält seine Kraft aus dem einzelnen Ich" (ebd. 128).

D. h. dem gerichteten Denken liegt die Dualität zugrunde, die sich in einer Subjekt-Objekt-Trennung begründet. Das einzelne Ich steht der Welt der Dinge gegenüber, und diese Welt bemißt der Mensch qua seiner Fähigkeit des Denkens. Der Maßstab? Der Mensch selber. >Der Mensch ist das Maß aller Dinge< (Protagoras).

Im Keime sind alle jene -ismen enthalten, die zur rational-defizienten Phase führen werden: Anthropomorphismus, Dualismus, Rationalismus, Finalismus, Utilitarismus, Materialismus und Idealismus. Mit diesen defizienten Strukturen setzt sich auch der Feminismus auseinander, der - selbst ein -ismus - dem Versuch widerstehen muß, zum Dogma zu werden. Die Reflexionen J. Gebsers hinsichtlich der mentalen Bewußtseinsstruktur, insbesondere hinsichtlich ihrer defizienten Ausdrucksformen finden sich strukturell in der feministischen Rationalitätskritik wieder (vgl. hierzu KLINGER 1990: 38 f.).

Der mentalen Bewußtseinsstruktur liegt die Dreidimensionalität zugrunde. Sie ist >ein Fall aus der Zeit in den Raum<. Es wird eine Beziehung zwischen gerichtetem Denken, Bewußtwerdung und Raum hergestellt, denn Raum kann nur dort sein, wo sich das Vermögen des gerichteten Denkens entfaltet hat. Die Gerichtetheit führt in ihrer defizienten Form zur einseitigen Identifizierung von rechts mit dem Gerichteten.[1] Denn in "der vom Menschen gemessenen und gedachten Welt hat die ungemessene und sich selbst denkende Welt, also die mythische Bilderwelt, keinen Platz..." (ebd. 144). Im mentalen Bereich werden Dinge festgestellt und vorgestellt.

Die Dualität (Gegensatz) der mentalen Bewußtseinstruktur löst - wie mehrfach erwähnt - die Polarität (Ambivalenz) auf. Die Spaltung, die eintritt, die Trennung, die das Gegenüber zum Feind werden läßt, der verleugnet oder bekämpft werden muß, wird durch die denkerische Synthese überbrückt. J. Gebser nennt sie die >mentale Form der Trinität<.[2] Die Synthese ist keineswegs eine >neue Einheit<, sondern sogleich wieder Ausgangspunkt für eine weitere dualistische Zweiheit. Dies wiederum ist das Produkt eines quantifizierenden Prozesses, eines Prozesses, der fundamental das 20. Jahrhundert durchwirkt. Das Dreieck ist die Signatur der mentalen Struktur: die Basis des Dreiecks ist die Linie mit den beiden Enden, die das duale Gegensatzpaar symbolisieren, das an der Spitze geeinigt wird.

Das Matriarchat, das J. Gebser der mythischen Bewußtseinsstruktur zuordnet und >die bergende Welt der schützenden Dunkelheit< nennt, wird durch das Ausgegrenztsein in der Wachheit abgelöst: *"Von nun an*

---

[1] J. Gebser weist mehrfach auf die herausragende Bedeutung des Begriffs >recht< für die mentale Bewußtseinsstruktur hin. Etymologisch ist dieser Begriff mit den Worten richten, rechts, rechnen verwandt. Ebenso gruppieren sich um dieses Adjektiv die Bildungen: gerecht, richtig, Gericht. Bedeutsam ist zudem die Unterscheidung von links und rechts und ihrer jeweiligen symbolischen Zuordnungen: links/Intuitiv - rechts/rational. J. Gebser verdeutlicht dies am Beispiel >des Herkules, der am Scheideweg< steht: "Denn hier ist abstrakt das Wesen der mentalen Struktur erfaßt: die aus der Lebens- und Seelen-Einheit hervorgehende bewußte *Unterscheidung* des dualen Links und Rechts. Herkules nahm richtig den rechten Weg" (Gebser 1986, GA II: 140). D. h. die mentale Bewußtseinsstruktur ist durch eine Rechtsbetonung geprägt.

[2] J. Gebser betont die Unterscheidung zwischen Trinität und Trias. "Nur die Trinität hat mentalen Charakter: in ihr vollzieht sich die Einigung der einst polaren Elemente nicht mehr auf mythische Art, sondern sie muß sich zur Herstellung der Einigung des >dritten< Elements bedienen. (...) Alle ternären Formen zeichnen sich dadurch aus, daß ihre drei Elemente zumeist beliebig austauschbar sind und trotz ihrer Zusammengehörigkeit auch einzeln als ganze Prinzipien bestehen können" (Gebser 1986, GA II: 147). Z. B. ist die praementale 3-fache-Göttin eine ternäre Gestalt, während Vater-Sohn-Heiliger Geist eine Trinität sind.

muß der Mensch sich selber richten" (ebd. 135). Hierin sieht J. Gebser die "fast übermenschliche Größe des Zeitalters, das mit der Mutation in die mentale Struktur um etwa 500 v. Chr. in Griechenland Wirklichkeit wird" (ebd.).[1] Die Absprungbasis ist ausschließlich patriarchalen Charakters: die griechische Wissenslehre, die jüdische Heilslehre, die römische Rechts- und Staatslehre.

An die Stelle der Weisheit selber tritt das Suchen nach der Weisheit. So ist die Ausdrucksform der mentalen Bewußtseinsstruktur das Philosophem. Hatte das Mythologem noch allgemeine Gültigkeit, so ist das Philosophem durch individuelle Gültigkeit gekennzeichnet. Da das >Bemessen und Messen< Ausdruck der mentalen Bewußtseinsstruktur ist, findet sich dies auch in den Anfängen der abendländischen Philosophie wieder, insbesondere in der Philosophie des Pythagoras. Diese Fähigkeit des Messens ist notwendig, um das Matriarchat abzulösen, denn "es muß die Erde messen können (Geo-metrie ist eigentlich Erd-messung), wer sich patriarchalisch über die Mutter stellen und des Menschen Maß bestimmen will" (ebd. 142). Über Platons Akademie soll gestanden haben: es darf nur eintreten, wer ein Geoneter ist.

Ein weiteres Charakteristikum der mentalen Struktur ist die Abstraktion (das der magischen ist die Emotion, das der mythischen die Imagination). Die derzeit herrschende Bewußtseinsstruktur wird immer deutlicher. Die Wissenschaften folgen spätestens seit der Renaissance dem Quantifizierbaren. Statistiken werden zur primären Instrumentation einer Wahrheitsfindung. Das Qualitative tritt mehr und mehr in den Hintergrund. Es zählt, wer viel verdient, viel hat, viel haben will. Die Welt des Quantifizierbaren ist heutzutage überall gegenwärtig, so daß es keiner weiteren Beispiele bedarf.

J. Gebser führt die Folgen von Abstraktion und Quantifizierung näher aus:

> "Abgesehen davon, daß jeder Abstraktion eine isolierende Perspektivierung innewohnt und daß Perspektivierung andererseits zu Sektorierungen führen und somit die Erscheinungen, seien sie nun mentaler, seien sie dinglicher Realität, durch fortschreitende Unterteilung oder

---

[1] Karl Jaspers (1955) spricht von der >Achsenzeit< in der die meisten >großen Gedanken der Menschheit< entstanden sind. Die Brennpunkte waren *neben* Griechenland, China und Indien. Vgl. auch: K. Jaspers (1964).

> Subsektorierung nicht nur teilen und damit meßbar machen, sondern auch quantifizieren, führen beide, sowohl die Abstraktion wie die Quantifizierung, letztlich in die Leere, ja in das Chaos" (ebd. 150).

Da wo das Deutlichmachen des Wesentlichen überzogen wird, beginnt der >unaufhaltsame Absturz in das Massenhafte<. Dieser Prozeß ist der Kernspaltung gleich: ein Atomisierungsprozeß.

Jede Struktur durchläuft - wie bereits mehrfach erwähnt - eine effiziente und eine defiziente Phase. Die effizient magische Struktur z. B. ist durch das Bannen geprägt, ihre defiziente Phase durch das Zaubern. Der polare Charakter der mythischen Struktur wurde durch immer zahlreichere, zwielichtige und zweideutige Bilder defizient. Aus diesem Dilemma entstand eine Konstruktion, die die Polaritäten spaltete und jeweils einen Teil eindeutig bestimmte. Hierdurch verlor der

Mensch einerseits seine polare Bezogenheit, wurde aber andererseits gerichtet und so aus dem vorgenannten zwielichtigen Prozeß herausgeführt (vgl. ebd. 353).

War der Dualismus in früheren Jahrhunderten noch >fließend<, so ist er im 20. Jahrhundert >erstarrt<.

> "Die Perspektive fixiert sowohl den Betrachter als das Betrachtete; sie fixiert einerseits den Menschen, andererseits die Welt.(...) Dieser duale Gegensatz, dessen Positivum in der Konkretisierung sowohl des Menschen als auch des Raumes besteht, enthält aber gleichzeitig die negative Komponente, welche sich in der Fixierung und in der Sektorierung zu erkennen gibt. Die Fixierung führte zur Isolation, die Sektorierung zur Vermassung" (ebd. 160).

Beide Phänomene kennzeichnen das individuelle wie das gesellschaftliche Leben gegen Ende des 20. Jahrhunderts. Auf eine allgemeine Formel gebracht: Defizient ist jeweils das Unmaß. Das Maßvolle hingegen ist effizient.

Die mentale Bewußtseinsstruktur hat effizienten Charakter, wenn sie sich der Qualität stellt. Erst die Rationalität verschreibt sich ganz und gar dem Quantitativen. J. Gebser sieht in der griechischen Welt zur Zeit der Antike eine Welt des Maßes per excellence, ganz im Gegensatz zu der des 20. Jahrhunderts, die eine der *Maßlosigkeit* ist.

Trotz seiner eingehenden Darstellungen des defizient Mentalen war es nicht die Absicht J. Gebsers, diese Bewußtseinsstruktur abzuurteilen. Unsere Epoche ist als solche defizient, auch wenn sie gleichermaßen die effiziente Prägung birgt. Es bedarf einer gänzlichen Neueinstellung und keineswegs einer sektorenhaften Reformierung.

Diese Neueinstellung ist die sich vorbereitende und vollziehende vierte Bewußtseinsmutation, die die integrale Bewußtseinsstruktur zur Wirkung bringt. Mit ihr wandelt sich das magische Weltgefühl, das mythische Weltbild und das mentale Weltmodell zur ganzheitlich wirkenden Wirklichkeit, deren Charakter >Weltdurchsichtigkeit< ist: "ein Wahr-nehmen und Wahr-geben der Welt und des Menschen und alles dessen, was die Welt und den Menschen durchscheint" (ebd. 34).

Es soll nochmals betont werden, daß die Geschichte der Bewußtwerdung keine Darstellung einer >Aufeinanderfolge< von Geschehnissen ist, sondern daß es sich um eine Anreicherung und Intensivierung des menschlichen Bewußtseins handelt. Es wird den Menschen bewußt, was latent schon immer vorhanden ist.

2.2.1.3 Die integrale Struktur

> "Wer den Verführungen des magischen Vermögens, alles zu einheitlichen, zu entgehen sucht, den Blendungen des Psychischen nicht zu erliegen trachtet, die Sicherungen der rationalen Systeme als fragwürdig anerkannte und doch alle die Hilfen, die diese Bereiche bieten, anerkannte, mag befugt sein, den entscheidenden Schritt weiterzugehen. Wer die Bedingtheit, Befristetheit und Begrenztheit, die den verschiedenen Bewußtseinsstrukturen eignen, kennt und akzeptiert, darf nach der Befreitheit fragen" (GEBSER 1986, GA III: 490 f.).

Im folgenden soll nach dieser Befreitheit gefragt werden, denn vor dem Hintergrund der bereits dargestellten Bewußtseinsstrukturen wird die >neue< Bewußtseinsstruktur aus dem mentalen Bewußtsein heraus unterscheidbar und im integralen Sinne wahr-nehmbar.

Der Begriff >integral< ist kennzeichnend für die neue Bewußtseinstruktur, "da es sich um den Vollzug einer Gänzlichung, die Herbeiführung eines Integrum, das heißt die Wiederherstellung des unverletzten ursprünglichen Zustandes unter bereicherndem Einbezug aller bisherigen Leistung (handelt, d.V.)" (GEBSER 1986, GA II: 167). Für den Menschen bedeutet dies,

> "daß ihm nicht nur die verschiedenen Strukturen *durchsichtig* und bewußt werden, die ihn konstituieren, sondern daß er auch ihrer Auswirkungen auf sein eigenes Leben und Schicksal gewahr wird und die defizient wirkenden Komponenten durch eigene Einsicht derart meistert, daß sie jenen Grad an Reife und Gleichgewicht erhalten, der Vorbedingung jeder Konkretisierung ist" (ebd.).

Die Konkretisierung wiederum ist eine Voraussetzung und Akzentuierung der integralen Struktur, denn nur das Konkrete und nicht das Abstrakte der mentalen Struktur kann integriert werden. Dem Versuch einer Konkretisierung des Geistigen gilt der zweite Teil der kulturanthropologischen Studie J. Gebsers.

Die integrale Struktur ist keine Verheißung, sondern eine Aufgabe. Es ist die Aufgabe, weder der Regression zu verfallen (z. B. dem magischen Clanbewußtsein: die Folge wäre eine Vermassung) noch der Flucht in das Zukünftige durch eine Fortschrittsgläubigkeit (z. B. durch ein Fortschreiten der Egozentrik: die Folge wäre der Zerfall durch Isolierung).

Was durch das integrale Bewußtsein sichtbar wird, ist das >Sich<. J. Gebser setzt diesen Begriff von jenen wie Essenz, Wesenheit, Substanz, Selbst, Über-Ich und göttlicher Funke ab. Die Unterscheidung von >Ich< und >Sich< wird bei der Vorstellung von >ich sehe< und >sich sehen< deutlich (vgl. ebd. 201).

Das >Sich< ist das alles Durchscheinende. J. Gebser nennt es das Diaphainon. Es ist weder raum- noch zeitgebunden. Das >Sich< ist

> "einerseits unser >tiefster Wesenskern<, die Intensität >in< uns, die sowohl raum- als zeitfrei ist und mit der vorräumlichen und vorzeithaften Ursprungsgegenwärtigkeit korrespondiert; und es ist andererseits diese Ursprungsidentität selbst, welche überall hindurchscheint, die alles durchscheint, und die für uns - mutieren wir aus dem bloßen Ich-Bewußtsein, das raum-zeithaft gebunden ist, heraus -, auch für uns durchsichtig wird wie die ganze Welt, ja wie selbst das, was man als die Un-Welt bezeichnen könnte" (ebd. 203).

Die Realisationsform der integralen Bewußtseinsstruktur ist das >wahren<. Durch das Gegenwärtigsein bewirkt das >wahren< Neu-Kristallisationen. J. Gebser präzisiert den >Vorgang< folgendermaßen: *"Es ist das bloße Inerscheinungtreten, das wirkt. Mit der Manifestation, mit der Präsenz ist stets auch mittelbar die Wirkung gegeben"* (ebd. 405). Die Fähigkeit des Bewußtseins zum >Wahren< ist - mental ausgedrückt - gleichzeitig aktiv und passiv, nimmt wahr und gibt wahr.

War die Erfahrung des Raumes Kennzeichen der mentalen Bewußtseinsstruktur, so geht es nach J. Gebser mit der vierten Mutation um die Konkretisierung der Zeit. Für die Konkretisierung des Raumes war die Zeithaftigkeit notwendig. Raum ohne Zeit ist nicht denkbar. Eine Bewußtseinsstruktur, die zeitfrei ist, muß demnach auch raumfrei sein. Die Zeitfreiheit ist - so J. Gebser - die bewußte Form des ursprünglich Vorzeithaften.

Die Hauptaufgabe der derzeitigen Epoche ist es, die Zeit aus ihrer >rationalen Vergewaltigung< zu befreien, um zur Verwirklichung der Zeitfreiheit und mit ihr zur Verwirklichung der integralen Bewußtseinsstruktur zu gelangen. Diese arationale Zeitfreiheit bedeutet keineswegs ein Freisein von den vorgängigen Zeitformen (der praerationalen magischen Zeitlosigkeit; der irrationalen mythischen Zeithaftigkeit; des mentalen Zeitbegriffs).[1]

Voraussetzung zur Realisierung der integralen Bewußtseinsstruktur ist die Bewußtwerdung des gesamten Komplexes >Zeit<. Durch die Konkretion der Zeit und die durch diese mögliche Überwindung geräumlichter Zeitvorstellungen (z. B. Vergangenheit, Gegenwart, Zukunft) erfährt die Welt eine Gänzlichung. Das >Ganze< rückt in den Blick. Was als >nacheinander< vorgestellt wurde, fällt in eins, das Ganze ist >gleichzeitiges Sein aller Facetten<. In diesem Sinne kann die integrale Bewußtseinsstruktur als eine gänzlichende - wie J. Gebser sie benennt - bzw. >ganzheitliche< bezeichnet werden.

---

[1] Arational ist keine Synthese von rational-irrational, sondern stellt auf terminologischer Ebene eine Gänzlichung dar. Diese Gänzlichung hat befreienden Charakter, da sie den dualistischen Gegensatz rational-irrational durch die Vorsilbe >a< überwindet. Demzufolge ist für J. Gebser das Postulat der Freiheit nur arational zu verwirklichen (vgl. Gebser 1986, GA III: 575).

Um dies deutlicher werden zu lassen, soll einer der zahlreichen, eindrücklichen Verweise J. Gebsers auf das Inerscheinungtreten der neuen Bewußtseinsstruktur durch >den Einbruch der Zeit< angeführt werden: Eine Zeichnung von Pablo Picasso aus dem Jahre 1926 macht es auf >einen Blick< möglich, gleichzeitig der Frontal-, Seiten- und Rückenposition ansichtig zu werden. Es ist die >reine Gegenwart, die Quintessenz der Zeit<, die der BetrachterIn aus dieser Zeichnung entgegenleuchtet (vgl. ebd. 60-69).[1]

Das Befreitsein von der Zeit ist gleichbedeutend mit dem Freisein zum Geistigen. Das Geistige wiederum ist - so J. Gebser (vgl. GEBSER 1986, GA III: 400) - Auslöser der Mutationen, und die Mutation ist die ursprunghafte Gegenwärtigkeit des Geistigen. War das Geistige somit Auslöser der Mutationen und das Latente, Verborgene, so ist das Diaphane bezogen auf die integrale Bewußtseinsstruktur, die Erscheinungsform des Geistigen. Die Bewußtwerdung des Geistigen ist eine *Intensität*, die sich dem räumlichenden Nacheinander des mentalen Denkens entzieht. Von daher gilt es, das >Wahren< zu realisieren.

Mit der Verwirklichung der unterschiedlichen Zeitformen ist die Vierdimensionalität verbunden: *"Wer die drei bisher jeweils grundlegenden Zeitformen realisierte und damit zu konkretisieren vermochte, steht bewußt in der Vierdimensionalität"* (ebd. 483).

Den obigen Ausführungen zufolge lassen sich die drei gegenseitig bedingenden Hauptkriterien, die - nach J. Gebser - für die Erscheinungsweise der integralen Bewußtseinsstruktur kennzeichnend sind, ableiten: 1. das >Diaphainon<; 2. das >Wahren<; 3. die >Temporik< (= Versuche einer Zeitkonkretion, die zur Zeitfreiheit führt).

Im Streben nach der Ganzheit und dem Ganzen, nach Durchsichtigkeit, nach Überwindung des Systematischen durch bewußtes Wahrnehmen der Art und Herkunft der intensiven, energetischen, motorischen, dynami-

---

[1] Allerdings muß - betont J. Gebser - eingesehen werden, daß erst die gesamte Schaffensperiode die konkretisierende Temporik ermöglichte. Auch hier also ein >temporärer Blick< auf ein >temporäres Werk<.

schen, vitalen, psychischen und ähnlicher Elemente sieht J. Gebser Hinweise auf die neue Mutation (vgl. ebd. 490).[1]

Mit der Verwirklichung des Integrats ist die Überwindung des Patriarchats verbunden. So wie einst das Matriarchat vom heute noch vorherrschenden Patriarchat abgelöst wurde, so wird das Patriarchat vom Integrat abgelöst werden.[2] Im Integrat ist die Macht als solche überwunden und somit der Machtkampf zwischen den Geschlechtern (vgl. GEBSER 1986, GA II: 362 f.).[3]

Die neue Aussageform, die das individuelle >Philosophem< ablöst, wird das >Eteologem< sein. Das Eteologem ist direkte Aussage der gewahrten Welt und demzufolge mit der Überwindung des >Ichs< und damit der Subjekt-Objekt-Trennung verbunden.

> "Jedes Eteologem ist Wahrung, die als solche stets nur Gültigkeit hat, wenn sie den Ursprung in der Gegenwart durchsichtig werden läßt, und sie kann dies nur, wenn sie ichfrei und damit nicht nur subjekt-

---

1 Da die Ausführungen zur integralen Bewußtseinstruktur im Kontext dieser Arbeit nur in gekürzter Fassung möglich sind, sollen nachfolgende Stichworte die Themen des Integrats kennzeichnen: das Ganze - Ganzheit - Durchsichtigkeit (Diaphanität) - das Geistige (Diaphainon) - Überwindung des Ich - Realisierung der Zeitlosigkeit, Zeithaftigkeit, des Begriffes Zeit, der Zeitfreiheit (des Achronon) - Zerbrechen des Räumlichen - Zerbrechen des nur Systematischen - Eindringen des Dynamischen - Anerkennung des Energetischen - Meisterung der Bewegung - Vierte Dimension - Überwindung des Patriarchats - Verzicht auf Herrschaft und Macht - Gewinn an Intensität - Klarheit (statt bloßer Wachheit) - Wandel des schöpferischen Ansatzpunktes. Mit diesen Themen ist die Überwindung der -ismen verbunden (vgl. Gebser 1986, GA III: 491 f.).

2 J. Gebser führt an anderer Stelle aus, daß die im Patriarchat vorherrschende mentale Bewußtseinsstruktur latent und komplementär das weibliche Prinzip enthält: zum einen durch die ursprüngliche Wurzel >ma:me<, die den Begriff >mental< prägt und auf das griechische Wort für Mond (men) zurückgeführt werden kann. Zum anderen durch die Sekundärwurzel >mat< die in der defizienten Phase der mentalen Struktur dadurch gekennzeichnet ist, daß der >patriarchale-rationale Mann dem Materialismus verfallen ist< (vgl. Gebser 1986, GA II: 131).

3 Es sei hier darauf hingewiesen, daß das >Integrat< nicht mit Konzepten der >Androgynität< verwechselt werden darf, von dem sich J. Gebser explizit abgrenzt (vgl. 1986,GA IV: 103).

frei, sondern auch objektfrei formuliert wird, denn dann erst wahrt sie das Ganze" (GEBSER 1986, GA III: 419).

Die Praxis des >Wahrens< ist eine Praxis vor dem Hintergrund der Mutation, des Sprungs, der für einen Moment die Nicht-Dualität erfahrbar macht. Diese Praxis kann auch vor der Realisierung der Mutation praktiziert werden und dadurch eine Vorbereitung zur Mutation darstellen. Der Unterschied ist, daß mit dem Sprung alle Zweifel hinsichtlich der Möglichkeit einer Erfahrung unmittelbarer Wirklichkeit, oder des >Freiseins von Raum und Zeit< wie J. Gebser es nannte, ausgeräumt sind. Mit dem Erlebnis und dem Verschwinden allen Zweifels entsteht zudem eine Festigkeit der Praxis des >Wahrens<. Die integrale Bewußtseinsstruktur wird somit durch die Mutation realisiert, wodurch jedoch die >Realität< nicht verändert wird, sondern es wird lediglich deutlich, daß es nichts >hinter< den Erscheinungen gibt. Ihr relativer Charakter wird erkannt. Mit anderen Worten: Die alltägliche Wahrnehmung unterliegt der Subjekt-Objekt-Spaltung. Bei einer Vergegenwärtigung der Erfahrung der Nicht-Dualität, der Erfahrung, daß es nicht BeobachterIn und Beobachtetes, sondern nur das Beobachtete gibt, erscheinen die Dinge in ihrer Wirklichkeit.

Mit der Manifestation der >integralen Bewußtseinsstruktur< geht eine Konkretion der Überwindung der dualistischen Subjekt-Objekt-Spaltung einher. Eine Vorbereitung auf diese Struktur kann es sein, wenn die Analyse der herrschenden dualistischen Denkstruktur durch eine Praxis der Wahrnehmung der sie überwindenden Struktur ergänzt wird. Nur durch diese doppelte Methode kann es gelingen, nicht in jene >Falle< zu geraten, die den angestrebten Überwindungsprozeß zum Repräsentanten des herrschenden Denksystems werden läßt.

Der Feminismus ist der Vorstellung einer Überwindung der Subjekt-Objekt-Spaltung verpflichtet. Die Schwierigkeit, diese Überwindung - ohne Rückfall in die herrschende mentale, ohne Regression in die magische oder mythische Bewußtseinsstruktur - zu vollziehen, wurde am Beispiel der unterschiedlichen Theorieansätze zur Geschlechterdifferenz deutlich.

Im folgenden sollen einige Aspekte der theoretischen Ansätze B. Starretts und J. Gebsers auf ein Konzept zur feministischen Bildungsarbeit übertragen werden.[1]

Das Konzept intendiert Bewußtseinsintensivierung und - veränderung und ist an integralem bzw. neuem Bewußtsein orientiert.

2.3 Zusammenfassende Betrachtungen der theoretischen Ansätze von Barbara Starrett und Jean Gebser bezogen auf ein Konzept zur feministischen Bildungsarbeit

Die Ausmaße (Anmaßung) des Fortschritts mit ihren lebensbedrohlichen und -vernichtenden Auswirkungen sind am Ende des 20. Jahrhunderts unübersehbar geworden. Die Reaktionen auf eine solch beängstigende Situation führen u. a. zur Verdrängung der Bedrohung, zur Flucht in die Esoterik oder zur höchsten Beschleunigung des Fortschritts. J. Gebser bietet eine Alternative, dieser >Aufgabe unserer Zeit< konstruktiv begegnen zu können. Er zeigt auf, wie durch das Wahren aller das Individuum konstituierenden Bewußtseinsstrukturen die defiziente dualistische Bewußtseinsstruktur transformiert werden kann. Im Kontext einer Konkretisierung der >neuen< integralen Bewußtseinsstruktur entsteht eine Wahrnehmung von Wirklichkeit, derzufolge der >Sinn< des >sinnlos erscheinenden< Zerfalls als sinnvoll eingesehen werden kann. Gleichzeitig entsteht das Potential, aufgrund dessen dem Versuch widerstanden werden kann, jenen defizienten Prozeß unaufhaltsam repräsentieren zu müssen. Die Konkretisierungen des Integrats - die insbesondere durch den Band II von >Ursprung und Gegenwart< (GEBSER 1986, GA II) >einsehbar< werden - zeigen, daß es sich nicht um eine Projektion ins Zukünftige handelt, sondern um Gegenwärtiges.

Übertragen auf ein Konzept zur feministischen Bildungsarbeit stellt sich nunmehr Bewußtseinsveränderung weniger als die Verwandlung einer androzentrischen Sichtweise in eine gynozentrische, wie es insbesondere die Konzepte feministischer Selbsterfahrungspraxis der 70er Jahre vorsahen, als vielmehr die Wahrung und Integration unterschiedlicher Bewußtseinsstrukturen. Ein solches Konzept schafft darüber hinaus durch

---

[1] Ein Ansatz, das Werk J. Gebsers und die Praxis des Wahrgebens und Wahrnehmens in die Hochschullehre zu integrieren findet sich in: Peter Gottwald (1989).

diese Integration die Voraussetzung zur Überwindung der herrschenden Bewußtseinsstruktur mit ihrer dualistischen Ausprägung. Die Frage >Wie lernen Frauen?< erfährt eine Erweiterung. Sie lautet nun: Wie lernen Frauen im Kontext einer Wahrnehmung und Wahrgebung der sie konstituierenden Bewußtseinsstrukturen?

B. Starrett und J. Gebser zufolge gilt es, einen qualitativen SPRUNG zu realisieren, der sich lebens-bejahend auswirken wird. Beide AutorInnen setzen somit zur Verwirklichung der neuen Bewußtseinsstruktur eine Mutation, einen Sprung, auf der Ebene des Bewußtseins voraus.[1]

Werden die von J. Gebser formulierten Realisations- und Ausdrucksformen des Integrats den Ausführungen B. Starretts zum neuen Bewußtsein zugrundegelegt, so ergeben sich folgende Entsprechungen: mit ihrer Hinwendung zum satorischen Zustand, als Qualität des neuen Bewußtseins, gegründet auf den empfindenden Aspekt des Geistes, weist sie auf eine Form des archaischen ursprünglich Vorzeithaften hin. Ihr >Freisein< zum Geistigen entsteht durch ihre Aufforderung zur Wahrung aller Bewußtseinsstrukturen, auch wenn sie als solche nicht benannt werden. Das Prinzip der Verantwortung und die Absage an jegliche Opfer-Haltung läßt das neue Bewußtsein zur Aufgabe werden. Ihre Integration von intellektuellem und empfindendem Geist stellt eine bewußte Gänzlichung dar. Des weiteren wahrt die Autorin - wie folgendes Zitat belegt - die Welt in ihren Grundlagen: "Alles Existierende bewegt sich entweder in einem Wachstums- oder Auflösungsprozeß. Geburt oder Tod, Ausdehnen oder Zusammenziehen. Vom Augenblick unserer Empfängnis an, beginnen wir uns auf einen unvermeidlichen Tod zuzubewegen" (ebd. 85).

Zentral ist für B. Starrett jene >Intensität<, die in ihrer Qualität unbegrenzt und ein Merkmal des Geistes ist. Diese Geistesqualität ist der Auslöser für Erkenntnis und stellt somit eine Wahrung des Geistigen dar. Die Praxis des Wahrens findet sich in ihren Ausführungen über das tätige Prinzip des Gebens/Nehmens wieder.

---

[1] Der Mutationsbegriff J. Gebsers impliziert - wie im vorausgegangenen Abschnitt deutlich wurde-, daß alles, was erkannt werden kann, bereits vorhanden ist. Alles ist, so J. Gebser, letztlich auf den Ursprung bezogen. Der Sprung realisiert bereits vorhandene Wirklichkeit. Die Voraussetzung ist eine Wahrnehmung, die diese Wirklichkeit zu erkennen bzw. zu realisieren vermag.

Auffallend ist, das sich B. Starrett um keine Strukturierung bemüht, sondern den Prozeß, die Dynamik, die Formlosigkeit als Voraussetzung zur Kreativität betont, bei gleichzeitiger Integration intellektueller und intuitiver Erkenntnispraktiken. Ihre Essays stellen eine Konkretion der integralen Bewußtseinsstruktur dar und zwar, ganz im Unterschied zu J. Gebser auf eine Art und Weise, die gegenwärtig mit dem Begriff >weiblich< gekennzeichnet werden könnte, ohne dem Versuch zu verfallen, das >Weibliche< postulieren zu wollen. Traditionell wird als >männlich< die Strukturbezogenheit konstituiert und >weiblich< in seiner Nähe zur Formlosigkeit beschrieben. B. Starrett und J. Gebser sind m. E. Beispiele, die zum einen diesen Kategorien entsprechen und sie gleichzeitig im Kontext einer Wahrung der integralen Bewußtseinsstruktur überwinden.

Ebenso berühren sich B. Starrett und J. Gebser in dem Versuch, mit den Mitteln der Poesie den Entwicklungs- und Bewußtwerdungsprozeß zu vergegenwärtigen. Zudem dokumentieren beide das Ringen um das Verständnis von Begriffen mit dem Ziel, Begriffe in ihren Bedeutungen von unreflektierten dualistischen Wertungen zu befreien. Während J. Gebser, der sich - aufgrund seines Geschlechts - widerstandsfrei in der patriarchalen symbolischen Ordnung zu verorten und somit unmittelbar zur Neuschöpfung im Sinne der integralen Bewußtseinsstruktur überzugehen vermag, ist es für B. Starrett im Kontext einer feministischen Strategie notwendig, die herrschende symbolische Ordnung unter bewußter Einbeziehung ihres Geschlechts neu zu durchqueren. Erst unter dieser Voraussetzung ist es möglich, die kreative Umgestaltung, die Transformation, die Neuschöpfung zu verwirklichen. B. Starrett nennt dies die schizophrene Weise von Frauen zu leben:

> "Beim gegenwärtigen Stand unserer Entwicklung ist es nicht möglich, männlichen Strukturen auszuweichen. Wir müssen wissen, wie man sich in ihnen bewegt und/oder mit ihnen umgeht, um zu überleben und sie zu unterminieren. Gleichzeitig jedoch müssen wir uns weiterentwickeln, bewußt. Wir werden weiterhin auf eine schizophrene Weise leben, aber auf eine Weise, die von uns verstanden, gewollt und kontrolliert wird" (ebd. 20).

Was die Konkretisierung der Bewußtseinsstrukturen und ihre historisch-gesellschaftlich und kulturell bedingten Erscheinungsformen betrifft, so kann die These formuliert werden, daß Frauen unter dem Einfluß einer patriarchalen Herrschaftsstruktur einen >eigenen< Zugang zu den Manifestationen und Ausdrucksformen der Bewußtseinsstrukturen entwickelt haben (vgl. hierzu BELENKY 1989). Hierzu ist es notwendig, zwischen dem Bewußtsein und dem zum Bewußtsein-Kommenden zu unterscheiden. Es wurde deutlich, daß das zum Bewußtsein-Kommende (sozusagen das Bewußtseinsobjekt) nicht geschlechtsneutral formuliert werden kann. Somit ergibt sich die Aufgabe, die Differenzen wahrzunehmen, wie sie sich jeweils für das Individuum im Kontext seiner Geschlechtszugehörigkeit gestalten.

Bezogen auf ein Konzept zur feministischen Bildungsarbeit bedeutet dies, der Praxis und der Geschichte der Bewußtwerdung der Frau als Frau, die unterschiedliche Manifestationen zeichnet, >Raum und Zeit zu geben<, d. h. räumlichend und zeitlichend, also durch eine Konkretion der magisch-mythischen und mentalen Bewußtseinsstruktur.

Frauen haben ihre individuelle und kollektive Vergangenheit und Gegenwart zu erforschen. Erst wenn sie die >vergangenen< bzw. >bereits geleisteten< Daseins- und Realisationsformen erkannt haben, vermögen sie zwischen den unterschiedlichen Bewußtseinsstrukturen zu differenzieren. Dadurch wird verhindert, daß sie sich mit einer der Strukturen identifizieren. Damit ist die Möglichkeit gegeben, daß sich die befreiende Struktur abzeichnen kann.

Um einen weiteren Bezug zwischen feministischen Theoriebildungsprozessen und J. Gebsers theoretischen Ausführungen herzustellen, soll auf die Ansätze zur These der Geschlechterdifferenz (Teil II.1.4) zurückverwiesen werden: sie erscheinen nunmehr, bezogen auf ihre Thematik und Intention und im Kontext einer Geschichte der Bewußtwerdung der Frau, als ein Beispiel, wie Frauen Ende des 20. Jahrhunderts das >Durchmessen der eigenen Seele< - die Subjektwerdung, wie sie der mythischen Bewußtseinsstruktur eignet - erfahren und begründen. Hinsichtlich ihrer Ausdrucksform, die sich insbesondere in den Argumentationssträngen und -weisen niederschlägt, stellen sie - mit unterschiedlicher Brisanz - eine Repräsentation der mentalen-dualistischen Bewußtseinsstruktur dar.

Die Wahrnehmung der Unterschiedlichkeit (im Unterschied zur Wertung) in der Darstellung und Analyse der Theoriemodelle zur These der Geschlechterdifferenz verdeutlichte, wie jeder Ansatz Aspekte eines Befreiungsprozesses verwirklicht und gleichzeitig auf die herrschende dualistische Struktur zurückverweist. Im Kontext der Prämisse J. Gebsers, derzufolge das >Einsehen< in die dualistischen Verhältnisse eine Absprungbasis zu ihrer Überwindung darstellt, kann nunmehr jeder Ansatz, dessen

Ausdruck als Repräsentant der herrschenden dualistischen Bewußtseinsstruktur erkannt wird, zum Ausgangspunkt eines >befreiten< Bewußtseins werden. Dieser Integrationsvollzug unterschiedlicher Positionen zur These der Geschlechterdifferenz soll nicht zu einem Relativismus ohne Weg und Ziel führen. Die Motivation ist vielmehr die Erkenntnis, daß die Wahrnehmung der defizienten Strukturen (hier: die rational-dualistische), die einen Befreiungsprozeß motivieren, von gleichbedeutender Wichtigkeit sind, wie die Wahrnehmung jener Strukturen, die aus den erkannten Zwängen hinausführen. Da ein Bildungsprozeß durch die Unterschiedlichkeit, die sich aufgrund der Zusammensetzung der Teilnehmerinnenstruktur ergibt, geprägt wird, wird es keine Schwierigkeit sein, die Vielgestaltigkeit des feministischen Diskurses, wie die Wahr-nehmung/Wahr-gebung der unterschiedlichen Bewußtseinsstrukturen zur Wirkung kommen zu lassen.

Was bedeutet es, wenn Frauen die Möglichkeit haben, die >Geschichte der Bewußtwerdung der Frau< wie auch die Konstitution der unterschiedlichen Bewußtseinsstrukturen im Kontext eines Bildungsprozesses >in sich selbst zu erfahren<? D. h., es geht darum, daß der eigene Erkenntnisvorgang durchschaut und immer aufs Neue hinterfragt werden kann. Die Bewußtseinsstruktur selbst >zum Thema zu machen<, oder besser ausgedrückt, Bildungsprozesse zu gestalten, die es ermöglichen, die Bewußtseinsstrukturen zu erfahren und einzusehen, d. h. sich ihnen sowohl über einen Prozeß der Selbsterfahrung als auch über schlußfolgerndes Denken anzunähern, ist das Fundament, aus dem heraus das Bestehende erhellt und das Zukünftige Gestalt finden kann.

In diesem Kontext bietet der pragmatische Ansatz B. Starretts eine Konkretion, die sich, bezogen auf eine feministische Bildungspraxis folgendermaßen formulieren läßt:

- Erkennen der sich konkretisierenden Ausdrucks- und Realisationsform auf der Ebene des Bewußtseins,
- Benennung der sich damit realisierenden Bewußtseinsstruktur und ihrer Dynamik
- ohne sich u. U. in Schuldgefühle oder -zusprechungen zu verlieren gilt es, die Verantwortung zu übernehmen und entsprechend
- verändernd zu wirken im Sinne einer Übung des Wahrens bzw. einer Praxis des Gebens/Nehmens.

Hierbei ist folgendes zu beachten: das >Einsehen< der Bewußtseinsstrukturen führt nicht zur Integration auf der Erlebnisebene. Im Kontext einer Bildungspraxis muß demzufolge nach einer Erkenntnispraxis gefragt werden, die die Möglichkeit des Zugangs auf der Erlebnisebene integriert und unterstützt. [1] Dennoch ist der pragmatische Ansatz B. Starretts nicht unbedeutsam. Die dualistische Struktur in ihrer Genese und Erscheinungsform erfahren und erkannt zu haben, bedeutet, ihren Wirkungen nicht mehr ausgeliefert zu sein. Als Folge könnten z. B. die dualistischen Spaltungsprozesse, die sich quer durch die Frauenbewegung gezogen haben, an Bedeutung verlieren. Die Unterschiede zwischen Feministinnen sind häufig an das dualistische Raster gebunden: Mütter - Nicht-Mütter; Lesben - Heteras; Schwarze - Weiße. Ebenso sind Entscheidungsprozesse in Frage zu stellen, die durch das dualistische >Pro und contra< geprägt sind.

Ziel ist es, eine Befreiungspraxis zu konsolidieren, die diese Spaltungsprozesse einzusehen und zu überwinden sowie Entscheidungsprozesse unter Einbeziehung der Unterschiedlichkeiten zu bilden vermag und derzufolge es nicht zu weiteren Sektorierungen und Zerfallserscheinungen kommt, die eine Befreiungsbewegung durchaus >von innen< zerstören können.

Es könnte z. B., auf der Basis eines >Wissens< um die unterschiedlichen Bewußtseinsstrukturen, die gemeinsame Struktur der magischen und mentalen Ebenen erkannt werden. Aus der abgespaltenen mentalen bzw. magischen Struktur heraus wird die jeweils >andere< als vollkommen >anders< abgegrenzt. J. Gebser zufolge sind beide eng miteinander verwoben. Die Verknüpfung wird nicht erkannt, wenn Abstraktionen oder das >Unbewußte< herrschen. Dies läßt sich durch ein Beispiel verdeutlichen: Einer der Spaltungsprozesse in der feministischen Bewegung findet zwischen >politischen< und >spirituellen< Feministinnen statt. Was ist - im Kontext einer Analyse der unterschiedlichen Bewußtseinsstrukturen - das Gemeinsame? Die Abwertung, die politische Feministinnen gegenüber spirituellen Feministinnen praktizieren, rekrutiert sich u. a. aus dem Vorwurf der Regression. Die Regression ragt jedoch strukturell in die mentale Bewußtseinsstruktur hinein, so daß die Kritik an die politischen Feministinnen zurückgegeben werden könnte. Ein Zitat

---

[1] Auf diesen Aspekt wird in Teil II.2.4 vertiefend eingegangen.

J. Gebsers verdeutlicht, warum die Regression zur magischen Bewußtseinsstruktur unmittelbar in die mentale Bewußtseinsstruktur hineinragt: "die Bezogenheit beider auf ein Außen, das heißt die Naturbezogenheit des Magischen und die Weltbezogenheit des Mentalen, bedingt zwischen diesen beiden eine stärkere Verwandtschaft als zwischen ihnen und der Mythischen" (ebd. 229). Demgegenüber ist die mythische Struktur auf das >Innen< bezogen. Konkret: die Vermassung (die auch als eine Folge politischer Strategien gesehen werden kann, die auf ideologischen Konzepten beruhen), die sich auf allen Ebenen der Moderne finden läßt, ist ein Ausdruck des defizienten Clangefühls. Eine weitere Gemeinsamkeit ist darin zu finden, daß beide Strömungen das Machtthema bewegt.

Das Beispiel sollte aufdecken, wie dualistische Oppositionen aneinander gebunden sind, wie in einem Erkenntnisprozeß, der um die Bewußtseinsstrukturen und ihrer Dynamik weiß, diese Oppositionen integriert werden können.

Die >Gegensätze< und >Unterschiedlichkeiten< nicht mehr an ein >Außen< zu projizieren, sondern >in sich selbst zu erkennen<, stellt einen ersten Zugang zur Überwindung der Subjekt-Objekt-Spaltung dar. Der Befreiungsprozeß kann sich >in der Frau selbst< vollziehen. Dieses bedeutet - übertragen auf die unterschiedlichen Bewußtseinsstrukturen, die jede Frau konstituieren -

> "zu wissen, was uns als kreatürlich-magisch-naturhaften Wesen erlaubt und geboten ist: dem natürlichen Ablauf der Dinge zu *gehorchen*; was uns als mythisch-psychischen Wesen erlaubt und aufgetragen ist: dem seelischen Ablauf der formenden Bilder zu *entsprechen*; was uns als beobachtenden, mental-abstrahierenden Wesen erlaubt und gemäß ist: dem naturhaften und seelischen Ablauf der Triebe und Empfindungen Richtung zu geben, sie also und uns zu *richten*" (ebd. 206 f.).

Dieses Wissen um den sich vollziehenden Vorgang geschieht aus einer Distanzierung zu >sich selber< heraus. Voraussetzung ist eine Erfahrung, derzufolge eine Bewußtwerdung des Prozesses der Identifikation stattfinden kann. Übertragen auf ein Konzept zur feministischen Bildungsarbeit heißt das: In einem Selbsterfahrungs- und Selbsterkenntnisprozeß ist die eigene >innere Beobachterin< auszubilden, wodurch die Identifizierung mit den Gefühlen und Gedanken ("das bin ich") abgebaut werden kann. Aus dieser Distanzierung heraus können die sich vollziehenden

Vorgänge wahrgenommen werden und auf ihre Entstehung in Abhängigkeit von vorausgegangenen Emotionen und Gedanken erkannt werden. Die Veränderung setzt da ein, wo erkannt wird, daß nicht >soundso< gedacht, gesprochen, gehandelt werden *muß*, sondern daß das Denken und die Emotionen transzendiert werden können. Von hier aus kann der weitere Prozeß einer Bewußtseinsbefreiung vollzogen werden.

Da es um die Überwindung von Spaltungen geht, ist eine Wahrnehmung auszubilden, die weder identifizierend noch distanzierend sich gestaltet. Zentral in diesem Zusammenhang ist ein Zugang zur Erkenntnis über einen Prozeß der Einsicht, verstanden als empfindungsgeleitete Erkenntnis. Auf die Bedeutung des >empfindenden Geistes< hat insbesondere B. Starrett hingewiesen. Die Einsicht ist die Voraussetzung, um das tätige Prinzip des Gebens/Nehmens - wie es B. Starrett nennt; oder des >Wahrens< nach J. Gebser - zu verwirklichen. Dieses Geben/ Nehmen stellt kein Handeln im Sinne einer Machtausübung dar. Es ist vielmehr die Praxis einer Hingabe, deren Dynamik nicht mehr an die Subjekt-Objekt-Spaltung gebunden ist, sondern sich als Wechselbeziehung zwischen Innen und Außen gestaltet.

Nicht zufällig fordert M. Foucault als Voraussetzung von Erkenntnis, die sich ständig wandelt, die Loslösung von sich selber im Kontext einer Neugier, die als Antrieb dient. Allerdings

> "...nicht diejenige (Neugier, d. V.), die sich anzueignen sucht, was zu erkennen ist, sondern die, die es gestattet, sich von sich selber zu lösen. Was sollte die Hartnäckigkeit des Wissens taugen, wenn sie nur den Erwerb von Erkenntnissen brächte und nicht in gewisser Weise und so weit wie möglich das Irregehen dessen, der erkennt? Es gibt im Leben Augenblicke, da die Frage, ob man anders denken kann, als man denkt, und anders wahrnehmen kann, als man sieht, zum Weiterschauen und Weiterdenken unentbehrlich ist" (1986: 15).

Auf M. Foucault bezog ich mich mehrfach im Verlauf dieser Arbeit, so daß es sich anbietet, einen Exkurs einzufügen, um die beiden Autoren (J. Gebser und M. Foucault) in Bezug zueinander zu setzen.

Wie J. Gebser durchquerte M. Foucault vergangene und gegenwärtige Denksysteme. Auch er suchte einen Ausweg aus den festgeschriebenen Gegensätzen. Zudem galt seine Analyse den Problemen der Selbsttechniken, das allgemeine Thema seiner Forschung war das >Subjekt< und das Aufdecken der Strategien, die den Menschen zum Subjekt werden lassen.

Beide Autoren verweigern sich einer Erlösungshoffnung.[1] Der Unterschied: bei J. Gebser erscheint vor dem Hintergrund dieser Analyse das >Neue<, die integrale Bewußtseinsstruktur. Diese wird durch eine Mutation, die als solche ein Erlebnis ist, realisiert. In der Folge entsteht die Einsicht in das Geschehende. M. Foucault gelangt infolge eines diskursiven Erkenntnisprozesses zu der Erkenntnis, daß es >keinen Täter hinter der Tat gibt, sondern nur die Tat<, d. h. daß die Subjekt-Objekt-Trennung eine Illusion ist. Aus dieser Erkenntnis, die sich auf der Basis eines intellektuellen Vorgangs formuliert hat, folgt, daß seine Handlungskompetenz, die auf Flexibilität beruht, auf die Praxis der Verschiebung und die des permanenten Pessimismus reduziert bleibt: die Gefahr ist täglich auf's Neue aufzuspüren (vgl. DREYFUS u. a. 1987: 268), damit die Wandlung dessen, was sich als Gefahr zeigt, mitvollzogen werden kann. Ganz anders J. Gebser. Ihm gelingt es, trotz der Wahrnehmung des Zerfallprozesses der sogenannten fortschrittlichen Kulturen, der Defizienz der Rationalität und der Fehlbarkeiten der Hoffnungsträger neuer Systeme, die durch ihre -ismen vom Dogmatischen geprägt werden, der Gefahr des Pessimismus zu widerstehen.

Was sind die Hindernisse, denen Frauen im Prozeß einer Selbsterfahrung und -erkenntnis begegnen können?

Die Fähigkeit vieler Frauen, die Dinge aus der magisch-mythischen Bewußtseinsstruktur zu erleben und zu erfahren, kann zu Irritationen führen, wenn sie sich bewußt werden, daß sie gleichermaßen die mentale Bewußtseinsstruktur repräsentieren, und das, obwohl diese historisch und gesellschaftlich vorwiegend vom Mann besetzt und geprägt wurde (B. Starrett nennt dies die >schizophrene Weise von Frauen zu leben<). Eine solche Perspektive birgt die Gefahr der >Regression<, d. h. des >Zurückweichens< in die magische-mythische Bewußtseinsstruktur und einer

1 Hierzu ein Zitat von J. Gebser: "Die Welt wird nicht viel besser werden, nur ein wenig anders. Und vielleicht um ein Geringeres verständnisvoller für die wirklichen Gegebenheiten,für jene, auf die allein es ankommt" (Gebser 1986, GA I: 319).

Ablehnung der mentalen.[1] Gleichzeitig könnte die wahrgenommene Betonung der magisch-mythischen Bewußtseinsstruktur bei Frauen zu der Annahme verleiten, diese Strukturen seien dem >Weiblichen< zu eigen, die mentale Struktur dem >Männlichen<. Die Begrenzungen einer solchen Sichtweise wurden eingehend in den Ausführungen zur These der Geschlechterdifferenz aufgezeigt. Es wird jedoch deutlich, wie durchdringend diese Perspektive die feministische (und nicht nur diese) Theorie zu bestimmen vermag.

Perspektive und Ziel im Kontext feministischer Bildungsarbeit wäre demgegenüber, daß sich Frauen *aller* Bewußtseinsstrukturen bewußt werden und somit die integrale Struktur verwirklichen.

Es soll kein >weibliches Denken< konstituiert werden. Dies schließt nicht aus, daß die gesellschaftlich-historischen Unterschiede zwischen den Geschlechtern bis in die Denkstrukturen hineingreifen können. Die Intention ist, an den historisch-gesellschaftlich realisierten Eigenarten der Zugänge zu den Bewußtseinsstrukturen anzusetzen, um sie aus ihrer jeweiligen Erstarrung und Besetzung zu lösen und im weiteren Prozeß zu transformieren.

Frauen haben demzufolge - wie deutlich wurde - einen eigenen Zugang zum >Ich<. Die Ich-Formation entsteht mit der mentalen Bewußtseinsstruktur, die den Raum erschließt. Das Ich muß einerseits der sich ausweitenden Raumerschließung gewachsen sein. Andererseits provoziert der sich ständig stärker materialisierende Raum eine Verhärtung des Ich. Trotz dieser Widersprüche kommen auch Frauen - wie bereits mehrfach betont - erst über eine Ich-Realisation zum Integrat.

J. Gebser umschreibt diesen Prozeß folgendermaßen: "gerade das Ermessen und Erfahren der Seele, das eine Distanzierung zu ihr auslösen muß, brachte das Wissen um sie mit sich" (ebd. 155). Allerdings birgt dieser Prozeß Gefahren, die die Frau auszuloten hat: jene Distanz, die erst einmal Freiheit bedeuten kann, kann zur abschneidenden Isolation werden, die die >Herkunft< vergißt (jenes Ursprungsbewußtsein). Eine Erkennntispraxis, die aus der Distanz heraus sich selbst zum Objekt machen kann, verfügt über das Mittel, diesen Prozeß bewußt wahrnehmen

---

[1] Was in der Neuen Frauenbewegung u. a. seinen Niederschlag unter dem Stichwort >Theoriefeindlichkeit< gefunden hat.

zu können und ihm somit nicht unterstellt zu sein. Mit anderen Worten: die Ego-Struktur wird zum Erkenntnisobjekt.

Die aus einer solchen Selbsterforschung resultierende Einsicht in die Illusionshaftigkeit eines soliden, konstanten Ichs fragt nach einer Überwindung der Subjekt-Objekt-Spaltung und ist nicht mehr an einer weiteren Manifestation des Egos interessiert.[1] Wie diese Subjekt-Objekt-Spaltung im Kontext des dynamischen Wahrnehmungsprozesses entsteht und aufgehoben werden kann, wird in Abschnitt II.2.4.2.2 vertieft.

Zusammenfassend und überleitend kann folgendes formuliert werden: In den Ausführungen zur integralen Bewußtseinsstruktur wurde deutlich, daß - auch ohne den Sprung vollzogen zu haben - die Praxis des >Wahr--gebens/Wahr-nehmens< eine konstruktive Übung im Kontext eines feministischen Bildungsprozesses mit dem Ziel der Bewußtseinsintensivierung und -veränderung darstellt. Voraussetzung ist, daß die jede Frau durchdringenden Bewußtseinsstrukturen erkannt und transparent werden.

Das >Einsehen< der Bewußtseinsstrukturen führt jedoch nicht zur Integration auf der Erlebnisebene, überwindet keineswegs die Subjekt-Objekt-Spaltung. Die Möglichkeit ihrer Überwindung wird zwar erkannt, jedoch nicht realisiert. Um die Realisierung im Kontext eines feministischen Bildungsprozesses, der zur Bewußtseinsintensivierung und -veränderung beitragen möchte, geht es in vorliegender Dissertation. Ein solcher Bildungsprozeß muß nach der Struktur von Erkenntnisprozessen, wie sie in *jedem Moment* stattfinden, fragen. Es geht nicht um eine Möglichkeit, sondern um die Wirklichkeit, d. h. um die Gangbarkeit eines Weges, der zur Konkretisierung der integralen Bewußtseinsstruktur und zum

---

1 Das >Ich<, das weder solide noch stabil ist, muß ständig beschützt und erneut manifestiert werden. Es verlangt unentwegt nach Anerkennung und Bestätigung, die nie zur vollkommenen Zufriedenheit führen. Der Grund für die Unzufriedenheit kann darin gesehen werden, daß die Schuld dieser Unzufriedenheit in die Außenwelt projiziert wird. Diese Außenwelt konfrontiert das Subjekt ständig mit neuen Anforderungen und verweigert häufig die notwendige Anerkennung. Wer dieses Dilemma, das aus der Subjekt-Objekt-Spaltung resultiert, erkannt hat, sucht einen Weg hinaus, sucht die Überwindung dieser Spaltung. Der erste Schritt in die Freiheit ist es, keine >Einheit< mehr konsolidieren und legitimieren zu müssen, die es nicht gibt. Daher die >Erleichterung<, die sich einstellt, wenn z. B. das poststrukturalistische Instrumentarium es ermöglicht, nicht mehr jenes eindeutig klären und substantiell verankern zu müssen, was ständiger Veränderung und gesellschaftlicher Beeinflussung unterworfen ist: das Konstrukt >Frau<.

>Sprung< führt. Die Zeitfreiheit, die als Voraussetzung zur Verwirklichung des Integrats gewertet wird und die Bewußtwerdung des Komplexes >Zeit< kann im Bildungsprozeß z. B. durch die Praxis der Meditation erfahren, erkannt und integriert werden.[1] Das >Wahren< kann - so lautet die These der nachfolgenden Abschnitte - durch eine Integration von analytischen und intuitiven Zugängen zu Wissen und zur Wahrnehmung verwirklicht werden.

2.4 Ein intuitiver Erkenntnisweg

2.4.1 Zur Integration intuitiver Erkenntniszugänge

Unter der Fragestellung: Wie vermitteln sich Theorie und Praxis im Kontext des Feminismus? muß eingestanden werden, daß Feministinnen zwar die dualistische Trennung dieser beiden Zugangsweisen zur Wirklichkeit ausführlich kritisiert haben, die feministische Bewegung jedoch diese Trennung vielschichtig reproduziert. Die feministische Wissenschaft (als Theorie) hat sich z. B. weitestgehend >unabhängig< (d. h. Beeinflussungen wurden nicht explizit reflektiert und integriert) von der feministischen Bildungsarbeit (als Praxis) entwickelt und umgekehrt. Deutlich wird dies in den Mitteln, die zur Erkenntnis herangezogen werden: im Kontext der Wissenschaft herrschen analytische Verfahren und im Kontext der feministischen Bildungsarbeit selbsterfahrungsorientierte Prozesse vor, häufig unter Ausschluß und Abwertung des jeweils anderen Zugangs zur Erkenntnis.

Die Spaltung zwischen analytischen und intuitiven Praktiken liegt der abendländischen Denktradition zugrunde. Der mit diesem Bruch verbundenen Hierarchie zufolge, wird das analytisch-rationale Denken den intuitiven Erkenntnisprozessen, bei gleichzeitiger Abwertung des nichtdiskursiven Denkens, vorgezogen:

> "Eine durch Jahrhunderte währende einseitige Einstellung hinsichtlich der denkerischen Erfassung der Wirklichkeit ließ im Abendlande bis

---

1 Meditation zielt auf Klarheit und Klarheit ist, >wo kein Suchen ist>. "Aber gerade das Suchen nach der Weisheit, das an die Stelle der Weisheit selber tritt, ist für die abendländische Philosophie bestimmend." (Gebser 1986, GA II: 137) Daher eignet der integralen Bewußtseinsstruktur nicht mehr das Philosophem sondern das Eteologem.

> vor kurzem niemals die Vermutung aufkommen, es könne eine Denk- oder Realisationsform möglich sein, die das mental-rationale Denken zu überwölben vermöchte. Alles, was nicht begriffliches Denken war, wurde als eher unwürdiges und ungemäßes Denken in den Bereich des Irrationalen hinabgewiesen und schlimmstenfalls als psychische Spekulation, bestenfalls als verschwommene Mystik abgetan" (GEBSER 1986, GA VI: 251).

Im Verlauf feministischer Theoriebildung wurde das rationale Erkennen als *die* Ausdrucksform einer androzentrischen Sichtweise entlarvt. Darauf antworteten einzelne Feministinnen mit der Konstruktion eines >weiblichen Denkens<, daß sich durch seine Nähe zur Intuition kennzeichnen läßt (vgl. WILSON SCHAEF 1985; WISSELINCK 1986). Dieses >weibliche Denken< steht, je nach Begründungszusammenhang im Kontext mit

- psychoanalytischen Argumentationsmustern,
- dem weiblichen Körper, was sich nicht zwangsläufig auf die Gebärfähigkeit beziehen muß,
- der reproduktiven Arbeit der Frau oder
- der Aufgabe der Frau als Mutter, demzufolge sich ein >mütterliches Denken< (das nicht biologisch abgeleitet wird) realisiert (vgl. HAGEMANN-WHITE 1989).

Das in diesen Zusammenhängen beschriebene intuitive Vermögen eignet im Kern der magischen Bewußtseinsstruktur. BRIGITTE NÖLLEKE (1985) beschreibt die Qualität des intuitiven Erfassens folgendermaßen: es "...versetzt sich hinein, assoziiert Ähnlichkeit, agiert aufgrund von >Verwandtschaft< - der magischen Sympathie -, Übereinstimmung und Vertrautheit mit der Eigenart der Materie." Kurz, es besteht "...im wesentlichen aus einem >einfühlenden Verstehen<, das sowohl eine Kategorie des reproduktionsbezogenen Denkens wie auch des magischen Bewußtseins ist" (ebd. 250). Insbesondere im Kontext der Praxis einer weiblichen Spiritualität wird diese Denkform realisiert. Ganz im Gegensatz zu feministischen Ansätzen, die sich von diesem Denken absetzend, bewußt zu einem analytisch-intellektuellen Erkenntnisprozeß bekennen.

Im folgenden wird keine Synthese dieser beiden Denksysteme angestrebt. Es soll vielmehr auf den intuitiven oder kontemplativen Erkenntnisweg dergestalt näher eingegangen werden, indem aufzuzeigen und nachzuweisen sein wird, daß nicht alle intuitiven Ansätze eine zwangsweise Regression in die magisch-mythische Struktur bedeuten und somit über die oben genannten intuitiven Zugänge hinausgehen.

Die Notwendigkeit einer Integration von analytischen Erkenntnismethoden und -praktiken wurde im vorausgegangen Kapitel herausgearbeitet. Diese Integration steht - wie sich aus Teil I dieser Arbeit ableiten läßt - für die Theorie und Praxis feministischer Bildungsarbeit aus, während im Kontext feministischer Theorie (wie das Beispiel von B. Starrett zeigte) eine gleichzeitige Ausbildung beider Erkenntnismodelle durchaus >eingesehen< und gefordert wird.

An dieser Stelle ist auf den ursprünglichen Ansatz des Selbsterfahrungskonzeptes zu verweisen, der das Erlebte und die Analyse des Erlebten zusammendachte. Um eine erneute Regression auf die Emotionen zu verhindern, sind die Gefühle und die Emotionen in den Kontext des dynamischen Wahrnehmungsprozesses zu stellen. Die Frage hierzu lautet: Inwieweit kann die Integration intuitiver und analytischer Ansätze in den Kontext des Selbsterfahrungskonzeptes gestellt werden?

Im Verlauf dieser Arbeit wurde ein Widerspruch des Selbsterfahrungsansatzes deutlich: seine Ausrichtung auf die Verwandlung eines androzentrischen Bewußtseins in ein gynozentrisches bringt nicht - wie erhofft - eine Befreiung aus der dualistischen Bewußtseinstruktur mit sich. Das Konzept der Selbsterfahrung demzufolge ganz beiseitezulegen hieße, >das Kind mit dem Bade auszuschütten<. Es galt, diesen Ansatz zu modifizieren. Im Kontext des vorausgegangenen Abschnitts wurde diese Modifikation möglich. Ziel ist es nunmehr - auf der Basis eines Selbsterfahrungs- und Selbsterkenntnisprozesses - die *Bewußtseinsveränderung* durch die Wahrung aller die Frau konstituierenden Bewußtseinsstrukturen zu ermöglichen.

Als weiterer Mangel des Selbsterfahrungsansatzs wurde die einseitige Bezogenheit auf die Gefühle und Emotionen unter Ausschluß analytischer Erkenntnisprozesse kritisiert. Vor dem Hintergrund der unterschiedlichen Strukturierung des Bewußtseins eignen psychische Prozesse der magisch-mythischen Struktur. Eine solche Erklärung reicht jedoch für eine Einschätzung der Bedeutung der Gefühle im Kontext eines Erkenntnisprozesses nicht aus.

Die Frage lautet: welchen Stellenwert hat das Gefühl in jedem Moment eines Wahrnehmungsaktes? Für das nachfolgende Kapitel heißt dies, daß der dynamische Wahrnehmungsprozeß, wie er sich in jedem Moment ereignet, in seinen Elementen aufgeschlüsselt werden soll. Ziel ist es, einen Ansatz zur feministischen Bildungsarbeit, dessen Qualität die Integration von analytischem und intuitivem Erkenntnisweg ist, zu begründen. Der intuitive Erkenntnisweg bezieht sich in diesem Zusammenhang auf die Gefühle als Voraussetzung zur Einsicht. Er unterscheidet sich damit von der intellektuellen Erkennntis, die durch Schlußfolgerung zustande kommt.

Die Versuche, im Kontext einer Theoriebildung zur These der Geschlechterdifferenz das Gegensatzdenken zu überwinden, zeigten, wie diese letztlich - die einen mehr, die anderen weniger - die dualistische Struktur repräsentieren. Dieser Zwang zur Repräsentation wurde durch die Geschichte der Bewußtwerdung des Menschen bzw. durch die Konkretion der unterschiedlichen Bewußtseinsstrukturen, ihrer Ausdrucks- und Realisationsformen einsehbar. Darüber hinaus ist mit der integralen Bewußtseinsstruktur - die sich auch in feministischen Konzepten konkretisiert - eine Qualität gewonnen, die durch Integration zur Überwindung dualistischer Strukturen führt.

Das Entscheidende: Die integrale Bewußtseinsstruktur realisiert sich in Verbindung mit einer Mutation. Diese Mutation, dieser Sprung, ist ein >Geistesmoment< und mit einem Erlebnis der Nicht-Dualität verknüpft. Hier führt die Argumentation wieder zum Ausgangspunkt einer noch ungeklärten Fragestellung zurück: Welche Praxis oder Übung kann potentiell zur unmittelbaren Erfahrung des >Sprungs< führen?

Da es sich bei der Mutation um ein geistiges Erlebnis handelt, kann die Schlußfolgerung gezogen werden, daß, bei einer Untersuchung des dynamischen Wahrnehmungsprozesses wie er sich von Augenblick zu Augenblick ereignet und einer Aufschlüsselung der einzelnen Elemente dieses Prozesses, unterscheidbar wird, >wo< (mental-räumlichend formuliert) sich dieser Geistesmoment ereignet.

Rückblickend bleibt ein weiterer Aspekt im Kontext einer Praxis der Bewußtseinsveränderung, die insbesondere dualistische Denkweisen überwinden möchte, ungeklärt: Wie kann es gleichzeitig Dualität und Nicht-Dualität geben?

Zusammenfassend betrachtet gilt es, eine Erkenntnispraxis zu finden, die

- sowohl über eine gründliche Analyse der Bewußtseins- bzw. Wahrnehmungsprozesse als auch über
- eine Methode verfügt, die diesen Prozeß zur unmittelbaren Erfahrung werden läßt und darüber hinaus
- die Bedeutung der Gefühle für den Erkenntnisprozeß begründet hervorzuheben weiß.

Zudem ergibt sich im Kontext vorliegender Themenstellung über die drei vorgenannten Kriterien hinaus die Anforderung, daß der Praxisansatz, den es ausfindig zu machen gilt, zur weiteren Modifikaton des Selbsterfahrungsansatzes der Neuen Frauenbewegung beiträgt, d. h. er muß sich in den Kontext einer feministischen Bildungsarbeit integrieren lassen. Nicht zuletzt soll er sich, entsprechend der integralen Struktur keinen Sonderstatus beimessen, sondern die Denkformen, die sich in der Dualität bilden, integrieren.

Vorerst gilt es, einen zentralen Aspekt zu bestimmen, der den Weg zu einer Erkenntnispraxis weist, der obigen Kriterien genügt. Der Aspekt ergibt sich aus einer Ableitung des Vorausgegangenen: es gilt eine Erkenntnisweise ausfindig zu machen, derzufolge die Möglichkeit besteht, Nicht-Dualität erfahrbar werden zu lassen. Die Ausführungen von J. Gebser geben einen ersten Hinweis: die Meditationspraxis mit ihren vielfältigen Methoden (GEBSER 1986, GA VI: 176). Allerdings ist zu berücksichtigen, daß, zur Erfüllung obengenannter Kriterien, die Meditation in eine Lehre eingebettet sein müßte, der die Meditation als Mittel zum Zweck dient. D. h. als Methode, die einen Zugang zur Einsicht darstellt und nicht, wie häufig praktiziert, als einen Beitrag zur Lebensqualität, demzufolge der Hektik und dem Streß des Alltags besser begegnet werden kann, ohne das Bewußtsein über >sich selbst und die Welt< verändern zu müssen.[1] Gerade aber um diese Veränderung geht es in vorliegender Arbeit.

Welche Lehre bietet sich unter Zugrundelegung der vorausgegangenen Betrachtungen an?

---

[1] Einsicht kann auch mit dem Begriff Klarblick oder Weisheit übersetzt werden und meint den direkten Zugang zur Wirklichkeit, daß Erkennen der Naturgesetze und die Befreiung von jenen Schleiern, die die Wirklichkeit mit der von ihr gemachten Vorstellung, den Gedanken und Emotionen verwechseln.

Eine sowohl pragmatische als auch analytische Lehre ist die buddhistische. Sie verfügt über eine Methode, deren >Ziel< die Einsicht in die Nicht-Dualität ist. Im folgenden soll überprüft und nachgewiesen werden, daß sie den vorgenannten Kriterien entspricht und den Fragestellungen klärend zu begegnen weiß. D. h. nicht, daß sie den einzigen möglichen Ansatz darstellt. Es ist lediglich - wie aus Vorausgegangenem und Folgendem ableitbar sein wird - der aus vorliegender Arbeit sich ergebende.

2.4.2 Die buddhistische Lehre

2.4.2.1 Die Essenz der buddhistischen Lehre

Der Buddhismus ist eine philosophische und psychologische Anleitung zur Selbsterfahrung, die auf einer Analyse des Selbst und der Naturgesetze begründet ist. Er ist somit weniger eine Religion als vielmehr eine Lebensweise, die auf Selbsterkenntnis beruht.

Seit seiner Begründung durch den historischen Buddha - Siddharta Gautama (556-476 v.u.Z.) - hat sich der Buddhismus in unterschiedlichen Kulturen realisiert und eine Vielfalt von Formen angenommen. Lehre und Praxis waren demzufolge mancherlei Wandlungen unterworfen, da der Buddhismus die kulturellen und künstlerischen Formen sowie die philosophischen Ideen der jeweiligen Kultur integriert. In seiner Essenz ist der Buddhismus kulturfrei.

Erst unter der Voraussetzung, daß sich die buddhistische Lehre in einem Land in der geltenden Muttersprache verankert hat, kann davon gesprochen werden, daß sie sich in dieser Kultur etabliert hat. Daraus kann geschlossen werden, daß die Integration in die abendländischen Kultur lediglich erste Ansätze zeigt. Es überwiegt - auch bei uns - die östliche Verwirklichung und Tradition. Dies ist ein Grund, warum im westlichen Kulturkreis vielerlei Mißverständnisse bezüglich der Interpretation der Lehre und der Umsetzung der Praxis zu finden sind.

Die Essenz der buddhistischen Lehre läßt sich in Kürze folgendermaßen zusammenfassen: Ausgehend von der Tatsache, daß alle Lebewesen leidvolle Erfahrungen machen müssen (wie z. B. durch Krankheit, Altern, Tod bedingt), ist der erste Aspekt der buddhistische Lehre die Einsicht in das Leid als Leid. Auf den ersten Blick scheint dies eine Selbstverständlichkeit. Bei näherer Betrachtung, zeigt sich, wie trügerisch mit diesem

Aspekt der Existenz umgegangen wird. Immer wieder werden Illusionen konstruiert, die als >Wirklichkeit< bezeichnet werden und die die Tatsache menschlicher Existenz verschleiern. Insbesondere im Kontext einer dualistischen Bewußtseinsstruktur findet sich eine Spaltung zwischen Leben und Tod und eine Überbetonung und Mystifizierung von Leben, Jugend und Gesundheit. Ein Resultat dieser Verklärung von Wirklichkeit sind mannigfaltige Ängste, deren Grundangst die Existenzangst ist. Die buddhistische Lehre umreißt jedoch nicht nur das Übel des Leids wie es ist, sondern fragt in einem zweiten Schritt nach dessen Ursachen. Zum Dritten zeigt sie die Möglichkeit der Befreiung von allem Leid auf. Der letzte und vierte Schritt der Lehre gibt die Mittel und Methoden an, wie die Befreiung und damit die Erlöschung des Leids erlangt werden kann. Der historische Buddha hatte dieses Wissen verwirklicht und bei seiner Erleuchtung als die >4 Edlen Wahrheiten< (die vier Schritte/Aspekte im obigen Sinne) verkündet.[1] Buddha heißt wörtlich der >Erwachte< und meint nicht, daß sich mit dieser Erwachung (bzw. Erleuchtung) die Wirklichkeit für den Erwachten ändert oder ein anderer Teil von Wirklichkeit erkannt wird, sondern es ändert sich lediglich die Wahrnehmung der Wirklichkeit. Es handelt sich um die unmittelbare Anschauung, das >Erwachen ... zum nichtdualen Grund allen Daseins< (HAYWARD 1990: 67).

Was sind die Ursachen des Leids menschlicher Existenz?

Das menschliche Dasein besteht aus dem Körper und den vier Geistelementen: dem Gefühl, der Wahrnehmung, den Geistesformationen und dem Bewußtsein. Diese Daseinsgruppen erscheinen einer groben Wahrnehmung zufolge als eine Solidität die die Persönlichkeit ausmacht. Bei genauer Untersuchung dieser Elemente läßt sich jedoch feststellen, daß sich die Vorstellung von einem >Ich< in keinem dieser Daseinselemente bestätigt findet. NYANATILOKA (1989) schreibt hierzu:

---

[1] Der historische Buddha hat nicht nur den vollkommen erwachten Zustand verwirklicht, sondern das Wissen darum so in Worte gefaßt, daß es bis heute weitergegeben werden konnte. Dieser Lehre zufolge können Frauen und Männer aus eigener Kraft zur Befreiung gelangen. D. h. die Buddha-Natur ist potentiell für jeden Menschen verwirklichbar. Aus buddhistischer Sicht ist die Buddha-Natur das wahre Sein jedes Menschen. Aufgrund von Verblendung und Unwissenheit vermögen dies die Menschen jedoch nicht zu erkennen und machen demzufolge ihre Illusionen zur Wirklichkeit und das Ego zum >wahren Selbst<.

"Unser sogenanntes individuelles Dasein ist in Wirklichkeit nichts weiter als ein bloßer Prozeß dieser körperlichen und geistigen Phänomene,(...). Diese 5 Daseinsgruppen aber bilden, weder einzeln noch zusammengenommen, irgend eine in sich abgeschlossene wirkliche Ich-Einheit oder Persönlichkeit, und auch außerhalb derselben existiert nichts, was man als eine für sich unabhängig bestehende Ichheit bezeichnen könnte, sodaß eben der Glaube an eine im höchsten Sinne wirkliche Ichheit, Persönlichkeit usw. eine bloße Illusion ist" (ebd. 107).

D. h. das, was das menschliche Leben so leidvoll macht, alle Sorgen, Ängste und Nöte, läßt sich auf diesen Glauben an die Illusion an eine konstante >Persönlichkeit<, eines >Selbst< oder >Ich<, das sich durch alle Veränderungen hindurch konstant als Existenz zu behaupten sucht, zurückführen.[1]

Damit ist eines der >drei Zeichen der Existenz< (= die Grundstruktur aller Erfahrungen und Phänome) benannt: die Ich- bzw. Substanzlosigkeit. Ein weiteres Merkmal - auf das bereits eingegangen wurde - ist das Leid. Das dritte Zeichen der Existenz ist die Vergänglichkeit. Die Vergänglichkeit besagt, daß alles dem Wandel unterliegt. Es gibt keine bleibenden Naturgesetze oder Glaubenssysteme. In der letzten Konsequenz bedeutet dies, das da nichts ist, als ständiges Werden und Vergehen - und keineswegs sind es >Dinge<, die vergehen.

Diese drei Zeichen der Existenz sind aufeinander bezogen und miteinander verknüpft: Mit der Einsicht in die Vergänglichkeit ist ein Zugang zur Substanzlosigkeit gefunden, die vor allem in der Überprüfung und Erforschung dessen, was das >Ich< ist, erkannt werden kann. Die Substanzlosigkeit wiederum verweist auf das Leid, das entsteht, da der Glaube an das >Ich< dazu führt, daß da jemand ist, der leidet. Und dieses Leid ist verbunden mit der Nichteinsicht in die Vergänglichkeit. D. h. die drei Zeichen bedingen sich gegenseitig und die Einsicht in eines der drei löst die Einsicht in die anderen aus.

Einsicht bedeutet hier, die drei Zeichen der Existenz in sich selbst zu erkennen. Grundsätzlich gilt, daß die buddhistische Lehre keine analy-

---

1 Mit diesem Aspekt stellt sich eine Verbindung zu den vorausgegangen feministischen Positionen her, die gleichfalls die Subjekttheorien in Frage stellen.

tisch-intellektuelle Lehre ist, sondern eine analytisch-intuitive, d. h. Einsicht ist erst dann Einsicht, wenn die Erkenntnis auf einem Gefühl beruht, d. h. empfindungsgemäß erfahren wurde. Hierauf wird in einem späteren Abschnitt vertiefend eingegangen.

Die Grundursache des Leids ist das Begehren (in letzter Konsequenz das nicht sterben wollen), das eine kausale Kette von bedingtem Entstehen nach sich zieht, die im Kontext der buddhistischen Lehre differenziert aufgezeigt werden kann, an dieser Stelle jedoch zu weit von den Fragestellungen entfernen würde (zur Vertiefung: AYYA KHEMA 1991; NYANATILOKA 1981). Wenn die Unwissenheit durch Weisheit ersetzt wird, erlöscht das Begehren und damit auch das Leid. Auf eine einfache Formel gebracht: wenn kein >Ich< mehr da ist, ist auch niemand mehr da, der leidet. Die Geschehnisse bleiben in ihrem Werden und Vergehen, aber niemand ist da, der >es erfährt< und >es begreift<. Wer versucht, dieses ausschließlich intellektuell nachzuvollziehen, wird in die Irre gehen. Daher die Notwendigkeit der Einsicht, der auf Empfindung gegründeten Erkenntnis.

Es geht keinesfalls darum, nicht mehr in der Welt zu sein und das Leben als solches zu verneinen (auch das wäre eine Manifestation des Ego). Die Intention ist, daß der Glaube an ein >Ich< aufhört. Es gibt in diesem Zusammenhang nur eine Möglichkeit: um es mit den Worten AYYA KHEMAs (1988) auszudrücken: "Erkennen und akzeptieren, wie es ist, und die *Bewußtseinsebene* ändern" (ebd. 89).

Die unterschiedlichen Traditionen, die der buddhistischen Lehre folgen, praktizieren in der Weise, daß sie zur Erfahrung der Dualität von Subjekt und Objekt und ihres nichtdualen Grundes gelangen. Aus dieser Sicht heraus soll im folgenden sowohl die Analyse des dynamischen Wahrnehmungsprozesses als auch die Darstellung der Meditationspraxis erfolgen. Im besonderen wird sich hierbei auf die Tradition einer frühen buddhistischen Schule bezogen, der Theravada-Tradition. Durch Einfachheit und Klarheit in der Analyse erschließt sie sich dem abendländisch geprägten Geist ohne große Widerstände.

2.4.2.2 Die Analyse des dynamischen Wahrnehmungsprozesses

Wie werden die Geistelemente näher erläutert? Wie entsteht aus ihrem Zusammenwirken der dynamische Wahrnehmungsprozeß und wie kann dieser Prozeß über die diskursive Schlußfolgerung hinaus unmittelbar erkannt werden?

Diese Fragen beziehen sich auf die vierte >Edle Wahrheit<, d. h. auf die Mittel und Methoden, die eine Übung darstellen und potentiell zum inneren Frieden bzw. zur Erlöschung des Unerfülltseins zu führen vermögen. Die Methode ist ein Zusammenwirken von Analyse und unmittelbarer Erfahrung des gesamten Wahrnehmungsprozesses. Der Begriff *Erfahrung* ist hier in seiner kontextgebundenen Bedeutung zu klären. D. h., die Frage zu stellen, was ist Erfahrung und was könnte >hinter< der dualistischen Erfahrung liegen? J. W. Hayward formuliert hierzu:

> "Weil der Theorie im Buddhismus stets die Praxis zur Seite steht, ist die Analyse der Erfahrung hier von ganz anderer Art als im Bereich der Wissenschaft. Da der Buddhismus nicht vom Standpunkt eines beobachtenden Ich ausgeht, wird Erfahrung nicht unter dem Gesichtspunkt der Objektivität betrachtet, so als wäre die eigene Erfahrung ein äußeres Ding oder die Erfahrung eines anderen. Aber die Erfahrung wird auch nicht rein subjektiv betrachtet, als wäre sie das Hirngespinst des einzelnen und ohne interpersonelle Gültigkeit. Der Buddhismus sagt vielmehr, daß die unmittelbaren Empfindungsqualitäten der Erfahrung allen Menschen gemeinsam sind und ohne Voreingenommenheit oder Vorurteil gesehen und analysiert werden können, wenn man es nur wirklich will und eine geeignete Methode zur Verfügung hat. Aber diese Unvoreingenommenheit darf nicht mit >Objektivität< verwechselt werden" (1990: 77).

Wenn die Egoillusion durchschaut ist, kann erkannt werden, wie sich die Wirklichkeit und somit auch das >Ich< aus Augenblicks-Elementen der Erfahrung zusammensetzt, die aufblitzen und vergehen.[1] Das Bewußtsein, dem dieser Prozeß zugänglich ist, ist ebenfalls ein Augenblicks-Element der Erfahrung. Die unterschiedlichen Schulen des Buddhismus schlüsseln die Erfahrung in Elemente auf (sie werden auch Daseinselemente oder Anhäufungsgruppen genannt), die sich nicht weiter unterteilen lassen und

---

[1] Die >Einsicht in die Wirklichkeit wie sie wirklich ist< ist das zentrale Anliegen buddhistischer Praxis. Die Einsicht in die Illusionshaftigkeit des >Ichs< wird im Kontext der mentalen Bewußtseinsstruktur häufig fehlinterpretiert. Es bedeutet weder, daß das >Ich< und die >Welt< eine Illusion ist, hinter der etwas Reales zu finden ist, noch, daß das >Ich< sowie die >Welt< eine Illusion ist und es nichts Reales gibt. Diese Irrtümer eignen dem Aeternalismus und dem Nihilismus.

jeweils durch ein Merkmal gekennzeichnet sind, daß sie von den anderen unterscheidbar macht. Um Mißverständnissen vorzubeugen, die sich aus einem rationalen Verständnis ergeben können, muß hinzugefügt werden, daß auch diese Erfahrungselemente nicht von letzter Wirklichkeit sind. Sie "...sind in erster Linie von heuristischem Wert, Orientierungspunkte für die Meditationspraxis, mit der man Einsicht in die Zeichen der Existenz zu gewinnen trachtet" (ebd. 80). D. h. die/der Meditierende soll jeden Augenblick bewußt wahrnehmen, um zu gewahren, welche Daseinselemente in den jeweiligen Augenblick eingehen. Diese Praxis ist durch die Praxis der Achtsamkeit in das tägliche Leben zu integrieren, so daß insgesamt eine verfeinerte Wahrnehmung möglich wird (zur Vertiefung siehe: NYANAPONIKA 1989). Bei eingehender Übung wird "die Welt nicht mehr unter dem Gesichtspunkt der >Dinge< und >Ich-Wesenheit< (wahrgenommen, d.V.), sondern unter dem Gesichtspunkt der Vergänglichkeit: keine >Ichheit<, keine >Dingheit<" (HAYWARD 1990: 80).

Es werden, wie bereits im vorausgegangen Abschnitt dargelegt, fünf Daseinsgruppen (Körperelement und vier Geistelemente) unterschieden: 1. Körper; 2. Gefühl; 3. Wahrnehmung; 4. Geistesformationen; 5. Sinnesbewußtsein.[1]

Zu 1. Körper oder Körperlichkeitsgruppe und 5. Sinnesbewußtsein

Die Körperlichkeit ist von den vier Elementen - Erde, Wasser, Luft und Feuer - abhängig und setzt sich u. a. aus den fünf Sinnesorganen (Seh-, Hör-, Riech-, Schmeck-, Tastorgane) und deren Objekte (Farbe und Form, Ton, Geruch, Geschmack, Tasten) zusammen. Zudem zählt hierzu der erste flüchtige Gedanke, die Idee.

Das Sinnesbewußtsein (5.) entsteht, wenn einer der fünf Sinne mit einem Objekt in Berührung kommt. Somit entstehen: Seh-, Hör-, Riech-, Schmeck-, Körper- und Geistbewußtsein. Das Geistbewußtsein ist eine umfangreiche Kategorie. Es zeigt sich in einer Bewußtseinsatmosphäre, die wahrgenommen werden kann.

---

[1] Diese Darstellung des Daseins, seiner Elemente und Kausalität wird, wie J.W. Hayward (1990) in seinem Buch >Die Erforschung der Innenwelt - Neue Wege zum wissenschaftlichen Verstehen von Wahrnehmung, Erkennen und Bewußtsein< durch Forschungsergebnisse, die im 20. Jahrhundert auf dem Gebiete der Natur-(Quantenphysik) wie auf dem der Geisteswissenschaften (Neurobiologie, experimentelle Psychologie, Verhaltens- und Bewußtseinsforschung) erzielt wurden, bestätigt. Einen zusätzlichen Stellenwert erhalten diese vereinzelten Forschungsergebnisse, wenn sie interdisziplinär zusammengetragen werden.

Zu 2. Das Gefühl

Das Gefühl ist eine unreflektierte spontane Reaktion auf den Sinneskontakt. Es entsteht eine unmittelbare Bewertung in: angenehm, unangenehm oder neutral.

> "Im Körper manifestiert er sich als lustvolle, schmerzvolle oder indifferente innere Körperempfindung, im Geist als Instinktreaktion auf die Dinglichkeit der Außenwelt und als Primärreaktion der Zustimmung oder Ablehnung gegenüber unseren Körperempfindungen" (ebd. 81).

Hier entsteht die Begierde, die Ursache für das Unerfülltsein.[1] Begierde umfaßt sowohl die ablehnende (alles was abgelehnt wird, was nicht so sein soll, wie es ist), als auch die erwartende Haltung (alles was erwartet wird, was in einer bestimmten Art und Weise sein soll). D. h. angenehme Gefühle erzeugen den Wunsch, sie behalten zu wollen, während unangenehme verschwinden sollen.

Der Sinneskontakt steht somit zur äußeren physikalisch-materiellen Welt in Beziehung. Die Erfahrungselemente Wahrnehmung, Gefühl, Bewußtsein sind ausschließlich mental. Demgegenüber stellt das Gefühl/Empfindung eine Verbindung zwischen diesen beiden her, verbindet somit in der dualistischen Erfahrung Geist und Körper.

Die Wahrnehmung des Gefühls ist - wie aufzuzeigen sein wird - für den Prozeß einer Bewußtseinsveränderung und -intensivierung von entscheidender Bedeutung. Die alltägliche Wahrnehmung übergeht in der Regel das Gefühl und stellt eine Identifikation mit der Reaktion auf das Gefühl her. Die Reaktion sind sowohl die Gedanken als auch die Emotionen.[2]

---

1 Der Begierde liegt die Unwissenheit zugrunde, die Nicht-Einsicht in die drei Zeichen der Existenz.

2 Um zwischen dem Gefühl, wie es hier beschrieben wird und der Reaktion auf das Gefühl, das u.a. als Emotion wahrgenommen werden kann (Wut, Trauer, Freude) unterscheiden zu können, wird im Kontext dieser Arbeit und im Zusammenhang mit den Daseinselementen zwischen den Begriffen Gefühl und Emotion in dieser beschriebenen Weise differenziert.

Zu 3. Die Wahrnehmung

Die Wahrnehmung führt zur Begriffsbildung. D. h. ein Sinneskontakt, der über das Gefühl/Empfindung bewertet wurde, wird nunmehr, aufgrund vorausgegangener Erfahrungen - benannt. Damit wird die Dualität zwischen Ich und Außenwelt manifestiert. Das Subjekt tritt zu dem Sinneskontakt in Beziehung, ordnet es für sich ein (Gefühl) und benennt es. Damit ist das Objekt vorstellbar geworden, was in der vierten Stufe des Wahrnehmungsprozesses, der Geistesformation verstärkt wird.

Zu 4. Die Geistesformationen

Der vierten Daseinsgruppe werden alle Gedanken (einfache wie auch komplexe) und Emotionen, ob positive, negative oder neutraler Art, zugeordnet, außer jenen, die der Daseinsgruppe Gefühl bzw. Wahrnehmung angehören. Sie sind die Reaktion auf das Gefühl. Der buddhistischen Terminologie zufolge werden die Gedanken und Emotionen in >heilsame< und >unheilsame< eingeteilt. >Heilsame< sind jene, die zur Verwirklichung der Egolosigkeit beitragen, während die >unheilsamen< Faktoren sind, die die Neigung zur Ego-Fixierung verstärken. Zu erkennen, welche Gedanken oder Emotionen positiv bzw. negativ sind, sind eine Aufgabe der Meditation. Dies ist durch eine >unmittelbar empfundene geistige Qualität und deren Zielrichtung< (HAYWARD) zu realisieren und keineswegs durch eine festgeschriebene Moralität, die zu glauben und der unreflektiert zu folgen ist.

Der Begriff der Erfahrung wird nunmehr in seiner Bedeutung einsichtig: durch die gegenseitig bedingende Verursachung der einzelnen Elemente eines Erfahrungsmomentes entsteht Erfahrung. Die Erfahrung wird in einem alltäglichen Wahrnehmungsprozeß nicht in ihren einzelnen Elementen erkannt, wohl aber bei einer verfeinerten Aufmerksamkeit, die eine Folge der Meditations- und Achtsamkeitspraxis sein kann. Im Kontext einer solchen Schulung werden die physiologischen und mentalen Prozesse deutlich. Die Erklärung, wie die fünf Elemente in die Erfahrung eingehen, basiert auf der buddhistischen Theorie einer Kausalität von Ursache und Wirkung. Aus buddhistischer Sicht sind alle Phänomene bedingt entstanden, keines existiert aus sich selbst heraus. Es handelt sich jedoch nicht um eine monokausale Erkenntnistheorie. Vielmehr wird das Zusammenwirken einer ganzen Reihe von Ursachen, die zur Entstehung eines Phänomens beitragen, betrachtet.

H. GUENTHER nennt es "...ein System ineinander geflochtener Ursachen-Faktoren von fluktuierender Hierarchie" (in: HAYWARD 1990, 85). Z. B. muß für das Lesen dieser Zeilen das Sehvermögen in Ordnung sein und es muß ausreichend Licht vorhanden sein. Zudem kann aufgezeigt werden, was dazu geführt hat, dieses Buch in die Hand zu nehmen und die Zeilen zu lesen. All diese Faktoren gehen in den Erfahrungsmoment des Lesens dieser Zeilen ein. D. h. die Antwort macht eine Vielschichtigkeit von Ursache-Wirkung-Komplexen deutlich. Auch komplexere Situationen können entsprechend analysiert werden.

Die beschriebenen Elemente der Erfahrung konstituieren die Gesamtheit dessen, was mit >Ich< und >Welt< bezeichnet wird. Im ersten Stadium der Meditationspraxis gilt es, diese Elemente zu erkennen und zu analysieren, ob eine Kontinuität gefunden werden kann, die >Ich< genannt wird. Diese Selbsterforschung führt zu der Erkenntnis, daß es weder ein >Ich< noch irgendetwas Beständiges gibt. Der individuelle Geist ist, wie J.W. Hayward präzisiert "...ein Strom von Gedanken, Gefühlen, Wahrnehmung und Empfindungen, die von einem Identitätsgefühl zusammengehalten werden und dem wir dann durch Projektion ein inhärentes Sein zuschreiben" (ebd. 268). Nicht-Dualität ist demzufolge ein Ausdruck für "die wechselseitige Verbundenheit der Phänomene in einem allumfassenden, ungeteilten, kausalen Netz" (ebd. 267).

Wie bereits mehrfach erwähnt, kann die direkte Erfahrung des gesamten Wahrnehmungsprozesses und die Erkenntnis, wie sich diese Erfahrungselemente gegenseitig erzeugen, aus der Meditationspraxis erwachsen.

2.4.3 Die Meditations- und Achtsamkeitspraxis

Als Einführung zur Meditation formuliert AYYA KHEMA (1988) folgendes:

> "Der menschliche Geist hat, soweit er das ist, was wir >normal< nennen, gewisse Eigenschaften, die für jeden Menschen gelten, und die Meditation ist ein vom Buddha klar und genau erklärtes Gebiet des Geistes, das jeder beschreiten kann, und jeder kommt zu den gleichen Ergebnissen, vorausgesetzt, er bemüht sich. Es ist nie irgendeine ungeahnte, verworrene oder persönliche Erfahrung, es ist eine Schritt für Schritt kommende Klärung. Die Erfahrung ist universell. Andernfalls wäre es unmöglich, Meditation zu lehren" (ebd. 17).

Es gibt eine Vielzahl von Meditationsmethoden, jedoch nur zwei Richtungen der Meditation: Ruhe und Einsicht. Beide bedingen sich gegenseitig: Ruhe erzeugt Einsicht und Einsicht erzeugt Ruhe. Diese Wechselwirkung ist gedanklich leicht nachzuvollziehen. Schwieriger wird es, wenn es praktiziert werden soll. Denn in der Ruhe-Meditation wird zuerst einmal deutlich, wie wenig Ruhe im Geist vorhanden ist. Wahrgenommen werden die Reaktionen (das diskursive Denken und die Emotionen) und ihr Entstehen.

Die Formel im Umgang mit diesen Reaktionen heißt: *erkennen - benennen - nicht tadeln - ändern* (zur Vertiefung vgl.: AYYA KHEMA ebd.). Sich durch die Übung der Konzentration kennenzulernen (erkennen) heißt die Gedanken und Emotionen kennenzulernen, die verhindern, daß Konzentration aufkommen kann. Konzentration bringt Ruhe und Gelassenheit mit sich. Aufgrund der Sehnsucht nach einer derartigen Kraft bzw. Haltung werden häufig die beklemmenden Gefühle, die unentwegt sich formenden Gedanken, das körperliche Unwohlsein, die Unruhe von Körper und Geist abgelehnt oder verdrängt. Die Zielfixierung verhindert die Wahrnehmung des Prozesses. Es gilt zu erkennen, was zu verändern ist, dieses zu benennen und entsprechend zu handeln. Ohne die Bereitschaft zur Erkenntnis gibt es keine Möglichkeit, bewußt verändernd zu wirken. Das Erkennen setzt - wie mehrfach betont - voraus, daß sich nicht mit dem Objekt indentifiziert wird. Mit der Formel wird zudem deutlich, daß es nicht um Selbstkritik oder das Erzeugen von Schuldgefühlen geht (nicht tadeln), die im Prozeß der Selbsterfahrung und -erkenntnis, d. h. der Innenschau, entstehen können, sondern um die Ausbildung und Stärkung von Selbstverantwortung als Fundament des Befreiungsprozesses. Die aufkommenden Schuldgefühle führen nicht - und auch das kann wiederum erfahren und erkannt werden - zur Ruhe und zum Erfülltsein, sondern verlängern und erhärten den Leidensprozeß, den inneren Unfrieden.

Die Ruhe entsteht, wenn die Achtsamkeit das Meditationsobjekt nicht verliert. Das Meditationsobjekt kann z. B. der Atem sein. Gelingt es, die Achtsamkeit auf dem Atem gerichtet zu halten, entsteht ein Prozeß, der zu einem wohligen Gefühl, zur inneren Freude und Zufriedenheit, zur

Ruhe bis hin zu einem Gefühl der Nichtgetrenntheit führt.[1] Dies ist jedoch nicht das >Ziel< der Meditation. Die Ruhe ist vielmehr die Grundlage, um Einsicht zu gewinnen. Einsicht bedeutet - wie bereits mehrfach erwähnt -, die drei Zeichen der Existenz in sich selber zu erfahren und zu erkennen. "Die Ruhe-Meditation ist das Mittel zum Zweck, der Zweck ist Klarblick" (ebd. 22).

Diese Vereinigung von Ruhe und Einsicht im Kontext der Meditationspraxis kann auch als ein Zusammenwirken von Intuition und Intellekt bezeichnet werden. Dies führt jedoch, wie J.W. Hayward ausführt, keineswegs zu einem Verlust des rationalen Denkens oder der dualistischen Wahrnehmung:

> "Die Furcht vor eben diesem Verlust, zusammen mit falschen Vorstellungen von Nichtdualität, hält viele Menschen davon ab, sich einer meditativen Schulung zuzuwenden.(...) das dualistische Denken und Wahrnehmen geht weiter, ist aber jetzt in den Kontext der Nichtdualität eingebettet und verliert seine Macht über uns, weil wir nicht mehr glauben, daß die von diesem Denken und dieser Wahrnehmung projizierte Welt von *letzter* Wirklichkeit ist..." (1990: 243).

J. Gebser formuliert in einem ähnlichen Sinne. Er setzt das Satori des Zen-Buddhismus mit der Mutation zur integralen Bewußtseinsstruktur gleich. Durch die Zen-Schulung wird - so der Autor - nicht nur die Erfahrung der Seele möglich, sondern ebenso

> "die absichtsvolle mentale Wachstruktur realisiert (...); von ihr sucht sich jedoch der Zen-Schüler wegen ihrer rationalen Folgen zu befreien, um schließlich, ausgelöst durch eines der >unsinnig< erscheinenden >Koans< (eine Art paradoxaler Sentenzen), urplötzlich, nämlich ruck- oder sprunghaft, also mutationsmäßig, im >Satori< eine das

---

[1] Zur differenzierten Darstellung der möglichen Bewußtseinsebenen, die im Meditationsprozeß erfahren werden können vgl. Ayya Khema (1988; 1991). Die verschiedenen Bewußtseinsebenen werden >Vertiefungen< genannt. Auch hier gilt: die Vertiefungen beruhen auf einem Gefühl. Die Meditation ist ein Gefühlsweg. Die Einsicht kommt durch den intuitiven Geist und die Einsicht bringt wiederum ein Gefühl mit sich. "Auch beim Erleuchtungsprozeß hängt alles vom Gefühl ab. Nicht nur, daß ein Erleuchteter weiß, daß es keine Ich-Substanz gibt, sondern er ist effektiv von dem inneren Gefühl eines >Ich<, welches beschützt und gehegt werden muß, befreit" (Ayya Khema 1991: 65).

Bewußtsein übersteigende Überwachheit zu gewinnen: jene Bewußtseinsstruktur integrierender Wirksamkeit, die wir als die >arational-integrale< bezeichnen" (GEBSER 1986, GA II: 318).

Die Meditationspraxis ist eine Übung der Achtsamkeit, die in jedem Augenblick, auch im Alltag, geübt werden kann. "Achtsamkeit in ihrer elementarsten Erscheinungsform ist ...eine der Grundfunktionen des Bewußtseins, ohne welche es keinerlei Objektwahrnehmung gibt" (NYANAPONIKA 1989: 17). Die geschärfte Achtsamkeit führt zur zunehmenden Bewußtseinserhellung bzw. -intensivierung und stellt somit einen Weg zur Befreiung des Geistes dar. Sie ist in ihrer >reinen< Form "völlige Identität mit dem Körper, dem Denken und Handeln, so daß kein Rest bleibt, kein Selbstbewußtsein, kein Beobachter, kein abgespaltener Geist" (HAYWARD 1990: 246).[1]

Durch die Meditations- und Achtsamkeitspraxis wird die Aufmerksamkeit so geschult, daß immer feinere Zeitintervalle erfaßt werden können. J.W. Hayward stellt hierzu resümierend fest:

> "Intelligenz, die der Dualität vorausgeht und sie transzendiert, existiert nach buddhistischer Auffassung in jedem Augenblick unserer Erfahrung und durchzieht diese Erfahrung. Wenn die Aufmerksamkeit genügend geschult ist, können wir ihr in der Lücke zwischen den Wahrnehmungsaugenblicken umittelbar begegnen. Dazu aber bedarf es keiner spektakulären spirituellen Klimmzüge - wir brauchen uns nur uns selbst zuzuwenden und der Ich-Illusion ins Gesicht zu blicken" (ebd. 260).

Er bringt das Fazit, das einer gewissen Ironie nicht entbehrt, auf einen Nenner: "Das Ich, das sich aufmacht zu dieser Erkundung, wird irgendwann unterwegs auf der Strecke bleiben" (ebd.). Ayya Khema präzisiert

---

[1] Ein Gespräch zwischen Buddha und Sariputta, einem seiner Hauptjünger zeigt auf, was ein befreiter Geist ist: "Wie nun, o Sariputta, ist der Geist befreit? Da weilt, o Sariputta, der Mönch beim Körper in Betrachtung des Körpers, eifrig, wissensklar und achtsam, nach Überwindung von Begierde und Trübsal hinsichtlich der Welt. Ihm, der beim Körper in Betrachtung des Körpers weilt, wird der Geist ohne Anhaften von den Trieben entsüchtet und befreit. Er weilt bei den Gefühlen in Betrachtung der Gefühle - bei Geist in Betrachtung des Geistes - bei den Geistobjekten in Betrachtung der Geistobjekte, eifrig, wissensklar und achtsam..." (in:Nyanaponika 1989: 22).

diesen Prozeß unter Rückbezug auf die Daseinsgruppen und gibt den >Ort< an, an dem sich die Befreiung vollzieht: Das >Tor zur Freiheit< liegt zwischen dem Gefühl und der Begierde, dann nämlich, wenn das Reagieren auf die Gefühle fallengelassen werden kann und die angenehmen Gefühle nicht behalten und die unangenehmen nicht verdammt werden (vgl. AYYA KHEMA 1991: 85).[1]

Letztlich - so wurde deutlich - ist Achtsamkeit das Erkennen. Es ist das, was in der Meditation kultiviert und im Alltag verfügbar wird" (vgl. AYYA KHEMA 1988: 80). Der Entfaltung von Achtsamkeit kommt im Kontext buddhistischer Praxis ein zentraler Stellenwert zu:

> "Denn Achtsamkeit ist der selbst das Verborgene öffnende Schlüssel zur *Erkenntnis* des Geistes und damit der Einsatzpunkt; das nie versagende Werkzeug zur *Formung* des Geistes und damit der Angelpunkt; das Wahrzeichen der gewonnenen *Befreiung* des Geistes und damit der Höhe- und Endpunkt" (NYANAPONIKA 1989: 17).

Es werden die vier Grundlagen der Achtsamkeit unterschieden. Die Achtsamkeit

1. auf den Körper, die körperlichen Vorgänge;
2. auf die Gefühle;
3. auf die Denktätigkeit, d. h. den Bewußtseinszustand im allgemeinen;
4. auf die Inhalte des Denkens.

Durch diese breite Basis eines Erkenntnisweges wird eine Unterschätzung oder ein Übersehen eines Elementes entgegengewirkt. Tendentiell wird dem Konflikt, der durch eine Hierarchie zwischen Körper und Geist oder zwischen Gefühl und Verstand oder der Negierung eines dieser Kräfte durch Integration begegnet. RUTH DENNISON (1990) sieht in der ersten Grundlage der Achtsamkeit (die Achtsamkeit auf den Körper) einen

---

[1] Das >Tor zur Freiheit< ist eine Analogie zu dem, was im Kontext vorliegender Arbeit - und in Anlehnung an J. Gebsers Ausführungen zum Begriff der Mutation - als >Sprung< bezeichnet wurde. Auch in der buddhistischen Terminologie wird vom >Sprung< gesprochen: vom >Sprung auf das andere Ufer<. Ein Sprung ist eine Erleuchtungserfahrung, ein Moment der Befreiung. Zur vollkommenen Befreiung sind vier Sprünge notwendig. Jeder der Sprünge hat ein anderes Resultat (zur Vertiefung: Ayya Khema 1991: 208-219).

Zugang zur Befreiung, der sich insbesondere für Frauen - wie sie in ihren Meditationsseminaren feststellte - anbietet:

> "Viele Frauen sind sehr verletzt, sie entsprechen in ihrem Äußeren nicht dem gesellschaftlichen Ideal, und so empfinden viele von ihnen Abneigung und Feindseligkeit gegenüber dem Körper. Sie sind ihm nicht nahe. (...) Sie (waren; d. V.) zu einer tieferen Verbindung mit ihrem körperlichen Sein (zu; d. V.) führen, ob sie nun die richtige Figur hatten oder nicht. Dadurch, daß wir das Körperliche wahrnahmen, konnten wir auch an das Seelische herankommen, und der Geist wurde freier von den seelischen Belastungen, von den Beleidigungen, von den seelischen und körperliche Verletzungen, die sie erlebt hatten" (11). D. h. wir "müssen das Bedingte, das Körperliche erst richtig kennenlernen, um dann in rechter Weise damit umgehen zu können. Uns nicht zu sehr mit dem Körper identifizieren, aber doch Ehrerbietung und Respekt und Fürsorglichkeit gegenüber dem Körper empfinden" (ebd.).

An dieser Stelle findet sich ein erster Hinweis, daß Frauen sich im Kontext einer buddhistischen Erkenntnispraxis ihren eignen Weg zu bahnen haben, ihren Weg zur Befreiung aus einer dualistischen Erkenntnispraxis. Auf diesen Aspekt soll im nachfolgenden Abschnitt näher eingegangen werden.

2.4.4 Der Buddhismus und die feministische Perspektive

Wurden die vorausgegangenen Darstellungen zur buddhistischen Lehre und Praxis aus einem primär erkenntnistheoretischen Interesse abgeleitet, so kann aus einer feministischen Perspektive und einer näheren Betrachtung der zugängigen Interpretationen buddhistischer Lehre nicht davon abgesehen werden, daß sich im Buddhismus das Patriarchat verortet hat. Auch hier finden sich Sexismus und Androzentrismus, denn die Interpretationen der buddhistischen Lehre, wie auch das Lehren selbst, wurde vorwiegend von Männern vorgenommen und ausgeübt. D. h. die Schriften zur buddhistischen Lehre und die Anleitungen zur Praxis basieren vorwiegend auf der Lebens- und Selbsterfahrung des männlichen Geschlechts. Die Diskriminierung des weiblichen Geschlechts gipfelt in einer Interpretation der Lehre, derzufolge die Erleuchtung in einem weiblichen Körper ausgeschlossen ist.[1] Buddhistische Lehrerinnen (sowohl Laienfrauen als auch Ordinierte) und praktizierende Frauen sehen sich eingebunden in eine männliche Genealogie und Tradition.

Im Zuge der Befreiungsbewegungen der 60er Jahre, insbesondere der Neuen Frauenbewegung, haben buddhistische Frauen ihre Stellung innerhalb der unterschiedlichen buddhistischen Traditionen überprüft und zum Teil in Frage gestellt. Der zugängigen Literatur zufolge ist insbesondere seit den 80er Jahren ein Bewußtsein über die Bedeutung der Geschlechtszugehörigkeit im Kontext der buddhistischen Lehre und ihrer Praxis entstanden. Es wurde die Rolle der Frau im Buddhismus reflektiert und die Notwendigkeit einer Vermittlung dieser Lehre durch weibliche Lehrerinnen und Leitbilder hervorgehoben (vgl. insbes.: BOUCHER 1988).

1987 fand die Erste Internationale Konferenz buddhistischer Nonnen in Bodhgaya (Indien) statt. Diese Konferenz galt dem Erfahrungsaustausch und der Suche nach einer Vernetzung unter Frauen verschiedener Traditionen und Kulturen. Vorrangig waren die Bemühungen um die Erlangung der Gleichberechtigung zwischen Frauen und Männern, sowohl im Laien- als auch Ordiniertenstatus (zur Vertiefung: KARMA LEKSHE TSOMO 1991).

Die Diskussionen um die Rolle der Frau im Buddhismus spiegelt die Struktur des Diskurses um die Kontroverse Gleichheit - Differenz wieder. Auch im buddhistischen Zusammenhang formulieren sich Frauen, denen es um eine Gleichberechtigung geht (vgl. AYYA KHEMA 1990) und solche, die sich auf die >spezifisch Weiblichen Fähigkeiten< berufen. Ebenso findet sich der Ansatz zur These der Geschlechterdifferenz, wie ihn L. Irigaray vertritt (vgl. WETZEL 1991).

Was bedeutet es konkret, wenn sich Frauen im Kontext einer buddhistischen Praxis ihre Zugehörigkeit zum weiblichen Geschlecht bewußt machen?

Frauen beschäftigen sich z. B. mit der Frage, was zu tun ist, wenn sich in der Meditation, bei der Betrachtung aufkommender Gedanken und Gefüh-

---

1 Zur kritischen Auslegung der buddhistischen Schriften aus weiblicher Sicht siehe: Diana Paul (1981).

le, die Erinnerung an einen sexueller Mißbrauch hervortut; wenn sie mit Ängsten konfrontiert sind, denen sie aufgrund ihres Geschlechts ausgesetzt sind: Angst vor Vergewaltigung, vor der offenen und subtilen Gewalt an und gegen Frauen. Frauen berichten über ihre Erfahrung mit diesen Ängsten im Kontext eines geistigen Weges, der das Geschlecht nicht außer acht läßt:

> "Ich denke, sie (die Angst, d. V.) ist immer noch da, oder auch, sie ist wieder da, aber sie wuchert nicht mehr so. Durch das völlige Gewahrsein der körperlichen Emfindungen in der angsterzeugenden Situation selbst, hat sich die Neigung, in dem Gefühl der Angst unterzugehen, weitgehend verringert" (ZINSER 1990: 24).

Frauen sprechen über die häufig verschwiegene Tatsache, daß es spirituelle Lehrer gibt, die sexuelle Beziehungen zu Schülerinnen aufnehmen und wie Frauen sich dabei fühlen (vgl. BOUCHER 1988). Ebenso gilt es, die Aufmerksamkeit dahingehend zu schulen, daß Frauen ablehnende Gedanken und Gefühle häufig gegen sich selbst wenden, oder anders ausgedrückt, sich autoaggressiv verhalten (einschließlich der Neigung zu Schuldgefühlen). Die Beispiele verdeutlichen die Notwendigkeit einer Sichtweise, die vom Lebenszusammenhang der Frauen ausgeht und entsprechend dieser den buddhistischen Weg zur Befreiung interpretiert und lehrt. Daß Frauen in ihrer spezifischen Weise zu lehren und zu praktizieren verstehen, zeigen erste Veröffentlichungen, die sich mit diesem Aspekt auseinandersetzen (vgl.: FRIEDMANN 1987; LOTUSBLÄTTER 1990).

Aus dem Vorausgegangenen wurde deutlich, daß die feministische Perspektive in der buddhistischen Erkenntnispraxis Eingang gefunden hat. Gemeinsam liegen dem Buddhismus und dem Feminismus die Postulate der Selbstbefreiung und der Selbstverantwortung zugrunde. Ayya Khema dokumentiert anhand eines Aspekts ihrer eigenen Lebensgeschichte, wie sich dies verwirklichen läßt:

> "Es besteht die Notwendigkeit für das Erwachen von Frauen. Das Potential, die Möglichkeiten der Frauen müssen klar erkannt und sichtbar werden. Ohne Zorn, ohne Revolution, einfach durch Tun. Das ist alles. Was immer ich dachte, was immer ich konnte, zu was immer ich fähig war, ich habe es einfach gemacht. Ich habe niemanden um Erlaubnis gefragt, und ich glaube, das ist der wichtigste Punkt. Es gibt niemanden, der es mir gestatten kann" (1990: 9).

Auf eine Formel gebracht heißt dies: Tun, in radikaler Selbstverantwortung! JOANNA MACY (1990) bemerkt hierzu treffend: "Es geht um ein Handeln, welches nicht von den Resultaten der Handlung abhängig ist. In anderen Worten: um ein Handeln auch dann, wenn es keine rationale Basis für Hoffnung gibt. *Man handelt, weil es die einzige Daseinsmöglichkeit ist*" (ebd. 27). Die ethische Grundlage eines solchen Handelns ist der Grundsatz, daß keinem Lebewesen Schaden zuzufügen ist.

Mit einer solchen >Handlungspraxis< wird der Entscheidungsprozeß als Voraussetzung zum Handeln ver-ein-facht: die zermürbenden Prozesse, sich die Erfolgs- oder Mißerfolgschancen auszurechnen und sich um das Ergebnis zu sorgen, werden verkürzt bzw. fallen weg. Damit entsteht eine neue Qualität. Um eine solche Qualität des Handelns verwirklichen zu können, hilft die Meditations- und Achtsamkeitspraxis.

Mit diesem Abschnitt wurde um ein weiteres die Notwendigkeit deutlich, daß Frauen auf dem Weg zu ihrer Befreiung ihren eigenen Zugang zur Nicht-Dualität, zur Überwindung der Subjekt-Objekt-Spaltung, erforschen und weitergeben.

2.5 Die Kategorien >Bewußtsein<, >Selbst< und >Erfahrung< im Kontext einer Theorie und Praxis zur Überwindung der Subjekt-Objekt-Spaltung

Rückblickend und schlußfolgernd ergab sich durch die vorausgegangen Theorieansätze, die feministische Theorie B. Starretts, den kulturanthropologischen Ansatz J. Gebsers und die Erkenntnistheorie der buddhistischen Lehre einschließlich ihrer Meditations- und Achtsamkeitspraxis ein Instrumentarium, das eine Betrachtung und Untersuchung des Phänomens >Bewußtsein< aus unterschiedlichen Perspektiven ermöglichte. Erkenntnisleitend war die Frage nach der Genese und Erscheinungsform der Subjekt-Objekt-Spaltung sowie nach der Repräsentanz und Überwindung dualistischer Denkmodelle.

Die oben genannten Theorieansätze wurden zu Erkenntnisquellen im Kontext der erkenntnisleitenden Fragestellung. Die Fragestellung lautete: Inwieweit kann feministische Bildungsarbeit zur Bewußtseinsveränderung und -intensivierung beitragen? In anderen Worten: Wie kann feministische Bildungsarbeit der Befreiung der Frau durch Bewußtseinsveränderung nachgehen?

Der feministische Diskurs ist einerseits dadurch gekennzeichnet, daß er von Beginn an den Cartesianischen Dualismus - der eine Wechselbeziehung zwischen Subjekt und Objekt ausschließt - zu widerlegen und zu überwinden suchte. Andererseits wurde der Begriff >Selbst< zu einer zentralen Kategorie der feministischen Theorie und Praxis, und mit einer essentiellen Auslegung findet sich im feministischen Diskurs das dualistische Modell wieder ein. Teilweise entwickelte sich dies in der Vorstellung, eine Befreiungskategorie gefunden zu haben: das feministische >Subjekt<, die >Frau<, das >Selbst<. In diesem Kontext intendierte der Ansatz der Selbsterfahrung die (Aus-)Bildung des Subjekts >Frau<. D. h. es manifestierten sich im Kontext einer Entwicklung der feministischen Theorie Ansätze, die den Begriffen >Selbst< und >Erfahrung< essentielle Bedeutung zukommen ließen. Die Konsequenz dieser Ansätze: zwischen dem >Selbst der Frau< und der >Welt< kann nur eine begrenzte Dynamik konstatiert werden, letztlich sind sie getrennt. Hierbei ist anzumerken, daß die Ansätze häufig widersprüchlich sind (z. B. fühlen sie sich gleichzeitig der Aufhebung dualistischer Spaltungsprozesse verpflichtet).

Im Verlauf einer Auseinandersetzung um die unterschiedlichen >Weiblichkeitsentwürfe<, die sich im Kontext des feministischen Diskurses gebildet hatten, wurden aus feministischer Sicht die neuzeitlichen Subjekt- und Identitätstheorien in Frage stellt. Dies konnte insbesondere aufgrund der vorhandenen feministischen Versuche, eine Befreiungstheorie und -praxis auf der Basis dieser Konzepte zu formulieren, gelingen, die es nunmehr galt, zu dekonstruieren. Die 80er und die beginnenden 90er Jahre können als eine Phase definiert werden, in der der Feminismus sich selbst zum Analyseobjekt macht und zu weitertreibenden theoretischen Konzepten gelangt. Beispielhaft sei an dieser Stelle SUSANNE KAPPELER (1992) zitiert, die die Diskussion um den Identitätsbegriff in einen politischen Kontext stellt:

> "Das Herausbilden eines politischen Identitätsbewußtseins (...) ist ein Schritt der Politisierung und des Widerstandes unterdrückter Gruppen im Kampf gegen diese Unterdrückung. Es erscheint historisch zur Zeit sich heranbildender Widerstandsbewegungen wie z. B. der >Black Consciousness< Bewegung in den USA, der Frauenbefreiungsbewegung oder der Gay Liberation Front, der englischsprachigen Lesben- und Schwulenbewegung. Das heißt, Identitätsbewußtsein ist Produkt und Mittel einer Befreiungspolitik, Identität ein (vorübergehender) Kampfbegriff: Entgegnung auf die Diskriminierung und die Sicht der Norm. >Identität< in diesem Sinne umfaßt das Bewußtsein einer

gemeinsamen Geschichte der Ausbeutung und der Unterdrückung, nicht die >Gleichheit< einer Gruppe von Menschen. Sinn und Zweck des politischen Identitätsbewußtseins ist nicht das Feiern einer gefundenen Identität, sondern die Überwindung der rassistischen, sexistischen, heterosexistischen Identität und die Abschaffung aller Kriterien der Diskriminierung und Ausbeutung, sei es Rasse, Geschlecht oder sexuelle Orientierung" (ebd. 9).

Mit dieser Perspektive, die sich als eine Analyse zentraler Kategorien versteht, die die Frauenbewegung bestimmend prägt, formuliert sich die vorliegende Arbeit, so daß in den vorausgegangen Kapiteln die Konstruktionen >Selbst< (der >Frau<) und >Ich< unterschiedliche Bedeutungsvarianten - entsprechend der Entwicklung des feministischen Diskurses - durchliefen.

Mit dem poststrukturalistischen Instrumentarium gelang es, Identitätskategorien wie z. B. >Frau< zu verschieben bzw. aufzulösen. Das Problem: die ausschließlich diskursive Dekonstruktion eines dualistischen Modells, das die Trennung von Geist und Materie, von Theorie und Praxis, von Verstand und Intuition verantwortet, bleibt im Gleichen verhaftet, da es die defiziente dualistische Struktur im Erkenntnisprozess nicht überwindet. Zudem hat es u.U. etwas >Irreales< an sich, die Instabilität des >Ichs< ausschließlich intellektuell zu vollziehen, insbesondere wenn ein solcher theoretischer Ansatz einer Bildungstheorie zugrundegelegt werden soll.

Im Rahmen vorliegender Arbeit galt das Interesse demzufolge einem erkenntnistheoretischen Ansatz, der gleichzeitig über eine Praxis verfügt, derzufolge die wissenschaftliche Analyse durch die Dimension der Erfahrung >ergänzt< werden kann. Ziel dieses Vorhabens ist die Befreiung von einem konstanten >Ich<. Die Freiheit von jeglicher Festschreibung an ein >Ich bin< ist die Freiheit von jeglicher Opfer- oder TäterInnenidentität.

Mit dem Begriff >Erfahrung< verhält es sich wie mit dem Terminus >Selbst<. Im Feminismus wird der Begriff >Erfahrung< häufig in dem Sinne verwendet, daß Erfahrung authentisch ist, da das individuelle Subjekt für sie bürgt. Umgekehrt bedeutet dies: ohne das Subjekt gibt es keine authentische Erfahrung. Die anthropologische Dimension des Begriffes legt nahe, daß gerade die Einmaligkeit und Unwiederholbarkeit der persönlichen Erfahrung eines Lebens dazu führen können, daß sich ein Individuum als Individuelles konstituiert. Bezogen auf die Frage, was denn das >Selbst< sei, wird im Kontext dieser Position angenommen, daß das >Selbst< in dem erfahren und gefunden werden kann, *wie* auf die Dinge, die Umwelt und die anderen reagiert wird.

Unter Berücksichtigung der Ausführungen zu den Daseinselementen wird jedoch ersichtlich, daß dieses >wie< die Reaktion auf ein Gefühl ist, und damit lediglich *ein* Element des dynamischen Wahrnehmungsprozesses, der das >Subjekt< konstituiert, gekennzeichnet ist. Die Reaktionen, seien sie emotional oder gedanklich, stellen nur *ein* Glied in der Kette des Prozesses des bedingten Entstehens dar. Die Freiheit, sich nicht mit diesen Reaktionen identifizieren zu müssen bedeutet, sie verändern zu können. Die Gefühle und Emotionen sind lediglich Reaktionen auf den sich im Bewußtsein vollziehenden Prozeß. D. h. die Einsicht in die Kausalität, in den Wirkungszusammenhang von Ursache-Wirkung, führt zur möglichen Verhaltensveränderung. Mit anderen Worten: die Möglichkeit, Erfahrung als eine Dynamik der Daseinselemente zu erkennen, zeigt, wie in der alltäglichen Wahrnehmung Erfahrung als etwas festgehalten wird, was die Reaktion auf das Gefühl darstellt: die Geistesformationen, d. h. die Emotionen und die Gedanken. Sie sind weder irreal noch wertlos für den Erkenntnisprozeß, sie sind jedoch auch nicht der Garant für Wahrheit, und im Kontext einer Einsicht in ihrer komplexen Ursache-Wirkung-Kausalität führen sie zudem aus einer subjektverhafteten Perspektive hinaus. Es ist somit ein Erfahrungsbegriff gefunden, der der Dualismuskritik standzuhalten vermag, da er nicht nur die Auflösung der Subjekt-Objekt-Spaltung zu verwirklichen, sondern darüber hinaus die dualistischen Denkformen in ihrem Entstehen zu begründen und zu integrieren vermag.

Selbst-Erfahrung meint demzufolge im Kontext des nachfolgenden Konzepts nicht, daß es ein authentisches Selbst zu erfahren gilt, sondern daß zuerst zu fragen und zu überprüfen ist, ob es ein authentisches Selbst gibt. D. h. keineswegs, daß im feministischen Bildungsprozeß von dem Begriff eines >authentischen Selbst< vollkommen abgesehen werden soll. Vielmehr kann m. E. der Begriff des >weiblichen Potentials< zur vorübergehenden erkenntnisleitenden Kategorie erhoben werden. Dies stellt exemplarisch einen Akt der Einschreibung der Frau in die symbolische Ordnung dar, zum Ziel der Konstituierung der Frau als Frau, ohne Verfestigung, sondern verstanden als Phase eines Prozesses, der zur Überwindung der mentaldualistischen Bewußtseinsstruktur führen soll und ohne eine Realisierung und Integration dieser nicht stattfinden kann.

Mit Selbst-Erfahrung soll die Erforschung der Ursachen der Reaktionen bzw. eine Wahrnehmung dessen, wie es zu diesen Reaktionen kommt angesprochen werden. Das Gefühl (als unmittelbare Folge auf einen Sinnes- bzw. Verstandeskontakt) hat für den Erkenntnis- und Veränderungsprozeß, wie er sich hier formuliert, einen zentralen Stellenwert. Die Einsicht in die Kausalität, in den Wirkungszusammenhang von Ursache-Wirkung, führt zur möglichen Verhaltensveränderungen: bereits da, wo das erste Gefühl wahrgenommen wird, gilt es, die Reaktionen nicht unhinterfragt ihren >freien Lauf< zu lassen.[1] Unter Rückbezug auf J. Gebser wird nun deutlich, daß das Konzept von >Wahrnehmen/Wahrgeben<, in diesen Kontext gestellt, eine Parallele findet. D. h.: das Wahren ist eine Realisationsform, die sich nicht in den Reaktionen verfängt. Vereinfacht ausgedrückt: die Reaktionen sind fallenzulassen, an die Stelle rückt die Übung des Wahrgebens/Wahrnehmens. Der Begriff Wahrnehmung ist zudem ein zentraler Begriff der Erkenntnistheorie. Der Prozeß der Wahrnehmung wird hier folgendermaßen erschlossen und verhilft m. E. zu einer weiteren Präzisierung des Wahrnehmungs-Begriffs:

> "Im Mittelpunkt des erkenntnistheoretischen Interesses steht der Prozeß der Erkenntnisgewinnung selbst, d. h. konkret: eben jener Umschlagspunkt, durch den ein zuvor >bloß< erfahrenes Sein >plötzlich< zu einem Denken über das Sein wird. (...) Wir haben Bekanntschaft mit der Welt, indem wir sie sehen, hören, tasten, riechen, schmecken usw. Wahrnehmung ist dann das Sehen, Hören, Tasten usw. selbst, sofern sich durch oder im Anschluß an sie ein Gesehenes, Gehörtes, Ertastetes im Bewußtsein konstituiert (Bewußtseinsakte). Als Urmodus

---

1 Z. B. das Blöken einer Kuh führt zu folgender Beobachtung: Es gibt ein angenehmes Gefühl durch Gehörkontakt. Als Folge davon entspannen sich die Gesichtszüge, die Gedanken planen den nächsten Urlaub in die Berge, Freude kommt auf. Oder: Wir denken an eine Arbeitskollegin, mit der wir im Streit liegen: durch den Verstandeskontakt kommt ein unangenehmes Gefühl hoch, wir denken über die letzte Streitigkeit nach, und Ärger macht sich in uns breit. Im Kontext einer Meditations- und Achtsamkeitspraxis geht es darum, des Gefühls gewahr zu werden und die Gedanken und Emotionen als eine Reaktion auf den Sinnes- oder Verstandeskontakt und das damit einhergehende Gefühl kennenzulernen. Die Einsicht in den gesamten Ablauf macht die Unsinnigkeit einer Identifikation mit einem Gedanken oder einer Emotion deutlich und offenbart zudem die Reaktionsketten, die in Gang gesetzt werden, wenn ihre Kausalität nicht erkannt wird und die Möglichkeiten einer Veränderung nicht erfahren wurden. Mit dieser Einsicht in diese Abhängigkeiten bekommt die Frage nach einer Befreiung ihre Dringlichkeit.

der sinnlichen Anschauung ist sie eine Vermittlungsinstanz und steht im Schnittpunkt zwischen der sinnlichen Empfindung einerseits und der Vorstellung (z. B. Erinnerungsbilder an zuvor Wahrgenommenes) andererseits. Erst auf der Basis Empfindung - Wahrnehmung - Vorstellung können wir uns reflexiv den Gegenständen zuwenden und sie etwa rational bestimmen (Urteil)" (MEYERS KLEINES LEXIKON PHILOSOPHIE 1987).

Mit J. Gebser wurde deutlich, wie sich durch die Integration der unterschiedlichen Bewußtseinsstrukturen unterschiedliche Sichtweisen der Kategorie >Ich< ergeben: die Ichlosigkeit als Manifestation der magisch-mythischen Bewußtseinsstruktur, die Ichhaftigkeit in Verbindung mit der mentalen und die Ichfreiheit als Aktualisierung der integralen Bewußtseinsstruktur. Durch die Einsicht in die mehrfache Strukturierung des Bewußtseins muß der Prozeß der Ichwerdung, der Subjektbildung, das Selbstbewußtsein nicht abgelehnt und zurückgewiesen werden. Er bekommt vielmehr seinen Stellenwert im Kontext eines Erkenntnisprozesses, der das effizient Mentale auszubilden weiß, ohne das Denkmodell, im Menschen ein bleibendes und absolutes Wesen anzunehmen, quasi eine unwandelbare Substanz hinter der wandelbaren Welt der Phänomene zu repräsentieren. Die Ichfreiheit der integralen Bewußtseinsstruktur entspricht dem Nicht-Ich, der Substanzlosigkeit im Buddhismus.

Das >Nicht-Selbst< bzw. die Substanzlosigkeit, die die buddhistische Lehre der These einer unabhängigen, ewigen Ich-Substanz gegenüberstellt, ist eine einfache logische Konsequenz aus der Einsicht in die Unbeständigkeit aller Dinge. Die fünf Daseinselemente - und damit auch das Bewußtsein - sind weder durch Dauer noch durch Einheit gekennzeichnet. Subjekt und Objekt, das >Ich< und die >Welt< stehen in einer Wechselbeziehung zueinander und bedingen sich gegenseitig.

Durch eine Meditationspraxis kann die Achtsamkeit so verfeinert werden, daß dieser dynamische Wahrnehmungsprozeß in seinen Elementen erkannt werden kann. Gleichzeitig besteht die Möglichkeit einer Einsicht in die Kausalität, derzufolge alle Dinge untereinander zusammenhängen und sich in einem Verhältnis wechselseitigen Entstehens befinden. Ebenso kann im Kontext der Meditationspraxis die Nicht-Dualität verwirklicht, d. h. erlebt werden. Es handelt sich um einen Augenblick, in dem es keine Unterscheidung von Erkennendem und Erkanntem gibt. Dieser unmittelbare Kontakt zur Nicht-Dualität ist das, was in buddhistischer Terminologie als >Nibbana< bezeichnet wird.[1] Auch B. Starrett bedient sich eines buddhistischen Begriffs, wenn sie vom >satorischen Zustand< spricht. Es ist die Realisierung der Überwindung der Subjekt-Objekt-Spaltung. Auch wenn die direkte Erfahrung >nur< ein >Geistesmoment< darstellt, so hat sie einen einschneidenden Einfluß auf das Bewußtsein und die Wahrnehmung. Es ist eine Erfahrung absoluter Freiheit, und sie macht im zweiten Schritt blitzartig die >verkehrte< dualistische Sicht der Welt bewußt.

Nach einer solchen Erfahrung erscheint wieder die Teilung in Geist und Körper und die Wahrnehmung unterscheidet zwischen Subjekt und Objekt. Die Wahrnehmung weist nunmehr auf die Korrelation zwischen Subjekt und Objekt (Ich und die Welt), auf eine dynamische Struktur, derzufolge die kleinste Bewegung des Subjekts notwendigerweise eine Veränderung des Objekts nach sich zieht, hin:

> "Der besondere Zustand, in dem sich das wahrnehmende Subjekt befindet, bestimmt den Zustand oder die Natur des wahrgenommenen Objekts. Eine besondere existentielle Weise des Subjekts verwirklicht die ganze Welt in einer besonderen, diesem entsprechenden Form. Die phänomenale Welt erhebt sich vor den Augen des Beobachters in Übereinstimmung mit seiner inneren Seinsweise. Kurzum, die Struktur des Subjekts bestimmt die Struktur der Welt der objektiven Dinge" (IZUTSU 1986: 16).

Das hat wiederum Konsequenzen für das Denken und Handeln, da nunmehr nach der Kausalität gefragt wird: >wie es tönt, so hallt es< oder, wie J. Gebser es formuliert: "Was immer uns geschieht, ist nur die Sichtbarwerdung unseres Selbst im Außen" (GEBSER 1986, GA I: 257) und eine Aufforderung, es einzusehen. Es wird deutlich, daß die Struktur des Bewußtseins bestimmt, was und wie die Welt und die anderen wahrgenommen werden. Der zentrale Stellenwert, der einer Veränderung des Bewußtseins zukommt, ist unverkennbar.

---

[1] Nibbana ist ein Begriff aus dem Pali und bedeutet wörtlich das >Erlöschen<. "Das höchste und letzte Ziel alles buddhistischen Strebens, d. h. das restlose >Erlöschen< jeglichen in Gier, Haß und Verblendung sich äußerndes, das lebenbejahenden und sich krampfhaft daran klammernden Willentriebes und damit die end- gültige, restlose Befreiung von allen künftigen Wiedergeborenwerden, Altern und Sterben, Leiden und Elend" (Ayya Khema 1991: 236).

Was hat die Überwindung der Subjekt-Objekt-Spaltung mit der Geschlechtszugehörigkeit zu tun?

Im Augenblick des Erlebens der Nicht-Dualität ist das Geschlecht erloschen. Davor und danach nimmt das Bewußtsein Frauen und Männer wahr. Die Geschlechtszugehörigkeit kann nunmehr (wenn das Bewußtsein darauf gerichtet wird), vom Standpunkt der Nicht-Dualität aus betrachtet, als Daseinsfaktor erkannt werden, der keine letzte Gültigkeit hat. Es gibt nichts als ein Werden und Vergehen. Der Geist ist jedoch ständig bereit, wieder in die dualistische Wahrnehmung zu fallen. Das Erlebnis von Freiheit führt zu einer völlig neuen Sicht der Dinge. Gleichzeitig bleibt in der >alltäglichen Wahrnehmung< die gesellschaftliche Realität und die Geschlechterrealität gewahrt. Sie zu leugnen wäre ebenso ein Akt des Egos, wie sie zum einzig Wahren zu erklären. Im täglichen Leben ist das >Ich< wieder zugegen mit all seinen Bedürfnissen nach Manifestation. So, wie gleichzeitig Dualität und Nicht-Dualität ist, so ist gleichzeitig Frau und Nicht-Frau. Mit anderen Worten: auch wenn die Aktualisierung der Nicht-Dualität gegeben ist, so bleibt der Begriff >Frau< im Kontext der empirischen Welt und insbesondere im Kontext einer Frauenbefreiungsbewegung sinnvoll.

Resümierend kann folgendes festgehalten werden: Im Verlauf dieser Arbeit bildeten sich - neben >Bewußtsein<, die Begriffe >Selbst<, >Wahrnehmung<, >Erfahrung< und >Erkenntnis< als zentrale Kategorien heraus. Die zugrundegelegten Theorieansätze bieten unterschiedliche Zugänge zu diesen Termina. Gemeinsam ist ihnen, daß die Begriffe in ihrer Bedeutung eine Theorie begründen, die der Subjekt-Objekt-Problematik zu begegnen weiß, sie einzusehen und potentiell zu überwinden vermag. J. Gebser bringt den sich vollziehenden, befreienden Vorgang auf einen Nenner: Überwindung geschieht durch Integration bzw. jegliche Integration ist Überwindung! Damit ist eine der befreienden Kräfte benannt, die grundlegend für das nachfolgende Konzept ist.

Der Rekurs auf die buddhistische Lehre beleuchtete die Überwindung der Subjekt-Objekt-Spaltung, die sich dem diskursiven Denken entzieht, auf eine andere Weise. Das rationale Element hat im Buddhismus lediglich vorläufigen und einleitenden Charakter. Zur vollständigen Einsicht bedarf es einer Gänzlichung meditativer Praxis und philosophischer bzw. analytischer Überlegungen. Anders ausgedrückt: die buddhistische Lehre, die immer auch Praxis ist, zeigt, daß die/der Meditierende über das dualistische Denken hinauszuweisen vermag. Zentral ist, daß sowohl die intuitiven als auch die intellektuellen Kräfte des Geistes zur Erkenntnis herangezogen werden. Mit dieser Aussage kann wiederum auf den Selbsterfahrungsansatz zurückverwiesen werden, der in seiner ursprünglichen Fassung eine solche Integration anstrebte, wie auch auf die feministische Theorie B. Starretts, die die gleichzeitige Ausbildung von Denken und Fühlen als unabdingbare Voraussetzung im Kontext einer Frauenbefreiung definiert.

Damit ist wiederum auf ein Ziel vorliegender Arbeit verwiesen: einen Beitrag zur Konkretion eines integralen Ansatzes zur feministischen Bildungsarbeit zu leisten, in dem die *Gänzlichung analytischer und intuitiver Ansätze zu Wissen* zum Mittelpunkt des erkenntnistheoretischen Interesses werden. Im nachfolgenden Kapitel geht es um die Formulierung eines Konzeptes, das sich auf diese Basis stellt.

3 Ein Konzept zur feministischen Bildungsarbeit: Zur Gänzlichung analytischer und intuitiver Ansätze (G.A.I.A.)[1]

Die vorausgegangenen Themen und theoretischen Reflexionen werden im folgenden von einem anderen Blickwinkel aus betrachtet: der möglichen Umsetzung in ein Konzept zur feministischen Bildungsarbeit. Dabei ist zu berücksichtigen, daß das Konzept nur im Kontext der vorausgegangenen erkenntnistheoretischen Ausführungen seine Vollständigkeit gewinnt. Einige der Konzeptelemente wurden bereits im Kontext dieser Arbeit eingehend beschrieben, analysiert und daraufhin befragt, wie sie sich in ein Konzept zur feministischen Bildungsarbeit integrieren lassen und wie sie ein solches prägen. Es wird somit im folgenden immer wieder Verweise auf die vorausgegangenen Darstellungen geben. Darüber hinaus sollen vor allem diejenigen Konzeptelemente näher erläutert werden, die bisher nicht explizit hervorgetreten sind.

Das Konzept ist einerseits als ein Wegweiser zu betrachten, der auf bestimmte Aspekte einer Bildungsarbeit verweist und weniger als eine feministische Bildungstheorie, die alle Aspekte zu integrieren für sich beansprucht (so wird z. B. auf den Stellenwert therapeutischer Prozesse im Kontext einer Bildungsarbeit nicht näher eingegangen). Es handelt sich nicht um ein ausgereiftes, fertiges Konzept, sondern vielmehr um einen dynamischen Ansatz, der von einem Wachstumspotential ausgeht und sich durch die weitere Erforschung, Erfahrung und Anwendung vieler anderer Frauen gestalten und verwirklichen kann. Andererseits ergeben - wie deutlich werden wird - die erkenntnistheoretischen Zugänge und das konzeptionelle Gefüge einen spezifischen Ansatz zur feministischen Bildungsarbeit.

---

[1] GAIA als Kürzel und Symbol bedeutet >Erde<. Der Aspekt, der das vorliegenden Konzept mit dem Symbol verbindet ist das Prinzip der >Vielheit in der Einheit<: "der Körper von GAIA, der Erde, (besteht) aus vielen einzelnen großen, kleinen und kleinsten Einzelsystemen, die alle miteinander vernetzt und verwoben sind, und die alle eingebunden sind in die Immanenz des Kosmischen Rades" (Pahnke 1992: 235). D. h. die Einzelteile des Konzepts sind so miteinander verbunden, das sich von jedem einzelnen Element Bezüge zu allen anderen herstellen lassen. Gleichzeitig wird durch die Perspektive, die die Widersprüche als eine Kategorie des menschlichen Geistes und nicht als ein Element der Wirklichkeit an sich begreift, der nicht-duale Grund, gewahrt.

3.1 Warum ein Konzept? Für wen?

Die Konzepterarbeitung resultiert zum einen aus dem Wunsch nach einer Verbindung von Theorie und Praxis. Durch die konzeptionelle Übertragung der vorausgegangenen vorwiegend erkenntnistheoretischen Betrachtungen wird der Praxisaspekt gewahrt. Zum anderen ist das Konzept eine Konsequenz feministischer Erkenntnis, derzufolge Frauen die neue Selbst-Benennung zu verantworten haben. Feministische Theoretikerinnen wie L. Irigaray und B. Starrett haben dies in ihren theoretischen Modellen differenziert begründet. Eine Selbst-Benennung hat sich auf unterschiedlichen - nicht nur auf individueller-psychischer - Ebene(n) zu realisieren: d. h. auf institutioneller, konzeptioneller, theoretischer Ebene etc. Somit versteht sich vorliegender Ansatz als ein weiterer Beitrag einer Einschreibung in eine neue symbolische Ordnung aus einer feministischen Perspektive.

Mit der Formulierung nachfolgenden Konzepts sollen Impulse für eine weitere Auseinandersetzung zur feministischen Bildungsarbeit im Kontext des feministischen Diskurses gesetzt werden. Vor allem, da das Konzept aus dem Praxisfeld der autonomen feministischen Bildungsarbeit erwachsen ist, und dieser Bereich sich - wie mehrfach erwähnt - bisher durch einen Mangel an theoretischen und konzeptionellen Veröffentlichungen auszeichnet.[1] Das heißt nicht, daß das Konzept nicht übertragbar auf die Bildungsarbeit in anderen Institutionen ist.

An wen ist dieses Konzept gerichtet?

Diese Frage ist keineswegs überflüssig, wie sich aus den Reflexionen zu den Begriffen >Frau< und >Weiblichkeit< im Kontext der Ausführungen zur These der Geschlechterdifferenz schlußfolgern läßt. >Frau< ist nicht gleich >Frau< und ein Seminar im Kontext feministischer Bildungsarbeit richtet sich nicht zwangsläufig an alle Frauen. D. h. feministische Bildungsarbeit kann sich nicht an >die Frauen< richten und sich konzeptionell über ein >wir Frauen< verankern oder rechtfertigen, da es das fest

[1] Dem Konzept liegt folgende konkrete Praxis zugrunde: die Erfahrungen (13jährige Berufspraxis) in einem autonomen feministischen Bildungshaus im allgemeinen (Frauenbildungshaus ZÜLPICH) und die Planung und Durchführung von Fortbildungsseminaren für Kursleiterinnen zum Thema >Feministische Bildungsarbeit< im besonderen. Das Konzept wiederum bildet die Grundlage für diese Fortbildungen. Es mündet derzeit in einen 2-jährigen Lehrgang zur >Feministischen Bildungsarbeit<.

umrissene unveränderliche Subjekt >Frau< nicht gibt. Jede Bildungsreferentin hat sich damit auseinanderzusetzen, daß ihr Parteilichkeitsansatz solange ideologisch bleibt, wie er sich auf >die Frauen< bezieht.

Feministische Bildungsarbeit muß sich einen konkreten Ausdruck geben, so daß sich unterschiedliche Frauen zusammenfinden können. Der Bildungsprozeß wird in seinem Verlauf sowohl von den Impulsen des Gemeinsamen, als auch von den Differenzen bzw. Unterschieden beeinflußt und getragen.[1]

Vor dem Hintergrund obiger Vorüberlegungen konkretisierte sich das nachfolgende Konzept.

Wie in der Frankfurter Frauenschule, so ist es auch in anderen Frauenbildungsprojekten eine Gegebenheit, daß - bis auf wenige Ausnahmen - die Referentinnen ihre Fortbildungen, die sie zur Seminararbeit qualifiziert haben, außerhalb von Frauenzusammenhängen wahrgenommen haben. Die vorliegende Dissertation entstand u. a. aus der Motivation, die Seminararbeit von Weiterbildungsreferentinnen durch die Ausarbeitung eines Konzepts, das eine Grundlage für eine Fortbildung bzw. Selbst-Reflexion von Weiterbildungsreferentinnen darstellen könnte, explizit feministisch zu begründen.[2] D. h. das Konzept richtet sich

---

1 Das jeweils Gemeinsame, das verschiedene Frauen zu einem Thema zusammenführt, wird im Kontext feministischer Bildungsarbeit häufig über die Textausschreibung erfaßt. Das Thema, die Methoden mit denen die Inhalte erschlossen werden sollen, die Art und Weise der Darstellung und - bei gewissem Bekanntheitsgrad - der Namen der Referentin führen dazu, daß Frauen sich für die Teilnahme an einem Seminar entschließen. In einigen Fällen ist es auch die Empfehlung einer Freundin, die zu einem Besuch eines Seminars motiviert. D. h. die Referentin spricht über den Ausschreibungstext, die Auswahl des Ortes, an dem das Seminar stattfindet, die Themenstellung und die Methodenwahl explizit oder implizit den potentiellen Teilnehmerinnenkreis an. Hierbei gilt: indem die Referentin bestimmte Frauen anspricht, schließt sie gleichzeitig viele andere Frauen aus. Im Kontext einer Sensibilisierung für offene und versteckte Ausgrenzungsverfahren, ist das Nicht-Benannte im Verlauf der Planung und Durchführung eines Bildungsangebotes mitzubeachten.

2 Angelika Klotz-Groeneveld veröffentlichte 1993 ein Konzept zur >Weiterbildung von Kursleiterinnen in der Frauenbildungsarbeit< (herausgegeben vom Landesinstitut für Schule und Weiterbildung Soest) die einen vollkommen anderen Zugang zur Begründung und Darstellung einer Konzeption wählt. Die Betonung

(Fortsetzung...)

- an Frauen, die ihrer beruflichen Praxis eine feministische Basis geben, bzw. ihren feministischen Standpunkt überdenken möchten;
- es richtet sich sowohl an erfahrene Weiterbildungsreferentinnen als auch an Berufsanfängerinnen;
- an Pädagoginnen, Bildungsarbeiterinnen, Psychologinnen, Sozialarbeiterinnen und freiberufliche Weiterbildungsreferentinnen und
- an Frauen, die - haupt- oder nebenberuflich, in Frauenprojekten oder Institutionen - mit Frauengruppen arbeiten bzw. arbeiten wollen.

Ziel ist es, daß die Frauen entweder im Kontext einer Auseinandersetzung mit den Konzeptelementen bei entsprechender Erfahrung mit den Erkenntnismethoden, ihr eigenes Konzept, den für sie >authentischen< Ansatz, die für sie entsprechende Modifikation erarbeiten und verwirklichen oder sich auf dieses Konzept stützen, es zum Ausgangspunkt ihrer Bildungsarbeit machen und sich durch den Zugang zum eigenen Potential das jeweils >authentische< entfalten kann. Damit wäre ein Beitrag zur Konkretion feministischer Bildungsarbeit geleistet, so daß sich diese nicht durch ihre Vielgestaltigkeit in Beliebigkeit auflöst.

Das vorliegende Konzept beansprucht nicht, daß im Kontext einer Bildungspraxis, die auf diesem Entwurf aufbaut, *alle* Persönlichkeitsaspekte einer Frau angesprochen werden. Um die potentiellen Adressatinnen aus einem anderen Blickwinkel heraus kennzeichnen zu können, soll kurz auf die Beschreibung der dreifachen Aspektierung einer Persönlichkeit, wie sie ERHARDT HANEFELD (in: ASSAGIOLI 1978: 28-30) vornimmt, eingegangen werden. E. Hanefeld unterscheidet die >Leidende<, >Lernende< und >Suchende< voneinander:

Der Aspekt, den die Frau als >Leidende< kennzeichnet, ist durch folgendes wahrzunehmen: Die Frau leidet am Leben und ist nicht mehr in der Lage, ihren Aufgaben und Verpflichtungen nachzukommen und tragfähige Beziehungen zu gestalten. Kennzeichnend für diese Phase ist die persönliche Krise, derzufolge eine Frau glaubt, diese nicht mehr alleine bewältigen zu können. Für erlebnisaktivierende Methoden besteht in diesem Stadium keine Aufnahmebereitschaft.

---

[2](...Fortsetzung)
liegt hier auf der Methodik und der Didaktik. U. a. wird die gesamte Fortbildung in ihrem inhaltlichen und methodischen Aufbau dargestellt.

In der Phase der >Lernenden< ist die Frau motiviert, mehr über sich, andere und die Welt zu erfahren. Sie möchte tiefer empfinden, voller existieren. Neugier und Interesse sind die Leitmotive, um mit den eigenen Prozessen weiterzukommen. Insbesondere Techniken, die sich mit dem Hier und Jetzt (wie die TZI=Themenzentrierte Interaktion, Interaktionspädagogik) beschäftigen, sind geeignet, die bisherigen Grenzen der (Selbst- und Fremd-)Wahrnehmung zu erweitern. Hier ist die Begegnung und das gemeinsame Lernen von besonderer Wichtigkeit.

Die Phase, derzufolge die Frau als >Suchende< zu kennzeichnen ist, läßt sich als eine beschreiben, in der die Frage nach dem Sinn des Lebens gestellt wird, obwohl durchaus Glück und Erfolg das bisherige Leben begleitet haben. Angesichts der Frage erscheint alles Erreichte sinnlos. Eine Frau die sich diesen Gefühlen stellt, ist zur Suchenden geworden. Die Begrenzung der äußeren Welt wird wahrgenommen und die Erweiterung geistiger Dimensionen angestrebt. Die sich im Prozeß einer solchen Phase abzeichnende >Wende nach innen< kann mit Hilfe von Meditationen und Kontemplationen verwirklicht werden. Konstruktiv ist es, in dieser Phase im Kontext eines Lern-Such-Prozesses mit Gleichgesinnten der Frage nach dem Sinn, die letztlich die Frage nach dem Sinn für die eigene Existenz ist, nachzugehen. Als Resultat können sich gänzlich neue Formen der Wahrnehmung und der Beziehungen entwickeln. Ziel ist die Klarheit, denn >Klarheit ist, wo kein Suchen ist< (GEBSER 1986, GAI: 142).

Bei aller Vorsicht, die sich gegenüber Systematisierungen wie sie oben vorgenommen wurden empfiehlt, ist zu betonen, daß das Phasenmodell weder als ein Bewertungsraster anzuwenden, noch als ein Fortschrittsmodell zu interpretieren ist. Es soll vielmehr als Wahrnehmungsmodell wirken, demzufolge eine Frau zu benennen vermag, in welcher Phase sie sich befindet, wobei einzuwenden ist, daß dies keineswegs so gradlinig geschieht, wie es das Modell suggeriert. Mit Hilfe der Prozeßorientierung kann in einem Bildungsprozeß der jeweils vorrangige Aspekt, der die Frau im >Hier und Jetzt< konstituiert, herausgearbeitet werden.

Unter Berücksichtigung des vorausgegangenen und unter Rückbezug auf das vorliegende Konzept läßt sich sagen, daß sich dieses an Frauen richtet, die sowohl >Lernende< als auch >Suchende< sind. Damit unterscheidet sich das Konzept von anderen gruppenpädagogischen Konzepten, die sich vorrangig auf den Aspekt der Lernenden beziehen (z. B. TZI).

Der Aspekt der >Suchenden< ergibt sich im Kontext des Konzepts:

- aus der Priorität, die die Kategorie Bewußtsein einnimmt,
- dem angestrebten Prozeß, der von der Selbsterfahrung über die Selbsterkenntnis zur Einsicht führt
- und der Integration intuitiver Erkenntniswege.

Als >Lernende< wird die Frau primär über die Selbsterfahrungsprozesse und die analytischen Zugänge angesprochen.

Hinsichtlich der Konsequenzen, die sich für die Begleitung und die teilweise Anleitung eines Lern-Such-Prozesses für die Qualifikation einer Referentin ergeben, sei hier folgendes angemerkt: Voraussetzung ist, daß die Referentin sich auf einen solchen Suchprozeß (der begleitet ist von der Erfahrung des Zweifels, Disziplin, Selbstverantwortung und dem ständig erneuten Hineingehen in Veränderungen) selbst eingelassen hat. Dies gilt vor allem auch für die Methode der Meditation, die über eine längere Zeit praktiziert werden sollte, bevor sie weitergegeben werden kann. Die Referentin sollte Erfahrungen mit der Selbsttäuschung, der Überwindung von Trugbildern und den Hindernissen haben, die einen solchen Prozeß begleiten. Prozesse können bei einer anderen Frau nur dann wahrgenommen werden, wenn sie selbst erfahren und zu Bewußtsein gebracht wurden.

Die Referentin ist auf ihrem Weg eine Lernende und Suchende. Auf einer solchen Grundlage wird eine Referentin jede Frau in den Phasen ihres Erkenntnis- und Einsichtsweges akzeptieren und soweit wie möglich stützen, indem sie das Potential der Frau zu wahren vermag.

3.2 Zum Subjektbegriff

Den Hintergrund dieses Konzepts bildet die Intention, eine Bildungsarbeit theoretisch zu begründen, die sich vorrangig einer Bewußtseinsintensivierung und -veränderung auf der Basis eines spezifischen Ansatzes des feministischen Selbsterfahrungskonzeptes zuwendet. Das Ziel der Selbsterfahrungspraxis war u. a., die weibliche Identität zu entdecken, auszubilden und zu stärken. Die im Kontext des feministischen Diskurses stattfindende kritische Auseinandersetzung mit traditionellen Identitäts- und Subjekttheorien führt dazu, die Annahme einer Ich-Substanz in Frage zu stellen. Die Konsequenz eines solchen Diskurses im Hinblick auf ein Konzept zur feministischen Bildungsarbeit ist, daß sich feministische Bildungsarbeit nicht mehr als >persönlichkeitsbildend< definieren kann, ohne den zugrundeliegenden Subjektbegriff offenzulegen.

In diesem Zusammenhang ist es ein erster Schritt, wenn Einsicht in die Konstruktion weiblicher Subjektivität genommen wird und von den Auflösungen der Ich-Grenzen gesprochen wird. Gleichzeitig ist nach den befreienden Aspekten zu fragen, die sich für die Entwicklung des Selbstbewußtseins und der Selbstbestimmung ergeben, wenn von der Kontinuität eines festumrissenen >Ichs< abgesehen werden kann. Es geht nicht darum, die Subjektwerdung als solche ad absurdum zu führen, sondern es geht darum, deutlich werden zu lassen, daß der jeweilige Subjektbegriff eine ihm entsprechende Konstituierung des Selbstbewußtsein, der damit verbundenen Selbstbestimmung und des verantwortlichen Handelns und Wirkens nach sich zieht.

> "Selbstbewußtsein, Selbstbestimmung und in dieser Form personale Identität sind Termini der neuzeitlichen Philosophie. Sie stehen im Zusammenhang mit der Entfaltung der Subjektivität, das heißt einer selbstbewußtseinszentrierten Explikation des Ich. Hierbei geht es um ein Ich, das wesentlich als Geist und Vernunft bestimmt ist. Mit dem Begriff >Selbstbewußtsein< ist philosophisch ein Bewußtsein gemeint, das jemand von sich selbst hat (WEISSHAUPT 1990: 139)."

Es ist zu fragen, was bewußt wird, wenn eine Frau sich ihrer selbst bewußt wird. Die Frage nach dem sich selbst reflektierenden Individuum ist jedoch abhängig von der zugrundeliegenden Identitäts- bzw. Subjekttheorie: das ungebrochene Subjekt steht im Mittelpunkt des Humanismus und ist Teil patriarchalischer Ideologie. Jedes Individuum, so besagt die liberal-humanistische Tradition besitzt eine unveränderliche Grundsubstanz der Subjektivität. Das Bewußtsein wird als kontinuierlich gedacht und nicht wie im Kontext des Poststrukturalismus als fragmentarisches und widersprüchliches Ergebnis eines diskursiven Ringens um die Subjektivität des Individuums. Um die poststrukturalistische Perspektive zu verdeutlichen, sei CHRIS WEEDON (1990) zitiert: Individuen sind demzufolge

> "sowohl der *Schauplatz* als auch der *Gegenstand* des diskursiven Ringens. Aber die Anrufung von Individuen als Subjekte innerhalb eines bestimmten Diskurses ist nie endgültig; sie kann jederzeit in

Frage gestellt werden. Das Individuum ist dem Diskurs ständig unterworfen. In ihrem Denken, Sprechen und Schreiben überantworten sich Individuen notwendigerweise bestimmten Subjektpositionen und nehmen in verschiedenen Momenten ganz gegensätzliche Arten von Subjektivität an" (125).

D. h. eine vorgegebene, universelle Struktur der Subjektivität wird hier nicht zugrundegelegt.

Aus der buddhistischen Perspektive wird es ebenfalls möglich, das Subjekt als einen Prozeß zu definieren: einen unpersönlichen Prozeß von Ursache und Wirkung, der in seine einzelnen Elemente zerlegt werden kann. Diese Elemente der Erfahrung konstituieren die Gesamtheit dessen, was mit >Ich< und >Welt< bezeichnet wird. Dieser Prozeß kann nicht durch schlußfolgerndes Denken realisiert werden, sondern nur durch eine Praxis des Erlebens, wie die der Meditation. Die mit der Meditation verbundene Erfahrung ist mit der Einsicht, der empfindungsgeleitenden Erkenntnis verknüpft. Der erste Schritt gilt in diesem Kontext der Untersuchung, ob eine Kontinuität gefunden werden kann, die >Ich< genannt wird.

Bezogen auf die feministische Bildungsarbeit bedeutet der Verzicht auf einen essentialistischen Identitätsbegriff, daß nicht mehr unhinterfragt von einer >weiblichen Identität< oder einer >weiblichen Subjektivität<, die es zu ent-decken gilt, ausgegangen werden kann. Falls die Hypothese von der Existenz >weiblicher< Identität mit einem Gefühl von Sicherheit verbunden war, so ist nunmehr zu erkennen, daß die Festlegung der Subjektivität letztlich gar nicht so viel Sicherheit und Vertrauen vermitteln konnte: "Die in solchen Versuchen enthaltene Behauptung von >Wahrheit< ist ständig durch Widerstand und die Neudefinition der Bedeutung gefährdet" (ebd. 136). Es kann in diesem Kontext nicht unberücksichtigt bleiben, daß auch, wenn die Illusion des humanistischen Ideals autonomer Subjekte eingesehen wird, sich dennoch das Konzept stabiler >Ich-Identitäten< immer wieder durchsetzt. Das ist jedoch keineswegs ein Merkmal der Existenz, sondern Zeichen einer bestimmten Wahrnehmungs- und Erkenntnispraxis, die sich tief in das Bewußtsein verankert hat. Das Aufgeben der >zwanghaften< Konstruktion und Repräsentation eines einheitlichen und zudem weiblichen Subjekts kann als ein Akt der Befreiung wahrgenommen werden. Vorausgegangenes auf einen Nenner gebracht gilt es, Subjektivität als einen Prozeß wahrzunehmen, der offen für Veränderungen ist.

Dem Resümee soll folgende Frage zugrundegelegt werden: Wie verhält sich das Konzept der Subjektwerdung der Frau mit dem Konzept der Bewußtseinsveränderung mit dem Ziel einer Überwindung der Subjekt--Objekt-Spaltung?

Nochmals soll betont werden, daß Frauen ihre Subjektwerdung nicht negieren sollen. Im Gegenteil: die Subjektwerdung ist eine Voraussetzung zu Überwindung der dualistisch geprägten Bewußtseinsstruktur. Jedoch liegt diesem Prozeß im Kontext des vorliegenden Konzeptes kein essentieller Subjektbegriff zugrunde. Die Subjektwerdung ist vielmehr ein Selbsterkenntnisprozeß, der das klar umrissene Subjekt zu transzendieren vermag, so daß die Subjekt-Objekt-Spaltung überwunden werden kann. D.h. auch, daß die Dichotomie männlich/weiblich als Geschlechtsidentitäten mit metaphysischem Konzept abgelehnt werden.

Die Befreiung der Frau ist nicht verwirklicht, wenn eine Frau sagt >Ich bin eine Frau<, sondern dies ist eine not-wendige Aussage im Kontext einer Frauenunterdrückung und im Kontext der mentalen Bewußtseinsstruktur. Oder wie es Hélène Cixous (1990) ausdrückt: ">Als Frau< dieser Zeit muß ich sagen und wiederholen >Ich bin eine Frau<, weil wir in einer noch so alten und unwissenden und bedrückenden Epoche leben, daß die Gefahr des Gynozids immer noch besteht" (27). Der Begriff >Frau< wird zum strategisch, politischen Begriff, denn politisch ist es immer "noch für Feministinnen erforderlich, Frauen als Frauen beizustehen, um der patriarchalischen Unterdrückung, die Frauen als Frauen verachtet, entgegenwirken" (MOI 1989: 25).

TORIL MOI (1989) formuliert die Doppelstrategie die sich aus dem Vorausgegangen ergibt folgendermaßen:

> "Wenn das Patriarchat Frauen *als* Frauen unterdrückt und uns ohne Rücksicht auf die individuellen Unterschiede als >weiblich< einordnet, hat der feministische Kampf zwei Aufgaben: er muß die patriarchale Strategie, die >Weiblichkeit< dem biologischen Weiblichen immanent macht, auflösen und gleichzeitig Frauen eben als Frauen verteidigen (101)."

3.3 Die Grundlage - Das Prinzip - Die Prämisse

Die *Grundlage* ist die feministische Sichtweise, die mit dem Ziel der Frauenbefreiung verbunden ist, *Prinzip* ist die Selbstbefreiung und die (Selbst)verantwortung und die *Prämisse* kommt der Bewußtseinsintensivierung und -veränderung mit dem Ziel einer potentiellen Überwindung der Subjekt-Objekt-Spaltung zu.

Das Konzept stellt sich in die Tradition feministischer Bildungsarbeit und sucht der Befreiung der Frau im Kontext einer Praxis der Bewußtseinsveränderung konsequent nachzugehen, wodurch der Diskurs um die Begründung eines Ansatzes zur feministischen Bildungsarbeit eine neue Wendung erhält.

Feministische Theoriebildungsprozesse und Konzeptentwicklungen sind einer kontinuierlichen Veränderung unterworfen, so daß nur wenige Prinzipien bleiben, die die Basis eines solchen Konzeptes bilden (z. B. Parteilichkeit, angestrebte Hierarchiefreiheit, Autonomie).[1] Vorliegendes Konzept bezieht sich vor allem auf den Selbsterfahrungsansatz - den es zu modifizieren sucht - und die Prozeßorientierung feministischer Bildungsarbeit.

Prozeßorientierung heißt, auf das >Unterwegs-sein<, den Prozeß und das >Hier und Jetzt<, das Gegenwärtige konzentriert sein. Dies schließt m. E. Problemlösungen und entsprechende Arbeitsergebnisse nicht aus, sie sind jedoch nicht Ziel und Zweck des Bildungsprozesses, sondern begleitendes Produkt. Ziel und Weg fallen zusammen, sind komplementär aufeinander bezogen. Prozeßorientierung bedeutet, den >Weg der kleinen Schritte< und - im Kontext vorliegenden Konzepts - mit der potentiellen Möglichkeit verbunden, auf >das Ganze< zu verweisen. Zielfixiertheit bedeutet, aus der Gegenwärtigkeit herauszufallen und geistig auf das Ziel orientiert zu sein. Es bedeutet, das Konkret-Lebendige zu übersehen und bemißt den Erfolg anhand einer hierarchisch geordneten, gesellschaftlich perpetuierten Ziel(Erfolgs-)-Tabelle. Eine einseitige Ausrichtung auf die Ziele eines Bildungsprozesses fordert und fördert Hierarchie und Bewertung. Die Ausbildung von >Subjektivität< und >Authentizität<, die die prozeßorientierte Bildungsarbeit begleiten können, unterstellen keinesweg die Ignoranz gegenüber einer Beziehung zwischen >Individuum und Gesell-

---

1 Vgl. hierzu Teil I dieser Arbeit.

schaft< - wie Ch. Schiersmann (1987) in Anlehnung an K. Mollenhauer vermutet -, sondern sucht nach einem >neuen Paradigma< auf erkenntnistheoretischer Ebene wie auf der des Handelns.[1]

Auf die Selbsterfahrungsorientierung wird im nachfolgenden Abschnitt (3.4.) vertiefend eingegangen. Die konkrete feministische Position, die mit dem Konzept verbunden ist, wird durch die weitere Darlegung der einzelnen Konzeptelemente deutlich hervortreten.

Im Kontext des Entwurfes werden Selbstbefreiung und (Selbst-)Verantwortung als *Prinzipien* hervorgehoben. Beide bedingen einander gegenseitig: Selbstbefreiung setzt (Selbst-)Verantwortung voraus und (Selbst-)Verantwortung zieht Selbstbefreiung nach sich.

Übertragen auf einen Lehr-/Lernprozeß bedingt Selbstbefreiung Offenheit und Transparenz. D. h. es geht um einen Prozeß, der darauf gegründet ist, daß dieser für jede Teilnehmerin potentiell transparent ist. Mit anderen Worten: Ausgangspunkt ist, daß die Frauen (Teilnehmerinnen) über Methoden Zugang zur Erkenntnis erlangen und in diesem Prozeß aktiv und kreativ Gestaltende und Forschende sind. Sie sind Erkenntnisträgerinnen, die selbstverantwortlich das Maß ihres Lernens bestimmen und entscheiden.

Das Erlernen von Selbstverantwortung ist insofern unabdingbare Voraussetzung für einen Befreiungsprozeß, da das Leben unablässig mit Entscheidungssituationen verknüpft ist. Es ist notwendig, daß eine Frau zur Einsicht in die mit ihren Entscheidungsprozessen verknüpften Absichten gelangt, um verantwortlich handeln zu können.

---

1 Siehe hierzu die Ausführungen zum Subjektbegriff unter II.2.3. Auch in kritischer Distanz zu diesem Begriff geht es keineswegs - wie mehrfach aufgezeigt wurde - um die Aufhebung des Kriteriums der Subjektivität als konstitutives Element eines Erkenntnisprozesses. Im Gegenteil: die Mutation, der Sprung, der Augenblick, wo die Subjekt-Objekt-Spaltung überwunden ist, kann mit dem Begriff der >reinen Subjektivität< umschrieben werden. In diesem Sinne ist sie nicht mehr im dualistischen Modell verfangen. Wenn dieser Begriff in diesem Kontext Bedeutung gewinnt, trägt er Befreiungscharakter. Zu Mißverständnissen führt der Begriff, wenn die Subjektivität als etwas >zu mir gehörendes<, als Identitätskategorie, definiert wird.

Mit diesen Prinzipien wird zudem auf die Qualität der Interaktion und Beziehungsstruktur im Kontext des Bildungsprozesses verwiesen: keine der teilnehmenden Frauen (einschl. der Referentin) kann für sich den Anspruch erheben, eine andere von ihren Ängsten, Problemen etc. befreien zu können bzw. kann erwarten, daß eine andere für sie die Verantwortung übernimmt.

Das Verantworten, d. h. Wahrgenommenes in Worte (und in Taten), in Antwort zu fassen, kann sich sowohl auf die eigene als auch auf andere Person(en) und Lebewesen beziehen. Verantwortung verlangt somit eine Aufmerksamkeit den eigenen Prozessen, wie denen anderer gegenüber. Verantwortung impliziert demzufolge grundsätzlich einen Beziehungsaspekt, d. h. jedoch nicht, Verantwortung sei *für* andere zu übernehmen, in dem Glauben zu wissen, was für die andere gut und richtig ist. Eine solche Verantwortung wäre ein Akt der Entmündigung. Grundlegend für das Prinzip der (Selbst-)Verantwortung ist die Achtung der Frau im allgemeinen und die Achtung vor dem Potential jeder einzelnen Frau im besonderen. (Selbst-)Verantwortung ist somit ein Ausdruck von Existenz und ein Beweis von Vitalität.

Das Prinzip der Selbstbefreiung/(Selbst)Verantwortung ist im Kontext eines feministischen Bildungsprozesses politisch begründet. Was heißt das?

Das Prinzip der Selbstverantwortung verweist auf eine theoretische Grundhaltung, die den Opfer-Theorien widerspricht und sie in Frage stellt. D. h. nicht, daß in einem Selbsterfahrungsprozeß das Gefühl der Ohnmacht und die Erfahrungen des mißbraucht- und mißhandelt-worden--seins einzelner Frauen, weswegen sie sich zu Recht als Opfer bezeichnen, verdrängt werden soll. Diese Erfahrungen sind individuell aufzuarbeiten, nicht aber durch Opfer-Theorien zu verfestigen. Ziel ist es, zur vollen Selbstverantwortung zu gelangen. Damit ist die Überwindung von Schuldzuweisung verbunden: sowohl die an andere als auch die an sich selbst.

Damit wäre eine Haltung gewonnen, von der aus die Frau sich und die Welt neu betrachten kann. Die erkenntnisleitende Fragestellung ist nicht mehr: wer ist schuld; was ist falsch gelaufen; wo wird mir etwas angetan? Diese Fragestellungen können im Kontext einer selbstverantwortenden Haltung ersetzt werden durch Fragen wie z. B.: was für eine Aufgabe vermittelt sich über den Konflikt; welche Wirkungsfaktoren haben zu dieser oder jener Reaktion geführt; wie kann ich verändernd wirken; wie kann ich mich jeweils adäquat geschehen-machend und geschehenlassend verhalten; wie kann ich Einsicht gewinnen?

Selbstverantwortung ist in diesem Konzept kein moralisches Gesetz, sondern ein Resultat des Prozesses der Selbsterfahrung.

Zur methodischen Vorgehensweise sei in diesem Zusammenhang an B. Starrett erinnert, die eine Befreiungsstrategie begründete, welche in das Konzept mit eingeht. Demzufolge integriert ein Selbstbefreiungsprozeß neben dem Erkennen der Frauenunterdrückung die Selbstbenennung im Kontext einer umfassenden Absage an jegliche Opfer-Haltung und die Verwirklichung von Selbstverantwortung. Aus dieser Position heraus wird die Frau zur aktiven Gestalterin ihrer Selbst und der Welt und erkennt sich und die anderen Frauen als Erkenntnisträgerinnen. Die Formel lautet: *erkennen - benennen - nicht tadeln - verändern.*

Eine Referentin ist in einem solchen Lernprozeß Wegweiserin. Sie ist bereit, für den >Schutzraum<, in dem die Frauen ihren Selbst-Erfahrungs- und -Erkenntnisprozeß verwirklichen können, Verantwortung zu übernehmen. Sie ist gleichermaßen eine Lernende und Suchende. Darüber hinaus ist für ihre Rolle eine zusätzliche Aufmerksamkeit und Achtsamkeit kennzeichnend, mit der sie den Erkenntnisprozeß begleitend wahrnimmt und wahrgibt.

Die *Prämisse* des Konzepts, bildet die Intention zur Bewußtseinsintensivierung und -veränderung.[1] Ein Befreiungsprozeß setzt ein Bewußtsein darüber voraus, was zu befreien ist. Diesem Bewußtsein und dem Willen zur Befreiung geht die Erfahrung des Leidens voraus. Die Motivation zu einer Befreiung aus einer defizienten Bewußtseinsstruktur entsteht aufgrund der (erfahrenen) Erkenntnis, daß die geistigen Prozesse, das Denken und die Emotionen bedingt entstanden und damit unfrei sind. Eine kritische Analyse der herrschenden Bewußtseinsstrukturen und Denksysteme verweist in diesem Zusammenhang auf den Hegemonieanspruch der Praxis des diskursiven Denkens und die Unterdrückung und Abwertung jeglicher anderen Erkenntnispraxis, auf die Setzung der Absolutheit und Unveränderbarkeit der mentalen Bewußtseinsstruktur, auf die Verhaftung

---

1 In Kapitel II.2 wurde die Kategorie >Bewußtsein< eingehend behandelt, ebenso die Notwendigkeit und die Problematik einer Überwindung der Subjekt-Objekt-Spaltung bzw. die Einsicht in die wechselseitige Hervorbringung von Dualität und Nicht-Dualität.

und das Verfangensein in einer bestimmten Sprachkonstruktion und der damit verbundenen Erschließung von Welt-Sicht, die Priorität des Geistigen vor dem Körperlichen und die Trennung von Sinnlichem und Gedachtem.

Feministische Bildungsarbeit soll in diesem Kontext als Befreiung aus der un- bzw. teilbewußten Verhaftung an die herrschende Bewußtseinsstruktur definiert werden, der in einem möglichen Transformationsprozeß dieser Bewußtseinsstruktur mündet. Befreiung ist kein Ziel, sondern tagtägliche Praxis. Feministische Bildungsarbeit im Kontext des vorliegenden Konzeptes bietet das analytische Instrumentarium, das es ermöglicht, den Selbsterfahrungsprozeß erkenntnistheoretisch und -praktisch zu durchschauen.

Weder pessimistisches noch optimistisches Denken ist bestimmend für den Erkenntnisprozeß zur angestrebten Bewußtseinsveränderung. Es soll vielmehr ein Prozeß angesprochen werden, das Gefangensein wahrzunehmen *und* einen Weg hinaus zu finden. Dabei ist nicht zu vergessen, daß Erkenntnisprozesse lustvoll sein können. Unter einem solchen Vorzeichen kann die Begegnung mit Lernen für Frauen innovativ und befreiend sein. Lernprozesse als (auch) lustvoll zu erleben und in ihnen die erkenntniserotischen Momente ge-wahr werden zu lassen ist eine Notwendigkeit, um den Befreiungsprozeß Tag für Tag Gestalt werden lassen zu können.

Die *Grundlage*, das *Prinzip* und die *Prämisse* geben die Richtung der Befreiung an, die den Bildungsprozeß motiviert: sie sind formuliert im Sinne einer Frauenbefreiung, einer Selbst-Befreiung im Kontext von Selbstverantwortung und einer Befreiung auf der Bewußtseinsebene. Konkret heißt das, es ist eine Befreiung intendiert:

- aus einer androzentrischen Sichtweise, die sich im Kontext einer patriarchalen Welt durchgesetzt hat und sich auch in der Frau selbst Repräsentanz verschafft;
- von der Opfer-Haltung und den damit verbundenen Schuldzuweisungen an sich selbst oder/und an andere, ebenso wie die Befreiung von Erwartungen an andere (sie könnten mich befreien) und der Selbstüberschätzung (ich kann andere befreien);
- von einer eingeengten Wahrnehmung, einem begrenzten Bewußtsein und einer einseitig ausgebildeten Erkenntnisfähigkeit. Zentral ist die

Einsicht, daß die Wirklichkeit unmittelbar mit der Perspektive, aus der diese betrachtet und definiert wird, zusammenhängt.

Im Kontext eines derart wirkenden Bildungsprozesses kann die Welt erfahren, gemessen und gewahrt werden: aus der Sicht der Frau, aus einem Bewußtsein über das Bewußtsein, mit einer verantwortenden Haltung, derzufolge Ängsten, Entscheidungskonflikten und Problemen begegnet werden kann, da sie nunmehr als Aufgabe betrachtet werden können. In einem solchen Prozeß wird jede Frau ihr persönliches Thema, ihre erkenntnisleitende Fragestellung benennen, um mit sich und anderen Frauen den Erkenntnisprozeß aufzunehmen.

Bildungsarbeit als bewußtseinsintensivierende und -verändernde Arbeit verkommt zur Phrase, wenn nicht deutlich erkannt werden kann, was Bewußtsein ist. Dazu gehört

- auf der analytischen Ebene eine Erforschung der unterschiedlichen Bewußtseinsstrukturen;
- auf der intuitiven Ebene die Erfahrung des dynamischen Wahrnehmungsprozesses.

Jede Frau kann - vorausgesetzt sie ist nicht durch Krankheitsgründe oder psychische Verstörung gehindert - die existentielle Erfahrung einer Bewußtseinsintensivierung und -veränderung verwirklichen. Vorliegender Ansatz stellt diese Erfahrung in den Kontext eines Bildungsprozesses, demzufolge eine solche Erfahrung mit einem Erkenntnisprozeß verwoben ist. Ein solcher Bildungsprozeß ist der Erforschung, Entwicklung und Wahrnehmung des Bewußtseins gewidmet.

Eine Schwerpunktsetzung eines Konzepts zieht in der Praxis die Auswahl verschiedener spezifischer Methoden und Übungen nach sich, die jedoch im Kontext dieser Arbeit (mit Ausnahme der Meditationspraxis: siehe hierzu II.2.4.3) nicht im einzelnen ausgeführt werden können.

3.4 Die Essenz - Der Weg - Die ethische Dimension

Zur *Essenz* des Ansatzes wurde schon vielfach im Kontext vorliegender Arbeit Stellung genommen: es handelt sich um die Gänzlichung analytischer und intuitiver Zugänge zu Wissen, Wahrnehmung und Bewußtsein.[1]

Etymologisch steht der Begriff intuitiv damit in Zusammenhang, daß Erkenntnis durch unmittelbare Anschauung und nicht durch Denken gewonnen wird (vgl. DUDEN 1963). Es ist ein "unvermitteltes, vollständiges und umgreifendes Erfassen eines Gegenstandes oder eines Zusammenhangs, das keinen Zweifel zuläßt" (MEYERS KLEINES LEXIKON PHILOSOPHIE 1987). Demgegenüber bedeutet der analytische Zugriff ein Zergliedern und Zerstückeln bzw. ein "Verfahren, bei dem Erkennntis durch Zergliederung eines Ganzen in elementarere Bestandteile gewonnen werden" (ebd.). Eine Analyse kann unter verschiedenen Gesichtspunkten vorgenommen werden, je nachdem, welche Art von Beziehungen der Teile angestrebt wird (z. B. logische bei Schlußketten, kausale bei Ereignissen, zeitliche bei Handlungsabläufen, räumliche bei Abbildungen). Auf einen Nenner gebracht: analytisch kommen die Einzelteile, intuitiv die Gesamtheit zur Erkenntnis.

Durch die Gänzlichung in der beider Erkenntniswege gewahr werden, können Reduktionen verhindert bzw. überwunden werden, so daß sich weder Rationalismus noch Intuitionismus durchsetzen können. Überwindung - so lautet eine Aussage J. Gebsers - findet durch Integration statt. Dieser Aspekt wird durch die Gänzlichung analytischer und intuitiver Zugänge zum Wissen gewahrt.

Im Kontext eines feministischen Bildungsprozesses können mit dieser Erkenntnispraxis alle Inhalte, die Gruppengeschehnisse (-dynamik) und die intrapsychischen Prozesse erschlossen werden. Beide Erkenntnispraktikten bedürfen der intensiven Übung.

Die Analysen und Beschreibungen in Teil II.2 zeigen exemplarisch, wie eine solche Integration verwirklicht werden kann. Erkenntnisleitend waren in diesem Zusammenhang die theoretischen Ausführungen B. Starretts, J. Gebsers und der buddhistischen Lehre und Praxis. Die Beschreibung der 5 Daseinselemente machte deutlich, wie ein Erkenntnisobjekt analysiert,

---

[1] Der Begriff >Gänzlichung< wird in Anlehnung an J. Gebser definiert. Gänzlichung ist "die Herbeiführung eines Integrum, das heißt die Wiederherstellung des unverletzten ursprünglichen Zustands unter bereicherndem Einbezug aller bisherigen Leistung" (Gebser 1986, GAI: 67).

also in seine Einzelteile zerlegt und im Kontext einer Meditationspraxis intuitiv erfahren und somit überprüft werden kann. Meditation und Kontemplation sind Methoden des intuitiven Erkenntnisweges. Beide führen zur empfindungsgeleiteten Einsicht.

Die Gänzlichung, wie sie sich im Kontext vorliegender Arbeit konkretisiert hat, stellt nicht die einzige Möglichkeit dar. Der Zugang kann durchaus durch eine Integration anderer ausgewählter analytischer und intuitiver Ansätze gewahrt werden. Fundamental ist das Motiv der Gänzlichung beider Erkenntniswege unter dem Postulat einer Frauenbefreiung.

Im Kontext feministischer Bildungsarbeit ist ein Konzept, das eine solche Integration (intrapsychisch als auch politisch) anstrebt, längst überfällig. Es ist zudem ein Versuch, den Zwist zwischen Frauen, die sich dadurch feindlich voneinander abgrenzen, indem sie sich *entweder* zu dem analytischen *oder* dem intuitiven Zugang bekennen (müssen), hinter sich zu lassen und nicht mehr den dualistischen Kategorien: hier die politischen und wissenschaftlichen (= analytischen) Frauen, dort die spirituellen, selbsterfahrungsbezogenen (= intuitiven) Frauen verschrieben zu sein. Die Integration ist verbunden mit einer konkreten Praxis. Sie stellt eine Alternative zum dualistischen Umgang mit zwei unterschiedlichen Erkenntniskonzepten dar. M. E. gibt es eine große Anzahl von Frauen, die eine solche Integration direkt oder indirekt suchen.

Die *Essenz* beeinflußt den gesamten *Weg* eines solchen Bildungsprozesses. Der Weg ist dreifach strukturiert: durch Selbsterfahrung, Selbsterkenntnis und Einsicht.

Der Ansatz der Selbsterfahrung wurde ausführlich im Kontext vorliegender Arbeit analysiert und modifiziert, so daß sich zusammenfassend folgende Merkmale des veränderten Selbsterfahrungsansatzes herauskristallisierten:

- der Grundsatz: jede Frau ist eine Erkenntnisträgerin. Es gilt, das >weibliche Potential< zu entfalten;
- der Selbsterfahrungsprozeß ist zugleich ein Gruppenerfahrungsprozeß, in dem die Unterschiedlichkeit zwischen Frauen zur schöpferischen Kraft wird und die Praxis des affidamento diesem Ansatz zugrundeliegt.
- Die zentrale Kategorie ist >Bewußtsein< mit der Intention zur Bewußtseinsintensivierung und -veränderung beizutragen.

- Ausgangspunkt des Prozesses ist das Gefühl (im Unterschied zur Emotion).
- Der erkenntnistheoretische Zugang beruht auf einer Integration intuitiver und analytischer Ansätze zu Wissen.
- Die zugrundeliegende Fragestellung ist: Was ist das >Selbst<, das erfahren werden soll?
- Ziel ist es, daß Frauen im >Hier und Jetzt< selbstverantwortlich handeln und ihre Veränderungsfähigkeit ausbilden.

Der Prozeß der Modifikation des Selbsterfahrungsansatzes führte zur Entwicklung des >Weges<, der von der Selbsterfahrung über die Selbsterkenntnis zur Einsicht führte.

An dieser Stelle sollen die zentralen Aspekte eines solchen Erkenntnisweges resümierend wiederholt werden: Die Phase der Selbsterfahrung stellt den Prozeß der Ich-Werdung, der Subjektwerdung der Frau dar. Das Prinzip der Freiheit stellt sich hier durch den Ausspruch >Ich bin< dar. Im weiteren Prozeß vertieft sich die Phase der Selbsterkenntnis, die die Fähigkeit der Distanz von sich selber erfordert. Hier liegt das Prinzip der Freiheit darin, nicht mehr von Reaktionen bestimmt zu sein: von einer Schwäche, einem Fehler, einer Furcht: der Unterschied zur Phase der Selbsterfahrung liegt darin, nicht mehr z. B. zu sagen, "ich bin ängstlich", sondern, "ein Gefühl der Angst kommt gerade in diesem Moment hoch und versucht sich zu manifestieren". Die Frage ist - bezogen auf dieses Beispiel -, ob eine Frau als >neutrale Beobachterin ihrer selbst< diesen Prozeß wahrnehmen kann oder aufgrund der Angstgefühle erstarrt und sich von ihnen bestimmen läßt.

Die Reaktionen (Emotionen und Gedanken) distanziert betrachten zu können, heißt, sie in ihrem Wesen, ihren Erscheinungsformen, ihrem Sinn, d. h. der Aufgabe, die sich mit ihnen stellt, und in ihrer Vorläufigkeit kennenlernen zu können. Es kann gesagt werden, daß >sie sind<, das Problem beginnt, wenn eine Frau sagt, >ich bin das.....<. Auch hier sei wieder an die Formel erinnert: erkennen, benennen, nicht tadeln, ändern (vgl. Abschnitt II.2.4.3). Die Praxis der Meditation unterstützt einen solchen Erkenntnisprozeß, da sie mit einem Gefühl der inneren Freude verbunden sein kann und einem >Ansichtigwerden< dessen, was Ruhe und Friede - die sich in Vertrauen gründen - ist, so daß von dem Weg, der die Qualitäten der Ausdauer, Wachheit und Klarheit verlangt bzw. diese ausbildet, nicht mehr abgekommen werden kann.

Einsicht heißt, im Kontext eines Selbsterfahrungs- (>mein Selbst und meine Erfahrungen sind ein und dasselbe<) und Selbsterkenntnisprozesses (>ich erkenne mich selbst<) die Illusion eines konstanten >Ichs< (das >Ich< ist ein unpersönlicher Prozeß von Ursache-Wirkung) zu erfassen. In der Praxis der Einsicht nimmt die Achtsamtkeit und Wahrnehmung auf die Gefühle einen zentralen Stellenwert ein, d. h. es handelt sich um einen >Gefühlsweg<. Auf die *Qualität* des empfindenden Aspekts des Geistes wurde aus feministischer Perspektive in den Ausführungen zum Selbsterfahrungsansatz und im Kontext der Essays B. Starretts aufmerksam gemacht. Mit den Ausführungen zu den Daseinselementen konnte das >Gefühl< von den Reaktionen auf das >Gefühl<, z. B. in Form von Emotionen unterschieden werden. Eine Kritik an diesem Ansatz hat sich nunmehr an diesen Konkretionen abzuarbeiten.

Der anzustrebende Selbsterfahrungs- und Selbsterkenntnisprozeß beruht auf der Tatsache einer Ausbildung geistiger Wachheit. Voraussetzung zur Verwirklichung eines solchen Erkenntnisprozesses ist, daß sich die Unzufriedenheit mit dem, was ist, und mit dem, was nicht ist einen >Siedepunkt> erreicht hat und die Motivation stark genug ist, aus diesem Kreislauf ausbrechen zu wollen. Oder anders ausgedrückt: Es geht um die Suche nach einer neuen Haltung gegenüber den Aufgaben und ein Ablassen von einer Sichtweise, derzufolge "nach dem Dauerhaften im Unbeständigen, nach dem Angenehmen im Leid, nach dem Selbst in dem, was nicht Selbst ist, und nach dem Liebenswerten (...) im Abstoßenden" (CONZE 1990: 50) gesucht wird.

Wichtig ist, daß jede Frau im Anfangsstadium eines derartigen Erkenntnisprozeses ein positives Bild von sich selbst gestaltet, das möglichst authentisch ist und einen Zugang zu ihrem Potential darstellt. Hierdurch wird eine Konzentration auf die Aufgabe und den Erkenntnisprozeß erreicht. Es kann auch - um den inneren Prozeß anzuregen - helfen, ein >äußeres Ideal< zu bilden (z. B. Tara, die weiblich Göttliche) oder sich eine konkrete Frau vorzustellen, die das verwirklicht hat, was angestrebt wird. Hier kommt der Bildung einer weiblichen Genealogie und der Praxis von Frauenachtung und -liebe ein zentraler Stellenwert zu.

Bevor auf die dreifache Göttin, die als Symbol für die umfassende Aspektierung weiblicher Entwicklungs- und Ausdruckskraft steht, vertiefend eingegangen wird, soll die *ethische Dimension* (Selbstliebe-Frauenliebe-Liebe) des Konzeptes dargestellt werden.

Der Begriff >Liebe< findet dreifache Verwendung: als Bezeichnung eines Gefühls, einer Empfindung und als Ausdruck einer ethischen Grundhaltung. Laut philosophischem Wörterbuch (BRUGGER 1988) wird es >als wertbejahende und wertschöpferische Urkraft des wollenden Geistes< bezeichnet.

Liebe ist keine geschlechtsneutrale Kategorie: Frauen folgen nicht selten einem Liebeskonzept, das die altruistische Selbstaufgabe postuliert. Für Frauen ist die Liebe vorrangig an ihre Rolle in der Familie gebunden: im Ausdruck der MutterLiebe und der Liebe der Ehefrau zu ihrem Ehemann.

Die Liebe als ethische Begründung einer Praxis heißt, daß sie als geleitende Maxime das Denken, Sprechen und Handeln umgreift. D. h. jedoch nicht, daß diese Praxis den Gefühlsaspekt ausschaltet. In einem solchen Fall wäre >Liebe< ein abstraktes Modell, das dem diskursiven Denken entspringt. Von einem solchen Konzept >Liebe< ist hier nicht die Rede. Der Ansatz integriert vielmehr die oben genannten drei Klassifizierungen. Auch anhand dieses Konzeptelements zeigt sich wieder die Notwendigkeit eines Integrums: hier bezüglich der Spaltung zwischen ethischer, gefühlsmäßiger und körperlicher Liebe. Dies konkretisiert sich im Kontext feministischer Bildungsarbeit - wie sie hier vorgestellt wird - über die Praxis der Selbstliebe, der Liebe zu Frauen und der Verwirklichung von der >Liebe an sich<.

Um den Befreiungsprozeß Gestalt werden zu lassen, ist es notwendig, daß Frauen sich in der Selbst-Liebe üben. Selbst-Liebe ist die zugrundeliegende Zentrierung eines feministischen Bildungsprozesses, die den Selbsterfahrungs- und Selbsterkenntnisprozeß - insbesondere in den Phasen des Selbstzweifels, der Enttäuschung und des Leidens - begleitet. Sich selbst zu lieben heißt, sich zu akzeptieren, so wie frau geworden ist und keineswegs, wie sie sich vorstellt, wie sie idealerweise sein könnte. Eine solche Haltung ist eine zentrale Voraussetzung zur Konzentration, zum inneren Frieden und zur Verwirklichung der >Liebe an sich<. Sie ist weiterhin Grundlage zur Handlungs- und Veränderungsfähigkeit und zur Befreiung von einengenden und egozentrischen Konzepten.

Im Kontext eines feministischen Bildungsprozesses formuliert sich die Selbst-Liebe als Liebe zum eigenen Geschlecht. Sich selbst - als Frau in einem weiblichen Körper - zu lieben ist die Voraussetzung zur Hingabe an eine Vorstellung bzw. an ein Bild, das Frauen in ihrer umgreifenden Kraft, in ihrem Potential erscheinen läßt.

Angesichts der Frauenverachtung und -unterdrückung, wie sie sich alltäglich in unterschiedlichsten Formen aggressiver und subtiler körperlicher-psychischer Gewalt an und gegen Frauen Ausdruck verschafft, ist die Praxis der Selbst-Liebe nicht leicht zu verwirklichen.

Selbstliebe ist der Liebe zu anderen Frauen und der >Liebe an sich< nicht entgegengesetzt, sondern deren Voraussetzung. Mit anderen Worten: die Frau ist nur dann fähig, andere zu lieben, wenn sie sich selbst aus einem Gefühl des (Selbst)Vertrauens annehmen und lieben kann.

Die Gefühle der Liebe auf das eigene Geschlecht zu übertragen heißt auch, es auf die eigene Mutter und/oder - wenn dieses nicht möglich ist - die symbolische Mutter projizieren zu können, auf Frauen im allgemeinen und im besonderen. Verkürzt gesagt, es bedeutet, sich als Frau auf den Erkenntnisprozeß mit Frauen einzulassen.

Das Einlassen auf das weibliche Geschlecht findet seinen umfassenden Ausdruck in der lesbischen Liebe. Auch die lesbische Liebe ist ein vollständiges Liebeskonzept, d. h. sie ermöglicht, wie jede andere Liebespraxis, den Zugang zur >Liebe an sich<. Es ist keineswegs so, daß nur - wie im öffentlichen Diskurs vielfach behauptet - ein heterosexuelles Liebeskonzept der Garant für einen Zugang zur Transzendenz sei. Den Weg zur bedingungslosen Liebe findet jede auf eine ganz persönliche Art und Weise. Es ist ein >innerer Zustand< der entscheidend ist, und nicht die Tatsache, ob eine Frau im weltlichen Sinne Frauen oder Männer liebt. Frauenliebe und die Verwirklichung der >Liebe an sich< widersprechen sich in keiner Weise, wenn Haß, der sich in vielfältigster Weise zu manifestieren vermag, überwunden wird.

Aus Vorausgegangem wurde deutlich, daß der Prozeß, der von der Selbst-Liebe zur Frauen-Liebe führt, es potentiell ermöglicht, >Liebe an sich< verwirklichen zu können. D. h. Liebe, die nicht an Bedingungen oder an ein Gegenüber gebunden ist, die weder ausbeutet, noch ausgebeutet werden kann. Der Prozeß, der zur Fähigkeit einer Unterscheidung zwischen unterschiedlichen Konzepten zum Begriff >Liebe< führt, ist für Frauen im Kontext eines Befreiungsprozesses existentiell. Die Unterscheidung zwischen >Liebe für<, >Liebe unter einem fremden Wollen< und >Liebe an sich< bedarf der Übung und der Einsicht. Ansonsten besteht die Gefahr, daß Frauen ausgebeutet werden, u. U. unter dem Namen einer Ethik, die sich >Liebe< nennt.

3.5 Die Themen

Nachfolgend werden Bereiche benannt, die eine thematische Konkretion des Konzepts darstellen. Auch hier wiederum ergeben sich die Themen aus den (erkenntnis-)theoretischen Darstellungen und Analysen vorliegender Arbeit. Darüber hinaus verweist der Umfang der Themenstellung darauf, daß er sich auf einen Bildungsprozeß bezieht, der sich über eine längere Zeit mit dem Thema >Feministische Bildungsarbeit< beschäftigt.

Die nachfolgende stichwortartige Skizzierung der Themenbereiche ist lediglich ein Beispiel. Sie dient der Vervollständigung des Konzeptes in seiner Struktur und stellt darüber hinaus - wie erwähnt - eine Essenz der vorausgegangenen Kapitel dar.

Dieses Konzeptelement ist für jede Referentin, die sich auf obiges Konzept stützen möchte, offen und von dieser entsprechend ihren Inhalten und Methoden zu füllen und auszuformulieren.

Übergreifende Themen sind:	mögliche Konkretionen hierzu:
Frauengeschichte, Lebenswirklichkeiten von Frauen, weibliche Genealogie, die symbolische Ordnung am Beispiel des Sprachebrauchs	Weiblichkeitsentwürfe, die sich im Kontext des feministischen Diskurses entwickelt haben
Patriarchatsanalyse	Dualismusanalyse und -kritik au der Basis einer analyse der unterschiedlichen Bewußtseinsstrukturen (z.B. nach J. Gebser)
Wahrnehmungsschulung	Praxis der Mediation, Kontemplation und der Achtsamkeit zur Wahrung des dynamischen Wahrnehmungsprozesses (analytisch-intuitive Erfassung der Daseinselemente)
Methoden im Kontext feministischer Bildungsarbeit	insbesondere die Prozeßorientierung

Gruppendynamik in Frauengruppen; Rolle der Leiterin	Praxis des Affidamento un die Unterschiedlichkeit zwischen Frauen als kreatives Potential eines Bildungsprozesses

3.6 Zusammenfassung

Im folgenden kann nunmehr die Gesamtstruktur des Konzeptes dargestellt werden. Rückblickend und zusammenfassend kennzeichnet das Konzept:

- ein Subjektbegriff, der das Subjekt nicht als eine Enität auffaßt und als abgetrennt von anderen Subjekten definiert. >Persönlichkeit< wird als etwas verstanden, daß sich im ständigen Wandel befindet und letztlich nichts anderes ist, als dieser unpersönliche Prozeß von Ursache und Wirkung. Gleichzeitig können auf der Ebene der Erscheinungswelt unterschiedliche Individuen - Frauen und Männer - wahrgenommen werden, die jedoch nicht mit einem essentiellen weiblichen oder männlichen Kern ausgestattet sind.
  Dieser Subjektbegriff ist nur insofern sinnvoll, als er im Kontext einer Bildungsarbeit eingebunden ist,
- die Bewußtseinsveränderung - und intensivierung intendiert und die Subjekt-Objekt-Spaltung, die der herrschenden dualistisch geprägten Bewußtseinsstruktur zugrundeliegt, nicht nur zu erkennen sondern auch zu überwinden vermag.
- Eine solche Bildungsarbeit kann nicht anders sein als prozeßorientiert mit der letzten Konsequenz, daß das Erkennen dessen, das *alles* ein Prozeß ist, auch auf sich selbst, auch auf das eigene >Ich< übertragen werden kann. Ein solcher Befreiungsprozeß aus den herrschenden Denk-, Interpretations- und Wahrnehmungsweisen kann nur
- im Kontext eines Selbstbefreiungsprozesses realisiert werden, der mit der Selbstverantwortung unmittelbar in Zusammenhang steht. Daher nehmen Selbstverantworung - und -befreiung einen zentralen Stellenwert in dem Konzept ein. Es geht um das erkannte Erleben, um die Einsicht,
- d.h. um die empfindungsgeleitete Erkenntnis. Zu diesem Zwecke sind analytische Erkenntniszugänge ebenso zu integrieren, wie intuitive. Sie sind nicht nebeneinander als Methode zu benutzen, sondern sie unterstützen und bedingen wechselseitig den Erkenntnisprozeß. Erst

wenn das Erlebte erkannt wird, kommt es zur Einsicht, zum Klarblick. Ohne Erkenntnis handelt es sich um ein schönes Erlebnis, einen Augenblick des Glücks oder der Ruhe. Mit dem erkannten Erleben hingegen wird

- nach den Konsequenzen einer anderen Weltwahrnehmung gefragt, die auf dem Prinzip der Liebe aufbaut, der >Liebe an sich<, die sich nicht objektbezogen realisiert, sondern >an sich ist<. Voraussetzung ist die Selbstliebe und - im Kontext eines Frauenbefreiungsprozesses - die Liebe zu Frauen, zum weiblichen Geschlecht. Ohne die Selbstliebe, ohne die Achtung vor dem eigenen Geschlecht ist der Zugang zur >Liebe an sich< versperrt.

- Dieser gesamte Prozeß kann im Kontext einer feministischen Bildungsarbeit durch den Selbsterfahrungsansatz begründet werden, da mit ihm die >Subjektivität< zum Ausgangspunkt des Erkenntnisprozesses wird, die Gefühle als Erkenntnisquellen anerkannt werden und Denken und Fühlen gleichermaßen den Selbsterfahrungs- und Erkenntnisprozeß begleiten.

Literatur

Allen, Pamela: Der Freiraum, in: Arbeitskollektiv der sozialistischen Frauen Frankfurt (Hg.): Frauen gemeinsam sind stark, Frankfurt 1972, 63-69

Arbeitsgruppe Frauenbildung und Politik (Hg.): Von Frauen für Frauen. Ein Handbuch zur politischen Frauenbildungsarbeit, Zürich/Dortmund 1992

Assagioli, Roberto: Psychosynthesis, Freiburg i. Br. 1978

Ayya Khema: Meditation ohne Geheimnis, Zürich 1988

- >Interview mit Ayya Khema< und >Frauen und Spiritualität<, in: Lotusblätter, Doppelnummer 4/89-1/90, 4-9

- Morgenröte im Abendland. Buddhistische Meditationspraxis für westliche Menschen - Achtsamkeit und Einsicht als Schlüssel zur inneren Freiheit, Bern/München/Wien 1991

Beauvoir, Simone de: Das andere Geschlecht, Hamburg 1968

- >Ich bin Feministin<. Interview, Paris 1972, in: Schwarzer, Alice: Simone de Beauvoir heute. Gespräche aus zehn Jahren, Hamburg 1986, 25-43

Becker-Schmidt, Regina/**Knapp**, Gudrun-Axeli: Geschlechtertrennung - Geschlechterdifferenz. Suchbewegungen sozialen Lernens, Bonn 1987

Becker-Schmidt, Regina: Frauen und Dekassierung. Geschlecht und Klasse, in: Beer, Ursula (Hg.): Klasse Geschlecht. Feministische Gesellschaftsanalyse und Wissenschaftskritik, Bielefeld 1987, 213-266

- Die doppelte Vergesellschaftung - die doppelte Unterdrückung. Besonderheiten der Frauenforschung in den Sozialwissenschaften, in: Unterkirchner, Lilo/Wagner, Ina (Hg.): Die andere Hälfte der Gesellschaft, Wien 1987, 10-25

Beer, Ursula: Geschlecht, Struktur, Geschichte. Soziale Konstituierung des Geschlechterverhältnisses, Frankfurt a. M./New York 1990

Belenky, Mary Field/Mc Vicker Clinchy, Blythe/Goldberger, Nandy Rule/Tarule, Jill Mattuck: Das andere Denken. Persönlichkeit, Moral und Intellekt der Frau, Frankfurt a. M./New York 1989

Bingen von, Hildegard: Wisse die Wege. SCIVIAS, Salzburg 1954

Bischof, Rita: >Waren - Körper - Sprache<, in: Die Schwarze Botin 2/1977, 23-28

Böttger, Barbara: Das Recht auf Gleichheit und Differenz. Elisabeth Selbert und der Kampf der Frauen um Art. 3 Abs. 2 Grundgesetz, Münster 1990

Boucher, Sandy (Ed.): Turning the Wheel. American Women Creating the New Buddhism, San Francisco 1988

Breloer, Gerhard/Dauber, Heinrich/Tietgens, Hans: Teilnehmerorientierung und Selbststeuerung in der Erwachsenenbildung, Braunschweig 1980

Brock, Adolf/Müller, Dieter/Negt, Oskar (Hg.): Arbeiterbildung, Reinbek b. Hamburg 1978

Brück, Brigitte/**Kahlert**, Heike/**Krüll**, Marianne/**Milz**, Helga/**Osterland**, Astrid/**Wegehaupt-Schneider**, Ingeborg: Feministische Soziologie. Eine Einführung, Frankfurt a.M. 1992

Brugger, Walter (Hg.): Philosophisches Wörterbuch, Freiburg/Basel/Wien 1988[19]

Burghard, Roswitha/**Karsten**, Gaby: Die Märchenonkel der Frauenfrage: Friedrich Engels und August Bebel, Berlin 1975

Butler, Judith: Das Unbehagen der Geschlechter, Frankfurt a. M. 1991

Caratero, Adriana: Die Perspektive der Geschlechterdifferenz, in: Gerhard, Ute/Jansen, Mechthild/Maihofer, Andrea/Schmid, Pia/Schultz, Irmgard (Hg.): Differenz und Gleichheit. Menschenrechte haben (k)ein Geschlecht, Frankfurt a. M. 1990, 95-111

Chicago, Judy: Durch die Blume. Meine Kämpfe als Künstlerin, Reinbek b. Hamburg 1984

Cixous, Hélène: Die unendliche Zirkulation des Begehrens, Berlin 1977

- Weiblichkeit in der Schrift, Berlin 1980

- Das Buch von Promethea, Wien 1990

Conze, Edward: Buddhistisches Denken, Frankfurt a. M. 1990

Daly, Mary: Reine Lust. Elemental-feministische Philosophie, München 1986

Dauzenroth, Erich: Frauenbewegung und Frauenbildung. Aus den Schriften von Helene Lange, Gertrud Bäumer, Elisabeth Gnauck-Kühne, Bad Heilbrunn/ Obb. 1964

Dennison, Ruth: Interview mit Ruth Dennison, in: Lotusblätter, Doppelnummer 4/89-1/90, 10-14

Derichs-Kunstmann, Karin: >Ich glaube, ich habe selber am meisten gelernt<. Versuch einer Einordnung der eigenen Erfahrungen, in: dies. (Hg.): Frauenbildungsarbeit. Lernen und Arbeiten im Schatten, Bielefeld 1984, 160-179

Dikau, Joachim: Berufliche Weiterbildung als arbeitsorientierte Erwachsenenbildung, in: Reformpädagogik und Berufspädagogik (Argument Sonderband AS 21, Schule und Erziehung VI), Berlin 1978, 212-231

Dreyfus, Hubert L./Rabinow, Paul/Foucault, Michel: Jenseits von Strukturalismus und Hermeneutik, Frankfurt a. M. 1987

DUDEN. Herkunftswörterbuch, Mannheim/Wien/Zürich 1963

DUDEN. Fremdwörterbuch, Mannheim/Wien/Zürich 1966[2]

DUDEN. Fremdwörterbuch, Mannheim/Wien/Zürich 1980[18]

Duelli-Klein, Renate/Nerad, Maresi/Metz-Göckel, Sigrid (Hg.): Feministische Wissenschaft und Frauenstudium, Hamburg 1982

Engel, Ulrike/**Sanders**, Claudia: >Frauenferienhaus Zülpich<. Untersuchung über ein Frauenbildungsprojekt, das sich als autonom begreift und sich in der Hauptsache aus staatlichen Mitteln finanziert, unveröffentlichte Seminararbeit, FU/Otto-Suhr-Institut, Berlin 1985/86

Faulstich, Peter: Arbeitsorientierte Erwachsenenbildung, Frankfurt a. M. 1981

Ferenczi, Sándor.: Entwicklungsstufen des Wirklichkeitssinns, in: Schriften zur Psychonalyse, Bd. I, Frankfurt a. M. 1972

Fink-Eitel, Hinrich: Foucault zur Einführung, Hamburg 1989

Firestone, Shulamith: Frauenbefreiung und sexuelle Revolution, Frankfurt a. M. 1975

Foucault, Michel: Die Ordnung der Dinge. Eine Archäologie der Humanwissenschaften, Frankfurt a. M. 1971

- Mikrophysik der Macht. Über Strafjustiz, Psychiatrie und Medizin, Berlin 1976

- Der Wille zum Wissen. Sexualität und Wahrheit 1, Frankfurt a. M. 1991[4]

- Der Gebrauch der Lüste. Sexualität und Wahrheit 2, Frankfurt a. M. 1986a

- Die Sorge um sich. Sexualität und Wahrheit 3, Frankfurt a.M. 1986b
- Archäologie des Wissens, Frankfurt a. M. 1990[4]

Fox Keller, Evelyn: Liebe, Macht und Erkenntnis, München/Wien 1986

Frauenjahrbuch 1975, Frankfurt a. M. 1975

Frauenjahrbuch 1976, München 1976

Friedmann, Leonore: Meetings with Remarkable Women. Buddhist Teachers in America, Boston/London 1987

Gebser, Jean: Gesamtausgabe in 7 Bänden, Schaffhausen 1986

Gerhard-Teuscher, Ute: Gleichheit ohne Angleichung. Frauen im Recht, Frankfurt a. M. 1990

Gieseke, Wiltrud/**Meueler**, Erhard/**Nuissl**, Ekkehard(Hg.): Nur gelegentlich Subjekt? Beiträge zur Erwachsenenbildung zur Subjektkonstitution, Heidelberg 1990

Gilligan, Carol: Die andere Stimme. Lebenskonflikte und Moral der Frau, München 1984

Gottwald, Peter: In der Vorschule einer Freien Psychologie. Forschungsbericht eines Hochschullehrers und Zenschülers, Oldenburg 1989

Großmaß, Ruth/**Schmerl**, Christiane (Hg.): Feministischer Kompaß, patriarchales Gepäck. Kritik konservativer Anteile in neueren feministischen Theorien, Frankfurt a. M. 1989

Gruppe Berliner Dozentinnen (Hg.): Frauen und Wissenschaft. Beiträge zur Berliner Sommeruniversität für Frauen, Berlin 1977

DIE GRÜNEN: Grundsätze feministischer Politik in den GRÜNEN, 13. Ordentliche Bundesversammlung, Neumünster 1991

Hayward, Jeremy: Die Erforschung der Innenwelt. Neue Wege zum wissenschaftlichen Verständnis von Wahrnehmung, Erkennen und Bewußtsein, Bern/München/Wien 1990

Hagemann-White, Carol: Was heißt weiblich denken? Feministische Entwürfe einer anderen Vernunft, Schriftenreihe des Fachbereichs 3 der Universität Osnabrück, Osnabrück 1989

Harding, Sandra: Feministische Wissenschaftstheorie. Zum Verhältnis von Wissenschaft und sozialem Geschlecht, Hamburg 1990

Hargesheimer, Gabriele: Frauenferien- und Bildungszentren. Entstehung - Entwicklung - Effizienz, unveröffentlichte Diplom-Arbeit, Fachhochschule/Sozialpädagogik, Köln 1986/87

Heidegger, Martin: Identität und Differenz, Pfullingen 1963

Heimvolkshochschule Hustedt e.V. (Hg.): Handlungsorientierung in der politischen und gewerkschaftlichen Bildungsarbeit, Hustedt 1980

Heymann, Lida Gustava/**Augspurg**, Anita: Erlebtes - Erschautes. Deutsche Frauen kämpfen für Freiheit, Recht und Frieden 1850 - 1940, Meisenheim/Glan 1972

Hippel von, Theodor Gottlieb: Über die bürgerliche Verbesserung der Weiber, 1792, Neuauflage Frankfurt a. M. 1977

Hoffmann, Renate-Upia: Frauenräume oder die Notwendigkeit von Frauenbildungs- und Ferienhäuser, unveröffentlichte Diplomarbeit, Fachhochschule/Sozialpädagogik, Düsseldorf 1988

Irigaray, Luce: Das Geschlecht das nicht eins ist, Berlin 1979a

- Eine bewegt sich nicht ohne die andere, in: Freibeuter 2/1979, 72-78
- Zur Geschlechterdifferenz, Wien 1987
- Genealogie der Geschlechter, Freiburg i. Br. 1989
- Die Zeit der Differenz. Für eine friedliche Revolution, Frankfurt a. M. 1991a
- Ethik der sexuellen Differenz, Frankfurt a. M. 1991b

Izutsu, Toshihiko: Philosophie des Zen-Buddhismus, Reinbek b. Hamburg 1986

Janssen, Edda: Der andere Teil der Frauenbewegung. Frauengruppen in der Erwachsenenbildung, in: Sozialwissenschaftliche Forschung und Praxis für Frauen e.V. (Hg.): Beiträge zur feministischen Theorie und Praxis, Heft 2, 1979, 115-125

Jaspers, Karl: Vom Ursprung und Ziel der Geschichte, Frankfurt a. M. 1955

- Die maßgebenden Menschen, München/Zürich 1964

Jurinek-Stinner, Angela/**Weg**, Marianne (Hg.): Frauen lernen ihre Situation verändern. Was kann Bildung dazu beitragen? München/Wien/Baltimore 1982

Kade, Sylvia: Frauenbildung. Eine themenorientierte Dokumentation, Bonn 1991

Kappeler, Susanne: Entpolitisierung durch Identitätspolitik, in: Kofra, 61/1992, 3-12

Karma Lekshe Tsomo (Hg.): Töchter des Buddha. Leben und Alltag spiritueller Frauen im Buddhismus heute, München 1991

Mac Kinnon, Catharine A.: Feminismus, Marxismus, Methode und der Staat. Ein Theorieprogrammm, in: List, Elisabeth/Studer, Herlinde: Denkverhältnisse. Feminismus und Kritik, Frankfurt a. M. 1989, 86-110

Klinger, Cornelia: Im Widerstreit. Die Frauenbewegung zwischen egalitären und dualistischen Positionen im Widerstreit, in: Unterkirchner Lilo/Wagner, Ina (Hg.): Die andere Hälfte der Gesellschaft, Wien 1986a, 206-220

- Déjà-vu oder die Frage nach den Emanzipationsstrategien im Vergleich zwischen der ersten und der zweiten Frauenbewegung, in: Kommune 12/1986b, 57-72

- Bis hierher und wie weiter? Überlegungen zur feministischen Wissenschafts- und Rationalitätskritik, in: Krüll, Marianne (Hg.): Wege aus der männlichen Wissenschaft, Pfaffenweiler 1990, 21-56

Knapp, Gudrun-Axeli: Arbeitsteilung und Sozialisation: Konstellationen von Arbeitsvermögen und Arbeitskraft im Lebenszusammenhang von Frauen, in: Beer, Ursula (Hg.) Klasse Geschlecht. Feministische Gesellschaftsanalyse und Wissenschaftskritik, Bielefeld 1987, 267-306

- Zur widersprüchlichen Vergesellschaftung von Frauen, in: Hoff, Ernst.-H. (Hg.): Die doppelte Sozialisation Erwachsener. Zum Verhältnis von beruflichem und privatem Lebensstrang, Weinheim/München 1990, 5-26

Knäpper, Marie-Theres: Feminismus - Autonomie - Subjektivität, Bochum 1984

Knußmann, Rainer: Der Mann. Ein Fehlgriff der Natur, Hamburg 1984

Krause, Carola/**Röder**, Ulrike: Vom Träumen zum Tun. Zukunftsphantasien als Impuls zur selbstbestimmten Lebensgestaltung, unveröffentlichte Diplom-Arbeit, Uni/Erziehungswissenschaften, Hamburg 1987

Krechel, Ursula: Selbsterfahrung und Fremdbestimmung, Darmstadt 1975

Kristeva, Julia: Die Revolution der poetischen Sprache, Frankfurt a. M. 1978

Kuhn, Annette (Hg.): Frauen in der Geschichte. Frauenrechte und die gesellschaftliche Arbeit der Frau im Wandel, Düsseldorf 1979

Landesinstitut für Schule und Weiterbildung (Hg): Bildungsarbeit mit Frauen. Weiterbildung für Kursleiterinnen in der Frauenbildungsarbeit. Soester Materialien zur Weiterbildung, Heft 8, Soest 1993

Lenke, Ingrid/**Volhard**, Brigitte: Selbsterfahrungsgruppen von Frauen als Beginn emanzipatorischer Veränderung, in: Bermann, Klaus/Frank, Günter (Hg.): Bildungsarbeit mit Erwachsenen, Reinbek b. Hamburg 1977, 267-282

Das Lexikon des Zen, Bern/München/Wien 1992

Libreria delle donne di Milano: Wie weibliche Freiheit entsteht. Eine neue politische Praxis, Berlin 1988

Linnhoff, Ursula: Die Neue Frauenbewegung. USA - Europa seit 1968, Köln 1974

List, Elisabeth: Denkverhältnisse. Feminismus als Kritik, in: dies./Studer, Herlinde: Denkverhältnisse. Feminismus und Kritik, Frankfurt a. M. 1989, 7-33

Löning, Anne/**Schirmaier**, Heike: Autonome Frauenbildungsarbeit. Dargestellt am Beispiel der Frauenbildungsstätten und Frauenferienhäuser, unveröffentlichte Diplom-Arbeit, Fachhochschule/Sozialpädagogik, Fulda 1988/89

Lonzi, Carla: Wir pfeifen auf Hegel, in: dies.: Die Lust Frau zu sein, Berlin 1975, 5-34

LOTUSBLÄTTER >Frauen im Buddhismus< Doppelnummer 4/89-1/90

Macy, Joanna: Die dritte Umdrehung des Rades. Ein Gespräch mit Joanna Macy, in: Lotusblätter, Doppelnummer 4/89-1/90, 27-34

Meulenbeldt, Anja: Weiter als die Wut, München 1983

Metz-Göckel, Sigrid/**Sauter-Bailliet**, Theresia: Frauenstudien in den USA und die Frauenbildungsbewegung in der Bundesrepublik, in: Duelli-Klein, Renate/ Nerad, Maresi/Metz-Göckel, Sigrid (Hg.): Feministische Wissenschaft und Frauenstudium, Göttingen 1982, 3-23

Metz-Göckel, Sigrid (Hg.): Frauenstudium. Zur alternativen Wissensaneignung von Frauen, Hamburg 1979

Meyer, Eva: Vorspiel - Annäherung an eine andere Schreiweise, in: Wartmann, Brigitte (Hg.): Kulturgeschichtliche Spuren einer verdrängten Weiblichkeit, Berlin 1980, 62-76

Meyers Kleines Lexikon der Philosophie, Mannheim 1987

Mies, Maria: Autonome Frauenbewegung und die Organisationsfrage, in: Dokumen tation des Kölner Kongresses 12/1981: Autonomie, Frauenbewegung und die Organisationsfrage 1982, 2-7

- Methodische Postulate zur Frauenforschung, in: Beiträge zur feministischen Theorie und Praxis, Heft 1, München 1978, 41-63

Mulack, Christa: Natürlich weiblich. Die Heimatlosigkeit der Frau im Patriarchat, Stuttgart 1990

Negt, Oskar: Soziologische Phantasie und exemplarisches Lernen, Frankfurt a. M. 1968

Nölleke, Brigitte: In alle Richtungen zugleich. Denkstrukturen von Frauen, München 1985

Nyanaponika: Geistestraining durch Achtsamkeit, Konstanz 1989[4]

Nyanatiloka: Der Weg zur Erlösung, Konstanz 1981[2]

- Buddhistisches Wörterbuch, Konstanz 1989[4]

Ortmann, Hedwig: Zu einer Revision des Bildungsbegriffs aus weiblicher Sicht, in: Rauschenbach, Thomas/Thiersch, Hans (Hg.): Die herausgeforderte Moral, Bielefeld 1987, 73-108

- Bildung geht von Frauen aus. Überlegungen zu einem anderen Bildungsbegriff, Frankfurt a. M. 1990

Pahnke, Donate: Ethik und Geschlecht. Menschbild und Religion in Patriarchat und Feminismus, Marburg 1992[2]

Paul, Diana: Die Frau im Buddhismus. Das Bild des Weiblichen in Geschichten und Legenden, Hamburg 1981

Pinl, Claudia: Vom kleinen zum großen Unterschied. >Geschlechterdifferenz< und konservative Wende im Feminismus, Hamburg 1993

Prengel, Annedore: Gleichheit versus Differenz - eine falsche Alternative im feministischen Diskurs, in: Gerhard, Ute/Jansen, Mechthild/Maihofer, Andrea/Schmid, Pia/Schultz, Irmgard (Hg.): Differenz und Gleichheit. Menschenrechte haben (k)ein Geschlecht, Frankfurt a. M. 1990, 120-127

Prokop, Ulrike: Weiblicher Lebenszusammenhang. Von der Beschränktheit der Strategien und der Unangemessenheit der Wünsche, Frankfurt a. M. 1976

Pusch, Luise F. (Hg.): Feminismus und Frauenbewegung. Versuch einer Begriffsklärung, in: dies.: Feminismus - Inspektion der Herrenkultur, Frankfurt a. M. 1983, 9-16

Quinten, Brigitte: Das Bildungsverständnis in der autonomen Frauenbildungsarbeit, in: Hessische Blätter für Volksbildung 37, 1987/3, 237-240

Rendtorff, Barbara: Weibliches Prinzip - Weibliche Praxis. Grundlagen für eine feministische Bildungsarbeit, Gießen 1985

Rich, Adrienne: >Zwangsheterosexualität und lesbische Existenz, in: Schultz, Dagmar (Hg.): Macht und Sinnlichkeit. Ausgewählte Texte von Adrienne Rich und Audre Lorde, Berlin 1983, 138-168

Runkel, Wilfried: Alltagswissen und Erwachsenenbildung. Analyse der subjektiven und gesellschaftlich vermittelten Voraussetzungen erwachsenen-spezifischen Lernens, Braunschweig 1976

Runte, Annette: Passion oder Segregation? Philosophisches Differenzdenken und poetische Kulturkritik am Beispiel von Monique Wittig und Luce Irigaray, in: Die Schwarze Botin 29/1985/86, 10-17

Saussure de, Ferdinand: Grundfragen der allgemeinen Sprachwissenschaft, 1931, Neuauflage Berlin 1967

Schaal, Diana: Institutionen der Frauenbewegung im Spannungsfeld zwischen Integration und Gegenkultur am Beispiel autonomer Frauenbildungsprojekte, unveröffentlichte Diplomarbeit, Uni/Politische Wissenschaft, Hamburg 1991

Schenk, Herrad: Die feministische Herausforderung. 150 Jahre Frauenbewegung, München 1980

Scheu, Ursula: Wir werden nicht als Mädchen geboren, wir werden dazu gemacht. Zur frühkindlichen Erziehung in unserer Gesellschaft, Frankfurt a. M. 1977

Schiersmann, Christiane: Bildungsarbeit mit Frauen, Frankfurt a. M. 1984

- Bilanzen und Perspektiven der Bildungsarbeit mit Frauen in der Erwachsenenbildung, in: Apell, Ch. u. a. (Hg.): Frauenforschung sichtbar machen. Dokumentation zur Frauenwoche der Uni Frankfurt, Frankfurt a. M. 1985, 54-69
- Berufsbezogene Weiterbildung und weiblicher Lebenszusammenhang. Zur Theorie eines integrierten Bildungskonzepts, Bielefeld 1987
- Frauenbildung. Konzepte, Erfahrungen, Perspektiven, Weinheim/München 1993

Schmidt-Linsenhoff, Viktoria: Frauenbilder und Weiblichkeitsmythen in der Bildpublizistik der Französischen Revolution, in: Gerhard, Ute/

Jansen, Mechthild/Maihofer, Andrea/Schmid, Pia/Schultz, Irmgard (Hg.): Differenz und Gleichheit, Frankfurt a. M. 1990, 30-45

Schmidt-Harzbach, Ingrid: Erfahrungsbericht über Frauenforen an Berliner Volkshochschulen, in: Sozialwissenschaftliche Forschung und Praxis für Frauen e.V. (Hrsg.): Beiträge zur feministischen Theorie und Praxis, Bd. 2, 1979, 126-133

Seifert, Ruth: Entwicklungslinien und Probleme der feministischen Theoriebildung. Warum an der Rationalität kein Weg vorbeiführt, in: Knapp, Gudrun-Axeli/ Wetterer, Angelika (Hg.): Traditionen Brüche. Entwicklungen feministischer Theorie, Freiburg i. Br. 1992, 255-285

Sichtermann, Marie/**Siegel**, Brigitte: Frauenferien- und -bildungshäuser, in: K(r)ampfader, Kasseler Frauenzeitung 1987

Sieberg, Gabi: Moglichkeit feministischer Weiterbildung am Beispiel selbstorganisierter Frauenbildungsprojekte, unveröffentlichte Dipl.-Arbeit, Diplom Uni/Erwachsenenbildung, Oldenburg 1992

Starrett, Barbara: Ich träume weiblich, München 1978

Stoehr, Irene: >Auf dem Weg in den Staatsfeminismus?<, in: alternative 120/121, 1978

Twellmann, Margit: Die deutsche Frauenbewegung. Ihre Anfänge und erste Entwicklung. Quellen 1843-1889, Meisenheim 1972

Verein Sozialwissenschaftliche Forschung und Bildung für Frauen (SFBR) e.V.: Zur Situation selbstverwalteter Frauenbildung. Hekt. vom Bundesminister für Bildung und Wissenschaft, 1984

- Über weibliches Begehren und sexuelle Differenz und den Mangel im herrschenden Diskurs. Autonome Frauenbildungsarbeit am Beispiel der Frankfurter Frauenschule, Materialienband 7, Frankfurt a. M. 1989/90

Wagner, Angelika: Frauengesprächsgruppen. Beschreibung, Hinweise, Regeln, in: Menschik, Jutta (Hg.): Grundlagentexte zur Emanzipation der Frau, Köln 1977, 348-353

Walkenhorst, Ursula: Elemente des feministischen Diskurses als Grundlage autonomer Frauenbildungsarbeit. Dargestellt an der Frauenbildungswerkstatt Bonn, unveröffentlichte Diplomarbeit, Uni/Erziehungswissenschaften, Dortmund 1988/89

Weedon, Chris: Wissen und Erfahrung. Feministische Praxis und poststrukturalistische Theorie, Dortmund 1990

Weisshaupt, Brigitte: Selbst-loses Selbstsein. Zur Dialektik eines produktiven Mangels, in: Krüll, Marinne (Hg.): Wege aus der männlichen Wissenschaft, Pfaffenweiler 1990

- Schatten über der Vernunft, in: Nagl-Docekal, Herta: Feministische Philosophie, Wien/München 1990, 136-157

Werder, Lutz von: Alltägliche Erwachsenenbildung, Weinheim 1960

Wetzel, Sylvia: Freiheit oder Befreiung? Frauen und Buddhismus, unveröffentlichtes Manuskript, Frankfurt a. M. 1991

Widmer, Peter: Subversion des Begehrens. Jacques Lacan oder Die zweite Revolution der Psychoanalyse, Frankfurt a. M. 1990

Wilson Schaef, Anne: Weibliche Wirklichkeit. Ein Beitrag zu einer ganzheitlichen Welt, Wildberg 1985

Wisselinck, Erika: Frauen denken anders, Straßlach 1984

Wolf-Graaf, Anke: Frauenbewegung an Volkshochschulen. Einige grundsätzliche Gedanken zur Erwachsenenbildung mit Frauen, in: Arbeitsgruppe Elternarbeit (Hg.): Frauenarbeit im Rahmen von Erwachsenenbildung, DJI-Materialien für die Elternarbeit Bd. 2, München 1979, 7-37

- Frauenarbeit im Abseits. Frauenbewegung und weibliches Arbeitsvermögen, München 1981

Wulf, Christoph (Hg.): Wörterbuch der Erziehung, 1989[7]

Wunderle, Michaela: Politik der Subjektivität, Frankfurt a. M. 1977

Young, Iris Marion: Humanismus, Gynozentrismus und feministische Politik, in: List, Elisabeth/Studer, Herlinde (Hg.): Denkverhältnisse. Feminismus und Kritik, Frankfurt a. M. 1989, 37-65

Zinser, Annabelle Dagmar: Angst, Angst, in: Lotusblätter, Doppelnummer 4/89-1/90, 24

Theorie und Praxis der Frauenforschung — lieferbare Bände

Band 2:
Karin Derichs-Kunstmann, **Frauenbildungsarbeit — Lernen und Arbeiten im Schatten**, 196 Seiten, kartoniert, DM 26,00, 1984, ISBN-3-89370-114-1

Band 3:
Yvonne Schütze, **Die gute Mutter. Zur Geschichte des normativen Musters »Mutterliebe«**, 159 Seiten, DM 26,90, 1986, 2. Auflage 1991, ISBN 3-89370-113-3

Band 5:
Anne Ballhausen, Uta Brandes, Marva Karrer, Robert Schreiber, **Zwischen traditionellem Engagement und neuem Selbstverständnis — weibliche Präsenz in der Öffentlichkeit.** Eine Untersuchung zur politischen und sozialen Partizipation von Frauen, 446 Seiten, DM 39,90, 1986, ISBN 3-89370-111-7

Band 6:
Ursula Rabe-Kleberg, **Frauenberufe. Zur Segmentierung der Berufswelt**, 226 Seiten, DM 29,50, 1987, ISBN 3-89370-110-9

Band 9:
Ellen Lorentz, **Aufbruch oder Rückschritt? Arbeit, Alltag und Organisation weiblicher Angestellter in der Kaiserzeit und Weimarer Republik.** 377 Seiten, DM 38,40, 1988, ISBN 3-89370-120-6 (Elisabeth-Selbert-Preis 1990)

Band 10:
Uta Krautkrämer-Wagner, **Die Verstaatlichung der Frauenfrage**, Gleichstellungsinstitutionen der Bundesländer — Möglichkeiten und Grenzen staatlicher Frauenpolitik, 164 Seiten, DM 26,90, 1989, ISBN 3-89370-129-X

Band 11:
Ursula Rabe-Kleberg (Hg.), **Besser gebildet und doch nicht gleich!** Frauen und Bildung in der Arbeitsgesellschaft, 256 Seiten, DM 29,90, 1990, ISBN 3-89370-133-8

Band 12:
Sabine Hebenstreit-Müller, Ingrid Heibrecht-Jordan (Hg.), **Frauenleben in ländlichen Regionen.** Individuelle und strukturelle Wandlungsprozesse in der weiblichen Lebenswelt, 272 Seiten, DM 30,90, ISBN 3-89370-134-6

Band 13:
Gisela Heppner, Julia Osterhoff, Christiane Schiersmann, Christiane Schmidt, **Computer? »Interessieren tät's mich schon, aber ...«** Wie sich Mädchen in der Schule mit Neuen Technologien auseinandersetzen, 306 Seiten, DM 34,90, 1990, ISBN 3-89370-138-9

Band 14:
Rosemarie Nave-Herz, Marita Daum-Jaballah, Sylvia Hauser, Heike Matthias, Gitta Scheller, **Scheidungsursachen im Wandel.** Eine zeitgeschichtliche Analyse des Anstiegs der Ehescheidungen in der Bundesrepublik Deutschland, 160 Seiten, DM 26,90, 1990, ISBN 3-89370-150-0

Band 15:
Sabine Hebenstreit-Müller, Rudolf Pettinger (Hrsg.), **Miteinander lernen, leben, engagieren — Neue soziale Netze für Familien**, Ergebnisse der wissenschaftlichen Begleitforschung von Familien- und Nachbarschaftszentren, 298 Seiten, DM 35,90, 1991, ISBN 3-89370-145-1

Band 16:
Susanne Weber, **Frauenförderung — Akteure, Diagnosen und Therapievorschläge.** Analyse und Kritik am Beispiel betrieblicher Weiterbildung, 178 Seiten, DM 27,90, 1991, ISBN 3-89370-149-4

Band 17:
Wolfgang Clemens, **Arbeit — Leben — Rente.** Biographische Erfahrungen von Frauen bei der Deutschen Bundespost, 216 Seiten, DM 29,90, 1992, ISBN 3-89370-155-9

Band 18:
Rosemarie Nave-Herz, **Frauen zwischen Tradition und Moderne**, 246 Seiten, DM 30,90, 1992, ISBN 3-89370-156-7

Band 19:
Renate Luca, Heike Kahlert, Sigrid Müller-Balhorn (Hg.), **Frauen bilden — Zukunft planen.** Dokumentation des 8. Fachkongreses FRAUEN UND SCHULE, 356 Seiten, DM 33,90, 1992, ISBN 3-89370-159-1

Band 20:
Gabriele Müller-Rückert, **Frauenleben und Geschlechterverhältnis in der ehemaligen DDR**. 272 Seiten, DM 34,00, 1993, ISBN 3-89370-178-8

Band 21:
Virginia Penrose, **Orienierungsmuster des Karriereverhaltens deutscher Politikerinnen.** Ein Ost-West-Vergleich, 252 Seiten, DM 32,00, 1993, ISBN 3-89370-179-6

Band 22:
Birgit Bütow, Heidi Stecker (Hg.), **EigenArtige Ostfrauen.** Frauenemanzipation in der DDR und den neuen Bundesländern, 356 Seiten, DM 38,50, 1994, ISBN 3-89370-188-5

Band 23:
Katharina Liebsch, **Vom Weib zur Weiblichkeit?** Psychoanalytische Konstruktionen in feministischer Theorie, 288 Seiten, DM 35,00, 1994, ISBN 3-89370-190-7

Band 24:
Jan Künzler, **Familiale Arbeitsteilung. Die Beteiligung von Männern an der Hausarbeit**, ca. 368 Seiten, ca. DM 39,50, 1994, ISBN 3-89370-194-X

Band 25:
Andrea Abele, unter Mitarbeit von Andrea Hausmann und Marion Weich, **Karriereorientierungen angehender Akademikerinnen und Akademiker**, ca. 150 Seiten, ca. DM 25,00, 1994, ISBN 3-89370-199-0

Kleine Verlag
Postfach 101668
33516 Bielefeld
Tel. (0521) 15811 · Fax (0521) 140043

Materialien zur Frauenforschung – lieferbare Bände

Band 1:
Christian Lorentz, Barbara Schauerte: **Mehr Kreativität und Flexibilität bei Öffnungszeiten.** Praxisinitiativen für eine verbesserte Zusammenarbeit von Familie und Kindergarten. 98 Seiten, DM 22,00, 1985, ISBN 3-89370-109-5

Band 2:
Maria Eleonora Karsten, Heidemarie Waninger: **Haus und Hof – Bildung und Beruf.** Landfrauen zwischen Tradition und Fortschritt. 159 Seiten, DM 24,00, 1985, ISBN 3-89370-108-7

Band 3:
Jürgen Postler, Robert Schreiber (Hrsg.): **Traditionalismus, Verunsicherung, Veränderung. Männerrolle im Wandel?** 105 Seiten, DM 22,00, 1985, ISBN 3-89370-107-9

Band 4:
Hannelore Faulstich-Wieland, Marianne Horstkemper: **Der Weg zur modernen Bürokommunikation.** Historische Aspekte des Verhältnisses von Frauen und neuen Technologien. 120 Seiten, DM 23,00, 1987, ISBN 3-89370-106-0

Band 5:
Uta Brandes, Robert Schreiber: **»Man kann die Technologie auch übertreiben.« Abwehr, Aneignung, Ambivalenz.** Interviews mit Schülerinnen und Schülern zum Thema Computer. 76 Seiten, DM 16,50, 1988, ISBN 3-89370-116-8

Band 6:
Nieves Kolbe, Domenica Rode, Ingrid N. Sommerkorn: **»An die Arbeit! Berge Steine! Orden allerdings gibts keine!«** Frauenarbeit in Hamburg in der unmittelbaren Nachkriegszeit. 138 Seiten, DM 24,00, 1988, ISBN 3-89370-123-0

Band 7:
Sabine Hebenstreit-Müller, Ingrid Helbrecht-Jordan: **Junge Mütter auf dem Land – Frauenleben im Umbruch.** 121 Seiten, DM 23,00, 1988, ISBN 3-89370-124-9

Band 8:
Ingrid Ambos: **Frauen als Unternehmerinnen und die Charakteristik ihrer Betriebe.** Eine Untersuchung über den Raum Hannover. 142 Seiten, DM 24,00, 1988, ISBN 3-89370-125-7

Band 9:
Marlies Grüning: **Frauenbeschäftigung in Industriebüros. Bestandsaufnahme und Entwicklungstrends.** 192 Seiten, DM 25,90, 1989, ISBN 3-89370-130-3

Band 10:
Hannelore Faulstich-Wieland (Hrsg.): **Weibliche Identität.** Dokumentation der Fachtagung der AG Frauenforschung in der Deutschen Gesellschaft für Erziehungswissenschaft. 160 Seiten, DM 23,50, 1989, ISBN 3-89370-132-X

Band 11:
Silke Duda: **Die unsichtbaren Arbeiterinnen.** Frauen in Reinigungsberufen. 136 Seiten, DM 21,90, 1990, ISBN3-89370-135-4

Band 12:
Ingrid Ambos, Christiane Schiersmann: **Qualifizierung und Beratung von weiblichen Führungskräften und Existenzgründerinnen.** Konzepte – Erfahrungen – Empfehlungen. 120 Seiten, DM 24,90, 1991, ISBN 3-39370-142-7

Band 13:
Beate Andres, Barbara Dippelhofer-Stiem: **Die Kinderkrippe – Diskurs über einen »typischen« Frauenarbeitsplatz.** Empirische Anhaltspunkte zu beruflicher Situation, Alltagserfahrung und fachlichem Selbstverständnis von Krippenmitarbeiterinnen. 110 Seiten, DM 21,90, 1991, ISBN 3-89370-143-5

Band 14:
Sabine Hebenstreit-Müller, Rudolf Pettinger (Hrsg.): **Organisation, Förderung und Vernetzung von Familienselbsthilfe.** Erfahrungen aus einem Modellversuch mit Familien- und Nachbarschaftszentren. 192 Seiten, DM 27,60, 1991, ISBN 3-89370-144-3

Band 15:
Rosemarie Nave-Herz, Dorothea Krüger: **Ein-Eltern-Familien.** Eine empirische Studie zur Lebenssituation und Lebensplanung alleinerziehender Mütter und Väter. 132 Seiten, DM 24,90, 1992, ISBN 3-89370-160-5

Band 16:
Lydia Potts, Brunhilde Prasske: **Frauen – Flucht – Asyl.** Eine Studie zu Hintergründen, Problemlagen und Hilfen. 154 Seiten, DM 26,00, 1993, ISBN 3-89370-158-3

Band 17:
Irmgard Vogt: **Gewaltsame Erfahrungen.** "Gewalt gegen Frauen" als Thema in der Suchtkrankenhilfe. 136 Seiten, DM 25,00 1993, ISBN 3-89370-180-X

Band 18:
Barbara Dippelhofer-Stiem, Ellen Odebrett: **Computertechnik im Büro.** Sichtweisen, Kompetenzen und Weiterbildungserwartungen von Frauen im Schreibdienst. 174 Seiten, DM 26,50, ISBN 3-89370-181-8

Band 19:
Ute Gonser, Ingrid Helbrecht-Jordan: **»... Vater sein dagegen sehr!«** Wege zur erweiterten Familienorientierung von Männern. 187 Seiten, DM 27,00, 1994, ISBN 3-89370-189-3

Kleine Verlag

Postfach 10 16 68
33516 Bielefeld
Tel. (0521) 15811 · Fax (0521) 140043